O detetive sentimental

Tabajara Ruas

O detetive sentimental

EDITORA RECORD
RIO DE JANEIRO • SÃO PAULO
2008

CIP-Brasil. Catalogação-na-fonte
Sindicato Nacional dos Editores de Livros, RJ.

Ruas, Tabajara, 1942-
R822d O detetive sentimental / Tabajara Ruas. – Rio de Janeiro: Record, 2008.

ISBN 978-85-01-08117-9

1. Romance brasileiro. I. Título.

08-1289 CDD – 869.93
CDU – 821.134.3(81)-3

Ilustrações de capa e miolo: Edgar Vasques

Direitos exclusivos desta edição reservados pela
EDITORA RECORD LTDA.
Rua Argentina 171 – Rio de Janeiro, RJ – 20921-380 – Tel.: 2585-2000

Impresso no Brasil

ISBN 978-85-01-08117-9

PEDIDOS PELO REEMBOLSO POSTAL
Caixa Postal 23.052
Rio de Janeiro, RJ – 20922-970

Capítulo 1

Curvado sobre a porta do Rolls Royce prateado, segurando o molho de chaves, o bêbado ergueu um olhar interrogativo, onde poderia haver um anúncio de súplica.

— Perdão?

— Perguntei se posso ajudar.

Eu tinha acabado de dar o último tapa no segundo baseado da noite, no lado mais escuro da fachada da boite, observando o bêbado se desentender com a porta do carrão, enquanto sobre mim desabavam os sons de uma rumba morna de requebros e atabaques. Tinha, também, enquanto me encaminhava em direção ao bêbado (porque pensei em Olga), murmurado o poema de Antonio Gamero, morto a pauladas com a idade de 31 anos por membros de La Mano Blanca, numa praia de El Salvador:

— *Todos los amantes vinieron a buscar tu carne en cambio yo agonizo buscando la corriente clara de tu saliva para inyectar este animal enfermo que traigo aprisionado em mi camisa.*

O luminoso da boite parecia um farol na madrugada, nostálgico, persistente, persuadindo os últimos notívagos de uma salvação ambígua.

Eu estava já há algum tempo observando o Rolls Royce Silver Wraith, perguntando-me quem seria o proprietário daquele portento. O bêbado permaneceu curvado sobre a porta, oferecendo aquele olhar para mim. Vestia um inacreditável terno de linho branco e gravata vermelha.

Vos asseguro que meu encontro com o Tribunal Secreto foi nessa fria madrugada de agosto do ano de 1987, pouco depois de que pousei os olhos em Cisco Maioranos Júnior pela primeira vez. Já estamos em outro século, mas ainda ouço sua voz.

— Perfeitamente, cavalheiro, terei o maior prazer em lhe dar uma carona.

— Não é isso. Quer que o ajude a abrir a porta?

— A porta representa um problema — concordou, e começou a sair da incômoda posição dando pequenos arrancos, estalando os ossos e se recompondo como um boneco de madeira. — Se puder abrir a porta terei o maior prazer em levá-lo onde for necessário, meu caro.

Como costuma acontecer nesses romances escritos para donas de casa, a voz do sujeito tinha o encanto de um sotaque levemente estrangeiro, e era, a rigor, o bêbado mais delicado que eu tinha encontrado nos meus vinte dias na função de segurança da boite Acapulco, no bairro Cristal, zona sul de Porto Alegre. Conduzi a mão dele na direção correta e a chave entrou na fechadura. Hoje eu sei por que não gostei de tocar naquela pele fria. Hoje eu sei muito bem. Na ocasião achei que talvez o cara sofresse de pressão baixa. Exagerando a lentidão, ele girou a chave. A porta do carrão se abriu.

Pisando o chão como gatas, e tão silenciosas que nos assustaram, emergidas do resplendor do luminoso e enroscadas naquilo que a luz trazia de nostálgico e persistente, surgiram as duas louras. Vestiam malhas colantes, negras e decotadas.

"Têm fogo?"

Pensei no movimento da língua dentro da boca, a pequena cobra úmida e vermelha, no gosto dela. A chama do isqueiro mostrou a mão pálida e a longa piteira. Os olhos dela encontraram meus olhos e eu os desviei rapidamente. *Aquela era a mulher mais bela do mundo*. Deveria anunciar isso com fanfarras ou dinamite, mas no momento me faltam esses meios. Itálico não basta! Não, não basta. Sei que meu coração ficou pesado. A mulher recolheu a mão (pálida e fina) lentamente, lentamente o rosto dela sumiu na sombra.

— Vocês podem dar uma carona pra gente?

A pergunta foi feita pela outra. Adiantou-se e vi o rosto também formoso, soprado por um ar estúpido, com a cueldade ingênua dos que não sabem dissimular uma mentira.

— Será um prazer — disse o bêbado, atarantado com o súbito aumento de pessoas ao seu redor, e deu um passo e ao dar o passo tropeçou e ao tropeçar agarrou-se ao braço da loura que pedira carona e ao pegar no braço da loura que pedira a carona ela fez um movimento brusco querendo desvencilhar-se e como a carteira que ela carregava estivesse com o feixe aberto caiu de dentro a pistolinha com cabo de madrepérola.

Caiu e fez assim: plaque!

Vazio de constrangimento geral. Todos nos dispúnhamos a ignorar civilizadamente o fato quando, induzido por atávico cavalheirismo, abaixei-me para apanhar a pistolinha com cabo de madrepérola.

— Não te move ou te encho as tripas de chumbo — sussurrou das sombras a mulher mais bela do mundo.

O sussurro era suave como uma velhinha tricotando. Algo na mão dela emanava um brilho discreto.

— Minhas damas, podem ter certeza que eu e meus amigos teremos o maior prazer em acompanhá-las — apressou-se o bêbado em esclarecer.

Tive ganas de insultar o idiota e protestar contra sua afirmação, mas compreendi que era melhor calar-me, pois ele desequilibrou-se mais uma vez quando se apoiou na porta aberta do Rolls Royce Silver Wraith e, procurando amparar-se em qualquer coisa, seus dedos encontraram uma ponta da faiscante cabeleira prateada da mulher mais próxima, a mais bela. No segundo seguinte ele estava com a cabeleira da mulher na mão.

— Você não devia ter feito isso.

Ela era completamente careca e desapareceu no escuro dando um passo para trás.

— Perdão, minha senhora.

— Entrem no carro os dois.

— Será um prazer, minha senhora, será um prazer.

O susto devolveu ao bêbado parte da sobriedade. Tentava mostrar sua desolação com o acidente. A outra, a que estava na sombra, apontou a arma para mim. Mordi o poema de Gamero na língua. (Era bom, era confortável que o rosto dela permanecesse escondido.)

O jovem bêbado estendeu a peruca prateada para ela.

— Mil perdões, foi absolutamente sem querer.

A mulher apanhou o ornamento mas não o colocou na cabeça.

— Vai entrando.

— Você dirige — disse a que estava com o rosto na sombra.

— Minha carteira de habilitação está vencida.

— Não tem importância, entra.

A luz crescia carinhosa como a língua de uma vaca lambendo sal na manjedoura. Alguém atravessou o estacionamento em passo arrastado, assobiando o "Hino à Bandeira". Acomodei-me ao volante com um suspiro. Perdoem este involuntário lugar-comum. Mas, como poderia acomodar-me ao volante sem exalar um suspiro? Nunca tinha entrado num Rolls Royce Silver Wraith. Causava-me incômodo estar sentado ao volante de um carro assim. Era perfeitamente natural que eu desse um suspiro, até mais de um. A meu lado acomodou-se a mulher de cabeça raspada, atrás o bêbado e a outra. Causava-me incômodo o rosto da outra. Causava-me incômodo, bom, vamos ser claros, tudo o que acontecia.

— Me dá um branco dirigir um carro que...

— Cala a boca.

— Se houver algum acidente...

— Se houver algum acidente — murmurou a mulher careca — você será o primeiro a lamentar.

Tudo bem, tudo bem. Liguei o motor. O carro deslizou pelo estacionamento de paralelepípedos e ganhou a avenida.

— Para onde?

— Para o centro.

O céu já azulava para os lados do rio Guaíba. Um pássaro batia as asas lentamente, rente à água prateada. (Lembramos aqui que estamos na cidade de Porto Alegre. É natural que o portentoso carro circunde veloz e silencioso o Hipódromo do Cristal, que passe pelos guindastes enferrujados do antigo Estaleiro Só, que passe pelo bunker de concreto chamado Memorial Iberê Camargo, obra do arquiteto Álvaro Giza Vieira, ilustre filho de Matosinhos, que avance rente ao rio em direção à massa de edifícios esbranquiçados.)

O bêbado achou que devia iniciar uma conversação.

— Permitam que me apresente: Cisco Maioranos.

Sua boa intenção foi ignorada. Eu comecei a sentir dor na costela onde a mulher apoiava a ponta da pistolinha com o cabo de madrepérola. Segurei a vontade de ligar o som do carro. O bêbado, como se subitamente recordasse algo, acrescentou:

— Júnior.

Todos se entreolharam. O carro passou em frente ao estádio da avenida Beira-Rio. O anúncio em néon: "*Campeão do Mundo*." Já circulavam ônibus, pessoas percorriam as calçadas com passo apressado.

— Pela Borges — disse a mulher.

— Confesso que é a primeira vez que sou assaltado por dupla tão... tão singular.

O bebum sorriu do modo mais simpático, mas seu comentário esvaziou no silêncio.

— Permitam que lhes pergunte: isto é uma espécie de... de revolução? Por acaso as jovens damas são militantes de alguma organização, digamos... feminista?

Comecei a odiar a sociabilidade do jovem Cisco Maioranos. Entramos na avenida Borges. Surgiram as arcadas cinzentas do viaduto.

— Estaciona — comandou a loura do banco de trás.

A voz dela despia-se, pouco a pouco, da suavidade de velhinha tricotando. A voz dela tornava-se, pouco a pouco, parecida a uma melodia a qual eu poderia apanhar e guardar, sub-repticiamente, no bolso interno do paletó. A outra — a careca — colocou a peruca. Ajeitou-se sem pressa, olhando-se no espelho do carro. Profissionais, pensei. Não tenho idéia de que, mas são profissionais. Agora, ambas estavam de óculos escuros, de desenho moderno exatos e iguais; agora, ambas tornavam a ser assustadoramente iguais.

— Vamos descer — disse a que estava a meu lado. — Quero avisar que este assunto é sério.

— Se um de vocês tentar fugir, nós vamos atirar nos dois — disse a outra.

Estávamos exatamente debaixo do viaduto, frente às grandes esculturas empoeiradas de mulheres fornidas como romanas e que eu nunca soube o que significavam. A avenida Borges de Medeiros estava deserta. As árvores mortificadas pela ameaça do trânsito.

A mulher de ar estúpido caminhou resoluta na direção da parede do viaduto. Vários mendigos dormiam ali, enrolados em sacos sujos e pestilentos. A mulher abaixou-se ao lado deles e só então percebi a pequena porta junto ao chão. A mulher abriu-a rapidamente com uma chave. Ordenou:

— Entrem.

Capítulo 2

A escuridão era completa. A temperatura diminuíra em vários graus.

— Que ninguém se mova — disse uma das mulheres.

A luz da lanterna varreu a parede, buscou a pequena porta metálica. Você observou a alva mão delicada girar a chave na porta. Estavam presos ali dentro. A dois metros, no outro lado da parede, na avenida Borges de Medeiros, debaixo do viaduto Otávio Dutra, trafegavam ônibus cheios de trabalhadores sonolentos.

— Andem.

O piso era resvaladiço. A luz da lanterna ia na frente, mostrando a umidade e o musgo, detendo-se em ratos que se atropelavam em pânico, revelando gotas pingando do teto invisível. O jovem bêbado escorregou e agarrou-se ao braço da loura mais próxima. Levou um safanão, rodopiou e caiu de costas.

A luz da lanterna subiu e desceu, vasculhou o seu rosto tenso, e procurou o bêbado que tentava erguer-se.

— A próxima vez vai bala — avisou a vozinha dura.

Você ajudou-o a levantar-se.

— Obrigado, cavalheiro. Desculpem-me, minhas damas.

Prosseguiram com mais cautela. Você raciocinava: mulher tem pavor de rato. Aqui tem tanto rato que dá pra matar de susto todo o Colégio Sevigné.

— Parem.

A lanterna iluminou o chão junto a seus pés. Uma tampa circular de ferro, a argola para puxar.

— Levantem essa tampa.

Você sentiu que o cutucavam com uma ponta dura. Abaixou-se e enfiou a mão na argola. A tampa pesava. O bêbado ajudou-o. Ergueram-na com esforço. Lá debaixo, do escuro, subiu uma temperatura ainda mais fria e um fragor de água mais intenso.

— Desçam.

A escada era metálica, estreita, em forma de caracol. Uma das mulheres desceu na frente, a outra ficou, apontando a lanterna e a pistola. Você se lembra muito bem, estava muito próximo dela, aspirou-lhe o perfume. Mesmo com a pistolinha na mão, continuava a mulher mais bela que jamais havia visto. Você fechou os olhos.

A escada era incômoda, embora não fosse alta. Os quatro desceram, reiniciaram a caminhada. Você não podia ver, mas adivinhava o corredor comprido. Às vezes, a lanterna especulava rapidamente as paredes, revelando cabos, encanamentos, tubos retorcidos, água escorrendo. Há muito o rumor dos ônibus e dos carros se calara. Só o som do taco dos sapatos no piso de pedra ecoava abafado, ressoando misturado ao fluir da água.

Você sentiu que o agarravam pelo braço.

— Não quero ser precipitado em meu julgamento — o hálito do bêbado roçou seu rosto como uma teia de aranha —, mas parece-me que estamos sendo seqüestrados por estas duas damas.

— Tudo indica.

— Júnior. Pode chamar-me Júnior.

— Calem a boca!

A lanterna iluminou no chão outra tampa de ferro. Antes de receber nova ordem, você abaixou-se e começou a levantar a tampa, ajudado por Júnior, agora mais sóbrio. Desceram outra escada semelhante à primeira. O ar era decididamente frio; o ruído da água parecia o de uma cachoeira. Já não escutavam o som dos próprios passos. Você tinha a impressão de caminhar num estreito vão entre dois rios furiosos.

Estavam na barriga de Porto Alegre.

Caminhava entre as vísceras da cidade que tanto conhecia. Começaram a ficar molhados. Se essa caminhada absurda continuar mais tempo (pensa) acabará ensopado. Apanhará uma pneumonia. Absurdo. Isso precisa acabar. Será que aquele baseado tinha algum condimento especial? As mulheres aceleraram o passo. Talvez fosse apenas para escapar aos respingos da água, mas você observou que eles tornavam-se curiosamente marciais.

— Parem.

Na parede onde a água escorria, a lanterna iluminou uma porta de ferro. As mulheres pararam. Pareciam mais rígidas, ou tensas, ou quiçá solenes. Num gesto rápido — e simultâneo — tiraram as perucas.

O bêbado colocou uma mão na frente da boca, escandalizado. Ambas eram carecas! Antes de entregar-se ao prazer perverso da tênue dor que a contração lhe provocava, e antes ainda de permitir-se ao estupor natural que também o acossava, você viu a porta abrir-se silenciosamente, exalando suspiro de aroma vagamente conhecido. Pôde contemplar um salão enorme, decorado com luxo. Foi empurrado para dentro dele. Lá no fim, cercado de cortinas púrpuras, sobre quatro degraus dourados, havia, preso ao chão por quatro enormes patas de leão com garras de águia, um trono igualmente dourado. Nele, estava sentada uma mulher majestosa, de elegante vestido negro e completamente careca.

A mulher no trono dourado estava imóvel, enigmática e aparentemente alheia. Aquilo era um trono mesmo: com as garras negras, os frisos dourados, a crueldade do veludo púrpura. O vestido negro, colante, descia numa longa curva de serpente pelos quatro degraus. As paredes estavam ocultas pelas cortinas que pendiam do teto do piso. Incenso queimava em jarras nos quatro cantos.

— Foram pontuais, Minhas Filhas.

As duas inclinaram as cabeças.

— Mas parece que exageraram. Era para trazer apenas um convidado.

— Foi necessário, Nossa Mãe. Ele viu tudo. E viu cair a peruca da Irmã Zero.

Sua voz era rouca, e sussurrada. Sempre tive um fraco por vozes roucas e sussurradas.

— Isso nos cria um pequeno embaraço.

Olhou para você com curiosidade e simpatia. Tratei de colocar-me numa postura mais correta, alisei o cabelo.

— Que faremos com nosso hóspede, Minhas Filhas?

Irmã Zero, a de ar estúpido, mostrou um lampejo nos olhos.

— Os bichinhos, Nossa Mãe.

— É uma idéia. Vamos tratar disso depois. Agora... — Deslocou o olhar para Cisco Maioranos Júnior com serena majestade. — Como tem passado, senhor Maioranos?

O bebum empalideceu.

— Muito bem, minha senhora. Madame. Digo... excelência. Não sei exatamente como... lamento perguntar, mas de onde nos conhecemos?

— Digamos que o senhor não me conhece, senhor Maioranos. Eu o conheço. E muito bem.

— Isso muito me honra, madame. Mas, em que posso servi-la? Será um prazer de minha parte.

— Em nada, senhor Maioranos.

— Não entendo, minha senhora.

— É natural. Mas entenderá.

— Se eu não entendo a senhora poderá me explicar — disse Júnior num tom humilde, intimamente aprovado por mim; não era momento para arrebatos varonis.

— Tudo tem seu tempo, senhor Maioranos. Como tem passado seu pai?

— Meu pai? — Nítido assombro na voz do bebum. — Vai bem. Vai muito bem, obrigado.

Os lábios dela moveram-se formando um sorriso que provocou um calafrio que percorreu, lamento, mas lamento muitíssimo mesmo informar, percorreu inteiramente meu corpo.

— Seu pai é um homem de qualidades. Uma delas é a cortesia. É um homem extremamente educado. O senhor é um homem cortês, não é, senhor Maioranos?

— Bem, eu faço o possível.

Ela tornou a sorrir, dúbia, enigmática.

— Eu sei que faz.

Deixou o olhar cair em mim. Era um olhar avaliador, frio e agora interessado.

— Tornaremos a falar, senhor Maioranos. Mas, antes, resolveremos o caso deste seu amigo. Os senhores são amigos?

— Mal conheço este cavalheiro. Na verdade, ia dar-lhe uma carona, suponho.

— Ótimo.

A majestosa e estranha mulher dirigiu-se a mim.

— Como é o seu nome, meu senhor?

— Cid Espigão, as suas ordens.

— O que o senhor faz, senhor Espigão?

Hesitei um instante. Sou homem de poucas qualidades, mas tenho pavor do ridículo.

— Bem... sou detetive. Particular. Mas, no momento...

— Um detetive? Que interessante.

— Ele irá a julgamento, Nossa Mãe?

— Não. Por que iria? Não temos acusação nenhuma contra ele. Você sugeriu os bichinhos, Irmã Zero?

— Sim, Nossa Mãe. Hoje mesmo?

— Agora.

O rosto estúpido de Irmã Zero brilhou de alegria.

— Que bichinhos? — perguntei.

— Agora? Não é muito cedo? — disse a Irmã Um. — Acho que eles ainda não têm fome.

— Eles estão sempre com fome — disse Irmã Zero.

— Não podemos perder tempo — disse a mulher no trono. — Tenho o pressentimento de que o julgamento do senhor Maioranos nos dará muito trabalho.

— Que bichinhos? — levantei a voz, começando a mostrar meu medo.

— Ratos, senhor Espigão.

— Tiras?

— Ratos.

Odiava ratos. Odeio ratos. A mulher no trono ergueu um olhar divertido.

— O senhor disse alguma coisa?

— Que história de ratos é essa? Quem são vocês? Que lugar é este?

— Pertinentes suas perguntas, senhor.

Apanhou um cigarro, colocou-o na longa piteira e exalou uma baforada para o teto.

— Se tivéssemos tempo eu lhe responderia a todas essas perguntas. Lamento desapontá-lo. Os ratos, o senhor os conhecerá pessoalmente e poderá fazer um juízo a respeito. São bem simpáticos. Quanto a nós e a este lugar, se houver outra vida, o que não é de todo improvável, o senhor terá oportunidade de saber. E se não houver, paciência.

Fez um gesto quase imperceptível.

— Levem-no.

Percebi que minhas pernas tremiam. As duas pistolas foram apontadas para mim. O bêbado deu um intrépido passo a frente.

— Exijo uma explicação!

A mulher no trono sacudiu a cinza do cigarro.

— Exige, senhor Maioranos?

— O que vão fazer com meu amigo?

— O senhor saberá... depois.

Irmã Zero indicou o caminho com a pistola. Era em direção à parede. Ela afastou a cortina púrpura. Havia uma porta. Passamos à outra sala. Escura. Irmã Zero acendeu a lanterna. Atravessamos a sala. Outra porta. Uma escada de pedra, escorregadia. O ruído da água pingando. O frio.

— Para onde você está me levando?

Ela não respondeu. Tinha esse ar meio estúpido. Por que ela? Por que não a outra, a Um? Chegaram ao fim da escada.

— Para onde está me levando?

Outro corredor afogado no escuro. Coisas roçavam meu rosto. Morcegos? Aumentava o rumor da água. Paramos frente a outra porta.

— Afaste-se — disse Irmã Zero.

Ela tinha dificuldade para empunhar a lanterna e a pistola e, ao mesmo tempo abrir a pesada porta com a chave.

— Quem é você, moça?

A porta abriu, olhei um vácuo escuro.

— Entra.

— Quem é você?

Minha voz se abafava, como se não tivesse ar nos pulmões.

— Você deve ter um nome. Você deve ter um nome doce para o ouvido. Você deve ter um nome feito mel.

Ela começou a mostrar um surpreendente sorriso, que aliviava o pesado ar de estupidez que a cercava.

— Você tem os dentes mais belos do mundo. Você tem dentes que são pérolas perigosas.

Compreendi que me tornava patético e que o frio na minha nuca era apenas o suor da febre que me acometia.

— Eu quero morder essa tua boca.

Estava erguendo a mão para agarrar o rosto da mulher quando ela me atingiu na testa com a lanterna. Súbito joelhaço me dobrou em dois. Cego de dor, senti que me agarravam pelos cabelos e que eu aterrizava num chão de pedra. A porta fechou-se com estrondo.

Cá estava estirado por inteiro no chão de pedra fria, úmido e musgoso, de uma cela. Demorei no chão. A cabeça rodava. A dor entre as pernas se esvaía vagarosa. Toquei a testa: um calombo. Arrastei-me até a parede, encostei-me bem e procurei enxergar no escuro. Um cubículo muito pequeno, três por três no máximo. No alto da parede, uma abertura dava para o corredor. Por ela emanava a tênue faixa de luz que não era propriamente luz, era uma faixa de escuro menos escura do que aquele ocupando todos os centímetros do cubículo. Preso neste porão imundo a poucos passos da Borges; o Giovanni jamais vai acreditar. E o trabalho? Se ficar muito tempo encerrado, vou acabar pegando uma pulmonia. Não poderei andar de madrugada. Adeus emprego de vigia! Voltei-me com fúria contra a porta, disposto a arrombá-la de qualquer maneira, quando vi o primeiro rato, o qual aparentava um ar confuso, mais próximo da curiosidade do que do medo. Você o ameaçou com um chute e ele fugiu. Raspa, bicho feio! Muito bem, vamos examinar a porta. Impossível arrombá-la. A abertura fica a três metros de altura. Espremendo-se até que dá para uma pessoa passar por ela. Mas você jamais a alcançará. As paredes parecem sabonete molhado. Chutou a porta com raiva. Teve tempo de ver três ratos fugirem em disparada. Merda. Mais ratos. Uns dez. Não. Mais. Essa idéia que começa a... Mais ratos! Não é possível. De onde eles vêm?

Há uma abertura de um palmo no rés do chão, junto à parede: daí eles saem, rápidos, os pequenos focinhos erguidos, as patinhas movendo-se ágeis. Você dá pontapés, avança até eles mas recua num brusco pavor. Súbita golfada escura: irrompem na cela, de uma vez só, guinchando, centenas de ratos. O fluxo aumenta, pouco a pouco eles vão deixando de se individualizar para transformarem-se numa mancha negra, movediça, fervilhante, que cresce, cresce cada vez mais, que encurrala você contra a parede. Cada vez mais eles são um monstro único, disforme e ruidoso, com milhares de pequeninos dentes afiados.

Você encosta-se à parede. A mancha escura e pululante não pára de crescer. E se aproxima. Você ameaça, grita, dá pontapés. São cada vez mais, espremem-se na estreita passagem, rolam sobre os corpos uns dos outros. Você sente a primeira mordida. Sacode um do braço, desfere outro pontapé, escorrega. Sabe que não pode cair mas está caindo. Como uma coisa só, ondulante, eles avançam sobre você.

Hoje você vê a coisa assim: os ratos mordiam seus braços, suas pernas, suas mãos, o rosto, o tórax. Você debatia-se, esperneava, desferia socos numa seqüência frenética, gritava palavras incoerentes. Você precisava levantar-se. Você escorregava a cada tentativa, o sangue já salpicava o chão. O festim estava no auge. O grande monstro escuro, feito de milhares de dorsos arrepiados, ondulava, crispava-se, avançava e recuava.

Você começou a rezar. Não rezava a nenhum deus em particular. Rezava a um que detestasse ratos. Passou pela sua boca o gosto do café bebido no Matheus às onze da noite, quando se dirigia para a boate.

Sua mão encontrou a parede, uma saliência. É um tubo. Pode apoiar-se, poderá erguer-se, reuniu forças. Precisava das duas mãos. Sacudiu os ratos aferrados aos seus dedos, alcançou o tubo com a outra mão. Estava quase coberto pelos animais. Começou a erguer-se, concentrando-se em todas suas energias, retendo-as em cada fibra, sentindo-as ferver no sangue.

Ergueu o tórax, ratos escorreram pelo corpo, outros vieram grudados na roupa, livrou-se numa convulsão enojada. Avançaram outra vez, um correu pelo seu rosto. Pensou que ia fraquejar, largar o tubo, afundar de vez. Então, alguma coisa cedeu e você desabou novamente no piso, fechando os olhos. Um jato violento de água no rosto, brusco alívio ao desaparecer da carne a pressão dos milhares de dentes afiados. A água caía sobre você, torrencial.

E afastara os ratos. Você compreendeu: o tubo se partira. Era de alumínio, muito antigo, comido de ferrugem, e não resistira a seu peso.

Livre das mordidas, recuou para um lado, fora do caminho do jorro da água. Era um jorro forte. Eram necessárias duas mãos para envolver o tubo. Os ratos não podiam com a força da água.

Você apanhou o tubo no lugar onde se partira e com safanões histéricos conseguiu afastá-lo da parede e orientar seu jorro. Era como se empunhasse uma mangueira poderosíssima. A água levava os ratos de roldão, amontoava-os nos cantos, deixava-os em pânico, recuavam desordenamente, mordiam-se uns aos outros.

Agora, você tinha uma arma. Podia enfrentar de igual para igual seus inimigos.

— Venham, ratos, venham!

Você fervia de alegria. Um minuto atrás não tinha forças, não podia sequer levantar-se, até já começara a rezar. Agora, achava-se capaz de derrubar as paredes com a força de sua vontade. A água transbordava nos cantos, começava a inundar a cela. Os ratos recuavam. Alguns nadavam, outros voltavam para a fenda de onde saíram.

— Venham, covardes, venham! Filhos do esgoto, venham!

Os animais escapavam em tumulto pela fenda salvadora, que já não escoava mais água. Você continuou a apontar o chorro para os ratos, agora encostado à parede. Não queria olhar para seu corpo. Percebia a roupa em frangalhos e o sangue escorrendo, mas o coração pulsava com tanta alegria que quase não sentia a dor. O momento era para ser gozado apenas com o êxtase que a inesperada vitória lhe proporcionava, por temporária que fosse. A água continuava a sair aos borbotões. Já tinha um palmo de altura. A saída para os ratos fora definitivamente cortada. Restavam centenas (ou milhares?) dentro da cela, nadando desesperadamente em círculos, chocando-se, guinchando num tom diferente ao do festim.

— Guinchem agora como eu guinchava, bichos nojentos!

Você sabia que era um mau sentimento, mas ficou olhando com prazer o movimento frenético das pequenas patas, a mudança da euforia selvagem para o brutal pavor de agora.

— Ralem-se bem ralados!

A água aumentava. Já alcançava a metade de suas canelas. Encostado à parede você passou o braço no rosto. O momento de pesadelo passara. E agora, que era como se tivesse despertado e se preparasse para começar o dia, precisava agir metodicamente, como um representante da Nobre Profissão faz nos momentos de decisões importantes. Não era por nada que tinha nas costas quinze anos de profissão. Primeiro, você examinou as feridas. O corpo parecia uma chaga só. Abaixou-se e ficou sob o jorro de água. Assim estava melhor. Havia essa possibilidade, um tanto prosaica: se a água não parasse de jorrar, em algumas horas inundaria a cela. Boiando pacientemente, esperaria o momento de alcançar a abertura no alto da parede. Dali saltaria para o corredor.

E havia outra possibilidade. Se alguém — uma das mulheres da tal seita ou qualquer coisa que o valha — abrisse a porta da cela antes da água atingir altura suficiente para alcançar a abertura, a água, como fez aos ratos, arrebataria quem a abrisse. Na verdade, você começava a sentir-se um homem com sorte. Em seu duro ofício, duas chances é um privilégio raro.

Capítulo 3

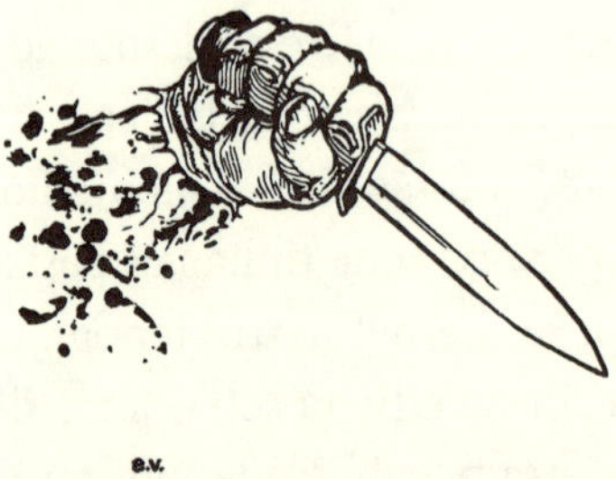

Eu não tinha relógio de pulso. Fui obrigado a vendê-lo, dois meses antes, para pagar o aluguel da quitinete na rua da Praia. Foi um ano duro para a profissão. Vocês sabem: crise econômica, ameaça da volta da inflação, essas coisas. Meu único cliente foi um ex-exilado sentimental — o último exilado, acho eu — que me contratou para descobrir a namorada dos bons tempos da Universidade. Pura rotina: encontrei-a em Alegrete, onde era próspera advogada e tinha dois filhos, um marido fazendeiro e cento e dois quilos, segundo a vizinha. A namorada dos bons tempos não se lembrava mais nada do tal ex-exilado.

— Caso encerrado — relatei. — Ela morreu logo que você foi embora, há vinte anos.

Eu também sou sentimental, o que é ruim para os negócios. Depois disso vendi o terno cinza numa casa de roupas usadas na Voluntários. Empenhei a Smith Wesson 32. Vendi num sebo a coleção completa de Shell Scott. Conservei, contudo, com tenacidade, a escrivaninha e a cadeira dos clientes. Um detetive honrado jamais venderá ou empenhará a escrivaninha ou a cadeira dos clientes, mesmo que não tenha clientes. A cadeira dos clientes é sagrada.

Agora, encerrado nessa cela que rapidamente se enche de água, o relógio faz falta. É angustiante esperar sem saber com que rapidez a água sobe. Quando um rato passava ao alcance da mão, eu dava-lhe um soco. O rato estrebuchava. Às vezes resistia e continuava a nadar, desesperado, engolindo água. A maioria das vezes, porém, desfalecia e morria afogado. Já havia vários cadáveres de ratos boiando, barrigas para cima. Os vivos contentavam-se em nadar, olhinhos arregalados de medo. Eu me armei de paciência. Lembrei do bebum de sotaque estranho a quem ajudara a abrir a porta do Rolls Royce Silver Wraith. Um carro desses em Porto Alegre é um perigo.

— Tenho o pressentimento de que o julgamento do senhor Maioranos nos dará muito trabalho.

Julgamento? E porque raspavam as cabeças?

A água já chegava à altura da minha barriga. Aproveitei para dar mais uma porrada num rato descuidado. Dar porrada em rato é um sonho universal. Vi ele afundar e tornar a emergir, guinchando.

— Não está mais com fome agora, filho do esgoto?

Me surpreendi com o ódio posto no grito. Mas então, pasmem, comecei a sentir fome. O nervosismo e a tensão me fizeram esquecer a dor das mordidas. Porém, agora, sentia fome. Aguda, premente. E ainda por cima, a calma que se estabeleceu na cela me deu sono. Era lógico. No meu emprego temporário de vigia de estacionamento não dormia durante a noite.

Bem que gostaria de saber quanto tempo se passou. Gostaria de estar a alguns metros dali, na prosaica avenida Borges, no tumulto da sólida e amada Borges. Seria uma manhã de quinta-feira, como qualquer outra, vulgar, começando a esquentar com gente apressada e anônima. Os ônibus e os carros estariam envenenando o ar. Doce veneno!

Princípio de inverno em Porto Alegre. A vida continuava. E eu ali, naquela cela escura, com a frágil esperança de que a água aumentasse o suficiente para que pudesse flutuar até a abertura no alto da parede.

A água já estava no meu pescoço. Não via mais o local onde a tubulação rompera. A água subia parelha. Sou obrigado a ficar na ponta dos pés. Os minutos escorrem. Preciso boiar.

A janela está a trinta centímetros do meu braço estendido.

Flutuo, batendo suavemente mãos e pés, a maior parte do tempo apoiado na tubulação que rompera. Felizmente, a água não estava muito fria. O teto da cela está próximo. Nado em direção à janela. Minha mão está a um palmo dela. Tento mais uma vez: alcanço a borda.

Sinto a volta daquela alegria sem jeito, constrangedora, que me deixava cara a cara com meu lado primitivo. A abertura era estreita, mas poderia passar, mesmo deixando a pele. Tomo impulso e subo. Minha cabeça entra na abertura, agora os ombros. Poderei passar. (Evadir-se é uma palavra ungida.) Do outro lado está o corredor e o início da salvação.

A tradição ordena que haja guardiões, mas não vejo ninguém. Espero, empoleirado. Os olhos necessitam tempo para acostumar-se com a nova qualidade do escuro. Algo se arrasta. Firmo o olhar. Algo se arrasta no piso molhado. Sinto, um a um, todos os pêlos do meu corpo se eriçarem do mais legítimo e compreensível horror.

Dois metros abaixo, no corredor da salvação, então, pacientes, pesados, aparentemente dormitando, os meus guardiões.

Seis jacarés, brilhosos, imóveis.

O que está mais à direita abre os olhos amarelos e os dirige para mim, tiritante no alto da estreita janela.

Pareciam ter de dois a cinco metros de comprimento, cada. Moviam-se quase imperceptivelmente, sem ruído e com certa imponência. Para escapar, teria de passar por eles. Examinei as probabilidades, enquanto dominava o tremor: dar um salto e sair correndo era uma; descer vagarosamente pendurando-se, e afastar-se de mansinho, a outra.

A primeira possibilidade tinha um risco: escorregar ao cair. Sabia como o chão era resvaloso. Uma vez no chão, seria presa fácil. Boca de jacaré, sabe-se, não tem o mesmo diâmetro de boca de rato. A segunda possibilidade comportava ainda outro risco: ao descer sigilosamente pela parede, grudado a ela, ficaria com os braços imobilizados, pois estaria suspenso por eles. Desse modo, impotente, não poderia tentar um salto para longe. Não teria condições para o impulso. Se os monstros me vissem nessa posição — e parece que já tinham me visto — estaria à mercê deles.

Apoiei-me no vão da janela. A água subia cada vez mais. Os ratos, exaustos, começavam a afogar-se dando guinchos agudos. Senti um princípio de desmaio, um desfalecimento, vislumbrei a sala de cinema das matinês da infância quando as cortinas se abriam e todos começavam a bater os pés, abateu-me uma pena imensa de mim mesmo, empoleirado nessa janela, trêmulo, cercado pela água suja, pelos ratos agonizantes, por seis jacarés mudos. Os ombros mordidos roçavam nas laterais da janela e doíam. A dor começou a tornar-se mais sólida e palpável, parafuso a enroscar-se nos nervos, dentista debruçado sobre mim.

Saltei.

Claro: um gelo na barriga. O chão não chega nunca. Estou caindo, caindo, caindo, pobre de mim, caindo num espaço sem fim. Não. A queda durou quatro segundos. Bati com os pés juntos no piso e escorreguei de costas. Choquei contra a parede em frente. Vi o luzir amarelo dos olhos malditos. Avançavam mais rápido do que supus. Levantei-me, escorreguei, firmei-me nas pernas e corri pelas trevas, braços estendidos para prevenir-me de algum choque, pernas abertas para aumentar o equilíbrio, sabendo-me grotesco e vulnerável. Escorreguei duas vezes, escorei-me com as mãos, dava olhares angustiados para trás e via sempre os olhos brilhando.

Eles me seguiam! Virgem Santa, eles me seguiam!

Ouvi novamente ruído de água torrentosa, percebi o gotejar do teto invisível, aspirei o bolor e o encerramento e a umidade. Engasgava-me. Estava completamente molhado e sabia que já começava a transpirar. Estava mal na foto. Não agüentaria correr muito tempo. Ainda perdia sangue das mordidas dos ratos. Olhei para trás.

— Voltem, lagartos desgraçados!

Tudo errado. As espécies vivas uniam-se contra mim como numa conspiração. Essa não é aventura para um detetive pacato. Detetives envolvem-se com louras enigmáticas, de cabeleiras verdadeiras, embora oxigenadas; assassinos sofisticados ou com guarda-costas truculentos, mas do sexo masculino; casos de solução complicada, requerendo raciocínio e mentalização. Ratos, jacarés, porões é outro gênero. Bem me dizia Olga que deixasse de vagabundagem e procurasse trabalho. E — cúmulo dos cúmulos! — o corredor terminava.

Terminava. Finito. Não tinha mais corredor.

Era uma impossibilidade física continuar avançando. Se eu não sonhava, se isto não era um sonho como nesses filmes de mau gosto onde se constata no final que tudo é um sonho do protagonista, o corredor realmente terminava, pois minhas mãos estendidas esbarraram em algo sólido.

Algo sólido — absolutamente sólido — e frio e úmido e porejante. Uma parede, portanto. Um homem não pode atravessar uma parede.

Eu sou apenas um detetive sem clientes. Não possuo poderes sobrenaturais. Não tenho a Força nem nada parecido. Não posso gritar "Shazam!" e um raio me transformar em algo maravilhoso. Não posso passar pela parede, olimpicamente, como um fantasma inglês.

Mas, se não passar, estou ferrado.

Porque, metódicos e firmes, os olhos amarelos avançam na escuridão. Enlouqueci durante quinze segundos: avancei contra a parede a soco e pontapés. E a parede emitiu um som metálico que ressoou lugubremente em ecos pelo corredor.

Estremeci, convulso. Era uma porta! Joguei-me a ela, abracei-me a ela, beijei-a.

— Quem é?

Uma voz! Uma voz humana!

— Abram, pelo amor de Deus! Abram!

— Quem é?

— Sou eu! Cid Espigão! Estou aqui no corredor! Abra!

Eu sou Cisco Maioranos Júnior. Muito prazer.

O bebum de sotaque estrangeiro!

— Sou o cara da boate! Abra! Abra, rápido! Vou ser devorado. Abra, pelo amor de Deus!

— Não posso abrir. Está fechado a chave.

— Abra, imbecil! Abra, abra, faça qualquer coisa.

— Vou tentar, caro amigo. Mas por que tanta pressa?

— Abra, seu idiota, abra!

— Roma não se fez num dia.

Os olhos amarelos se aproximavam. Joguei-me contra a porta, arranhei-a até sangrar as unhas, deixei nelas baba, lágrimas, suor.

— Eles estão chegando! Abra! Abra antes que me agarrem!

— Está fechado a chave.

Ouvia os ruídos do outro lado, a tentativa em abrir a porta. Mas estava perdido. As feras moviam-se já a menos de dois metros.

Já podia ver o contorno dos corpos compridos, o cintilar da água nos dorsos, o sorrateiro mover da cauda. Fechei os olhos e esperei o contato com os monstros. Mas por algum motivo eles não avançaram. Esperavam. O bote sairia imprevistamente, não teria chance nem de tirar o corpo fora. Colava-me à porta, as costas contra ela. E os monstros ali, parados, movendo as caudas, os olhos amarelos brilhando. Achei que desta vez era mesmo o fim. A debilidade que se apossou de meu corpo acabou até com o tremor das pernas. Comecei a cair para trás. Meu senso comum protestou: eu não podia cair para trás se estava encostado na porta.

Duas mãos me seguraram por baixo dos braços. Os jacarés deram o bote.

Cisco Maioranos Júnior me largou e segurou a porta. Foi bem a tempo. A porta se fechou — blam! — mas ficou preso nela um focinho esverdeado, onde brilhavam dentes recurvos, brancos e afiados.

— Ajuda aqui! Eles querem entrar!

Escorava a porta com o corpo, mas ela cedia lentamente à imensa pressão do outro lado. Levantei-me e joguei-me contra a porta. Ambos nos grudamos a ela fazendo toda a força de que éramos capazes, mas a pressão do lado de fora começava a vencer.

— Cadê a chave? — berrei. — Como você abriu?

— Com a fivela do meu cinto!

— Então tenta fechar, pô.

— Impossível. O bicho não tira o focinho daí!

— Dá um chute nele.

Pareceu considerar a sugestão, mas maneou a cabeça.

— É uma tentação, mas receio que ele morda meu pé.

Olhei o focinho úmido, esverdeado, imprensado entre a porta e o marco. Os dentes pareciam rir de alguma coisa muito engraçada.

— Você já viu coisa igual?

— Na Disneylândia.

O focinho do monstro na porta começava a ganhar terreno.

— Cuidado, ele está entrando. Força!

Empurravam a porta com todo o corpo e todas as energias, mas o focinho avançava milímetro a milímetro.

— Acho que esses bichos são treinados lá na Disney. Eu vi vários assim, bem treinados, fazendo coisas, obedecendo a ordens.

— Você acha que esses bichos vieram de lá?

— Bem, isso eu não posso afirmar, mas aqui no Brasil não existem espécimes tão grandes.

— Como não? Você não conhece a selva amazônica. Os jacarés da Flórida são pinto perto dos nossos da Amazônia.

— Não me parece provável.

— Esses bichos são bem brasileiros, eu sinto pelo...

A porta avançou mais de um milímetro. Os pés dos dois homens resvalaram no piso.

— Segura, segura, vão entrar.

Nos olhamos em pânico.

— Vão entrar — murmurou o sujeitinho quase chorando.

— Precisamos fazer alguma coisa.

— O quê?

— Um drible. Se a gente abrir a porta de repente eles vão parar lá no fundo.

— Idéia engenhosa, meu caro. Mas tenho minhas dúvidas. Esses bichos são bem treinados. São utilizados até pela CIA.

— Pela CIA?

Olhei com respeito o focinho introduzindo-se pelo vão da porta. Cisco Maioranos Júnior confirmou com um grave sacudir de cabeça. A porta avançou mais.

— Força, força!

Estávamos roxos pelo esforço.

— Acho bom seu plano — gemeu Júnior.

— Muito bem — disse — vou contar até três.

Nossos pés escorregaram um pouco mais.

— Um!

Nos olhamos nos olhos.

— Dois!

Um pingo de suor entrou no meu olho. Senti a inevitável tentação de coçá-lo. Cheguei a transmitir aos dedos da mão o comando do cérebro, mas reagi no último instante. Não podia fraquejar agora.

— Três!

Nos jogamos para o lado e uma coisa longa e esverdeada entrou deslizando quarto a dentro, as unhas deixando sulcos no piso musgoso, e bateu contra a parede do fundo. Saímos da cela num átimo. Estacamos, arrepiados: dois jacarés esperavam-nos no corredor, cortando-nos a retirada.

— São mesmo treinados! — exclamei, estupefacto com a tecnologia moderna, mas não havia tempo para admiração. Ameaçamos para um lado e saímos pelo outro. Corremos, puxando-nos, dando-nos as mãos, escorregando, tornando a levantar. Os monstros ficaram para trás.

— E agora?

— Correr — respondi —, correr!

Corremos, trôpegos, indecisos, mas corremos. Só que não por muito tempo. Onze passos mais e não encontramos chão. Como o interminável grito de gol do locutor esportivo na longa tarde de um domingo, iniciamos a queda no abismo.

Capítulo 4

O grito ecoava nas paredes negras como talvez não ecoou o grito de Alice enquanto caía no poço. Dávamos voltas sobre nós mesmos. Dávamos voltas sobre nós mesmos apanhados na aura intangível de movimentos harmoniosamente lentos, envoltos num coral de vozes femininas que entoava cânticos de doçura infinita e tocados por essa luz crepuscular, doce e profunda, que é uma carícia sonolenta e que lembra um entardecer futuro, na praça de uma cidade do interior, no momento em que se acendem as luzes nos postes e se é tocado pela graça da plenitude.

Afundamos suavemente na água.

Como num berço, como no sonho da volta ao ventre materno, ignorando as sereias que nos acenavam e faziam burlas e os olhos incrédulos dos tolos peixinhos vermelhos, nos deixamos afundar e flutuar sem pressa ou medo entre corais, ruínas de cidades submersas e o nobre prisioneiro do bosque de algas, o Galeão Espanhol, velas em tiras, faminto e alegórico e orgulhoso.

Então, faltou-nos o ar. Mãos e pés batendo urgentes pela busca da superfície. As duas cabeças emergindo ao mesmo tempo, ávidas de oxigênio.

Ar puro!

Respiramos com prazer, bêbados de felicidade e deslumbrados pela luz crepuscular que parecia vinda do futuro.

Flutuamos olhando o teto severo, rocha escura como grandes nuvens redondas, mas a corrente nos levava, clara e verde, entre duas paredes de argila dourada e transparente, emitindo reflexos cintilantes, como se houvesse minúsculas estrelas incrustadas nela.

— Você sabe nadar?

Júnior ergueu o polegar.

— Nem é preciso nadar — disse —, basta ir boiando que a correnteza nos leva.

Era a melhor alternativa. Instintivamente, o que nossos olhos buscaram primeiro foi a proteção de margens seguras. Mas não havia margens. O rio terminava diretamente nas altas paredes cintilantes que desapareciam nas trevas de pedra do teto. O único jeito era seguir mesmo a corrente. E isso não era tão difícil.

— Onde isto vai dar?

— Não tenho a menor idéia.

— Você não é de Porto Alegre?

— Não conheço esta parte da cidade.

— Vamos relaxar. Em algum lugar isto deve ter fim.

Nos deixamos levar aos poucos também pela idéia que flutuávamos num rio fluindo pela nave de gigantesca catedral de pedra consagrada a algum deus desconhecido cujos vitrais resplandecem de luz misteriosa.

— Você está todo com feridas. O que lhe aconteceu?

— Ratos.

— Tiras?

— Não. Ratos ratos.

— Ratos de verdade? Então elas falavam a sério? Que espécie de brincadeira é essa? E que lugar é este?

Parei de nadar, chateado.

— Como eu vou saber isso tudo? Acho que é você quem pode ter algumas idéias para explicar isto. Foi a você que seqüestraram.

Júnior esticou um silêncio culpado.

— Tudo que eu sei — disse com amuo — é o que elas me disseram. E o que elas me disseram me deixou mais confuso. Disseram que durante o julgamento eu saberia da verdade e adoraria o Senhor delas. O que você acha?

— Não acho nada. E sugiro que fiquemos de boca fechada para poupar as poucas energias que me restam ou vou acabar morrendo afogado depois de escapar de ratos e jacarés.

— Desculpe. Não era minha intenção.

— Depois você me conta o que elas disseram.

— Será um prazer.

Nadamos em silêncio, poupando forças. A correnteza tornava-se mais intensa. Pouco a pouco a água verde e clara foi transformando-se numa cor ambarina e ornando-se de pequenas ondas que cresciam a cada metro que avançávamos, até tornarem-se de bom tamanho, com cristas de espuma. Percebemos a transformação e nos entreolhamos.

O passeio começava a tornar-se perigoso. A velocidade da água começou a aumentar cada vez mais. O fragor da corrente foi ouvido pela primeira vez. O som ecoava nas paredes cintilantes e retumbava misturado à luz misteriosa, que manava da transparência da argila. A espuma fervia soprada por um vento silencioso. A água, cuja velocidade aumentava sem parar, tornava-se mais escura pois a luz da parede também diminuía, à medida que éramos tragados para o interior da caverna. A luz sumia rapidamente. Adiante de nós tudo era escuridão.

Pensei que estava sendo arrastado por alguma mente maligna para algum lugar pavoroso. Fui tomado pelo sentimento aterrorizante de que algo vivo me atraía com um poder inimaginável.

A água rugia. A luz crepuscular desapareceu. Fomos envolvidos por ondas colossais e arrebatados para o coração de uma noite assombrosa.

Você pensou que estava sendo triturado por um centrifugador gigantesco. Você percebeu os ossos estalarem e engoliu água até a náusea. Você perdeu o domínio do corpo, os braços e as pernas pareciam alheios a si, debatendo-se sem sentido e sem propósito. Você começou a ficar leve, deixou-se conduzir ao fundo. Você escapou da fúria das ondas, retomou o domínio do corpo, reconheceu os próprios braços, experimentou a excelência do comando das pernas, começou a subir em busca de ar. Você chegou à superfície: o turbilhão desaparecera.

A água estava agitada, grossa e suja, mas as ondas imensas não mais rugiam. A água cheirava mal, sua mão tocava detritos. Você deixou-se boiar. Ia sendo levado sem pressa. Começava a estabelecer-se um princípio de luz. Era uma penumbra que permitia reparar na existência de paredes curvas. Continuou avançando na direção da luz, sentindo chegar nos limites da resistência. Não estava em forma para tanta agitação. E então, com espanto, com susto, com revolta, com renovado desespero, constatou que seu caminho terminava. Descendo em curva, áspero e surpreendente, um paredão barrava-lhe o caminho.

Você esmurrou a água. Olhou ao redor, apoiado numa esperança sem recursos viáveis, e pouco via, a não ser o vulto das paredes, o movimento da água e a luz feminina escoando como uma sombra da torrente.

Apesar da parede, a água continuava seu curso. Não se detinha. Devia haver uma passagem, portanto, por baixo da parede. Voltar era impossível. Não tinha escolha. Você precisava mergulhar e procurar um caminho. Você encheu os pulmões de ar para o aventuroso mergulho e logo expeliu-o de uma só vez, arrepiado de susto.

A meio metro de você, uma coisa emergia da água. Protegeu o rosto. Era Júnior. Perdera-o no turbilhão e aí estava, também assustado. Palmadas nos ombros, frases ditas ao mesmo tempo, risadas.

— Há uma cidade do outro lado — gritava Júnior excitadíssimo —, uma cidade imensa. Basta mergulhar por baixo da parede.

— Uma cidade? Que tipo de cidade? Porto Alegre?

— Não sei. É uma cidade imensa. Dá pra ver a fumaça, os edifícios.

— Você esteve lá?

— Só olhei. Voltei pra procurar por você.

— Voltou para me procurar?

— Bem, afinal somos companheiros nisto, não é mesmo?

Você concordou com a cabeça.

— Respira fundo — disse Júnior —, vai ser rápido. Um bom mergulho e a gente sai do outro lado. É preciso nadar por baixo da água só uns dois ou três metros.

— Tá bom, vamos.

Mergulharam. Você abriu os olhos mas não viu nada. A água era mesmo suja. Foram batendo mãos e pés, até sentirem a necessidade de ar para os pulmões. Subiram. Uma luz de fim de tarde os esperava.

— Lá está.

— É Porto Alegre.

— Como você sabe?

— Eu sei.

Arrastaram-se até a margem, rastejaram num lodo fétido, desabaram sem forças sobre a borda de uma montanha de lixo, enegrecida de urubus. Fecharam os olhos. Você não tem certeza se sonhou que os urubus o bicavam ou se isso de fato aconteceu, mas o que foi intolerável foi o pesadelo de que estava sendo arrastado de volta para o subterrâneo.

Acordou dando tabefes no ar e gritando por socorro. Olga lhe dizia aos gritos "eu já te avisei um monte de vezes pra diminuir o baseado, já disse que numa viagem dessas você vai ficar sem forças, já falei que numa dessas você não volta mais" e você levantou o lençol para dar uma espiada e percebeu que estava cercado por um bando de garotos maltrapilhos e sujos, que o arrastavam, puxando-o pelos pés, montanha de lixo acima. Um deles empunhava uma tocha na mão.

Olga estava morta. Tinha aberto o gás do fogão e metido a cabeça lá dentro. Olga não poderia, portanto, estar a lhe dizer essas coisas e você se debateu, gritando, esbravejando, procurando se soltar. Os garotos riam, a tocha aproximou-se de seu rosto, você deu um salto.

Júnior estava no cume da lixeira e apagava com desespero, brandindo uma estopa, o fogo que subia pelas suas pernas. Os urubus davam vôos rasantes, os garotos gritavam e jogavam latas e pedras. Você ajudou a apagar o fogo e saíram em disparada montanha de lixo abaixo, perseguido pelos garotos e pelas latas e pedaços de pau que eles jogavam.

Chegaram numa estrada de terra, atacaram uma carroça carregada com lixo, puxada por dois cavalos esqueléticos, e obrigaram o condutor, um negro mirrado e doente, a levá-los até a rua urbanizada mais próxima.

Deixou-os numa pracinha coberta por um céu vermelho. Escurecia.

— Onde você mora?

— No Centro. Na rua da Praia.

— E você?

— Estou no Plaza.

Aproximaram-se da parada de táxis. O chofer relutou ao ver-lhes o aspecto.

— Ou faz a corrida ou nos deixa numa delegacia.

— Sofremos um acidente.

— Está bem — resmungou o chofer —, mas limpem bem os pés, acabei de lavar o carro.

Capítulo 5

Você desceu, o táxi arrancou. Parou um momento para vê-lo dobrar a esquina da Canabarro. Subiu as escadas como se flutuasse na redoma de um sonho. Arrastou-se pelo corredor escuro. Na porta do seu apartamento, o homem acocorado levantou-se. Tinha uma mala de couro, amarrada com barbante. Usava chapéu de barbicacho, vestia bombachas e calçava botas.

— Mas y que tal le vai, parente?

Você percebeu o lenço vermelho no pescoço, o aroma do fumo crioulo. Você começou a cair.

— Barbaridade, tchê! Tu tá mais feio que rodada em lançante!

Você caiu de cabeça no piso de madeira do corredor, afundou numa coisa macia. A escuridão.

Encontrava consolo na escuridão, nos pequenos ruídos pacíficos: cochichos, riscar de fósforo, torneira pingando, trinco de janela, buzinaço distante, vozes em tom piedoso.

— A febre baixou?

— Agora, baixou. Não vê como ele está suando?

— A injeção fez efeito.

— Seguro. Senão ele já tinha dado com a cola na cerca.

— Vamos conversar lá fora.

O melhor mesmo eram os momentos de silêncio absoluto, quando não escutava vozes sussurradas nem buzinas nem gota de água na pia, só o oco morno e suave que instalava-se no meu cérebro. Então, flutuava. Comovido, bem alto sobre os telhados, a salvo, flutuava. Não tentava discutir essa sensação de vôo. Não sou idiota ou intelectual. Não argüia a facilidade, o morno, a delícia da asa batendo úmida de orvalho. Deixava-me tomar, envolver, aceitava a magia de saber-me protegido, o sonho primordial feito realidade: estava salvo.

Em outras ocasiões, vozes roucas, sibilantes, alcançavam-me na magnífica altitude e punha-me a escutar, desconfiado, tornando a sentir dores pelo corpo, coceira, cansaço, a pele pegajosa de suor, o quarto abafado, o distante rumor do trânsito e a ladainha das vozes piedosas.

— Hoje ele bebeu?

— Tudinho. Parecia um terneiro mamão.

— Já pegou um pouco de cor.

— Vai acabar mais corado que noivinha no pé do altar.

— Vou mandar mudar a roupa de cama.

— Bueno, vamos saindo. Mas me diga uma cosa: o senhor por acaso sabe adonde fica a estátua do Laçador?

Quando as vozes sumiam e sabia-me solitário num quarto vagamente conhecido, retornava à antiga sensação de desconforto e o vôo dava lugar a um perambular por corredores estreitos, resvalosos, descobria paredes úmidas que me embargavam o caminho, deslizava em escadas traiçoeiras, tropeçava em armadilhas maldosamente armadas, era perseguido e odiado por seres que não conhecia e a quem nunca encontrei antes, era caçado por uma horda faminta de pequenos animais frenéticos, meio ratos meio garotos, encurralado por um dragão enorme de olhos amarelos e de repente afundava num abismo gelado e então gritava, varado de horror.

— Calma, índio velho, calma.

O rosto era assustador. Pairava a centímetros do meu, escuro e peludo. Às vezes, aproximava-se; outras, recuava até uma distância imensa, tornando se pequeno e pontudo. Mãos duras e fortes como achas de lenha, olor de palheiro e fumo em corda, essa voz grossa que me tocava e me confortava e expulsava os horrores e começava a adormecer até ser transportado outra vez para o vôo, para a altura acima dos telhados, para a salvação.

Quando abri os olhos reconheci a lâmpada pendurada no teto. Reconheci-a porque, como sempre, estava envolta numa folha de jornal. Esperava que não tivessem posto fora a crônica do professor Ruy: futebol era tão importante quanto o cafezinho às dez horas da manhã.

As manchas de umidade no teto ainda não tinham se transformado. Continuavam a ser, na minha opinião, um homem com cabeça de touro. A mesa, no canto, cheia de papéis e jornais, era a minha mesa. A cadeira em frente a ela, estofada, e que custara uma nota mandar reformar depois que fora devorada por um jacaré intruso, também era familiar. Era a cadeira dos clientes, sagrada. Seria a última coisa a vender, empenhar ou trocar. Este era, portanto, meu apartamento e escritório, nº 100 da Andradas, popular e historicamente conhecida como rua da Praia. Ótimo. Isso significava que escapara da seita. Significava que os ratos...

Sentei-me na cama, o coração pulsando. As louras de peruca! Os ratos. O subterrâneo da Borges! Os jacarés!

Santo Deus, teria sido tudo um pesadelo? O baseado estaria batizado com alguma droga pesada? Procurei colocar os pés para fora da cama, a ferroada nas costas me fez desistir. Todo meu corpo doía. A tontura e a sensação de náusea voltaram. A coisa vai mal. Coloquei os braços contra o peito e alisei-os com a mão. Estava todo enfaixado. Os braços, o peito, as pernas. Vestia um pijama.

Levantei a ponta das calças do pijama e constatei que estava realmente todo enfaixado. Parecia uma múmia de filme americano de terror. Quem teria me enfaixado dessa maneira?

Tornei a recostar-me e a fechar os olhos: emergida do resplandor do luminoso, silenciosamente, aparecia a mulher mais bela do mundo.

Claro que isso pode parecer bobagem, mas deve haver o momento na vida de um homem em que ele encontra uma mulher que seja realmente a mais bela entre as milhões de semelhantes do planeta e entende que esse momento único é uma questão de destino.

Simplesmente, *aquela era a mulher mais bela do mundo.*

Tê-la nos braços deveria possuir um significado. Comecei a imaginar aquela mulher em meus braços, nua e transpirante, quando ouvi um ruído na porta.

Era ruído de chave. Quem poderia ser?

Depois que Olga morrera ninguém mais tinha chave do meu apartamento. A porta abriu-se e entrou uma figura enorme, maior ainda pelo chapéu negro de abas largas a encimar-lhe a cabeça. Usava lenço de seda vermelha, colete escuro, guaiaca com enfeites de prata, bombacha e botas. O rosto queimado, picado de bexiga, era ornamentado por um bigodão retorcido, grisalho, amarelado pela fumaça do palheiro.

O homem tirou o palheiro da boca e seu vozeirão estremeceu meus intestinos, ainda debilitados.

— Mas e que tal, parente?

Custei a encontrar voz.

— Tio Chinão!

— Em carne e osso. Barbaridade, tchê! Te carnearam lindo!

Dei um sorriso modesto. Meu tio estava verdadeiramente impressionado.

— Ora, tio, rotina.

— Mas, tá índio velho, se tu quiser posso te arranjar umas changas mais livianas lá por Alegrete. Outra dessas e hoje eu tava assistindo missa de sétimo dia.

Eu ri amarelo.

— Pois é, tio. A coisa não anda fácil. Mas, me diga, há quanto tempo o senhor anda por estas bandas?

— Três dias clavados. Por sinal, ficaste três dias te rebolando nesta cama, dizendo asneira, revirando os olhos. Quase que mandei chamar o padre.

— Alguém esteve aqui?

— Alguém pra me dar uma mão? Bueno, esteve o italiano esse da esquina. Prestativo, o gringo. Fiquei freguês dele. Até assou um churrasquinho pra mim um dia desses.

— O Giovanni é boa gente.

— Pois é mesmo. Emprestou lençol para trocar porque os teus ficavam ensopados cada meia hora. E mandava sucos e caldinhos e coisa e tal. Mas tu não comia quase nada. Pra não desperdiçar, eu mesmo mandava pro buxo.

— Tá certo. Mas então, tio, que novidade é essa? Visitando os pobres.

— Pois é, tchê, pra tu vê. Resolvi me aposentar.

— Aposentar?

Meu visitante fez um gesto de desânimo.

— Tô pior que cachorro comedor de ovelha, tchê. Não sirvo pra nada.

— Que é isso, tio?

— Verdade, parente. Não hai porque se enganar. Tô um caco. Não posso ficar mais de meia hora montado num cavalo que já me dá uma pontada aqui na virilha que retumba de vereda no custilhar. Pior que um lançaço! E dale com médico, dale com rezadeira. O patrão começou a mostrar cara feia.

— O doutor Aníbal?

— Fazendo bem as contas; tchê, trabalhei pra ele mais de quarenta anos. Grande homem. Mas agora eu não prestava mais, trabalho de campo é brabo. É trabalho pra xiru novo.

— Ele despediu o senhor?

Tio Chinão mostrou cara de surpresa.

— O doutor Aníbal? Tu tá louco.O doutor Anibal é um homem de lei. Me aposentou.

— Quer dizer que o senhor vai receber uma pensão?

— Bueno, eu tinha umas vaquinhas lá. Fui guardando um dinheirinho e um dia comprei as bichinhas. Bueno, agora o doutor Anibal comprou elas. E vai me largando dinheiro de apoquito. Ele diz que eu sou flor de chineiro, que é pra eu não botar tudo fora de uma vez.

Escorreguei devagar para debaixo dos lençóis.

— Então essa é a aposentadoria, tio? Depois de trabalhar a vida inteira pra ele?

— É pra tu ver como são as coisas, parente.

Suspirei, acho que com ódio. Começava a transpirar. Meu tio alvoroçou-se.

— Barbaridade, tchê! Nós aqui proseando como duas comadres e tu aí mais morto que vivo. Vou lá no gringo mandar preparar um puchero bem sustancioso. Agora tu já tem condição de comer como gente.

As palavras de tio Chinão começavam a me chegar entrecortadas, o som de sua voz ecoava como um tambor furado. Já adormecia quando a voz escorreu para dentro de meus ouvidos, como uma baforada de fumo:

— Tchê, parente, tu sabe adonde fica a estátua do Laçador?

Adormeci. Não ouvi o homenzarrão retirar-se na ponta das botas, fechar a porta com cuidado para ela não ranger. O quarto silenciou. Duas moscas perseguiam-se com intenções pouco cristãs perto do meu nariz. Afastei-as dormindo. No torpor do quarto abafado, entre o zunido das asas das moscas e a letargia de ar reprimido pelo encerro, imiscuiu-se outra presença silenciosa, deslizante. Secreta. Percebi-a na leve contração dos músculos, no pequeno arrepio dos pêlos do braço. Alguma coisa acontecia enquanto eu dormia: alguma coisa suave e calada acontecia rente a meu sono. Alguma coisa roçava meus nervos adormecidos, o agoniava, o fazia arranhar a superfície volátil do meu sonho. Acordei sobressaltado. Pareceu-me que tinha sonhado, mas não sabia o quê. Olhei ao redor, já lúcido, já preparado, e cortei a respiração.

Era algo fácil de fazer e foi mesmo o único que me ocorreu: cortei a respiração porque, por baixo da porta, imaculadamente branco, palpitante como algo vivo, deslizava, para dentro do quarto, um envelope.

Quando o envelope estava inteiramente dentro do quarto, você notou a sua enervante sensação de alegria. Ali, a poucos passos, grande, branco, indiscutivelmente imóvel, arcaico e solene no seu aspecto físico, jazia misterioso envelope, evidentemente contendo uma mensagem misteriosa, obviamente enviada por alguém misterioso que cristalinamente desejava conservar essa singular condição. O pequeno cubículo abafado esplendia de mistério! Mas você não se deixou levar pelos acontecimentos. Sabia que a coisa era grave. Precisava retirar o resto do salário de vigia do estacionamento da boate e resgatar do penhor o Smith Wesson 32.

Porra. Você não pode impunemente ser utilizado como pasto de desprezíveis roedores.

A porta abriu. A bota nº 44 do tio Chinão aplastou a missiva misteriosa.

— Olha a bóia, tchê.

— Tio, quer ter a bondade de me alcançar esse envelope debaixo de seu pé?

— Mas, claro, tchê!

Equilibrou a vianda que trazia na mão.

— Cartinha duma piguancha enrabichada! Eta taura bandido.

— Não sei quem é o remetente, tio.

O envelope, fechado com fita adesiva, não tinha remetente. Abriu-o, tomado de ansioso tremor. O velho Chinão foi abrindo a vianda.

— Olha a bóia, guri. Não é grande coisa. O puchero fica para outro dia porque ia demorar muito. Veio um carreteiro mesmo. Carreteiro de cidade. Não é a mesma coisa...

O papel que você tinha nas mãos era de fina qualidade, sedoso, com o timbre do Plaza San Rafael.

— *Prezado senhor Espigão, caro amigo.*

Passei duas vezes no estacionamento da boate Acapulco mas não o vi. Não me atrevo a visitá-lo pois suspeito que estou sendo seguido. Não me dirigi à polícia porque, como o senhor há de entender, os acontecimentos em que involuntariamente o senhor foi envolvido têm um aspecto, para mim, estritamente particular. Tomo a iniciativa de convidá-lo para jantar comigo hoje à noite, oito horas, na churrascaria Bar-

ranco. Tenho dois motivos. Um, de ordem pessoal, que será o prazer de revê-lo em condições mais amenas. Outro, exigência dos acontecimentos, que é consultá-lo profissionalmente.

Um abraço cordial.

Cisco Maioranos Júnior

Você dobrou a folha, meticuloso.

Você tinha um cliente.

Poderia exercer novamente, depois de pausa forçada, sua nobre profissão. Tio Chinão percebeu vestígios de satisfação no seu rosto e estendeu-lhe o prato.

— Toma, tchê, come. As notícias são buenas? Tu tá mais faceiro que potrilho de cola atada.

Você bateu com o dedo no envelope.

— Negócios. E a oportunidade de conhecer detalhes de uma situação que me interessa.

— Falando nisso, tchê, posso saber o que foi que te aconteceu? Ficaste debaixo dum bonde por acaso?

— Faz mais de trinta anos que acabaram com os bondes em Porto Alegre, tio. E se lhe conto a verdade vou passar por mentiroso.

— Isso até que nem é grande defeito. Taí o Candinho Bicharedo que até virou famoso por só dizer mentiras. Mas inda que mal pergunte, que tipo de negócio é esse teu?

— Investigações. Vou aclarar uns assuntos estranhos que estão se dando aqui em Porto Alegre.

— Estranho é a palavra! A última vez que andei por aqui foi lá por trinta e pouco. Não tinha nenhuma dessas casas entreveradas umas por cima das outras, só o Palácio do Comércio ali pertinho do rio.

Você comia com satisfação pela primeira vez depois de três dias. Um calorzinho amolecedor subia pelo seu corpo. O sono começou a dominá-lo. A voz de tio Chinão começou a ficar distante.

— No fundo eu sempre sonhei em viver uma temporada grande numa cidade assim de porte como Porto Alegre. Não sei quanto tempo vai durar minha aposentadoria. Depende da plata que as vaquinhas valem. Mas pegar no pesado no campo não posso mais. Isso é coisa pra frangote. Agora, se for preciso, posso fazer umas changuinhas por aqui, não é mesmo?

Você resvalava para uma praia mansa, o prato escapava de sua mão, os olhos se entrecerravam.

— A cidade grande é boa porque amontoa uma porção de gente. Às vezes, isso dá em bobagem, mas outras a gente topa com umas cabeças pensantes, cheias de novidades. Gente de cultura, sabe como é. Sempre admirei gente assim, de cabeça. Sô grosso mas não sô burro.

Não obteve resposta. Você dormitava numa praia pacífica e sonhava com uma frase tão bela quanto um cartão da Loto com treze pontos:

"Suspeito que estou sendo seguido."

Capítulo 6

Você está de barba feita e camisa limpa. Calça vincada. Sapato como um espelho. Você está diante de um espelho. Há meia hora, amorosamente, está diante do trincado espelho do seu minúsculo banheiro. Aparou, com rigor científico e inspiração artística, o bigodinho negro. Penteou-se oito vezes. Espalhou água velva no rosto. Borrifou perfume no lóbulo de cada orelha. No bolso da camisa depositou um lenço vermelho. Está esplêndido. Não vai encontrar nenhuma mulher. Você vai encontrar um cliente.

Abriu a porta do banheiro e entrou na sala da quitinete. Tio Chinão levantou os olhos do jornal e houve por bem arregalá-los.

— A la pucha, parente! Até fico encabulado. Tá que parece o príncipe de Gales. Vai pra algum casório?

— Negócios, tio. — E mudando de tom — Tio Chinão, posso saber onde está dormindo?

— Pôs, numa pensãozita ali perto do quartel.

— Que vergonha, tio, o senhor vem me visitar e tem que ficar numa pensão. Pegue suas coisas e traga pra cá. É apertado mas sempre cabe mais um.

— Bueno, tchê, tu que sabe. Eu me arranjo em qualquer canto. Não sou de luxos. Um pelego no más e ronco como um porco.

Você abriu a gaveta da escrivaninha e retirou de entre papéis velhos e pequenos objetos empoeirados o cachimbo. Limpou-o da poeira, soprando e lustrando com um lenço. Tio Chinão contemplou o objeto com assombro e exclamou um discreto "barbaridade.

— Inda que mal pergunte, esse negócio é mais ou menos do mesmo tipo que tu andava quando te encontrei feito morcilha no corredor?

Você mostrou um ar de indiferente.

— É o mesmo, tio.

— Oigaletê barbaridade.

— Vou andando, tio. Acho que volto lá pela meia-noite. Mas não me espere, neste ofício não temos hora. Em todo o caso, prometo: amanhã de manhã vamos tomar um chimarrão juntos.

Você saiu pelo corredor e espiou para dentro do apartamento do seu vizinho de porta. Ele a deixava sempre aberta. Olfateou o costumeiro aroma de incenso, queimando numa jarra no canto da sala. Na penumbra, em posição de ioga, olhos fechados, magérrimo, barbicha, cabelos nos ombros, Hecatombe meditava. Seu verdadeiro nome era Estanislau, mas no primeiro dia em que entrou no bar do Giovani e pediu mansamente um copo de leite, o negro Fivela não se agüentou: "O distinto aí parece que saiu duma hecatombe." Pegou. De algum modo, Estanislau saíra de uma hecatombe. Era um dos sobreviventes do apocalipse do final dos anos 1960.

Sem dúvida, era o Último Hippie.

Esses cabeludos que se esbarram na Ladeira e arredores vendendo artesanato não são hippies. São ávidos comerciantes. Hecatombe vivia parcamente de ministrar lições de ioga. Sempre apareciam algumas magrinhas nostálgicas que o olhavam com sagrada admiração. Circulava a lenda de que Hecatombe estivera uma temporada na Índia e fora discípulo dum guru famoso.

— Tudo bem, magro?

Hecatombe ergueu os olhos doces.

— Oi, magro, tudo jóia.

Você seguiu caminho. Desceu as escadas sentindo-se medianamente recuperado e feliz. Ainda era dia, mas os postes já acendiam as luzes. Instintivamente, contou o dinheiro. Dava para pagar um táxi e dividir a despesa. Computaria em "despesas diversas".

Parou o primeiro táxi que passava.

— Para Petrópolis.

O táxi arrancou. Não viu tio Chinão, envolto num pala de seda, entrar em outro táxi e comandar com voz de trovão:

— Siga no más aquele táxi!

Quinze minutos depois você chegou na churrascaria. Já estava escuro. O Barranco ficava numa esquina, alto sobre a rua, numa esplanada com muitas árvores e luzes.

Subiu os degraus que conduziam à esplanada. Havia muita gente, belas mulheres, executivos, jornalistas, jogadores de futebol. Havia risadas, burburinho de conversa. Cisco Maioranos Júnior apareceu na sua frente, ar de alegria.

— Que bom que você pôde vir, meu amigo! Que bom! Confesso que cheguei a temer que você não viesse. Claro que eu compreenderia. Mas você veio!

Estava excitadíssimo.

— Por que eu não haveria de vir? Temos muito assunto, não é mesmo?

— Tem razão, meu amigo, tem razão! — seus olhos mostravam agora preocupação. — Aconteceu tanta coisa horrível! — aproximou o rosto de você e murmurou com um acento onde procurava esconder o desespero — Preciso de ajuda.

Nos sentamos numa mesa próxima à calçada. O tráfego rugia, ou rangia, ou rosnava, um troço desses, o que você preferir, jogando sobre os freqüentadores fúria sonora e gás carbônico. Com chope gelado brasileiro engole tudo. Apesar do início do frio, ainda dava para sentar-se ao ar livre. Pedimos lombinho com queijo.

— Minha vida virou um inferno.

Sorri.

— Ameaças anônimas?

— Voz de mulher. É sempre diferente. Embora...

— Embora...

— Embora... bom, é uma bobagem... embora parecesse ser, e não sei explicar porque, a mesma pessoa.

Ele apanhou um cigarro numa cigarreira dourada. O cara era cheio de novidades. As mãos dele tremeram ligeiramente ao acender o isqueiro. Sorriu para desculpar-se.

— Estou fora de forma. E sendo muito mal-educado. Nem perguntei como você está passando. Quero crer que você foi ferido com certa gravidade naquele... subterrâneo.

— Estou bem. E parece que você também está.

— Estou um pouco nervoso. É a primeira vez que me acontece, três vezes ao dia, atender ao telefone e ouvir uma voz dizer que tenho uma dívida de sangue a pagar.

— Puxa vida.

— É. Já está ficando um pouco monótono. Além do mais, "dívida de sangue" é demasiado mexicano para meu gosto. Embora eu seja mexicano.

— Você é mexicano? Juro que pensei que fosse americano ou inglês.

— Pois é. Sou mexicano.

— Que tal se colocarmos um pouco de ordem na conversa e você me contar tudo direitinho?

— Contar o quê? Eu estava bêbado.

— As mulheres o conheciam.

— Mas eu não as conheço. O negócio delas é com meu pai.

— O que nos aconteceu lá no subterrâneo foi, realmente, muito interessante. Aliás, acho que vamos ter de repetir o passeio. Que lhe parece?

Júnior afogou-se com o chope.

— Repetir o passeio? Você diz... voltar lá?

Fiz um gesto de indiferença.

— Acho que será inevitável... um dia.

— Acho que você tem razão. Mas a idéia me dá calafrios. Só volto lá com a polícia. Ou uma guarda muito boa.

— Por que está em Porto Alegre? Por que não está em Roma? Londres? Paris?

— Tenho interesse em cavalos de corrida aqui na cidade, e sempre venho, duas ou três vezes por ano.

Seu olhar tornou-se de repente alerta. Acompanhei a direção dele mas não vi nada estranho.

— Eu moro a maior parte do tempo em Ciudad de México — continuou Júnior — ou então na fazenda do meu pai no Mato Grosso.

Beberiquei o chope, cocei o bigode. Parecia que via Cisco Maioranos Júnior pela primeira vez.

— Aquela noite na boate era minha segunda noite em Porto Alegre. Eu nem tinha feito os contatos que pretendia. Aliás, não fiz nada até agora.

— Você podia me dar fogo?

Atrás da voz rouca, sobre Júnior curvou-se um decote profundo, pingou uma cabeleira loura.

Não levantei os olhos. Imaginei a mão pálida, o cigarro.

Júnior estendeu o isqueiro e acendeu o cigarro, sem tremer. A loura agradeceu e retirou-se para a mesa do lado.

— Era sua segunda noite aqui — eu disse.

— É verdade, é verdade... — parecia levemente abalado. — Nesses dois dias não aconteceu nada que indicasse qualquer possibilidade de acontecer o que acabou acontecendo, entende?

— Entendo. O que elas lhe disseram quando você ficou só com elas, lá embaixo?

— Lá embaixo... Bom, a mulher no trono, você lembra?

— Perfeitamente. Ela me lembra alguém...

— Quem?

— Não sei. Uma atriz, talvez. Ou talvez seja uma fantasia minha.

— Não era. Tinha duas mulheres lá. Três, aliás. E muito estranhas. Parece que tinham saído dum gibi.

— Nada que não se encontre todas as noites no Bomfim ou na Cidade Baixa. O que ela disse?

— Bem... ela me disse, depois que levaram você, "senhor Maioranos, como vai Terry?"

— Terry? E quem é Terry?

— Foi o que eu perguntei a ela. Não tenho a menor idéia de quem seja Terry. Ela deu uma gargalhada e disse que estava muito cansada. Que já era tarde, que deveríamos dormir, o julgamento seria depois. E mandou me jogarem naquela cela onde você me encontrou, fugindo dos jacarés.

— Isso é tudo que você sabe?

— Tem ainda os telefonemas.

— Três por dia.

Recebeu o novo chope e levou-o aos lábios. Seus olhos voltaram a tornar-se alertas. Deixou o copo sobre a mesa, aproximou o rosto do meu.

— Não olhe agora, mas estamos sendo observados.

Olhei furtivamente para a loura.

— Lá atrás — sussurrou —, um sujeito estranhíssimo. Com um chapéu enorme. Eu já tinha reparado nele mas não dei importância. Aí eu percebi que cada vez que olhava para ele, ele se abaixava atrás de uma mesa. Vê se é possível. Deve ser um pistoleiro. Tem toda a pinta. Meu pai tem vários pistoleiros a serviço. Este usa um chapéu enorme e uma espécie de capa.

— Você está armado?

— Tenho uma Beretta comigo. É quase de brinquedo, mas depois do que aconteceu...

— Me dá ela por baixo da mesa. Vou ao toalete.

Apanhei a arma, guardei-a no bolso e levantei-me. Alguém abaixou-se rapidamente atrás de uma mesa, provocando certo alvoroço na gorda senhora que ali estava com o marido e obrigando um garçom a coçar desconfiado a cabeça. Apertei o cabo da arma dentro do bolso. Comecei a caminhar para lá, assobiando, com ar distraído e razoável afinação, o clássico "Cuesta Abajo", de Gardel e Le Pera. A senhora gorda tornava-se visivelmente mais nervosa. O marido, assustado e conciliador, contemplava o extraordinário ser curvado a seus pés e tentava aparentar naturalidade, como se fosse banal encontrar alguém de chapéu gaudério e pala debaixo das mesas, nas churrascarias porto-alegrenses.

Apertei ainda mais o cabo da pistola. Ela resvalava na minha mão começando a suar. O Inimigo estava atrás da cadeira da gorda a qual sacudia as banhas de tanto tremer. Dei fulminante meia-volta e apontei a arma, braços estendidos, pernas separadas:

— Sai com as mãos pra cima!

Hoje sei que fui um pouco teatral, mas eram tempos duros. Todos ao redor se abaixaram ao mesmo tempo. Vagaroso, primeiro as mãos cabeludas, depois o chapelão, depois, por fim apareceu a cara desolada de tio Chinão.

— Tu tá loco, tchê, o que esse povo vai pensar?

— O senhor, tio Chinão!

— Pôs então. Tava esperando quem? O Honório de Lemos?

Dei um riso amarelo para a platéia. Os freqüentadores foram voltando as suas posições normais. Alguns riam, outros estavam indignados, a maioria entendeu o fato como uma brincadeira, mas a maior parte da freguesia não percebeu nada. A senhora gorda dava sinais de passar mal. O marido a abanava com o guardanapo, aflito.

Voltei para a mesa com meu tio. Junior olhava para Chinão com certa estupefação. Apertaram-se as mãos, cerimoniosamente.

— O senhor quer beber algo, tio?

— Bueno... um liso de canha pra passar o susto.

Chamei o garçom com um sinal.

— Tio... o que o senhor anda fazendo por aqui e se escondendo desse jeito?

— Mas, tchê, tu acha que eu não tenho responsabilidade? Afinal, tu é meu único parente, que eu saiba. Acha que ia te deixar vir sozinho depois que te encontrei todo carneado? Além do mais, tu é meu único herdeiro.

— Eu sei me cuidar, tio.

— Deixa de bobagem, guri. Trata dos negócios que eu fico aqui, só bombeando pra qualquer precisão. Tu sabe que eu tô acostumado a pegar touro a unha desde que tenho seis anos de idade.

E dirigindo-se a Júnior:

— O moço não repare nos modos, que eu sou gente simples.

— Meu tio é homem de absoluta confiança — disse a Júnior, resignado. — Podemos continuar. Estávamos em que a dama no trono fez referência a um nome...

— Terry.

— Isso. Você disse que não tem a menor idéia de quem seja. Mas pode ser um código.

— Que sentido há em falar em código comigo?

— Aí que quero chegar. Acho que você é o homem errado. Elas andam buscando outro e confundiram com você.

— E os telefonemas? E como sabem meu nome? Não. Elas não estão enganadas. É a mim mesmo que elas querem. Mas, por quê?

Ficamos olhando para os copos. Eu não estava muito inspirado.

— Você pensou em procurar a polícia?

— Pensei, claro, mas tenho medo...

— Medo?

— É melhor deixar a polícia de fora, por enquanto. Eu não sei o que essas mulheres querem. Mas, de alguma maneira se relaciona com minha família. Elas falam em dívida de sangue... Parece nome de filme. É ridículo! Que dívida? Quem são elas? Como me conhecem?

Sua voz começava a tornar-se alta. Toquei seu braço. O garçom chegou e deixou um copo de cachaça para tio Chinão.

Começava a soprar um vento forte. As árvores agitaram-se, sacudindo as copas.

Júnior cravou os dedos no meu braço.

— Veja!

Na escadaria de acesso à esplanada, em pé, ereta, alta, inconfundível, magnífica em sua nuvem de mistério, torrentosa cabeleira crepuscular, óculos escuros e capa negra sacudida pelo vento, olhando na nossa direção, estava a mulher do trono.

— É ela — gemi.

— Vamos apanhá-la! É agora ou nunca!

Júnior precipitou-se, derrubando cadeiras e copos. A senhora gorda, sob a mesa da qual Chinão se escondera, restabelecia-se com suspiros e abanos, reclamando de falta de ar e da pressão arterial, quando foi atropelada por um trio tomado de pressa anormal. Na frente, educadíssimo, pedindo desculpas e fazendo rapapés, mas tomado de uma pressa — como diria Chinão — de tirar o pai da forca, um cidadão bem vestido, louro, olhos azuis. Em segundo, um indivíduo magro, *moi, évidemment*, de terno surrado, bigodinho aparado, lenço vermelho no bolso, brandindo um cachimbo e berrando sem parar:

— Alto, alto!

E quando a senhora gorda, suspirando pela passagem do furacão, supunha que chegara o momento de refazer-se, foi abalroada pelo monstro de chapéu imenso e estranha indumentária que se escondera debaixo de sua mesa, aos urros de:

— Abre cancha, abre cancha!

A senhora gorda rolou por cima do atônito marido, o atônito marido rolou por cima da mesa, os copos e garrafas rolaram para o chão.

Chegamos na avenida. Carros passavam, pessoas olhavam com surpresa a correria, a voz de Teixeirinha cantando "Coração de luto" surgiu de repente, ninguém sabia de onde. Tio Chinão surgiu, ofegante.

— Com que fim estão aperseguindo essa mulher?

— Precisamos conversar com ela, tio.

— Barbaridade, como mudaram os tempos.

O Rollys Royce de Júnior deu uma freada silenciosa diante deles. A cabeça de Júnior surgiu na janela.

— E ela?

— Perdemos de vista.

— Entrem. Vamos procurá-la.

Entrei na frente, ao lado de Júnior; Chinão atrás, meio ressabiado. Júnior me encarou com ar decidido.

— De minha parte foi bom revê-la. Agora sei que não foi um pesadelo. Quero contratá-lo.

— Falaremos disso depois.

Dobramos a esquina, o bairro tornava-se mal iluminado.

— Acho que a perdemos.

— Voltamos para o Barranco ou...

— Para o Barranco será desagradável. Saímos sem pagar e provocamos confusão.

— Essa Kombi parece que está vindo em nossa direção.

— Sujeito barbeiro. Ou desgovernou ou... cuidado!

— Está sem chofer!

A Kombi cresceu sobre nós como um bicho furioso. Júnior subiu pela calçada, desviou dum poste de iluminação por centímetros, espantou um casal de namorados do portal, avançou pela calçada e tomou novamente a rua. Parou e olhamos: a Kombi seguia rente ao meio-fio, numa velocidade média, luzes acesas, estranhamente sinistra. Bateu contra um poste de luz.

Expectativa: a Kombi estava imóvel contra o poste, iluminada, silenciosa. O casal de namorados refugiou-se no jardim da casa. Vira-latas aproximaram-se latindo.

— Vou investigar — disse.

Coloquei o cachimbo no canto da boca. Ao abrir a porta do Rolls Royce a Kombi explodiu. Foi uma explosão seca, abafada. Estilhaços de vidro se espalharam nos paralelepípedos da rua. Fumaça azulada irrompeu das janelas destruídas. Recuei para dentro do Rolls Royce.

A Kombi começou a incendiar. Labaredas vermelhas saltavam das janelas, iluminavam as casas e os jardins do bairro. Começou a aparecer gente, carros freavam, bruscos, estacionavam nos arredores, cães latiam.

Os três permaneceram dentro do carro, estarrecidos, iluminados pelo resplendor vermelho das chamas, olhando a Kombi consumir-se.

Chinão apanhou um cigarro de palha e começou alisá-lo entre os dedos.

— Oigaletê barbaridade! Se muito me engano, essa bandeada pro lado nos salvou o pêlo!

Começavam a soar buzinaços impacientes. Chegava gente excitada. Já havia uma pequena multidão cercando a caminhoneta em chamas. De repente, uma segunda explosão.

Houve uma debandada geral. Os cães ganiram. As chamas aumentaram.

— Vamos para casa.

Tornei-me sombrio e mal-humorado. Mastiguei o cachimbo, nervoso, pensando que diabo estará acontecendo.

— Precisamos fazer uma reunião. Conversar. Mas... primeiro, quero falar com o Hecatombe. Ele entende de seitas secretas. Depois, vamos nos armar bem armados.

Júnior olhou-me. Aquele olhar de súplica, outra vez.

— Armar? Você quer dizer pegar em armas? Para quê?

— Vamos voltar para o subterrâneo.

Capítulo 7

Sentamos num canto do bar do Giovani, silenciosos. Em nossos ouvidos repercutia o desagradável estrondo da explosão. Tínhamos solicitado ao gringo que mandasse um garoto chamar Hecatombe. Pedi um expresso, Chinão um liso de canha e Júnior uma água mineral.

— O que você faz além de negociar cavalos de corrida?

— Estudo filosofia em Ciudad de México.

— Bá! — exclamou Chinão. — Por isso que o mocito bebe água.

— Que idade você tem? — continuei, incomodado pela pouco gentil interferência do meu tio. — Me parece que você já não tem mais idade para ser estudante.

— Tenho 27 anos. Sou desses estudantes crônicos. Não sei se me entendem, mas acho que sou uma espécie de fracassado prematuro. Desculpem-me essa sinceridade, mas depois do que passamos juntos — e diante do que ainda pode acontecer — acho que tenho o dever de ser sincero.

— Mas você tem o negócio dos cavalos.

— Não é meu, é do meu pai. E a única coisa que ele me deixa fazer, desde criança eu tenho jeito para lidar com cavalos. Eu vendo, compro, mas somente por aqui, que é um pólo menos importante. Em Buenos Aires, no Rio, Los Angeles e mesmo no México, onde eu moro, ele é que trata dos negócios.

— Você falou que ele tinha capangas.

— Eu falei isso?

— Lá no restaurante.

— Bem... capangas não é o termo certo. São seguranças. Profissionais. Meu pai tem fazendas no Mato Grosso do Sul e propriedades na Bolívia e no Paraguai. Vocês devem ter notado que a chapa do meu carro é do Paraguai. Mas acho que o negócio principal são os cassinos, em Las Vegas.

— Você acha?

— Não tenho certeza. Ele centraliza tudo, não deixa ninguém tomar parte nas decisões de negócios importantes. E tem outros negócios: petróleo, indústrias... Mas eu sei muito pouco sobre isso. Passo meu tempo na universidade, preparando minha tese. Há dois anos estou preparando minha tese: Spinoza.

— Conheço — proferiu meu tio. — Pessoa muito correta.

Ambos o olhamos, incrédulos.

— O Spinoza de que o Júnior fala, tio, é filósofo.

— Benedictus de Spinoza.

— Bueno, esse de que falo, Gumercindo Spinoza, lá do Touro Passo, também era tirado a pensador. Sabe o que ele disse quando o cavalo deu um coice nos beiços dele?

— Tio, não vamos mudar de assunto. Estamos tratando de negócios.

— Pôs claro, tchê — e me puxando pelo braço: — Não aceita cheque. Nunca se sabe.

Giovani pôs o copo com cachaça, o expresso e a garrafa de água mineral na mesa.

— Olha quem está adentrando o gramado: o sábio oriental.

Passo preguiçoso, ar distraído, Hecatombe aproximou-se da mesa. Levava uma fita cor-de-rosa envolvendo a testa, os cabelos presos na nuca por um anel. Presa na fita, uma pena de pavão. Vestia sobre o tórax ossudo apenas um colete negro com bordados de lantejoulas prateadas, apesar do frio. Os braços, como galhos secos, caíam ao longo do corpo raquítico. Calças de veludo vermelho, sandálias de couro, pulseiras, colares, anéis, brinco numa orelha.

— Tudo bem, magro?

Pousou, distraído, uma mão no ombro de Chinão, que retesou o corpo.

— Ou o cidadão está fazendo pouco caso da minha pessoa ou está necessitando dum oculista.

— Tio, Hecatombe é meu vizinho. Convidei-o pra vir bater um papo conosco. Hecatombe, meu tio Chinão e Cisco Júnior.

Apertaram-se as mãos. Hecatombe sentou-se com o olhar na parede, sorriso imobilizado nos lábios, visivelmente curtindo as delícias de um paraíso ao qual apenas ele tinha acesso.

— O que você bebe, magro? — perguntei.

— Nada.

Chinão deu um risinho curto e grosso. Me puxou pela manga e cochichou:

— Tchê, parente, se tu tá pensando em enfrentar a bandidada com estes dois calças-frouxas, acho melhor tirar o cavalo da chuva. Tu vai precisar de reforço.

Ignorei o comentário.

— Magro, tu é estudioso de seitas secretas. Talvez pudesse nos dar uma mão num problema que enfrentamos.

— Fala, brother.

— Conhece alguma seita formada por mulheres que raspam a cabeça?

— Só isso?

— Atacam as pessoas aparentemente sem propósito e matam usando formas estranhíssimas.

— Como?

— Utilizando ratos, jacarés e até bombas.

Hecatombe pensou profundamente.

— Claro, magro, tem muitas.

— Muitas? Muitas o quê? Seitas?

— Oficiais e particulares.

— Sim, mas o que elas fazem? Que propósitos têm?

Hecatombe parecia dormitar. Sua voz diminuía. Todos no inclinamos para ouvi-lo melhor.

— Bem... em geral, adoram Satã, magro.

O Rolls Royce Silver Wraith, chapa do Paraguai, entrou na avenida Borges, rodando vagaroso. Estávamos calados, fumando, com exceção de Hecatombe.

— Esses só dão câncer, magro — murmurou para Júnior, que lhe oferecera um cigarro.

Chinão enrolara um palheiro e eu finalmente enchi o cachimbo com tabaco. Tabaco comum, de cigarro ordinário. Aparência é tudo.

Quando o carro chegou debaixo do viaduto, cutuquei Hecatombe.

— A porta é aquela, no outro lado.

— Engraçado, nunca notei.

— É difícil de perceber.

— A porta é muito pequena, mal dá para uma pessoa passar.

— Entramos ou não? — perguntou Júnior.

Houve um silêncio avaliador.

— Não trouxemos lanternas — lembrou Hecatombe.

— É, precisamos nos armar melhor — eu disse. — Já expliquei que minha Smith-Wesson está temporariamente desativada. E pra dizer a verdade não confio muito neste Taurus que o Giovani me emprestou.

— Mas eu tô com minha adaga e boleadeira — avisou Chinão.

— E como vamos abrir a porta? — perguntou Hecatombe.

— Eis aí um problema — coloquei. — É uma porta metálica e fechada com chave.

— Tenho umas ferramentas lá no hotel — disse Júnior.

— Com um pontapé — resmungou Chinão.

— Como, tio?

— Um bom pontapé e boto abaixo a tal portinhola.

— Certo, tio, mas e o barulho? A esta hora teremos complicações com a polícia. O que você disse que tem no hotel?

— Ferramentas. Lembra como abri a porta da cela onde eu estava para você escapar do jacaré? Abri com a fivela do meu cinto. Eu conheço alguns truques. Aprendi com um empregado de meu pai. Tinha sido arrombador.

— E para que você usa essas ferramentas?

Júnior corou outra vez.

— Só por diversão. Para mostrar minha habilidade em festas. Você não imagina como isso impressiona as pessoas.

— Vamos ao hotel, então.

— Eu acho que vou voltar para casa — disse Hecatombe. — Não é medo, não. É outra coisa. Não precisam me levar. É perto, eu vou a pé. Mas, olha, magro... estive pensando...

— Sim?

— Tu já pensou numa explicação para os ratos e os jacarés?

— O ser humano pode qualquer coisa. A tecnologia pode.

— Magro, para dominar essa estrutura toda de que tu me falou, porões, bichos... não é coisa deste mundo.

— Tudo é coisa deste mundo.

— Não brinca com isso, magro. Não desdenha. Elas têm poderes que tu nem imagina. Podem mobilizar o tempo, a natureza... Essas coisas existem, magro, é só querer ver.

— Para mim é difícil.

— Tu não aperta um botão e acende a luz? E tu consegue explicar, magro?

Nós o vimos afastar-se no seu passinho manso, rente à parede.

— Vamos ao hotel — eu falei — quero ver as ferramentas. E precisamos de lanternas.

Tio Chinão ficou intimidado no hall de entrada. Olhava desconfiado para os porteiros e mensageiros uniformizados, com caras de sono. Cochichou para mim:

— A milicada tá solta por toda parte, parente.

Entramos no elevador. Chinão escorou-se contra a parede, alerta; falou para o ascensorista:

— Praça, dirige com cuidado essa geringonça.

O elevador subiu veloz. Chinao dobrou-se, emitindo um risinho nervoso, involuntário.

— Tô até sentindo um friozito de me arrepiar a buchada!

Eu fazia o possível para ignorar os comentários do meu tio, todos proferidos com voz de trovão. O elevador parou.

— Bá, tchê, não me diz que já aterrizamo?

Chinão saiu do elevador desequilibrando-se.

— Até me deu tontura.

Olhou o número do andar na parede.

— Vinte e dois, barbaridade! Se a gente viesse de a pé ainda tava lá pelo primeiro andar.

Entramos no apartamento de Júnior. Confesso que pisei o tapete com cuidado, e olhei com admiração as paisagens campestres nas paredes.

— Sim, senhor, que luxo.

— Vocês querem beber alguma coisa? Vou pedir um uísque para mim — disse Júnior dirigindo-se ao telefone.

— Um café — disse.

— Don Chinón?

— Um liso de canha para passar o susto.

Júnior depositou o aparelho no gancho sem fazer os pedidos. Eu e meu tio, admirados, olhamos na direção de Júnior. Estava pálido e olhava para a outra peça, estarrecido. Seguimos a direção do seu olhar.

Havia uma sombra parada no meio da peça em penumbra.

— Boa noite, nobles senholes.

A voz era pausada e artificial, como se fosse gerada por mecanismos sofisticados. A sombra deu um passo e apareceu na luz um oriental imenso, longa trança negra, de quimono amarelo. Inclinou-se solenemente. Usava uma espada atravessada na cintura.

— Desculpem a sulplesa. Mim, Chung Ching Chim, modesto assassino plofissional, contlatado pala acabar com noble existência senhol Júnior. Honorable senhor Júnior não ficar zangado com Chung Ching Chim. Nada pessoal.

E o gigante, desembainhando a enorme espada que cintilou como um raio, avançou na direção de Cisco Maioranos Júnior.

Uma cadeira caiu: Júnior recuava de costas.

— Alto lá, Fu Manchu — e apontei o Taurus.

O oriental olhou para mim com um sorriso de desprezo e falou num português perfeito:

— Fique fora disto, inseto.

— Largue essa espada.

O oriental avançou contra mim. Atirei. A bala acertou no peito, mas ele continuou avançando. Atirei novamente. As balas batiam no peito do gigante, que, sorrindo, erguendo a espada cintilante, atacou. A lâmina assoviou a centímetros dos meus cabelos eriçados de terror. Um pontapé arrancou-me a arma da mão. Vislumbrei Júnior subindo numa cadeira, surpreendentemente de óculos, apontando sua Beretta. As balas enterraram-se na parede acima da cabeça com trança de Chung Ching Chim. Este voltou-se, premiou Júnior com seu sorriso opaco e tornou a ocupar-se de mim. Ergueu a cintilante espada. E tio Chinão saltou sobre ele! O velho gaúcho subira numa poltrona de couro de porco, calculou a distância e saltou, adaga na mão. Chung Ching Chim, antes de desferir o golpe mortal contra mim, firmou os pés no chão e vibrou elegante — porém seca — estocada contra o homem que voava na sua direção. Um urro estremeceu o ar do quarto. Júnior tapou a boca com a mão. Eu me encolhi contra a parede. O golpe apanhara o pulso de Chinão e decepara, limpo, a mão com a adaga. Sem largar a arma, a mão descreveu uma longa curva no ar ao mesmo tempo em que girava sobre si mesma e espalhava jorros de gotas de sangue que se grudavam no teto e no piso, formando curiosos desenhos simétricos, até bater na parede, onde deixou uma mancha como um carimbo após soar como tal e cair no tapete. Chinão afastou-se cegamente entre os móveis. O gigante voltou-se para Júnior, que apontava-lhe, trêmulo de pavor, a pistolinha feminina. Júnior apertou o gatilho: clic. Apertou duas vezes: clic, clic. Chung Ching Chim, dominador, poderoso, aproximou-se do mexicano. A espada cintilante subiu sombria. Júnior começou a encolher-se. A cadeira sobre a qual estava também tremia. Avancei sobre o assassino.

Atento, sorridente, veloz, Chung Ching Chim girou e me enfrentou. Imobilizei-me no mesmo instante. Chung Ching Chim, em pé na sala, imóvel como tudo estava imóvel com exceção das gotas de sangue que pingavam do teto: e eu, curvado, infeliz, com o revólver inútil na mão e Júnior na cadeira, pássaro paralisado pela serpente. Nada se movia, senão tio Chinão: arrastou-se até sua mão que empunhava a adaga. Com a mão esquerda tentou recuperar a adaga. Era difícil. Os dedos da mão decepada agarravam-se decididos ao cabo. Soltava um dedo mas ele voltava, teimoso, a fechar-se em torno do cabo. Sua mão esquerda apanhou a mão direita do tapete e a ergueu bem alto, os olhos cinza transbordantes de paixão. Chung Ching Chim deu meia volta, brilho de admiração. O velho gaúcho, cabeça baixa como um touro, avançava dando gritos. O mestre oriental colocou-se em posição de combate. Agarrei um vaso e arremessei-o no momento em que meu tio chegava ao alcance da espada. O vaso atingiu a cabeça do assassino e o distraiu no momento em que Chinão embolou-se com ele. A golfada de sangue respingou nos móveis. Aproximei-me para ajudar quando vi meu tio ser erguido bem alto pelas mãos do gigante, vi-o debater-se, vi-o ser jogado em direção à parede. Tio Chinão voou num espaço de quatro metros, ululando selvagemente, batendo braços e pernas como se estivesse orientando o vôo, o pala de seda tremulando como a capa dum super-herói, o regueiro de sangue riscando o ar como o rabo de um foguete. E num estrondo ensurdecedor chocou-se contra a parede. Tudo estremeceu. Os quatro quadros com paisagens rurais caíram no chão. E tio Chinão, acompanhando os quadros, deslizou até o tapete, mole, bruscamente calado, e amontoou-se ali, como um saco de carvão. Houve um hiato de silêncio. Outro quadro, na parede em frente, caiu, atrasado. Chung Ching Chim olhou à volta para recuperar a espada.

Ela estava nas minhas mãos!

O oriental mostrou seu terrível sorriso para mim. Isso me desconcertou. A espada pesava mais do que imaginava. É difícil manejá-la, meus braços doem. Chung Ching Chim apanha o telefone sobre a mesinha. Parece divertir-se muito. Torce o telefone como se fosse um saco de papel. O aparelho esfarela-se em suas mãos. Chung Ching Chim inclina-se diante da mesinha do telefone. Levanta um braço, a mão estendida. Solta um grito assustador e a mão, como clava, desce fulminante e abre a mesa em dois pedaços. Júnior deixa cair a Beretta. Chung Ching Chim, sem abandonar o sorriso, aproxima-se da parede. Olha-a interessado, como se a estudasse. Recua um passo, concentra-se, cerra o punho direito, dá outro grito assustador e desfere um soco contra a parede. A mão entra como numa parede de papelão. O mestre oriental retira o braço sem dar-se ao trabalho de afagar a mão. Em seguida, agarra as bordas do buraco e arranca com facilidade dois enormes tijolos de concreto. "Agora o homem está armado", gemi. Chung Ching Chim, como prestidigitador na eminência de novo truque, mostra os dois tijolos para mim com sorriso modesto.

Chung Ching Chim tinha conseguido o efeito que desejava: com a espada cintilante na mão, doendo as juntas dos braços, recuando um passo a cada passo do oriental, eu tremia. Chung Ching Chim balançava um tijolo em cada mão, como se fossem bolas de tênis. Levantou um acima da cabeça e arremessou-o. Abaixei-me e o projétil passou como bala de canhão, a centímetros de minha cabeça, e acertou em cheio no encosto duma poltrona que virou. Desequilibrei-me e continuei recuando. Agora, o oriental tinha somente um tijolo, o que facilitava seu manejo. Passava-o de uma mão para outra, demorando-se, saboreando o jogo. Ameaçou atirá-lo e me desequilibrei ao negacear o corpo. O gigante ergueu o tijolo bem alto e preparou-se para esmagar minha cabeça, quando ouvimos o silvo e alguma coisa enroscou-se nas pernas de Ching Ching Chim, amarrou-as e o derrubou com tijolo e tudo.

Dei dois passos e encostei a ponta da espada cintilante no pescoço dele.

— Se mover um braço, tá morto.

O oriental ficou imóvel. Apenas seus olhos buscaram as pernas para entender a origem do estranho fenômeno que o derrubou. As canelas estavam envoltas em cordas feitas de couro cru trançado, cujas extremidades tinham três pedras cobertas por pedaços de couro, que serviram para dar o nó que o imobilizava.

Tio Chinão, em pé, apoiado à parede, disfarçava a cara tensa de dor com um sorrisinho vitorioso, segurando o braço sem a mão. Júnior correu a ampará-lo.

— Genial, don Chinón! Um lançamento de mestre!

— Bá, tchê, eu atiro boleadeira desde que me conheço por gente. O tiro não foi melhor porque atirei de canhota.

— Vamos amarrar este fantasiado. Precisamos levar tio Chinão para o pronto-socorro e chamar a polícia.

— Que é isso, guri? Por mim não tem precisão de pressa.

Júnior tirou os lençóis da cama e rasgou-os em tiras. Aproximou -se do oriental caído, a ponta da espada em minha mão sempre a picar-lhe a garganta.

— Vamos amarrá-lo?

— Claro. As mãos primeiro. Bem firme.

Chung Ching Chim estendeu as mãos para Júnior, obediente. Olhava-o nos olhos com insistência, sorriso assustador. Júnior evitava o olhar. Deu várias voltas com o lençol e amarrou bem forte.

— Não acho boa idéia chamar a polícia.

Estudei o rosto tenso do mexicano.

— O cliente é você. Mas nós não podemos nos livrar desse brutamontes sem chamar atenção.

— Podemos cortá-lo em pedaços.

Fiquei pensativo, cabeça baixa. Esse cara está brincando? Olhei para tio Chinão. O velho gaúcho sentara no sofá, o rosto branco como tela de cinema. Envolvera o braço decepado no pala, que começava a tingir-se de vermelho.

— A idéia é boa.

— Cortamos ele em picadinho e levamos dentro das minhas malas.

— Depois. Tio Chinão está passando mal, precisamos nos apressar.

Atamos rapidamente um pano em torno da boca do oriental.

— Vamos metê-lo no guarda-roupa e levar meu tio para o hospital. No caminho a gente vê.

Arrastamos Chung Ching Chim pelos pés.

— Esse monstro deve pesar toneladas — gemeu Júnior.

— Está com um colete de aço. Por isso que as balas não entravam. Cheguei a pensar que não era humano.

Empurramos Chung Ching Chim para dentro do armário e o fechamos com chave.

— Inda bem que não veio ninguém ver que barulho era esse aqui dentro.

Amparamos tio Chinão. O enrolamos bem no pala para disfarçar as manchas de sangue. O ascensorista no elevador manteve-se alheio, olhando a parede. Parecia acostumado — ou bem treinado — para ignorar as bebedeiras dos hóspedes. Atravessaram o hall penosamente.

— A polícia vai interrogar o senhor, tio Chinão — expliquei enquanto o Rolls Royce subia a Garibaldi. — Diga que foi assaltado quando ia para casa. Que os sujeitos tinham uma faca. E nós vamos dizer que o encontramos na rua, caído, e o levamos para o hospital. Por enquanto não se fala no nosso amigo Fu Manchu, certo?

Não me contive e abracei o velho gaúcho.

— Tio, o senhor foi bárbaro!

Capítulo 8

O atendimento no hospital durou até a madrugada. O enxerto da mão foi impossível e tio Chinão ficou mesmo maneta. Levamos ele para o meu apartamento ainda sonado sob os efeitos dos anestésicos.

Depois, voltamos para o Plaza. A cidade de Porto Alegre de madrugada: escura, mal iluminada, carros em alta velocidade, uma neblina enrolando-se nos postes... A olhávamos com estranheza, como se de repente fosse outra cidade. Passamos debaixo do viaduto da Borges em silêncio e em silêncio estremecemos.

— Preciso telefonar para meu pai — gemeu Júnior.

Subimos no elevador lutando com um funesto pressentimento.

— Eu me sinto culpado com o que aconteceu com Dom Chinón.

Entramos no apartamento. Os vestígios da luta estavam por toda parte.

— Como vou explicar a parede furada?

— O que vamos fazer com ele?

— Cortar em pedacinhos.

Abrimos o guarda-roupa e Chung Ching Chim não estava. O telefone tocou nesse instante e ambos tornamos a estremecer. Júnior caminhou vacilante até a sala, mas o telefone dali estava pulverizado pela demonstração de força do assassino oriental. O telefone que soava era o da mesa-de-cabeceira do quarto de dormir.

— Alô?

— É o filho de Terry?

Júnior tapou o fone e sussurrou para mim:

— Voz de mulher.

Falou, procurando mostrar segurança:

— Aqui é Cisco Maioranos Júnior.

Escutou um risinho cruel do outro lado. Aproximei o ouvido do aparelho. Júnior indicou o banheiro. Corri até lá, apanhei o telefone e comecei a escutar.

— Quem fala? — perguntou Júnior.

— Tua irmãzinha — e novo riso ferino.

— Por que você não explica o que quer? Quem é Terry? Diga alguma coisa coerente!

— Terry? Quem é Terry? — a voz estava burlona. — Como você é ingrato, irmãozinho. Não, talvez não seja ingrato. Talvez você não saiba mesmo. Fica até mais engraçado.

Silêncio. Esperávamos. E então a voz vibrou transfigurada de ódio.

— Terry é teu pai, seu filho dum cornudo! E meu pai também! Terry é nosso pai, irmãozinho!

— Meu pai? Que brincadeira é essa? — a voz de Júnior vacilava, sua testa já brilhava de transpiração. — Meu pai se chama Cisco Maioranos. Meu pai...

— Nosso pai, irmãozinho, se chama Terry Lennox e é um filho dileto de Satã, embora talvez nem ele saiba.

— Quem é você? Que espécie de louca é você? O que você quer? Dinheiro?

— Dinheiro? Dinheiro, seu cachorro?! Dinheiro é como vocês estão acostumados a resolver as sujeiras que fazem! Dinheiro não vai adiantar nada!

Novo silêncio do outro lado. Júnior rangia os dentes de modo espantoso.

— Nós queremos justiça.

— Justiça?

— Justiça, sim, porco imundo! Você não sabe o que é isso? Você é um pobre idiota! Você e seu sorrisinho mau caráter! Justiça. Parece pouco? Maldade inconsciente é o pior que existe. Pelo menos nós sabemos o que fazemos. Você tem o mesmo sangue dele. E o meu. O nosso sangue não presta, irmão.

— Quem é você?

— Sou tua irmã.

— Minha irmã é Ximena.

Uma gargalhada do outro lado do fio.

— Você quer mesmo saber?

Júnior buscou meu olhar na porta do banheiro.

— Claro.

— Vá a Las Vegas. Visite um cassino chamado Terrapin Club. Peça para falar com Randy Starr. Um cara que parece uma múmia. Pergunte sobre Terry Lennox. Vai ser divertido.

— Espere! Espere!

Olhou com desalento para mim:

— Desligou.

— Vamos tomar nota dos nomes. Precisamos saber se existe esse cassino. Você conhece Las Vegas?

— Nunca estive lá.

A voz saiu como alguma coisa desmanchando-se. Foi baixando a cabeça, vagaroso, e apertou-a com as mãos. Eu cruzei os braços, olhei as manchas de sangue no teto, desviei os olhos.

— Vamos beber alguma coisa. Foi uma noite dura.

Mas Júnior permaneceu curvado, as mãos tapando o rosto. Demorou para mover-se, para baixar as mãos, para erguer o olhar desprotegido e indagador.

— Quanto você cobra para trabalhar?

Não consegui deixar de rir.

— Não se preocupe, você pode pagar meus serviços.

— Você tem passaporte?

— Sim, tenho, acho que está em condições... mas, por quê?

— Eu estava pensando em avisar meu pai sobre isto tudo. Sei lá... Acho melhor não dizer nada a ele. Parece que é uma espécie de conspiração contra ele. Eu gostaria de saber a raiz disso tudo. E acho que está em Las Vegas.

— A chave de tudo, parece ser o tal... Terry.

— Terry Lennox. É isso que precisamos saber. Quem é Terry Lennox. Que tem a ver com meu pai. Quem são essas mulheres. Porque me chama de irmão. Que justiça é essa que reivindicam?

— Podemos organizar uma expedição ao subterrâneo. Muita gente bem armada. Invadir o quartel-general delas. Embora o mais provável é que já tenham abandonado o local.

— É provável. Aquilo é um labirinto. Para ir lá é preciso ir bem preparado. Não podemos esquecer os jacarés.

— E os ratos.

A conversa tornava-se absurda. A luz da madrugada tocava na janela. Bocejei e aproximei-me da janela, atraído pela luz. A meus pés, a rua cinza e úmida, silenciosa e vazia. Júnior aproximou-se e também ficou olhando.

— Spinoza achava que o bem e o mal não podem ser determinados por um... — calou-se, vendo meu olhar interrogativo e sorriu. — Você não acha que ela era parecida com a Jane Fonda?

Encolhi os ombros.

— Eu não acho nada.

— Para saber precisamos fazer uma viagem.

— Las Vegas?

Júnior negou com a cabeça.

— Mato Grosso.

Sonhara com a mão decepada de tio Chinão, vira-a voando lentamente no ar tumultuoso, espargindo aquele sangue brilhante que se grudava no teto e nos móveis, batendo na parede — pá! (e aí eu acordava) — sem largar a adaga. A adaga. Como fora difícil arrancá-la daqueles dedos endurecidos! Senti aroma de erva-mate. Abri os olhos bem abertos. A mão grossa de Chinão aproximava-me uma cuia de chimarrão.

— A gente não tinha concertado uma mateada pra hoje?

— Tinha, sim, tio. Como vai?

— Tratando de me acostumar com a canhota.

— O senhor devia estar na cama e eu lhe servindo o mate.

— Ué, não tô doente nem nada.

— Sua mão, tio.

— Que mão? E deixa de fita, guri. Lá em Touro Passo isso é vacina. E pra que duas mãos na minha idade? Há muito tempo que parei de barranquear égua.

Comecei a chupar a bomba. Chimarrão não estava entre meus hábitos.

— Dói muito, tio?

— Deixa de ser lasqueado, guri.

Tomei um banho demorado. Encostei a testa no azulejo da parede.

Lá fora chove. Em Porto Alegre sempre está chovendo quando arrumo um caso. Qualquer tipo de caso. Vesti uma roupa limpa. Contei o dinheiro que Júnior me adiantara. Peguei a cafeteira italiana e comecei a fazer café meticulosamente. Tio Chinão sentou-se perto da janela, enrolado no poncho escuro, pitando um palheiro, o toco de braço escondido.

Chove em Porto Alegre. Em Porto Alegre chove, chove, chove, chove, chove, chove, chove, chove em Porto Alegre e tanto que por mais que se deteste um dia é inevitável o clichê de encostar-se à janela e ficar olhando a chuva miúda, calado como tio Chinão faz agora. Os telhados escuros brilham debaixo do céu escuro. A beleza de Porto Alegre é contra todas as vontades.

— Eu menti.

Eu contemplava a cafeteira italiana assobiar expelindo a fumaça cheirosa. Olhei para meu tio.

— Não entendi, tio.

— Eu menti. Eu não tenho dinheirinho nenhum. Nem vaquinha nem nada. Me mandaram campo em fora com uma mão na frente e outra atrás depois de trabalhar quarenta anos naquela estância.

Estava de costas para mim, olhando pela vidraça os telhados escuros brilhando da chuva miúda. Servi demoradamente uma xícara de café, coloquei açúcar, mexi sem pressa e aproximei-me do meu tio. Estendi-lhe a xícara fumegante. Tio Chinão apanhou-a.

— Então estamos igual, tio. Eu também tô com uma mão na frente e outra atrás. Quem sabe os dois juntos não damos certo? Eu preciso mesmo de quem me ajude nas investigações.

Tio Chinão encolheu os ombros. Voltei à minúscula cozinha para encher uma xícara para mim. Também acompanhava com uma ponta do olho a chuva caindo lá fora; a mulher, aquela que eu sabia que desejava como nunca desejei nada em toda minha vida, estaria talvez olhando essa mesma chuva num país distante, de onde talvez ela tivesse vindo, movida quem sabe por que destino implacável.

Talvez o maior escritor do mundo seja Onetti. Juan Carlos Onetti, um uruguaio suavemente perverso. Se tivesse Onetti como cliente poderia perguntar por que se ama uma mulher surgida na noite, sob a luz de um luminoso, empunhando uma arma e luzindo uma cabeça raspada e brilhante, testemunho e estandarte de uma vontade dissidente. Mas Onetti não era meu cliente. Onetti estava morto e enterrado. Tio Chinão não poderia responder-me. Tudo é natural para ele, barranquear égua, ter dezenas de bastardos, perder uma mão, matar e morrer. Menos perder o ganha-pão, aquilo que lhe garante a sobrevivência. É como uma quebra de compromisso. É isso que o atormenta no seu mundo liso e transparente.

Bateram na porta. Lembrei-me que precisava tirar do penhor o Smith-Wesson 38.

— Bom dia.

Júnior, bem vestido e pálido, com olheiras pesadas. Entrou cerimonioso, apressou-se a estender a mão para tio Chinão, perguntar-lhe solícito como estava se sentindo. Logo, me deu uma olhada urgente.

— Precisamos conversar.

— É verdade.

— Precisamos tratar da viagem.

— Eu sei. Mas mesmo assim, precisamos conversar bastante.

Combinamos passar no Giovani e mandar o almoço para o tio Chinão. Nos despedimos do velho gaúcho com muitas recomendações.

No corredor, saudamos Hecatombe, duro, em plena meditação. Abanamos para a modista do 33, demos um dedo de prosa (expressão do tio) com o velho da loja de selos, assustamos o gato que habitava o segundo patamar da escada e chegamos na rua da Praia e ao meio-dia de junho, frio e chuvoso e cinza, povoado de pessoas apressadas, com guarda-chuvas abertos e capas de plástico.

Fiz sinal para um táxi.

— Vamos a um restaurante — disse Júnior. — Estou começando a sentir fome.

— Houve problemas no hotel?

— Este é o país da propina, detetive. Nisso se parece muito com o México.

— Pobreza — eu disse —, a velha e antiga pobreza. Somos iguais na pobreza e na classe dominante. Aqui e lá ela é mesquinha, tacanha, atrasada e corrupta.

Júnior ergueu o olhar assustado.

— Você é socialista?

— Não sei o que sou.

— Isso é uma questão filosófica muito antiga.

— Pode ser, mas não estou preocupado com isso. Quero saber dos seus planos.

— Preciso achar um lugar para me esconder. Estou cansado de ouvir aquelas vozes me ameaçando.

— E o Fu Manchu pode atacar outra vez.

— Hoje de manhã comprei um Colt 45. Arma militar. Comprei de um dos boys do hotel. Com munição e tudo. Quero ver o chinês aparecer. Não tem colete de aço que...

— Aí está ele.

Chung Ching Chim entrou majestosamente no restaurante. Antes de sentar numa mesa próxima, fez rápida inclinação na nossa direção. Permaneceu absorto enquanto examinava o cardápio, concentrado, os músculos esticando a fazenda do paletó. Vestia terno e gravata. Parecia um executivo na pausa do almoço, solene, cordial. Possivelmente era todas essas coisas. Ao redor dele flutuava invisível aura de silenciosa fortaleza.

Os freqüentadores do Dado Bier, gente acostumada a sutilezas, admiravam discretamente a magnífica massa de músculos.

— Precisamos sair daqui — murmurou Júnior.

— Calma, aqui ele não vai tentar nada. Pode ser uma coincidência.

— E coincidência demais para minha pressão. Já estou ficando pálido, não estou? Sinto que minha pressão está baixando.

— Calma, ninguém morre de pressão baixa, ele deve ter um plano melhor.

— Eu quero sair daqui imediatamente. E você deve viajar hoje mesmo. Vai ao Mato Grosso, na fazenda do meu pai. Quero que você fale com minha irmã. Diga que eu o contratei. Conte tudo para ela.

— Por que você não telefona e você mesmo conta tudo?

— Grampos, meu amigo. Tudo é grampeado lá. Escutas. Nos comunicamos também por rádio, mas agora está sob escuta.

— Sob escuta? E por quê?

— Tem gente que desconfia do meu pai.

— Que gente?

— Polícia Federal.

— O que ele anda fazendo?

— Ele é honesto — disse Júnior com certo vigor. — Ele tem muitos negócios. Talvez tenha feito algum com contrabandistas e os federais ficaram de olho nele. Mas ele é honesto.

— Está bem, está bem. Digo algo para seu pai?

— Nada. Para ele, nada.

Percebeu meu ar perplexo.

— Ele não vai acreditar. E está muito velho. Tem mais de 80 anos. Quero poupá-lo desses assuntos.

— Certo.

— Ele não pára de me olhar.

— Calma, é natural que nos olhe. Afinal, somos as únicas pessoas que ele conhece no restaurante.

— Certo, mas vamos embora... Arruinei a digestão. Vamos pagar a conta e dar no pé. Você está armado?

— Não tive tempo de passar na casa de penhores.

— Então vamos passar já.

— E sobre a viagem?

— Precisamos alugar um avião. E preciso me esconder. Meus nervos estão por rebentar. Você deve estar com má impressão de mim.

— Não precisa se desculpar. Você está se portando muito bem. E não esqueço que, no subterrâneo, quando estávamos no rio — na passagem — você voltou para me procurar.

— Você lembra?

Tornei-me ligeiramente solene:

— Certas coisas não se esquece. Olha, vou fingir que vou ao banheiro e peço ao narigudo do bar para telefonar para a polícia.

— Não, isso não. Não quero saber da polícia no meio.

— Há alguma coisa que você sabe e não está me contando.

— Tudo que eu sei você também sabe, juro. É que... sei lá. Tenho um pressentimento. E de que vamos acusá-lo? Don

Chinón disse que foi assaltado na rua. No hotel subornei todo mundo. Vai ser confuso. Estou mais interessado no que me disse a mulher pelo telefone. Sobre Terry Lennox.

— Muito bem, vamos tratar da viagem e de um esconderijo para você.

— De táxi-aéreo você vai e volta em um dia. Em dois, estaremos em Las Vegas. Preciso do seu passaporte. Conheço gente no consulado. Não haverá problemas para os vistos.

Parou de falar e ficou gelado. Chung Ching Chim caminhava na nossa direção. O oriental fez uma solene inclinação, sorriu educadamente e retirou do bolso uma rosa em botão.

Estendeu-a para Júnior.

— Meu amol está nascendo como esta losa.

Voltou para sua mesa. Pagamos e saímos rapidamente. Chung Ching Chim sorriu-nos ao passar.

Rápidos e atarantados, encontramo-nos na rua. Com horror, Júnior olhou o botão de rosa em sua mão. Foi cheirá-la.

— Cuidado, pode estar envenenada.

Estremeceu. Jogou-a no meio da rua, nos encolhemos contra a parede, trêmulos, esperando a explosão que não veio.

O bar do Giovani estava vazio, eu estava melancólico. Sentado solitário numa mesa junto à janela, olhava a rua da Praia, os passantes e a chuva. A maioria dos passantes eram jovens soldados, devido à vizinhança dos quartéis. A tarde fora proveitosa. Recuperara meu Smith-Wesson, alugara o táxi-aéreo e marcara a saída para as dez da noite. E, no entanto, estava melancólico; dera para pensar em Olga desde as três da tarde, quando trocara idéias com Júnior sobre o significado do botão de rosa de Chung Ching Chim. Um belo dia Olga sumira de minha vida. Cansara de servir café num balcão, cansara do quartinho sufocante, do dinheiro curto, da solidão. Cansara do horizonte fechado e cansara de esperar.

Eu pensava na rosa em botão, olhava os jovens soldados passarem em grupos alegres, fugindo da chuva, e me punha cada vez mais melancólico. O caso estava recém-começando e já dava mostras de cansaço. Um verdadeiro detetive teria agarrado o mercenário oriental pela gola do casaco e vibrado um tabefe na sua cara redonda. Depois, obrigaria-o a cantar: quem era, a serviço de quem estava.

Na presença do cliente, saíra rápido, rabo entre as pernas, sem sequer ter uma arma para defender-se. Para não falar no subterrâneo. Lá, no covil das misteriosas mulheres, estava uma das chaves do mistério. Deveria armar-se, deveria preparar-se, deveria reunir um bando de gente de confiança e de coragem e descer as escadas resvaladiças, percorrer os labirintos úmidos e gotejantes, enfrentar os ratos assassinos, os jacarés treinados na Flórida e desvendar o segredo da mulher que tinha o rosto de Jane Fonda. Acima de tudo, (e aí, seu coração, como parte da sua coragem, quebrava um pedacinho) devia tornar a ver aquela mulher.

Suspirei. (A de voz doce como uma velhinha tricotando.) Levantei-me e saí do bar.

Junho em Porto Alegre. Essa chuva fria, essas pessoas apressadas. Começa a escurecer. Ando rente à parede. Nada diria para Don Cisco Maioranos, pai de Júnior. Agrônomo interessado em terras, essa a história. Para a irmã, Ximena, levaria uma carta pedindo dinheiro, passaporte e uma idéia dos acontecimentos. Se ela pudesse, deveria ir a Las Vegas. Júnior jurava que ela seria de grande utilidade. Eu estava curioso.

Subi as escadas rangentes sem pressentimentos. Não me assustei com o gato que habitava o segundo patamar. Na verdade, não tinha nenhum motivo para assustar-me. Era um gato muito velho — meu conhecido de anos — e o fato de que não simpatizássemos um com o outro nunca impediu que mantivéssemos civilizadas relações de boa vizinhança. Não me assustei: na verdade fiquei surpreso quando o gato eriçou os pêlos e arreganhou os dentes na minha direção. Parei. O gato tinha os pêlos em ponta, eletrizados, e os olhos amarelos faiscavam como moedas num cofre de veludo. Ameacei-o com um pontapé e subi as escadas correndo. Gato safado. Estará doente?

Caminhei pelo corredor cheirando a mofo, resmungando. Abanei para o velho da loja de selos e estive por parar a fim de comentar o estranho comportamento do inquilino do patamar da escada, quando o velho, sempre tão simpático, fechou a porta na minha cara.

Nem ao menos um boa-tarde ou o costumeiro sorriso.

— Ué, o que deu nessa gente?

A modista do 33, como sempre, tinha a porta aberta. Parei diante da porta. Ao contrário de todos os outros dias, a boa senhora não estava de frente para o corredor, para conversar com quem passava. Estava de costas, curvada, a costurar.

— Boa tarde — disse.

Lentamente (demasiadamente lentamente) ela foi voltando o rosto na minha direção. Senti — e foi exatamente isso que senti: um calafrio. Porque era a modista, a boa e simpática senhora, mas, ao mesmo tempo, de modo intuitivo e epidérmico, soube que não era ela.

Segui em frente, agarrando a barriga, onde doía o calafrio. A porta de Hecatombe estava fechada. Ouvi gemidos, pequenos ruídos, palavras proferidas entredentes. Segui em frente, o calafrio doendo ainda mais.

Abri a porta do apartamento.

Acendi a luz.

Aquilo na parede era uma cruz, mas custei a entender que era uma cruz. Estava pintada de vermelho, e recente, porque a tinta brilhava. Custei a entender porque o calafrio ainda absorvia minha atenção e também porque a cruz estava de cabeça para baixo.

Corri até a porta de Hecatombe, bati com ansiedade. Hecatombe demorou para abrir. Estava pálido, com olheiras, abotoando as calças.

— Que foi, magro?

— Dá uma olhada aqui.

O apartamento estava em ordem. Nada fora tocado. A imensa cruz invertida era uma presença suficientemente poderosa para alterar tudo sem tocar em nada.

Hecatombe caminhou até a cruz, fascinado. Tocou com a ponta do dedo nela e passou-o de leve na língua.

— Sangue.

— Sangue?

— Como eu pensei. É uma seita de adoradores do Diabo.

Olhou para mim.

— E já sabem onde tu mora, magro.

Capítulo 9

O piloto me recebeu com um aperto de mão e um sorriso profissional.

— O senhor fique à vontade, os outros passageiros não tardarão.

Escolhi uma poltrona perto da asa direita, retirei o cachimbo do bolso do paletó, pendurei-o apagado no canto da boca. Começava a pôr em ordem meus pensamentos.

A consciência me acusava de desleixo profissional.

Até agora fora um mero participante dos acontecimentos, sem procurar atuar sobre eles, desviar-lhes o curso ou decifrar seus significados. É verdade que eles vieram de supetão, me apanharam de surpresa, que não havia ponto algum onde apoiar-me para utilizar meu infalível método dedutivo, que tantos êxitos me trouxeram até então. Mas esperava que esta viagem beneficiasse a investigação. A origem do problema estava na família de Júnior. A conspiração era contra o pai dele. Júnior era uma vítima circunstancial. Era o móvel da chantagem. Seria muito importante conhecer o senhor Maioranos e sua filha.

Duas horas antes, num canto do bar mais escondido do aeroporto, sussurrava planos com Cisco Maioranos Júnior, como dois subversivos perseguidos pelas forças da lei.

— Uma seita de adoradores do Diabo — repetia Júnior, obsessivo, olhando da janela do bar as luzes da cidade. — Adoradores do Diabo! Ando tão azarado que até pode ser verdade.

— Aqui em Porto Alegre? É difícil.

— O que isso tem a ver comigo? A ver com minha família?

— Vamos chegar lá. O mais importante é você não se expor. Se essas mulheres tivessem algum pedido específico já teriam feito. Mas não. Ou elas querem vingar-se do teu pai, atacando a ti, ou querem criar um clima de terror para poderem fazer chantagem.

Júnior consultou o relógio.

— Não esquece: não fala nada disso para meu pai. Ele está muito velho. Muito. É um homem de 80 anos. Só fala desse assunto para Ximena. Ela vai tomar todas as providências.

— Certo. E você faz o que combinamos. Daqui vai para o bar do Giovani. Ele vai te esconder até eu voltar. Acho que ele vai te levar para uma chácara que tem em Viamão. Tio Chinão vai junto, assim você terá companhia.

— Estou desolado com o que aconteceu com don Chinón.

— Eu também. Imagina. O velho trabalhou toda a vida dele no campo. Trabalhou duro, e nunca aconteceu nada de grave. Agora, vem passar uns dias na cidade e já acontece isso.

Júnior tornou a olhar para o relógio, eu olhava os passageiros. Estaríamos sendo seguidos?

— Acho que está na hora.

O avião era um pequeno jato de oito lugares que costumava fazer a rota Porto Alegre-Cuiabá. Soube que levaria apenas mais dois passageiros. Eu desembarcaria no campo de pouso particular da fazenda do senhor Maioranos, o vôo continuaria até Cuiabá com os dois passageiros restantes e regressaria passando pela fazenda, onde me recolheria e me levaria de volta para Porto Alegre. Com os documentos na mão rumaríamos para Los Angeles. Depois, Las Vegas! Me era indiferente a visita de um dia ao Mato Grosso, mas estava absolutamente excitado com a viagem para os Estados Unidos. Sonhava com esse país, suas altas torres, sua cultura múltipla!

Em duas horas estaríamos sobrevoando o campo de pouso da fazenda. Um pouso noturno naqueles ermos parecia que não significava nada para o piloto. O pouso noturno era uma constante desses vôos. Na fronteira com o Paraguai existem mais de mil campos de pouso clandestinos ou apenas não oficializados. E ao redor de cinco mil aviões particulares de pequeno porte.

Os outros dois passageiros eram um homem idoso acompanhado de uma mulher loura, magra, alta, usando óculos de lentes grossas. Sentaram-se lado a lado, sem sequer me darem um cumprimento formal. Se ela relaxasse um pouco, se soltasse os cabelos... Ela era uma falsa magra, uma mulher macia e perfumada. O homem parecia morto. Pele amarelada, cabeça caída no peito, dormindo.

Olhei pela janela. Os funcionários do aeroporto que trabalhavam no abastecimento e retoques finais para a decolagem afastaram-se. A voz do piloto mandou apertar os cintos de segurança. O letreiro que dizia Não Fume começou a piscar. O avião rodou sobre a pista. Notei que os funcionários do aeroporto tinham se afastado, menos um.

Este olhava atentamente a manobra do avião. Encontrei nele algo de familiar. O funcionário levou ambas as mãos à cabeça e tirou o boné e os protetores de ouvido. Caiu-lhe nos ombros uma vasta cabeleira loura.

Coincidência, claro, mas tive o impulso de soltar o cinto de segurança e correr à cabine, mandar ou rogar ao piloto para parar o vôo. O sentimento do ridículo me atou à cadeira mais do que o cinto. O avião tomou velocidade. A funcionária de cabeleira loura foi ficando para trás, desapareceu de minha vista.

Calma, malandro. Fica frio. Muitas mulheres trabalham nessa profissão agora. Já tinha observado. Sinal dos tempos. Uma loura a mais, uma loura a menos... Mas, e se fosse uma peruca? E se pertencesse ao bando criminoso? Não. Isso era alimentar a própria paranóia. Elas não podiam ser tão onipresentes assim. Compenetrei-me no papel de agrônomo de passagem, na conversa que teria com o senhor Maioranos e com sua filha. Fui tecendo diálogos, chupando o cachimbo vazio, contemplando as luzes de Porto Alegre na noite imensa. Houve um momento em que, como acondicionado confortavelmente numa caixa forrada com algodão, resvalei para a região do sono.

Acordei com uma explosão. A passageira gritava.

O avião estremeceu como em meio a uma tempestade, mas você sabia que o céu estava sereno. Tinha sido jogado para a frente, chocado a cabeça no encosto da poltrona. O incômodo era não poder controlar as mãos, não poder firmar as costas contra o respaldar do assento, não poder cortar o grito que lhe escapava das entranhas como pedaço palpável e vivo do terror que sentia. Suas mãos encontraram afinal a tira de couro, descobriram a fivela, sentiram que se fechava em torno de sua cintura e o grito transformou-se numa grosseira risada de júbilo, como se o fato de estar amarrado à poltrona o tivesse libertado de todos os dissabores.

E houve um hiato de calma.

O aparelho recuperou-se do espasmo que sofreu como se fora um grande pássaro acometido de tosse e, depois de a ter dominado, prossegue tranqüilamente sua rota. Porém, se os estremeções cediam lugar a um equilíbrio estável, a cauda ardia em chamas coloridas, amplificadas e acentuadas pelo negror circundante e clamorosamente apontadas pelo dedo indicador da passageira que ainda não conseguira parar de gritar.

O homem que viajava ao lado da passageira — o ancião de pele murcha e ralos cabelos brancos — estava caído de borco.

— Senhores passageiros!

A voz do piloto soava como se ele implorasse ajuda. O avião deu um novo salto. Bati a cabeça, mordi a língua, minha boca se encheu de sangue, um bonequinho ou alguém parecido com um bonequinho começou a passar um pincel chato com uma tinta preta no meu cérebro e tudo foi ficando frio e escuro.

Capítulo 10

— Onde estamos? — perguntou a mulher.

— Essa é uma pergunta filosófica ou apenas prática?

— Como?

— A senhora está indagando sobre o nosso destino final de seres humanos ou apenas para onde estamos indo neste infeliz momento?

A mulher não achou graça.

— Não é momento para brincadeiras, meu senhor.

— Não estou brincando — disse, sacudindo o corpo para melhor acomodar o velho caído sobre mim —, mas de qualquer modo, a resposta para as duas questões é: não sei.

— Tudo o que vamos fazer é continuar caminhando no escuro até encontrar um lugar seco. Se a senhora tem alguma sugestão a fazer é melhor fazê-la logo. Não podemos parar aqui no meio desta água e ficar especulando sobre nossos destinos. Não temos sequer a menor idéia de que lugar é este.

— É um pântano — disse a mulher.

— Pior para nós. Vamos andando.

O piloto começou (outra vez) a chorar.

— Papai, tenho medo.

Resolvi tomar uma atitude enérgica. Agarrei a orelha do piloto com força, como fazem os pais que perderam a paciência.

— Cala a boca! Não quero mais saber de choro aqui!

O piloto engoliu o choro e ficou fungando e dando espaçados soluços. Às vezes, olhava para a mulher com olho súplice. Ela ignorava-o. Um relâmpago riscou o céu seguido de trovoada assustadora. Todos paramos ao mesmo tempo. Alguma coisa deslizava na água.

— Uma cobra! — guinchou a mulher.

O piloto procurou subir no meu colo. Amontoávamo-nos, nos agarrávamos uns aos outros, unidos pelo pânico.

— Outra! — gritou a mulher.

— E outra — apontei.

Recuamos, caímos, levantamo-nos, falávamos ao mesmo tempo e não dizíamos nada.

— Não são cobras — eu gemi com a voz desfigurada — são jacarés.

Outro relâmpago iluminou o pantanal. A água pululava de dorsos escamosos. Não eram três nem quatro nem cinco. Deviam ser muitas dezenas e aproximavam-se rapidamente. Constatei que, no ranking de meus ódios particulares, os ratos estavam prestes a serem destronados.

— Uma árvore — soluçou a mulher.

Alucinação não era. Algo branquejava nas trevas, perto de nós, e com a boa vontade dos deuses poderia ser uma árvore.

Nos aproximamos. Baixa, tronco grosso, dois grandes galhos desfolhados, era uma árvore, uma árvore! Puxa vida, esse objeto ou ser ou fenômeno em vias de extinção que serve para aparecer, não sei como direi, nos momentos mais inesperados e salvar heróis aflitos, típica árvore vitimada por queimada ou raio. A altura do tronco não ultrapassava um metro e meio, mas bastava.

Alçamos o velho e o deixamos dependurado num galho. Os jacarés estavam chegando. Juntei as duas mãos e a mulher apoiou o pé e subiu e estendeu a mão e apanhei-a e dei breve impulso e também subi e estendi a mão para o piloto que já começava a choramingar e o piloto apanhou a minha mão mas não fez nenhum esforço ou impulso para ser içado.

Um jacaré abriu a boca a dois palmos das pernas dele.

— Força, idiota! — berrei.

O piloto subiu, corpo mole, olhando para trás. O jacaré abocanhou seu calcanhar.

— Papai, papai, ele me pegou!

A botina desprendeu-se do pé, o jacaré lutou com ela nos dentes. O piloto foi içado, apliquei-lhe um nervoso puxão de orelhas. O avião tornou a explodir brevemente.

Vi que estava cercado por centenas e centenas de dorsos escamosos. Começou a chover. A viagem de dois dias ao Mato Grosso parecia que seria mais longa do que isso.

O amanhecer foi lento, silencioso, frio e cinzento. A chuva tinha parado. Os quatro sobreviventes, nós, estávamos encharcados. Tremíamos, batíamos os dentes, dávamos enormes bocejos e lutávamos para não fechar os olhos. Fechar os olhos seria desastroso. Os galhos, com a chuva que caiu durante toda a noite, estavam perigosamente escorregadios. Descuidar-se um momento, fechar os olhos e cochilar significaria escorregar e cair. Embaixo, no pântano, a metro e meio dos galhos onde nos encontrávamos, esperando, pacientes, imóveis, uma centena de silenciosos jacarés. Davam a impressão de estarem ali por inércia, porque o pântano não lhes oferecia programa melhor, porque cultivavam apurado senso de humor negro. O avião, a centenas de metros, fumegava, em pedaços: monturo branquicento despegando rolos de fumo negro.

A lentíssima noite fora povoada de terror, formado por ruídos estranhos, pelo clarão do avião sendo pouco a pouco abolido pela chuva, pelo choro infantil do piloto (o único a adormecer, dedo na boca), pelo silêncio da passageira que, tão logo encontrou-se fora do alcance dos dentes dos jacarés, deixou de falar e preocupou-se unicamente em equilibrar o peso do ancião, impedindo-o de escorregar.

Duas vezes tentei puxar conversa mas foi inútil. Ela ignorava minhas tentativas. Com prazer, verifiquei que o cachimbo continuava no bolso do paletó, assim que pendurei-o no canto da boca e tratei de manter a dignidade. Paciência. Para quem não sabe, informo que jacarés são rotina na vida dos detetives latino-americanos.

Quando o sol apareceu no horizonte dei mais um puxão de orelhas no piloto que preparava-se para fazer xixi na frente da senhora. Mandei-o virar de costas, como um garoto bem-educado. Foi constrangedor escutar o ruído curvo da urina caindo e as interjeições de felicidade do piloto. Os jacarés, solenes, ignoraram o líquido que caía nas suas costas.

Pelas nove horas, o céu abriu-se. Uma hora depois, deslumbrantemente azul, formava uma abóboda sobre nossas cabeças. E o sol, bem-vindo a princípio, começou a queimar-nos devagarinho.

Os jacarés não se moviam. Olhos fechados, dormitavam. Começamos a sentir fome. O piloto tornou a adormecer, dedo na boca. A mulher e o ancião eram um profundo mistério. Não falavam nem se queixavam. Sequer tinha certeza se o velho estava vivo ou morto. Tentei, mais uma vez, procurando mostrar preocupação na voz.

— Como está o senhor seu pai?

A mulher demorou a responder.

— Ele não é meu pai — e demonstrou certa truculência no modo lupino como cerrou as mandíbulas.

Trepado nesta árvore, meio morto de fome e sede, cercado por esta vastidão de água e vegetação rasteira, suspirei, sonhando com a hospitalidade da fazenda do senhor Maioranos. Duzentos metros adiante a água entrava numa vegetação densa, formada de árvores de tamanho regular, compacta, cerrada. Foi olhando essa vegetação que todo meu corpo se contraiu, até porque não podia mesmo fazer outra coisa: de entre as árvores e da folhagem que formavam uma muralha natural, apareceu a canoa.

Cutuquei a mulher, apontei a embarcação sem dizer nada. A mulher foi mais prática. Retirou o casaco e começou a agitá-lo acima da cabeça.

— Aqui! Aqui! Socorro, socorro!

Fiquei animado com o exemplo e imitei-a. O piloto acordou chorando, assustado, e por pouco não cai do galho. A canoa aproximava-se.

Um homem em pé impulsionava-a com uma longa vara. Outro, sentado, coberto por um manto vermelho, parecia indiferente e meditativo. Estavam a uns cento e cinqüenta metros da nossa árvore.

Os jacarés não davam mostras de inquietação e não saíam do caminho da canoa. Com a vara, o homem os afastava.

— Estamos salvos — exclamou a mulher — é um sacerdote!

Efetivamente, o homem sentado parecia um sacerdote. Trazia uma cruz sobre o manto vermelho. Na cabeça, dourada, reluzindo, soltando chispas, uma mitra.

O homem que impulsionava a canoa tinha uma roupa estranha. Era uma espécie de macacão amarelo, puído, colado ao corpo, e que lhe ficava pelo meio das canelas. No peito, meio descosido, um raio de veludo vermelho. Nas costas, presa ao pescoço por uma corda desfiada, esvoaçante capa de seda azul. Estava descalço, os pequenos pés escuros embarrados.

A canoa estremecia, abria caminho entre os dorsos duros. A cabeça de um jacaré subiu pela borda e foi varrida com hábil estocada.

No alto da árvore, aplaudi. O homem equilibrava-se com perfeição e emitia gritinhos e exclamações. Acossada pelos jacarés, a canoa parou debaixo da árvore.

O remador (eu já tinha visto aquela roupa antes) levantou os dois braços raquíticos, ergueu a cabeça raspada a zero, abriu a boca com apenas um dente e exclamou numa vozinha fina:

— Shazam!

Na expectativa que se seguiu um pássaro pousou no galho mais alto da árvore e ficou com as asas abertas. O remador, imitando uma explosão, berrou:

— Bum! Crasssh!

A canoa moveu-se perigosamente, como atingida por um raio. O homem anunciou na sua vozinha de falsete:

— Eu sou o Capitão Marvel, este é Seu Reverendíssimo, o Cardeal Acevedo, e vocês têm a honra de serem prisioneiros de Sua Excelência, El Generalíssimo.

— Prisioneiros?! — exclamei.

— Por bem ou por mal — disse o Capitão Marvel.

— Amém — disse o Cardeal.

— Mas... prisioneiros por quê? — insisti.

O Capitão Marvel deixou cair um sorriso superior. Os jacarés atropelavam a canoa mas ele não dava mostras de notar.

— Porque estão em território de Sua Excelência, El Generalíssimo. — O Capitão Marvel fez um gesto com o braço: — Tudo isto é território dele.

— Amém — disse o Cardeal.

— Vimos quando o avião caiu. Quantos mortos?

— Nenhum.

— Comecem a baixar.

O piloto sentiu mais uma vez vontade de urinar. Suspeitei que foi por birra ou para chamar a atenção, porque ele já tinha urinado e não bebíamos desde que o avião caíra. O piloto abriu a braguilha e tranqüilamente, antes que pudéssemos fazer um gesto, despejou um fio de líquido amarelo em direção da cabeça raspada a zero do Capitão Marvel.

O Capitão Marvel jogou-se para trás e caiu sentado no fundo da canoa. O piloto achou engraçadíssimo e desatou a rir.

— Já verás, verme!

A vozinha do Capitão Marvel não ficava grossa nunca. Empunhou a vara e arremeteu com ela como se fosse uma lança contra a barriga do piloto, que a apanhou com as duas mãos.

— Não — gritei. — Ele está em estado de choque! Não sabe o que faz!

Mas era tarde. O piloto forcejou um instante com a vara, escorregou e foi desabando com um grito misturado às risadas do Capitão em meio aos jacarés. Sumiu num tumulto de água e corpos escamosos atropelando-se.

Emergiu entre várias bocarras escancaradas. Com um salto voou sobre a borda e aterrizou no fundo da canoa. O capitão Marvel colocou o pé embarrado na garganta dele e ergueu bem alto a vara.

— Requiescant in pace — murmurou o Cardeal.

O piloto cobriu o rosto com as mãos.

— Não, não, por favor, não.

— Ele não sabe o que faz — gritei.

O Capitão Marvel baixou lentamente a vara.

— Serás poupado para que te julgue El Generalíssimo.

— Generalíssimo? Que Generalíssimo?

A voz do piloto transformara-se; tomara timbre de adulto.

— Onde estou? E o meu avião?

Percebeu que todos nos entreolhávamos.

— Onde está o meu avião? O que aconteceu?

— O avião incendiou — disse a mulher. — Você esteve em estado de choque até agora. A queda na água o deixou bom.

O piloto olhou para a água e encolheu-se, horrorizado. Uma boca espantosa, cheia de dentes, tentava subir na canoa. Recuou, sentiu que lhe roçavam nas costas, virou-se, deparou com outra bocarra entreaberta. Com duas estocadas, o Capitão Marvel espantou os bichos.

— Quem são vocês? — perguntou o piloto, olhos arregalados.

— Eu sou o Capitão Marvel, este é Sua Reverendíssima, o Cardeal Acevedo e vocês têm a subida honra de serem prisioneiros de Sua Excelência, El Generalíssimo.

— Amém — disse o Cardeal.

— Comecem a baixar.

Baixamos primeiro o ancião inconsciente. Depois, desceu a mulher. Eu, por último. A canoa balançava. Houve um pequeno princípio de desequilíbrio. Os jacarés acossaram com mais esperança. O Capitão Marvel impulsionou com a vara e a canoa abriu caminho entre a barreira de corpos escuros e limosos. Os jacarés entenderam que perdiam o almoço e atropelaram com vigor. Uma mandíbula fechou-se sobre a popa, arrancou um pedaço. A mulher gritou. Com o peso extra a canoa estava mais afundada e ficava fácil enfiar os focinhos pela borda. A água tornou-se fervilhante. Eu distribuía sapatadas nos focinhos mais atrevidos. O piloto fez o mesmo e só então deu-se conta que tinha apenas um pé de botina.

— Força — eu gritava para o remador. — Força, força!

O Capitão Marvel deixou de tomar impulso, a canoa parou, os jacarés atropelaram em massa. Mãos na cintura, visivelmente contrariado, o Capitão Marvel me interpelou com sua voz fininha:

— Afinal, quem é que está no comando? O distinto esqueceu que é um reles prisioneiro?

Os outros olhavam-me com recriminação.

— Desculpem — murmurei.

O Capitão Marvel deu novo impulso, a canoa moveu-se aos trancos, batendo nos corpos duros como troncos de árvores. Com dificuldade, fomos saindo da área dos jacarés. Não fomos seguidos. Em breve alcançávamos a região das árvores. Penetramos num arco de pequenos ruídos e sombras. Deslizávamos num labirinto de cipós, troncos, folhagens e sob um teto maciço e verde. Aqui e ali filtravam-se raios de sol, amarelos, formando na água círculos dourados. Borboletas silenciosas passavam batendo lentamente as asas gigantescas. Bandos de macacos espreitavam das ramagens. Estalavam ruídos diversos, de pássaros, de insetos, de bugios, de peixes saltando na água.

E então, rolando entre as folhas, ameaçadora e obscena, fantasmagórica (sinistra), calando os pássaros e os macacos, como uma lufada de ar quente, uma espantosa gargalhada passou por nós estremecendo levemente o barco e perdeu-se na mata.

— El Generalíssimo apanhou mais uma — disse o Capitão Marvel.

— Amém — disse o Cardeal.

Que ser portentoso poderia dar uma gargalhada tão extraordinária, perguntei-me.

O Capitão Marvel notara o efeito causado. Sorria satisfeito para seus prisioneiros, como um homem que conhece um segredo enterrado. O efeito da gargalhada permaneceu, apesar dos macacos voltarem para os galhos, os pássaros reiniciarem os trinados e a mata recuperar seu zunzum invisível e presente.

A canoa avançava.

Perguntava-me para onde, que destino tormentoso era esse meu, mas, ao mesmo tempo, observava com admiração a destreza do Capitão Marvel.

Era um caboclo franzino, de pernas tortas e finas, solidamente plantadas no fundo da canoa. Suas mãos morenas dirigiam a enorme e delgada vara com precisão. Breve toque e a canoa parava. Outro, desviava, acelerava, dava marcha à ré. O homem entendia de seu ofício. No entanto, era um mistério a origem de suas vestes e do seu nome tão peculiar.

O Cardeal era ainda mais misterioso. Cinqüenta anos obviamente mal vividos, rosto vermelho de alcoólatra, cabelos cinzas escapando da mitra, olhos azuis mas permanentemente fechados como em meditação que era apenas sonolência que pesava debaixo de cada olho sob a forma de duas bolsas de carne inútil. Equilibrava a mitra como se a ignorasse, com habilidade de foca amestrada e a mitra — a mitra era verdadeira! Vestia o hábito vermelho e em farrapos, mas grandioso, e pendurado no pescoço um rosário de contas, possivelmente caroços de frutas e uma cruz, tosca, amarrada com cipó. Suas mãos enormes, cuja pele parecia papel amassado, repousavam como duas pombas murchas sobre o bastão que lhe servia de báculo.

Os outros três passageiros não mudavam de atitude: o ancião continuava de olhos fechados, sem mover membro ou músculo, a cabeça molemente encostada na coxa da mulher. Esta, cada vez mais magra e mais dura. O piloto parecia estupefacto. Olhava com assombro para tudo.

Eu achava que poderia contar com ele. Era forte, cerca de 30 anos, bigodão maciço e uma barriga de cervejeiro.

— Estamos perto — avisou Capitão Marvel.

— Amém — disse o Cardeal, e apanhou debaixo do hábito um cantil no qual deu rápido gole e depois estalou a língua.

As árvores foram tornando-se mais raras. Entramos numa clareira no meio do pântano. No centro da clareira havia uma cabana de troncos, parecendo uma fortaleza. Elevava-se sobre palafitas três metros acima do nível da água. Era defendida por uma cerca de estacas de bambu amarradas por fibras vegetais.

Na varanda que circundava a cabana, três homens armados olhavam atentamente a canoa aproximar-se. O portão foi aberto. A canoa deslizou até ficar debaixo da cabana. Havia várias canoas amarradas às palafitas.

Vi o portão fechar-se e não gostei.

Bem acima de nós, no que parecia ser o piso da cabana, havia uma abertura.

— Quem chega? — perguntou uma voz lá de cima.

O Capitão Marvel perfilou-se.

— Capitão Marvel voltando de missão de resgate pede licença para entrar, Oficial de Dia.

Uma escada de corda caiu quase na minha cabeça.

— Licença concedida.

O Capitão Marvel apanhou a escada, segurou-a firme e declarou:

— Sua Reverendíssima primeiro.

O Cardeal subiu ofegante, derrubando gotinhas de suor. Observei que ele calçava sandálias. Mais uns degraus acima e pude ver, também, que Sua Reverendíssima não vestia absolutamente nada sob a austera batina.

Depois subiu a mulher. (Quase caiu por querer esconder as pernas.) O piloto colocou o ancião no ombro e subiu sem esforço. Por fim, subi eu e logo após o Capitão Marvel. Ficamos na varanda, num grupo constrangido. O velho, no chão, com a mulher ao lado. Tentei guardar na memória os detalhes arquitetônicos. Tudo era elementar. Da varanda tinha-se uma visão privilegiada da mata circundante. Os três homens de guarda empunhavam velhas escopetas e vestiam jaquetas militares. Todos estavam descalços.

Um japonês roncava sobre um tatame. Uma garrafa no seu lado direito, vazia. Uma indiazinha de 13 anos, dormindo, nua, no seu lado esquerdo.

O céu tornava-se pouco a pouco carregado de nuvens. A mata estremeceu com uma lufada de vento. Todos olharam para o céu. Lembrei da gargalhada.

O Capitão Marvel perfilou-se diante dos bigodes e óculos escuros e medalhas e talabarte do Oficial de Dia.

— Sua Excelência, El Generalíssimo os espera.

O Capitão Marvel deu um passo adiante e entrou. Nós, com ar de prisioneiros, o seguimos.

A sala era sem móveis, deliciosamente fresca e limpa. Vasos de barro e vasilhas espalhadas pelo chão de madeira encerada e pisando nele uma mulher morena de feições nobres, com uma orquídea no longo cabelo negro, afastava-se como uma pantera entristecida. Não tirei os olhos dela. Não poderia. Os dois seios morenos, redondos e duros, estalavam nus no ar úmido como dois melões dourados.

— Os prisioneiros, mi General.

Havia uma rede. Sobre ela jazia um ser colossal.

Depois, muito depois, na verdade acho que anos depois, pensando naqueles dias, lembrei que a primeira coisa que me chamou a atenção foi o pé que pendia da rede. Uma pata grossa, curta, escura, quadrada, com unhas amarelas e duras como lascas. Depois, demorei-me na barriga peluda, uma montanha redonda que arfava lentamente, subindo e descendo, gradual, suave e regular e harmoniosa. El Generalíssimo pesava cento e oitenta e oito quilos, asseverava um diploma colocado numa moldura e pendurada na parede.

Cobria o torso de El Generalíssimo uma jaqueta verde-oliva aberta no peito, coberta de medalhas de todos os tamanhos e feitios, de todas as cores e procedências. Nos ombros colossais, ombreiras douradas. O talabarte escuro era de pele de cobra e atravessava-lhe o peito. Sobre a cabeça o quepe militar; gasto e seboso. A mão, poderosa como o pé, curta e grossa — coçava especulativamente a barriga. Os dedos, gordinhos como lingüiça dinamarquesa, portavam, um a um, grandes anéis coloridos.

El Generalíssimo usava óculos escuros, naturalmente. E negro bigode cortava o rosto em duas partes desiguais. Não fazia a barba há pelo menos uma semana. Os cabelos, hirsutos e melados, escapavam do quepe e cobriam-lhe as orelhas. A pele era acobreada, meio cor de erva-mate. A rede arrastava no chão. Oscilava, imperceptível. Ao redor de El Generalíssimo havia uma espécie de aura ou vácuo onde não se moviam nem as moscas. Não. Isso é exagero. Havia duas moscas pousadas no bigode negro, próximas do nariz. O nariz de Sua Excelência era redondo como uma goiaba, e assim como essa fruta, mole, maduro, parecendo prestes a explodir. Ao mesmo tempo era um nariz atento, falsamente resignado com a perpétua umidade.

A mão de El Generalíssimo começou a subir na direção do bigode, das moscas distraídas. A mão subia e na sala silenciosa compreendi, fascinado, que todos, absolutamente todos, acompanhavam, petrificados, pendentes, a mão subindo na direção das moscas.

O pequeno drama atingiu a culminância: a mão tornou-se veloz (inacreditavelmente veloz), tão veloz que não pudemos acompanhá-la com os olhos, e fechou-a sobre as moscas, aprisionando-as.

No mesmo instante, houve uma trovoada lá fora. Mas, também, simultânea, houve a gargalhada de El Generalíssimo.

A sala estremeceu: não tinha a menor chance de outra atitude. Morno hálito percorreu meu corpo, meus cabelos e roupas esticaram-se como se passasse uma lufada de vento.

A gargalhada durou dez segundos e temi sinceramente pelos alicerces da cabana. Bruscamente ela cessou. Da rede brotou o punho fechado agitando-se no ar, e a voz rouca como um mugido:

— Duas! Peguei duas! Mais duas!

— Amém — disse o Cardeal.

— Que lhe parece, Oficial de Dia? — perguntou El Generalíssimo. Parecia radiante. O Oficial de Dia deu um passo em frente.

— Um feito notável, Excelência.

— Com estas são três, hoje. Que lhe parece, Capitán?

— Extraordinário, Excelência — respondeu o Capitão Marvel.

— Bati minha marca de ontem, Eminência — disse ao Cardeal.

— Ontem conseguiu só duas, e isso porque o coronel teve que borrifar mel de cana num pratinho.

— Mas hoje não foi preciso. Peguei duas duma vez só. Que lhe parece?

— Digno dum escolhido do Senhor, Excelência.

El Generalíssimo tornou-se solene:

— Obrigado, Cardeal Acevedo, meu amigo. A última vez que peguei duas foi quando descobri a traição de El Teniente, Eminência. Foi um aviso dos Céus.

— Amém.

El Generalíssimo adotou uma postura pensativa:

— Acho mesmo que foi um aviso. Deus é grande. El Teniente regalado, comendo bem, bebendo melhor. Meu braço direito. E sob minha proteção, Eminência. Será que não se pode confiar em ninguém?

El Generalíssimo limpou uma lágrima que descia detrás do vidro escuro.

— O fim que teve foi justo. Na verdade, foi honroso. Se fosse um criminoso comum eu o amarrava no pântano e chamava os ingleses para devorarem-no. Mas não. Era um crime político. Era meu homem de confiança. Entreguei-o para Fraternidad. Fraternidad esmagou os ossos dele em dezenove segundos, não é mesmo, Eminência? Dezenove segundos contados no relógio do Oficial de Dia. Em compensação, levou dois meses digerindo-o. Ficou com ele entalado na garganta, a pobrezinha. Acho que de tanta medalha que ele carregava. Mas Fraternidad gosta disso, não é, Eminência? Eu é que sou muito impressionável e fico aflito com essas coisas. Não posso vê-la sem se mexer, com um corpo atravessado na boca, desmanchando devagarinho.

Suspirou, abanou-se com um leque de penas azuis, deteve o olhar em nós e pouco a pouco e de modo oblíquo foi alargando um sorriso no rosto.

No espesso matagal de bigode faiscou um dente de ouro. O rosto todo foi tomado de uma alegria infantil, porém astuta. O dedo mínimo executou um movimento curto, chamando o Capitão

Marvel. Olhou-o com suspeita e ironia, puxou-o pela corda que segurava a capa, sussurrou em seu ouvido, mas todos na sala ouviram:

— Diga-me, Capitán, eles já confessaram?

A pergunta não me agradou em nada, mas para minha surpresa, agradou ainda menos ao Capitão Marvel.

— Ainda não foram interrogados — respondeu a contragosto.

— Não foram interrogados?! — El Generalíssimo parecia muito aborrecido. — Foram trazidos à minha presença sem confessarem?

— Não houve tempo de interrogá-los, Excelência. Encontramos ingleses no caminho.

— Isso é mau. Isso é um precedente muito mau. Eu deixei claro que não permitirei violações dos Direitos Humanos em meu território. Fora do meu território é fora da minha responsabilidade. Que lhe parece, Eminência?

— Perfeitamente de acordo com a lei do Senhor.

— Obrigado, meu amigo. Então, que fazer? Se vocês já os tivessem interrogado e eles já tivessem confessado poderíamos entregá-los para os ingleses com a consciência limpa como a alma de um bebê. Segurança interna acima de tudo. Que lhe parece, Oficial de Dia?

— Absolutamente justo, Excelência.

El Generalíssimo fulminou o Capitão Marvel com o raio do seu desprezo.

— Capitão, o senhor falhou miseravelmente, colocando-me numa situação constrangedora. O senhor sabe que eu não suporto interrogatórios. Já não expliquei um milhão de vezes que somos a favor dos Direitos Humanos?

— Já, Excelência.

A voz do Capitão Marvel sumia. Com o dedão do pé riscava o tapete de cordas trançadas.

— Já não expliquei um milhão de vezes que os presos devem ser interrogados longe do meu território? Que os gritos perturbam minha digestão? Que no dia em que for discursar na ONU preciso da consciência tranqüila para acusar esses povos bárbaros que utilizam esses métodos exóticos? Esqueceu minha campanha pelos Direitos Humanos?

— Não, Excelência.

— Então, lembre-se: na próxima vez que falhar será degradado a cabo e perderá seus superpoderes.

O Capitão Marvel empalideceu.

— Retire-se, Capitão.

O Capitão Marvel recuou um passo com humildade, ergueu a cabeça, cerrou os punhos e bradou com toda a força de sua vozinha:

— Shazam!

Todos o fitavam, esperando algum fenômeno estrondoso. O próprio Capitão encarregou-se disso.

— Bum! — gritou, e logo — Crasssh...

Acho que isso era a imitação de um raio. Suspirou fundo e deixou a sala arrastando os pés, cabeça encolhida entre os ombros.

El Generalíssimo pousou no grupo de prisioneiros, vagaroso, o peso de suas lentes escuras. Separou o dedo mindinho e com ele fez um gesto, ordenando-me a aproximar-se. Dei um passo à frente.

— Nome?

— Cid Espigão.

— Profissão?

— Detetive particular.

— Ahá!

El Generalíssimo estendeu um olhar significativo para o Oficial de Dia.

— Eu sabia. Um espião.

Tornou a atentar em mim, brincalhonamente ameaçou-me com o dedo índice.

— Confesse, espião: quem lhe paga? O general Higueras?

— Excelência, não conheço nenhum general Higueras.

El Generalíssimo suspirou, pesaroso.

— São todos iguais. É isso que me aborrece.

Deitou o leque de penas azuis sobre o rosto.

— Vou ser obrigado a violar os Direitos Humanos.

Ficou silencioso, ruminando algo.

— Diga-me, Cardeal: é culpa minha?

— Não, se for pela segurança sagrada do território.

El Generalíssimo retirou o leque do rosto.

— Graças a Diós tenho sua luz para guiar-me nestes momentos soturnos, Cardeal. Quero que o interroguem longe daqui. Não quero minha sesta interrompida pelos gritos. Os Direitos Humanos ficam abolidos durante uma hora.

— Excelência, eu não conheço nenhum general Higueras! Não sei nem quem é o senhor, pra dizer a verdade!

Não sabe quem eu sou?

— Juro, Excelência.

El Generalíssimo olhou para o Oficial de Dia e para o Cardeal.

— Este espião diz que não sabe quem eu sou. Que lhe parece, Eminência?

— Deplorável, Comandante.

— Que lhe parece, Oficial de Dia?

— Uma mentira inepta, Excelência.

El Generalíssimo voltou-se para mim.

— Espião, falaram os dois maiores cérebros do meu staff. Ainda ousa dizer que não me conhece?

Fiquei mudo, tentando compreender a dimensão da loucura de que participava.

— Quer ser jogado aos ingleses — disse com sarcasmo o Oficial de Dia.

— Você, de campeira de couro.

O piloto começou a tremer.

— Sabe quem eu sou?

— Des-desc-desculpe, Majestade... eu... na verdade...

El Generalíssimo calou-o com um gesto do leque de penas. Dirigiu-se à mulher.

— Sabe quem eu sou?

— Talvez.

Voltou a brilhar no rosto de El Generalíssimo a luz infantil, marota, maldosamente astuta.

— Gostei da sua voz, minha senhora. Voz de estrangeira. Voz aristocrática. Uma bela voz. Parabéns. Mas... por que, talvez?

— Apenas porque não tenho certeza. Desconfio que o senhor é o general Augusto Herculano Rodriguez de Portillo y Saavedra Mendonza Borges, El Sanguinário, desaparecido desde 1947, ano em que foi presidente da Bolívia durante dois minutos e meio.

— Calúnia! Calúnia! Está a serviço dos meus inimigos! Joguem-na aos ingleses!

El Generalíssimo parecia sinceramente transtornado. A rede agitava-se e temi pelo que aconteceria ao piso da cabana se o imenso general chegasse a cair. Os três guardas armados de espingardas entraram com ar alarmado na sala. O Oficial de Dia deteve-os com um gesto.

El Generalíssimo deu custosa volta no corpanzil e escondeu com um gemido de dor o rosto no fundo da rede.

— Não quero vê-la mais. Atirem-na aos ingleses.

A mulher estava pálida, porém, mantinha a tranqüilidade. Deu um passo adiante, postura erguida e disfarçadamente superior.

— Percebo que ofendi Sua Excelência. Agora sei que é realmente El Generalíssimo, um dos mais eminentes generais latino-americanos desde Simon Bolívar, El Libertador. Mas confesso que foi absolutamente sem intenção e gostaria de me retratar.

Ninguém se movia na sala. El Generalíssimo continuava com a cabeça enterrada na rede.

— Que foi que a senhora disse?

Sua voz era um fio queixoso.

— Eu gostaria de me retratar do meu erro, Excelência.

— Isso eu ouvi. Que foi que disse um pouquinho antes?

A mulher vacilou. Pela primeira vez, percebi que ela se equilibrava numa corda muito fina. Não podia errar.

— Sobre que ponto, Excelência?

— Sobre Bolívar, sobre não sei que mais.

— Mas claro! — a voz dela readquiriu o tom seguro. — Ouvi na Europa, e em outros continentes por onde andei, os maiores elogios sobre sua pessoa. Sua fama corre mundo. As grandes personalidades políticas com quem me encontrei sempre o citaram como emérito defensor da Democracia e dos Direitos Humanos.

— Como Bolívar?

A voz ainda era queixosa.

Exatamente. Como Simon Bolívar, Excelência.

A mulher encontrou meus olhos mas ignorou meu piscar de apoio.

— Dizem que Sua Excelência é o maior general desde Simon Bolívar, El Libertador. Dizem que basta que termine seu longo exílio para que isso se torne público e reconhecido.

A imensa cabeça de El Generalíssimo foi assomando, vagarosa, na borda da rede. O quepe estava de lado, num equilíbrio perigoso. Levantou os óculos escuros para a testa e tapou o rosto com o leque, deixando à mostra apenas os olhos de menino ligeiramente amuado.

— Que lhe parece, Oficial de Dia?

O Oficial de Dia atravessou um agudo momento de dúvida.

— Excelência, as palavras dela expressam a mais absoluta e justa verdade do que ocorre nas grandes nações européias. Com exceção da traiçoeira Inglaterra, vosso nome é louvado em todas as partes onde é citado. Ela diz a verdade. Apenas, esse lapso histórico em que ela incorreu... Enfim, é preciso esclarecê-lo.

El Generalíssimo pensou profundamente, ainda melancólico, queixo apoiado na borda da rede, como se uma esperança desgarrada estivesse prestes a pousar no seu quepe como uma ave num ninho.

— Que lhe parece, Eminência?

O Cardeal deu um gole rápido no cantil, estalou a língua, apoiou-se mais no báculo de madeira.

— Excelência, o Oficial de Dia colocou, quer me parecer, o problema crucial, em seus parâmetros científicos e humanos, numa posição correta e meridiana. Julgo, no entanto, e isso é vontade de Diós Poderoso, que devemos esclarecer rigorosamente e julgar sem piedade esse grave erro histórico.

— Essa calúnia! — rugiu El Generalíssimo.

— Amém — suspirou o Cardeal.

— É o que é: uma calúnia! — gritou o Oficial de Dia.

A mulher, o piloto e eu logicamente não entendíamos o rumo que os acontecimentos tomavam. A mulher deu um passo a frente.

— Desculpe, Excelência, mas continuo sem entender. — Falava com maneiras seguras e sinceras. — Estou pronta a pedir desculpas a tão grande personalidade, mas não sei onde incorri em erro.

El Generalíssimo emitiu um grunhido sarcástico.

— Não sabe! Ela diz que não sabe. Aposto que foi buscar informações na... não gosto de usar essa palavra. Diga-me, senhora, onde buscou informações sobre mim, e por quê?

— Bem... em várias partes. Em livros, jornais. Na Internet. Eu sou pesquisadora. Faço trabalhos sobre história latino-americana. Na verdade não era especificamente sobre Sua Excelência que eu pesquisava, mas sobre vários generais e golpes de Estado. O seu caso foi *sui generis*...

— Alto! Não repita a calúnia!

A mulher ficou de boca aberta, sinceramente estupefacta. El Generalíssimo deu mostras de perceber. Colocou o leque outra vez sobre o rosto.

— Meus inimigos armaram uma calúnia vil para enlamear meu nome honrado. Com a conivência da traiçoeira Inglaterra espalharam o boato estremecedor de que exerci o alto e glorioso cargo de presidência da República da Bolívia durante dois minutos e trinta segundos.

Afastou o leque do rosto, elevou a voz.

— É uma calúnia pela qual pagarão caro. Minha senhora, está histórica e cientificamente comprovado: foram três minutos e quarenta e oito segundos o tempo verdadeiro e historicamente comprovado em que exerci o poder!

Ao menor movimento, uma bola de sabão explode, sabemos todos. Como se fosse uma bola de sabão, o humor de El Generalíssimo flutuava no denso ar de suas dúvidas e poderia chocar e explodir de encontro a uma certeza. Mas bá! Tais pensamentos encaravam-se e apontavam dedos cheios de certeza uns aos outros no meu cérebro, quando a voz de El Generalíssimo tornou-se pomposa como um romano interpretado por Sir Laurence Olivier.

— Essa é a verdade histórica. Três minutos e quarenta e oito segundos. Não dois como insinuam meus inimigos. E a verdade será restabelecida um dia, não importa quando, e todos os povos serão abençoados com essa verdade. Então, implantarei a Democracia e os Direitos Humanos e discursarei na ONU.

— Excelência! — exclamou a mulher. — Pode contar comigo para que a verdadeira versão seja divulgada. Espalharei por onde puder a nobreza do seu caráter e a generosidade com que hospedou um grupo de pobres acidentados. E, é claro, sua fé nos Direitos Humanos.

— Pode contar comigo também — eu disse com voz de estadista, sentindo-me num pesadelo.

Um pesadelo com cheiro e tato. Sentia-me humilhado e rebaixado, não por estar ali, participando daquela caricatura grotesca, mas por ela ser real. Várias vezes eu tentei me convencer que ia despertar, que ia dar boas risadas, que sei lá o quê, mas a verdade é que estava ali, em pé diante daquela rede, com aquelas pessoas que apenas algumas horas antes não tinha a menor idéia de que existiam. Sorri e fez uma reverência de estadista.

El Generalíssimo retesou o corpo.

— Sou um homem de instintos. Talvez porque fiquei demasiado tempo neste pântano me cuidando dos ingleses, talvez porque fiquei demasiado tempo nas casernas me cuidando do

Higueras. O instinto me diz que vocês não são espiões. Que a fatalidade os trouxe aqui.

— Amém — disse o Cardeal.

Um peso saiu de cima de mim.

— Mas... — El Generalíssimo proferiu essa palavra distraído, coçando o pé com o leque — ... este lugar é secreto.

(Essa palavra sagrada.)

— Daqui ninguém pode sair — disse o Oficial de Dia.

— Aqui é o Ninho (provisório) do Condor — disse o Cardeal.

El Generalíssimo ergueu levemente o busto, trouxe o leque de penas azuis até o peito cabeludo:

— E eu sou o Condor.

Fiquei olhando para o chão.

— Considerem-se meus hóspedes. Aqui estamos todos protegidos pelos Direitos Humanos. Mas não tentem fugir. Os ingleses não deixariam.

Uma mosca voava perto do seu nariz. O nariz inflou suavemente como goiaba depois da chuva. A mosca afastou-se. El Generalíssimo sorriu com singela candura e quase me comoveu. O dente de ouro faiscou.

— Sou aliado de uma tribo da vizinhança. A diversão deles é encolher cabeças. E sou aliado de outras pessoas, naturalmente, com quem negocio. Às vezes eles vêm aqui, do mundo exterior. Mas nossos limites são inflexíveis. Quem entrar sem licença, morre. Quem sair sem licença, morre.

Apoiou as mãos na barriga depois de pôr na boca umas folhas de coca e começar a mascar olhando para o ventilador que se movia lentamente no teto.

— Não escutei o nome da dama que honra este austero Ninho.

— Golda.

— Golda.

Beatífico sorriso espraiou-se no rosto de El Generalíssimo que cerrou lentamente os olhos, enquanto mascava as folhas com volúpia.

— Esta noite jantaremos juntos. São todos meus convidados..

Capítulo 11

Caminhamos pela varanda, um tanto marciais para meu gosto, e paramos diante de uma porta. O Oficial de Dia, que marchava na frente, abriu-a e fez o gesto de estender o braço, convidando Golda a entrar.

— Este será seu quarto.

Era bem maior do que supunha ou parecia ser. Comecei a tomar a consciência das dimensões da cabana. A arquitetura era tosca mas sólida. O Oficial de Dia encarou a mim e ao piloto.

— O Ninho (provisório) do Condor é um lugar de recato. Sigam-me.

Avançamos pela varanda. O japonês continuava dormindo, agora enroscado na indiazinha. Dobramos a esquina e fomos recebidos por uma chuva de projéteis secos. Estávamos sendo insultados por alaridos agudos, emitidos por um mico de óculos preso a uma corrente e empoleirado numa casinhola de bambu. O Oficial de Dia levantou um braço.

— Parem.

O Oficial de Dia calçava chinelos de dedo, vestia jaqueta militar com grandes ombreiras douradas e tinha na cabeça um boné da Coca-Cola. O emblema da repugnante poção fora arrancado, mas notava-se a marca das letras ainda impressas. O Oficial de Dia abriu uma porta.

— Ficarão hospedados aqui. Há água potável e frutas. Poderão lavar-se, comer e descansar. O jantar com Sua Excelência será às sete da noite no Salão Nobre.

Uma trovoada ecoou, estremecendo a cabana.

— Aqui chove sempre — avisou o Oficial de Dia — e nesta temporada mais ainda do que o habitual.

Entrei no quarto. Havia duas redes.

— Qual você quer? — perguntei ao piloto.

Ele escolheu a rede vermelha e jogou-se para dentro dela.

— É confortável.

Sentei na borda da outra e fui me recostando devagar, ainda lutando para não pensar em nada, quando percebi a presença. Uma cobra.

Uma cobra verde, morna, pesada, escamosa, dormitava na rede. Afastei-me como um raio. O Oficial de Dia me ofereceu um sorriso.

— É Fraternidad — disse, e fechou a porta.

Fechar a porta atrás de si talvez tenha sido um ato de delicadeza, mas eu estava com o sentimento preparado para achar mal em tudo, principalmente numa jibóia cochilando enrolada na rede que me deram para dormir.

— Tem uma jibóia na minha rede.

O piloto espiou, raciocinou um segundo ante meu olhar e de um salto jogou-se para fora do quarto. Saí atrás dele e encontrei-o ofegante, apoiado à amurada.

— Que lugar horroroso é este? Quem são estes caras?

— Você é quem deve saber. Você não é piloto veterano nestas bandas?

— Nunca ouvi falar nesses caras. Conheço tudo que é contrabandista há mais de dez anos. Já fiz de tudo, mas nunca encontrei esses caras antes nem ninguém me falou deles.

— Um segredo bem guardado.

— Esses caras todos estão com a cuca fundida, cara. Uma cobra na rede, cara, sabe lá o que é isso?

— Uma jibóia.

— Uma jibóia, uma jibóia, tudo bem. Qual é o teu nome, cara?

— Cid.

Apertamos as mãos.

— O meu é Tavares. Que sufoco, cara. Uma jibóia! Vou enrolar uma coisa que eu tenho aqui. Ficar de cara neste pedaço não dá, cara.

Enquanto enrolava a coisa que tinha ali, começou a chover. A chuva veio de longe, sem alarde, organizada como um batalhão marchando, avançando pela água até o teto de palha, onde pingou grossa, com ruído abafado. Tudo ficou cinza e o mato cercando a clareira desapareceu obstruído pela cortina de água. Espalhou-se no ar um perfume vegetal e foi com prazer que fumei o cigarro aceso que o piloto me estendia. Devolvi o baseado e respirei fundo o perfume úmido, diferente do evocativo perfume de chuva a que estava acostumado, para sentir espalhar-se em meu corpo uma mistura de plantas aquáticas, flores carnívoras, troncos supurentos, mel deslizando em folhas do tamanho de um Escort, um carrinho da época.

O japonês sentou, olhou a chuva e espreguiçou os braços. A indiazinha de 13 anos enfiou um poncho escuro por sobre a cabeça e afastou-se em passinhos curtos, rente à parede. Repeti para mim mesmo, pesando meu assombro:

— Ninho (provisório) do Condor.

Fumei com mais força, de olhos fechados, escutando a chuva e pensando em Porto Alegre.

Estava longe. Longe, longe, longe, longe, longe. Porto Alegre é uma merda mas aqui nem se fala. Sacudi a cabeça. Dei um soco na minha cabeça. O piloto começara a falar incontrolavelmente sobre aviões, sobre seu avião, sobre o preço de aviões, sobre o preço do seu avião e sobre seguros e sobre advogados e então fui saindo devagar, uma mão alisando o parapeito molhado, saboreando em cada poro do braço a água que o acariciava. Tudo bem.

Vamos tomar as coisas pela raiz.

Eu tinha um acordo com a chuva. Ela me trazia notícias de lugares distantes, alertava-me para o brilho que ficava embaixo das folhas, de todas as sombras, de todas as curvas, e me transportava embriagado pelo seu som sussurrante para um quarto numa cidade muito longe que dava para um quintal onde ciscavam galinhas, e espalhava na sua vontade um esplendor pacífico e resignado. Foi assim, anestesiado, que vi pela fresta da janela Golda ajoelhada ao lado do ancião, e vi-a preparar uma seringa e uma ampola. Abriu a camisa do ancião e enterrou a agulha no estômago dele. Guardou cuidadosamente a seringa num estojo e abotoou a camisa do ancião. Fui até a porta e entrei. No Ninho (provisório) do Condor os quartos não tinham chaves.

— É um erro o senhor vir aqui.

— Precisamos combinar alguma coisa.

— É prematuro. Primeiro temos que ganhar a confiança deles. Isso leva tempo. O senhor nos está colocando em perigo.

— Eu queria ver se tudo estava bem. O senhor que a acompanha... como está ele?

— Está melhor. Agora vai descansar e amanhã estará melhor. Está muito fraco. Agora vá.

— Até logo, qualquer coisa estou às ordens.

A chuva encontrara um equilíbrio estável. Caminhei até onde estava o piloto, sentei-me no piso, encostado à parede. O piloto me imitou e ficamos lado a lado, olhando a chuva e fumando em silêncio. Começava a sentir um pouco de simpatia por esse idiota.

— Haverá outras indiazinhas por aqui? — havia um acento guloso na voz dele.

— Há madame Golda.

— Essa bruxa, Deus me perdoe.

— Ela é uma mulher interessante. Ainda há pouco estava dando uma injeção no velhote.

— E que tem isso?

— Nada...

Soprei um longo fio de fumaça para o teto.

— ... só que ele está morto há muito tempo... e ela faz questão de demonstrar que ele está vivo.

Às sete horas em ponto, nós, hóspedes de El Generalíssimo, com exceção do velhote de Golda, entramos no Salão Nobre. Uma grande mesa estava posta, coberta por uma toalha de linho branco, com candelabros e dezenas de pratos com melões, mangas, palmito, amendoim e infinidade de frutas e legumes capazes de medrar no clima do pântano.

A chuva tinha parado. O ar estava infestado de insetos de longas asas.

Inclinei-me para Golda.

— Seu acompanhante não vem?

— O senhor Rupert ainda não está bem.

— Rupert! Esse é o nome dele?

O Oficial do Dia dirigiu-se até a rede. El Generalíssimo dormitava, o leque sobre o rosto. Despertou com o toque do Oficial de Dia em seu braço.

— Bem-vindos, bem-vindos a este humilde repasto.

A mesa estava próxima à rede.

— Peço que me perdoem, mas nosso protocolo me impede de ocupar um lugar entre os senhores. Daqui participarei tão bem como se estivesse numa cadeira.

El Generalíssimo tinha trocado a jaqueta verde-oliva por uma azul-marinho, elegante. Em vez do talabarte de couro de cobra uma faixa de seda azul e vermelha atravessava-lhe o peito. As medalhas eram as mesmas. Nos sentamos à mesa com o Cardeal Acevedo, o Oficial de Dia e o Capitão Marvel. El Generalíssimo bateu duas palmas rápidas.

Entraram dois caras carregando grandes bandejas. Estavam repletas de iguarias exóticas e parecidas com os turbantes que Carmen Miranda usava naqueles filmes antigos. Ignorei-as. Não porque estivesse sem apetite. É que meus olhos deram nos colares que os caras usavam e ali ficaram. As contas dos colares eram quatro ou cinco esferas escuras do tamanho de uma bola de tênis. Eram cabeças — ou miniaturas de cabeças — que tornavam-se diabolicamente sinistras pelo aspecto que lhes imprimia os olhos fechados, os dentes muito brancos arreganhados num sorriso, os cabelos desproporcionalmente longos, negros, caídos até a cintura deles.

Golda e eu trocamos um olhar, o primeiro olhar cúmplice entre nós.

— Perdoem a modéstia do que vos ofereço — disse El Generalíssimo. — Os meus hóspedes sabiamente devem compreender que o importante é a intenção do espírito. Proponho um brinde pela estadia de nossos hóspedes. Oficial de Dia, o champanhe.

O Oficial de Dia apanhou a garrafa de um vaso com gelo e, com certa destreza, começou a operação de retirar a rolha. Pouco a pouco, porém, seus esforços foram tornando-se vãos, suas mãos foram encontrando dificuldades, o suor começou a brilhar em sua testa, o botão do colarinho desprendeu-se, sua boca começou a retorcer-se, os olhos agrandavam-se e sua cor foi se tornando escarlate e começou a babar uma gosma branquicenta e então ergueu bem alto a garrafa acima da cabeça e estrondosamente desceu-a contra a quina da mesa, rompendo o gargalo.

A espuma jorrou. O Oficial de Dia sorria, baboso e feliz.

— Oficial de Dia, não estamos sós, lembre-se que temos visitas.

O Oficial de Dia serviu as taças, contrariado, El Generalíssimo ergueu a sua.

— A la salud de nuestros hospedes.

— Saúde, saúde.

As taças chocaram-se, tim, tim, trocamos sorrisos.

— Comam, comam — exortava El Generalíssimo.

O prato principal era pato assado com molho de vinho de palma, mel e canela. El Generalíssimo bateu palmas.

— Vinho!

O Oficial de Dia fez um sinal e então eu a vi pela segunda vez, entrando na sala com seu ar de pantera entristecida e os dois olhos formosos luzindo de dor e vingança. Carregava uma bilha encostada na cintura e harmoniosamente equilibrada. E carregava dois seios nus como duas flores e assim perfumados e primaveris e redondos e abrindo um vácuo luminoso na penumbra da sala. A orquídea em seu cabelo era lilás.

Os três músicos no canto da sala — um homem com uma quena, outro uma harpa e o terceiro um tambor — começaram a tocar uma música em surdina, triste e lânguida, que enroscou-se nas pernas da recém-chegada e modulou seu caminhar de felino sobre o assoalho de madeira encerada.

Ela começou a encher os copos de vinho. Apertei o copo a minha frente e esperei com ânsia o momento em que aquele corpo estaria próximo do meu e pudesse aspirar o perfume de suas axilas, e observei como a pele dela transpirava untada por óleo doce e como a presença dela influenciava na qualidade irracional da música que saía pelas frestas da cabana e se diluía no ar pesado de umidade lá fora e sumia na imensidão do pântano afogado pelos ruídos dos insetos.

A sala se eletrizou de magia sexual.

O fio caiu verde no meu copo de barro e a música que produziu elevou meu olhar para o alto e os olhos dela tinham essa luz onde estava congelada a dor e a vingança. O Oficial de Dia levantou-se.

— Logo após o jantar Sua Excelência, El Generalíssimo, tem uma surpresa reservada para seus hóspedes.

Com tapinhas delicados do guardanapo limpou um pingo de baba que continuava no queixo.

— Os hóspedes terão oportunidade de verem El Generalíssimo exercer seu sentido de justiça.

O Cardeal Acevedo aduziu:

— É um ofício divino.

El Generalíssimo mexeu o corpanzil.

— É diversão, senhores, é diversão. O Cardeal que me perdoe, mas, justiça, aqui, como em qualquer outro lugar, é espetáculo para manter os tolos em seu lugar.

O Oficial de Dia levantou-se e saiu da sala. El Generalíssimo devorava uma fatia de melão com espessa dignidade.

— A única utilidade da justiça é a permanência da injustiça. Essa frase eu fiz no meu discurso de posse e não foi bem entendida, mas apenas pelos espíritos que não mais sabiam distinguir a hipocrisia de suas vidas de suas vidas verdadeiras. Fingimentos e verdades para eles não tinham mais diferença. Por isso não entendiam. Acostumaram-se tanto à hipocrisia que ela se tornou uma verdade. Como a justiça.

Depositou os restos do melão na mesa, bebeu um gole de vinho, acompanhou com o olhar a mulher da orquídea no cabelo afastando-se.

— Eu tenho imposto aqui em meu reduto, a exemplo de meus colegas do exterior, dois tipos de justiça: uma para os crimes políticos, outro para os delitos vulgares. Para o primeiro, Fraternidad; para o segundo, os ingleses.

O Oficial de Dia voltou. Carregava um embrulho nas mãos. Largou-o com certa agressividade na mesa, bem na frente do Capitão Marvel, que ficou instantaneamente pálido. Os olhares todos convergiram para ele.

— Pode explicar, Capitão, o que fazia este pacote de peles embaixo do seu catre?

Os olhos do Capitão Marvel percorreram todos os cantos da sala como os olhos de um homem que está cercado. Pouco a pouco, suas mãos escuras e pequenas foram pousando no peito, onde estava o raio de veludo vermelho e seu rosto foi tomando o aspecto de um homem inocente possuído de espanto.

— Embaixo do meu catre?

— Embaixo do seu catre — esbravejou o Oficial de Dia —, e roubadas com o propósito de seduzir às nativas!

— Pecador!

O Cardeal Acevedo ergueu-se, trêmulo, apoiado no báculo de madeira.

— Sodomita!

Seu dedo pontudo e amarelo dirigiu-se contra o rosto cada vez mais pálido do Capitão Marvel:

— Os tormentos! Os tormentos! Só os tormentos irão purgar essa infâmia e lavar essa alma condenada.

Voltou-se dramaticamente para El Generalíssimo.

— Condor!

Olhei para El Generalíssimo. As feições onde costumava brilhar certa picardia infantil eram agora uma massa dura e pesada, absolutamente sem piedade.

— A Ordem acima de tudo — murmurou. E tapando o rosto com o leque:

— Os direitos humanos estão suspensos até a madrugada.

O Capitão Marvel caiu de joelhos na sua frente.

— Excelência, é um engano!

— Confessa, imbecil, e serás poupado.

— Mas é um engano, Excelência! Nunca vi essas peles antes!

El Generalíssimo fez um gesto resignado:

— Já não estavas avisado, animal, que tinhas só mais uma chance?

O Capitão Marvel sacudiu tristemente a cabeça.

— Sabes que perderás teus superpoderes?

— Por favor, Sua Excelência, piedade!

— Não és digno do grande título que carregas. Invoca pela última vez os sábios da Antiguidade.

O Capitão Marvel tremia sobre seus joelhos.

— Invoca, vamos!

O homenzinho cerrou os punhos, ergueu a cabeça raspada a zero e abriu a boca com o único dente:

— Shazam!

Todos olhavam para ele. Um músico piscou o olho para seu colega. O Capitão Marvel tornou a gritar:

— Bum! Crasshhh...

— Daqui por diante, animal, serás sargento. Sargento Marvel.

Pequeno soluço estremeceu o corpo delgado do ex-capitão Marvel.

— Que seja pendurado no Poço dos Ingleses até a madrugada — disse o Cardeal. — Como penitência.

Havia no tom de sua voz um desvanecido crepúsculo de crueldade. Às vezes acho que invento frases idiotas como a anterior não apenas para me exibir para os basbaques, mas porque tornei a constatar que aproximava-se de mim um sentimento que me debilitava, que me fazia especular sobre a fatalidade do meu destino e sobre como deveria comportar-me nessa ocasião: se aceitava tudo com naturalidade ou inventava frases grandiosas e vazias como essa aí de cima, para o momento de acordar e rir disso tudo.

Um gesto do Oficial de Dia revelou que tudo acontecia no plano da mais prosaica realidade: oito nativos troncudos enfiaram uma grossa vara de bambu nas alças da rede onde jazia El Generalíssimo e ergueram-no, saindo em passos trôpegos. O bambu que sustentava a rede fazia um arco. El Generalíssimo arrastava no chão o grande traseiro. A pata quadrada estava dura no ar. O Cardeal Acevedo foi atrás, solene, lado a lado com o Oficial de Dia. Golda, o piloto e eu os seguimos.

O Cardeal murmurou como numa reza:

— Qualquer tipo de atividade sexual é sumariamente proibida no Ninho (provisório) do Condor. Somos uma sociedade ascética.

No chão da sala ao lado havia um grande buraco circular. Lá embaixo estava o pântano e sua espessura gelatinosa.

O Sargento Marvel, amarrado pelos pés foi jogado no buraco. Ficou balançando, com a cabeça a metro e meio acima da superfície da água. Ouvimos ruído de água agitada e espiamos, assustados e incrédulos.

Jacarés aproximaram-se e ficaram em baixo do Sargento Marvel. Um dos jacarés deu um pulo com a boca aberta na direção da cabeça pendente.

— Se ele tiver sorte até a madrugada, nenhum o alcançará — disse o Oficial de Dia.

Lamento informar neste meu relato, mas o piloto urinou nas calças. Agarrou meu braço com força e murmurou, lacrimoso:

— Papai...

— Nosso piloto não passa bem vou levá-lo para seus aposentos.

El Generalíssimo sorriu o sorriso que eu esperava e temia.

— Não há pressa, comissário Espigón.

Os nativos prenderam as alças da rede em ganchos de metal, e o corpanzil de El Generalíssimo relaxou com um profundo gemer das vísceras.

— Não há pressa... recém começa nosso pequeno divertimento.

Tornei a olhar para baixo. O jacaré mais faminto ainda tentava alcançar a cabeça raspada a zero do ex-Capitão Marvel, esticando o focinho, dando o bote e caindo com ruído na água.

O prisioneiro emitiu um grito de horror estridente, aliviado de toda dignidade. Com certeza sentira o bafejo do focinho do sáurio, o respingar da água quando ele caiu e afundou.

— Esses animais desprezíveis têm o órgão copulador duplo e reversível e a fenda cloacal lateral, como os ingleses — informou o Cardeal.

— São úteis, por isso os tolero — disse El Generalíssimo. — Os nativos os caçam para mim, eu os vendo a contrabandistas vis, mas também úteis, e assim sustento este Ninho (provisório) de onde pretendo alçar meu vôo bem alto sobre a Cordilheira e cair de asas abertas sobre meus inimigos.

— Amém — disse o Cardeal.

— O pobre homem vai morrer — gemi.

— Ele está nas mãos de Deus — disse El Generalíssimo.

— Amém — disse o Cardeal.

Senti o aperto mais forte, já desesperado, da mão do piloto:

— Papai!

Outro grito subiu do poço, apavorante e longo. Sei que foi temerário, mas dei um passo a frente e encarei El Generalíssimo.

— Excelência... não pode puni-lo de outra forma? Isso é... é cruel!

Foi muito devagar mas foi perceptível: a gargalhada começou a brotar dentro do escuro ventre redondo do general exilado e foi se avolumando através de resíduos promíscuos vindos de ásperas cavernas onde se agitavam seres peludos brandindo tacapes primitivos e foi crescendo como o rugido de uma batalha de símios narrada por Edgar Rice Burroughs e passou pelo meu rosto e agitou minha camisa e despenteou meu cabelo deixando no ar um odor morno de almíscar e bananas.

O piloto então desandou a chorar aos gritos enquanto a cabana estremecia e a gargalhada gigantesca afastava-se movendo as árvores e despertando os pássaros que dormiam.

Agarrei o piloto por uma orelha, sentindo que enlouquecia por alguns segundos:

— Pára de chorar! Pára de chorar! Já para o quarto.

Saí arrastando-o pela orelha, seguido pelo passo aflito de Golda.

El Generalíssimo começou a tremer levemente — gerava-se outra gargalhada no seu ventre enorme, já subia pelo esôfago e molhava sua língua.

Joguei o piloto para dentro do quarto quando a nova gargalhada varreu o corredor e quase imprensou-o contra a parede, Golda foi obrigada a segurar a saia e o piloto socava o chão, chorando e sapateando.

A risada passou. Enfurecido, agarrei os braços do piloto, tentei tapar sua boca, bati no rosto dele várias vezes mas ele gritava cada vez mais.

Vi que Golda tinha uma seringa na mão e com gesto ágil aplicou-a na coxa do piloto, que ainda esperneou mais um pouco mas foi acalmando-se nos meus braços. Larguei-o no chão, estremecendo em convulsões.

— O que é isso?

— Um calmante. Vai fazer bem pra ele e pra nós todos.

— É o mesmo que você aplica no senhor Rupert?

Golda ergueu os dois grandes olhos de lagarto. Depois, baixou-os e ficou sem mostrar comoção alguma assistindo como o piloto amaciava e fechava os olhos.

— Pena que seja um idiota — disse a mulher. — Forte como é poderia ajudar-nos muito. Parece que só contamos conosco mesmo.

— Conosco e com o senhor Rupert, se é que ele pode nos ajudar.

— Não pode.

Ergueu-se. Estirei as pernas do piloto e deixei-o dormindo. Ela abriu a porta para sair e Fraternidad entrou.

Ficamos Golda e eu sem nos mover, sem respirar, sem piscar os olhos. Fraternidad deslizou silenciosa entre nossos pés, interminável, a pele escamosa brilhando com o luar, grave e atenta em se enroscar no canto, sem a menor pressa.

Capítulo 12

A chuva tinha lavado o céu ou coisa parecida. Estava limpo como uma toalha num varal, e cheio de furinhos que eram as estrelas. A lua apareceu atrás da muralha verde de árvores. Estava quase circular e planava fácil, como um objeto não identificado. Grandes insetos com asas grudavam-se à parede. Outro grito do Sargento Marvel cortou ao meio a placidez da noite como uma faca numa barra de manteiga. Comecei a enrolar o baseado que confiscara do piloto.

— Planos para esta noite, senhor Espigão?

— Dormir, dona Golda. E ver se acordo noutro lugar.

— Isso será impossível.

— Obrigado por me lembrar.

— É melhor pensarmos num meio de sairmos daqui.

— Madame, por enquanto tudo que penso é não criar caso com o nosso general. Acho melhor não desobedecer em nada.

— Nem no que se refere a sexo?

A lua a deixava mais pálida, e seu rosto fino e ossudo parecia uma máscara egípcia, onde o rosto tivesse uma boca exageradamente grande e lábios finos e perversos. Puxa, pensando bem, ela era mesmo uma falsa magra. Antes que eu respondesse à sua pergunta ela falou:

— Rupert está morto.

— Há quanto tempo?

— Quando entrou naquele avião já estava morto. É um presente para o seu amigo Maioranos.

O pior de tudo, pensei, apoiado no parapeito da varanda, dando o toque final no artesanato do cigarrinho, não é essa revelação e suas desdobráveis conseqüências, nem o fato de ter sido feita neste lugar do mundo (solitário, absurdo, úmido e sem esperança de consolação tal os gatos da praça do Portão quando bate as três horas da madrugada) e tampouco é El Generalíssimo ou o Cardeal Acevedo ou o fato de que o ex-Capitão Marvel esteja com a cabeça pendendo a poucos centímetros da boca dos ingleses ou que um céu pintado como cenário dos filmes em technicolor da antiga Metro plane silencioso sobre nós. Foi outra coisa.

Foi a cara fria, a ponta de cinismo, foi o tom deslavado como a mulher proferiu, saboreando cada letra de cada palavra como pipocas quentinhas temperadas com sal no aconchego duma matinê, é um presente para o senhor Maioranos.

Foi necessário respirar fundo.

Foi necessário grande vigilância sobre os nervos, foi necessário acender o isqueiro e encostá-lo à ponta do baseado como se estivesse apoiado numa esquina da rua da Praia e não num mourão de taquara desta varanda, foi necessário passar sobre o sorriso da mulher e sobre o pequeno brilho de aço do seu olho direito. Foi necessário pensar na placa de latão parafusada na porta do meu apartamento — C. Espigão — Detetive Particular sem pieguice, e lembrar-me de dar uma encerada dia desses e na necessidade premente de especular numa honrosa vingança contra o mico que nos bombardeou com bosta e foi absolutamente necessário mais de quinze anos de labuta profissional para não tremer a voz, na hora de indagar:

— Um presente para o senhor Maioranos?

— O senhor Maioranos também é meu cliente.

— Também?

— Não há necessidade de fingirmos. Eu conheço muito da vida do senhor Maioranos. É natural que ele necessite de detetives profissionais. São tantos os negócios dele.

— É. É natural.

— Mas para mim só conta o lado político.

— O lado político, claro... Mas, dona Golda, como sabe que o senhor Maioranos é meu cliente?

Ela sorriu e mostrou as pontas dos dentes cavalares.

— Esse avião era de Maioranos. Se você não trabalhasse para ele jamais estaria dentro dele. Para quem é novo no negócio ele não diz, mas quem está há mais tempo como eu, sei perfeitamente que aquilo não era um táxi-aéreo.

Dei uma tragada com força e ofereci para a mulher. Ela negou com um gesto.

— A senhora falou algo sobre sexo.

— Caçamos nazistas para o senhor Maioranos.

— Nazistas? Legal.

— Eu fui expulsa da organização porque achavam meus métodos... bem... radicais. Demasiado radicais. Mas o senhor Maioranos os aprovou sem a menor censura e eu fiquei a seu serviço. Organizei e treinei uma turma de caçadores, e, em verdade, conseguimos algum êxito.

Um berro do Capitão Marvel me fez estremecer. E o que mais eu faço neste lugar. Estremecer. Eta fuminho danado. Nazistas! Ótimo.

— Quer dizer que a senhora caça nazistas? Ganha bem?

— Para mim só conta o lado político.

— Claro.

— Por isso não ligo para o fato de que ele tenha cassinos e cavalos de corrida e até uma ou outra ligação com o contrabando.

— Também não ligo.

— Eu sei que é uma fachada e sei também que o importante é que o dinheiro dele é devotado para o cumprimento da Missão.

— Claro, claro.

— Por isso toleramos Cisco Maioranos.

Concordei com a cabeça. O baseado me caía mal.

— Por isso, de alguma forma, o servimos. E porque ele tem também motivos justos, é forçoso reconhecer, para participar da Missão.

— Perfeitamente.

— Acho que ele sofreu muito. — Aceitamos seu dinheiro, aceitamos suas informações, aceitamos o que ele tem de infraestrutura na América Latina. É justo que ele receba também um presente de vez em quando.

— Justo, justo.

A mulher caminhou até o parapeito e se apoiou. Tornei a fumar, retive a fumaça o mais que pude, fechei os olhos e abri-os de repente, assustado, como se tivesse recebido um aviso.

A mulher continuava de costas para mim, apoiada no parapeito, olhando a luz da lua refletida na água. Vultos escuros se moviam deixando silenciosas esteiras em seu rastro.

— O senhor Rupert era um presente especial. Um que ele desejava desde o tempo em que conseguiu organizar suas bases sem despertar suspeitas. Há mais de vinte anos.

— Um graúdo?

— Um graúdo. Pena que não tenha resistido.

— Um graudão?

— Estamos quase certos disso. A documentação toda confere, a arcada dentária também. O senhor Maioranos vai ficar desapontado de não poder falar com ele. Era secretário do doutor Mengele. O doutor Mengele foi prisioneiro durante muito tempo do senhor Maioranos.

Esqueci o assunto sexo.

Uma lagartixa desceu pela parede e contemplou imóvel a minha perplexidade. Golda olhava a lua na água do pântano. O ex-capitão Marvel soltou um urro dilacerante. Não estremeci. Desta vez não estremeci.

— O Capitão Marvel está em apuros.

Caminhamos placidamente até o Poço dos Ingleses.

— Quase foi alcançado — informou gravemente o Oficial de Dia.

El Generalíssimo mascava folhas de coca, olhos semicerrados.

— Parece que perdeu uma orelha — disse o Cardeal.

El Generalíssimo deixou um sorriso tomar conta de seu rosto.

— Foi a vontade de Deus.

— Amém — disse o Cardeal.

— Não será vontade de Deus, também, que Sua Excelência tire esse homem daí?

El Generalíssimo lentamente foi abrindo os olhos para me observar. Ninguém disse nada.

— As penas... ah, as penas — murmurou —, quero alegria, quero riso, tragam o vinho.

Um dos guardas estendeu para o Cardeal um longo bordão onde estava atado um buquê de penas de tucano — verdes, azuis, amarelas —. O Cardeal interrogou El Generalíssimo com os olhos.

El Generalíssimo fez um gesto com o leque.

O Cardeal debruçou-se na abertura, depois de arregaçar a batina e começou a roçar as penas nas solas dos pés do ex-Capitão Marvel, que começou a contorcer-se e a rir.

— Assim é melhor — disse El Generalíssimo. — Em meu pequeno reino eu só quero alegria.

As contorções tornavam-se frenéticas e as risadas histéricas.

— Violou as leis, está nas mãos de Deus.

— Amém — disse o Cardeal sem interromper as cócegas.

Sobre as risadas histéricas ouviram outro baque na água. Dois jacarés tentaram o salto ao mesmo tempo e falharam.

— São persistentes os ingleses — disse El Generalíssimo.

Olhou para mim.

— Os ingleses são persistentes, comissário Espigón, e pacientes, abúlicos, solenes. São dotados de uma calma que parece dignidade mas é apenas astúcia, que lembra resignação mas não passa de crueldade, que sugere estoicismo mas é fria impiedade. Eu os odeio, comissário Espigón. Eles vinham a meu gabinete, nos bons tempos. Limpos, sóbrios, sempre de barba recém-feita, e magros. Magros. Como eram magros! Parecia que não comiam, os canalhas. Eu os invejava. Eu gemia de frustração porque queria ser como eles. Mas, como? Gordo, e sempre transpirando, e filho de mãe mulata. Não. Eu não podia ser como eles. Podia, isso sim, ter um sonho maior do que o deles, mas para isso precisava ser parecido com eles. Podia tê-los como amigos. Se os servisse, se fosse fiel, e útil, e mostrasse boa vontade, e tomasse banho todos os dias... Tudo isso eu fiz. Uma vez me convidaram para um chá na embaixada! Um dia glorioso! Quinze de fevereiro de 1945, uma quinta-feira com neblina, como se fosse Londres. A embaixada... Quando entrei, e fui recebido com honras e atenção e rapapés me lembrei do menino que eu fui, era como se entrasse no palácio dos meus sonhos, como se tivesse ganho um cavalo branco, como se eu também fosse um príncipe, participando de um mundo mágico, e foi quando descobri minha vocação e meu destino. Eu nasci para... mas isso não importa! Eu os amava, essa é a verdade. Eles significaram uma espécie de perfeição da qual estávamos longe. Nós todos somos meio índios e meio negros e meio cafuzos e somos peludos e suamos e cheiramos mal e somos preguiçosos. Nossa raça não presta, comissário Espigón. Isso é comprovado cientificamente. Eu tinha um plano de governo: daria tudo, terras, dinheiro, máquinas, daria toda a segurança para as famílias inglesas que quisessem vir colonizar nosso interior. Expulsaríamos todos os índios, todos os camponeses, todos os que ocupassem terras e os confinaríamos na cordilheira, os atiraríamos ao mar, se tivéssemos mar. Os ingleses povoariam nossas terras. Plantariam trigo. Milhares de inglesinhos e inglesinhas, louros como espigas, correndo no trigal, com suas roupas brancas, limpinhas, e suas faces coradas. Seríamos um país feliz. Os mulatos mais educados poderiam ser garçons, choferes, jardineiros. Para mordomos apenas os mais qualificados ou com curso superior. Os índios poderiam de vez em quando vir dançar, tocar quena, expor tapeçarias. O Uruguai era a Suíça, nós seríamos a Inglaterra. O Chile ridiculamente assumiu o título (em briga silenciosa com a Argentina) mas nós o roubaríamos como eles nos roubaram o mar. Imagine, comissário Espigón, os mestiços chilenos se considerando ingleses, coitados! Não sabem o que é um inglês. Eu, agora, sei. E aprendi isso convivendo há quarenta anos com os jacarés.

Calou-se. Esperei que ele dissesse mais alguma coisa mas ele ficou calado, mastigando as folhas do sonho e contemplando silenciosos mordomos, resplandecentes baixelas de prata, jovens oficiais recém-chegados da Índia.

Afastei-me na ponta dos pés.

Capítulo 13

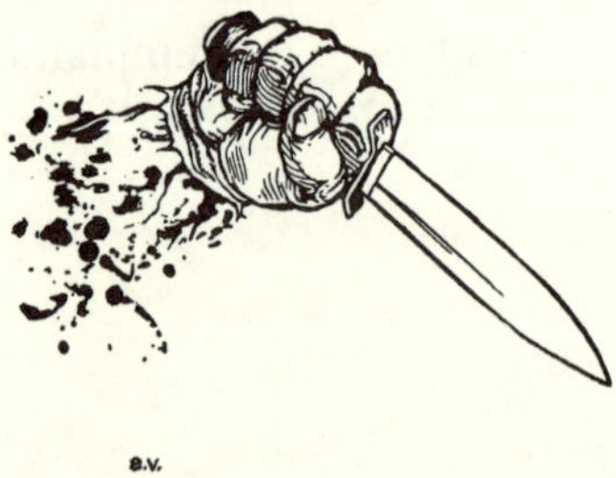

No corredor, uma pequena mão tocou meu braço.

— Quando todos estiverem dormindo, venha ver-me — sussurrou a morena da orquídea nos cabelos.

Quando todos dormiram e o Capitão Marvel ficou infinitamente só, suspenso entre o céu e os dentes dos jacarés que pululavam na água, deslizei em passo silencioso, rente à parede, a grande sombra me perseguindo, e bati na porta do quarto da mulher de olhos negros e orquídea no cabelo.

— Cid é o nome de um cavaleiro andante — ela disse, entre o escárnio e a brincadeira.

A orquídea continuava em seu cabelo, mas ela tinha pintado os lábios. Ergueu o braço e aspirei seu perfume. A lua era atravessada por uma nuvem.

— E o teu nome, princesa?

— Deixo você me chamar de Princesa.

— Ótimo. Agora me deixe entrar antes que me vejam.

Ela tocou com a mão no meu peito.

— Ninguém o verá.

Mostrou um sorriso que quase paralisou minha pulsação.

— E além do mais, não há pressa...

E encostou-se, langorosa, ao marco da porta, dobrou a cabeça para trás, apoiou o calcanhar na parede, mostrando dessa maneira um pedaço de coxa imediatamente atacado pelo luar, e no instante em que sorriu, acreditem ou não, o trio de músicos começou a tocar em surdina a guarânia "Lagoa de Ipacaraí".

— Tenho uma proposta para lhe fazer.

— Já aceitei.

— É preciso ir lá salvar o Capitão Marvel.

Desejei que tudo se desmanchasse rapidamente como desenhos debaixo da chuva, mas ela continuava respirando e próxima e com esses lábios levemente entreabertos, úmidos e sinceros, com a minúscula língua discretamente assomando e a guarânia dando voltas na minha cabeça.

— Era essa a proposta?

— Você não tem o nome de um cavaleiro andante?

— Quem é você?

— E eu também quero sair daqui.

— Por quê?

— Por quê? Você não está vendo? Não tem capacidade para ver a escravidão bem diante do seu nariz?

— Está certo. E além do mais, ele é louco. Mas como vou saber quem está aqui porque quer ou porque está à força?

— Bem, eu estou à força e quero me libertar. E você?

— ... eu também.

— Ótimo. Então vamos libertar o Capitão Marvel.

— Ele sobreviverá até a madrugada, quando será retirado. Penso que devemos poupar nossos esforços para uma ação mais direta de fuga. Precisamos de armas, de meios, como vamos sair daqui?

— Pensa que eu sou burra? Botei uma erva na bebida dos guardas. Todos dormem. Comissário, a salvação dele é meio caminho andado para a nossa própria salvação. Ele é o melhor guia destes pântanos. Se roubássemos uma canoa e nos aventurássemos no Pantanal jamais sobreviveríamos. Por isso El Generalíssimo descuida a guarda.

— Entendo. Mas quem diz que o Capitão Marvel vai ficar do nosso lado, só porque o libertamos?

Ela deixou de ser sedutora ou artificial ou veemente para ser algo que, confesso, não captei bem, mas que era estranho e poderoso.

— Eu digo.

Os olhos tinham aquela luz onde brilhavam a dor e a vingança.

— Muito bem. Se você diz.

Estendeu para mim uma escada de cipó trançado e uma faca. Estava novamente sedutora, e exalava um perfume áspero. Os seios arfavam lentamente, acompanhando a respiração, mornos e duros. Limpei o suor da testa. Enrolei a escada no ombro.

— Vamos.

Caminhamos na ponta dos pés pela ampla varanda. Das pontas dos nossos pés saíam longas sombras. Nos aproximamos do Poço dos Ingleses. Oscilando lentamente, lá estava o pobre diabo. Não me acostumava a chamá-lo de Sargento.

As cordas que o prendiam pelos pés rangiam. A água estava parada, os jacarés dormitavam. Fui subitamente tomado pela realidade do que pretendia fazer. Senti uma vertigem. Não vou fazer isso.

— Que foi?

— Nada.

Amarrei a escada e comecei a descer.

Não, não estou fazendo isso.

Imaginei que um ar frio subia do fundo do poço. Se fosse apanhado não poderia argumentar nada em minha defesa. A não ser que tentasse convencer El Generalíssimo que descera até ali para fazer cócegas no Capitão Marvel. Como não dispunha de um caniço com penas, descera para praticar nas costelas do pecador.

Olhei para cima. A garota não estava mais ali. Veio uma má sensação. Como não tomei providências para saber se a história dela era verdadeira? Como não pensei um só instante que ela poderia ser uma agente provocadora de El Generalíssimo? Eu sou o idiota mais perfeito conseguido em bilhões de anos do aperfeiçoamento da espécie. Mas, agora, a cabeça raspada a zero já estava ao alcance de minha mão e os dados já foram lançados.

Agarrei a cabeça e amparei-a.

Com a outra mão empunhei a faca para cortar a corda.

O Sargento Marvel abriu um olho, viu próximo a ele um bigode fino e meu rosto pálido e congestionado. Abriu o outro, viu a faca. Dez segundos depois sua boca com apenas um dente se abriu também e prorrompeu em agudos, altíssimos, horrorizados gritos de socorro. Apertei o queixo do Sargento Marvel com força bastante para deixá-lo gorgolejante e com os olhos arregalados, porejantes de lágrimas.

— Quieto, imbecil, venho salvá-lo.

O Sargento não parecia acreditar. Requebrava-se, saltava, gemia e ficava roxo como qualquer animal, racional ou não, quando vê uma lâmina afiada brilhar perto do pescoço indefeso.

— A Princesa me mandou, seu idiota!

O Sargento pareceu tocado pela mão da sensatez.

— Quem?

— Ela está lá em cima.

O Sargento olhou com dificuldade, lentamente fui retirando a mão de sua boca. Lá no alto o perfil da Princesa ficava nítido contra o céu de papelão pintado. Com a majestade de quem está num balcão real, acenou com suavidade e encorajamento.

— Não demorem.

Eu não tinha a mais remota intenção de demorar um segundo a mais do que o necessário. Os cipós eram fortes e me inquietavam. Rangiam, estalavam. Os jacarés, alertados pelos gritos, amontoavam-se outra vez, interessados, focinhos para o alto, abrindo e fechando seus olhinhos sonolentos. E eu transpirava. Fugas arriscadas são façanhas para filme de ação americano, que tem recursos técnicos e orçamento para esse propósito. Detetive particular brasileiro tem é que vigiar mulher bonita de marido ciumento ou resgatar jóias baratas de prostitutas sentimentais.

— Rápido.

A voz da Princesa denotava urgência.

Tornei a lutar com as cordas que amarravam o Sargento. A faca não ajudava muito. Fui cortando com esforço uma a uma as amarras. Puxei o Sargento para cima um segundo antes da bocarra — clac! — fechar-se no ar. Vários jacarés deram o bote, com frações de segundos de atraso e seguiu-se uma desarmoniosa sucessão de clacs: clac, clac, clac. Segurei com firmeza o corpo bamboleante do prisioneiro.

— Por favor, diga à Princesa que eu não sou digno — sussurrou o Sargento em meu ouvido.

— Diga você mesmo quando chegar lá.

Cortei a última corda, desequilibrei-me, tentei me segurar e deixei o Capitão Marvel escapar de minhas mãos e precipitar-se com estrondo, no meio dos jacarés.

Os respingos molharam meu rosto e lá embaixo era um fervedouro. Espuma, escamas, braços, pernas, roncos, gritos.

Desci três degraus e estendi a mão em direção ao fervedouro. Apanhei o que me pareceu ser uma mão do Sargento Marvel e puxei-o. Ele veio como catapultado. Parecia ter recuperado os superpoderes. Os dentes batiam como maracas da banda de Xavier Cugat.

— Você está bem?

— Acho que sim... Não deu tempo para me morderem... mas me dói este lado da cabeça. Veja o que é.

Havia uma plasta sanguinolenta no lugar da orelha.

— Daqui por diante não vai mais poder usar brincos nessa orelha.

Subimos controlando nossas respirações. O sangue escorria das orelhas do Capitão Marvel e se espalhava pelo seu corpo. Chegamos resfolegantes ao alto do poço.

O Sargento Marvel ajoelhou-se aos pés da Princesa.

— Eu não sou digno.

Eu olhava com espanto para os dois. A Princesa parecia cada vez mais uma princesa e não havia dúvida de que o Capitão Marvel assim a considerava.

— Não quero ouvir lamúrias, Capitão. Ouça com atenção o que eu vou lhe dizer.

— Não sou mais Capitão, Princesa. Perdi meus poderes.

— Se o chamo de Capitão é Capitão. Ou você continua dando mais crédito a El Generalíssimo do que a mim?

O Capitão bateu com a cabeça no chão duas vezes.

— Agora você vai para o pântano cuidar das feridas e voltará em três dias com uma canoa grande e muita provisão. Vá.

— Um momento.

Como um gato saindo detrás de um sofá numa casa que não têm gatos, Golda saiu do escuro.

— Posso saber que reunião é essa?

— Estamos tratando de organizar nossa fuga deste lugar — eu disse.

— Belo companheiro é o senhor — respondeu Golda.

— A senhora seria avisada. Não a deixaria aqui, isso é óbvio.

— Tolice. Mas não vejo por que esperar. Temos canoas, temos um guia, todos dormem. Vou buscar Rupert e partiremos.

— Rupert? Mas, ele...

— Não vamos fugir agora, madame — disse a Princesa —, e sim quando eu disser.

— E posso saber por que, menina?

— Preciso da cabeça de El Generalíssimo para fazer um broche.

As palavras foram proferidas sem ironia, como se poderia pensar. Foi justamente o tom normal e quase inocente, porém, que me causaram sério embaraço. A própria Golda pareceu chocada.

— Não podemos ficar à mercê de seus problemas particulares. E não podemos ficar expostos apenas porque quer carregar a cabeça dos seus inimigos. Para uma menina que parece que já se civilizou, esses costumes bárbaros não ficam bem.

— Acho que tem razão, madame, mas nós, no meu povo, encolhemos as cabeças de nossos inimigos para usar, não os arrastamos de corpo inteiro, como a madame está fazendo.

— Um momento, um momento — me intrometi —, precisamos manter a união. Temos um inimigo comum. Só unidos poderemos enfrentá-lo devidamente.

— Eu tenho uma missão a cumprir — disse Golda.

— Eu também — disse a Princesa.

— E eu também — disse eu.

Os três nos entreolhamos, ressentidos. O Capitão Marvel deu um gemido.

— Precisamos uns dos outros — insisti —, vamos ficar juntos até acabar com El Generalíssimo e daí o fora daqui.

— Não tenho motivos para lutar contra ele — disse Golda.

— Não? — a Princesa adotou um ar cáustico. — Então fale com ele e diga que quer ir embora.

— Eu sei que sou prisioneira, não sou nenhuma idiota. Mas podemos sair tranqüilamente sem sermos vistos. Para que meter-se em confusões com degolamentos e assassinatos se podemos sair sem ser vistos?

— Não é assassinato. Trata-se de justiça. Suponho que a madame sabe o que é isso?

— O que eu sei é que você não tem direito de tomar a justiça nas próprias mãos.

— A senhora faz a mesma coisa — meti minha colher no debate.

— Errado. Eu caço criminosos e os entrego à justiça. Ela é quem decide o que fazer.

— O senhor Maioranos representa alguma espécie de justiça? Pra mim é novidade.

— O senhor Maioranos é uma exceção.

— Então há exceções em sua justiça.

— Basta — disse a Princesa. — O Capitão Marvel voltará dentro de três dias. O que acontecer nesse tempo é responsabilidade de cada um.

— Não me envolverei em assassinatos — disse Golda —, mas ajudarei no que for necessário para a fuga.

A Princesa voltou-se para o Capitão Marvel.

— Pode ir. Roube uma canoa e trate de suas feridas. Volte em três dias.

— Devo buscar nosso povo?

— Não.

O Capitão Marvel baixou a cabeça.

— Eu imploro.

— Durante anos eles serviram esse tirano gordo — disse a Princesa com desprezo. — Por que deveria contar com eles agora?

— Acreditaram nas promessas dele, Princesa, como eu acreditei. Permita que eu procure vosso irmão.

— Não quero saber dele e daquela conversa fiada. Não procure ninguém e vá imediatamente.

O Capitão Marvel desceu pela escada de cipó. Desamarrou uma canoa, saltou para dentro dela, apanhou uma vara comprida e com um toque pôs-se em movimento. Os jacarés foram abrindo passagem.

— Isso não tem cabimento — resmungou Golda. — Deixá-lo ir é um absurdo. Quem garante que ele voltará? E o que vamos dizer? Não podemos brincar com nossas vidas!

— Tem razão, madame — disse o Oficial de Dia.

O Oficial de Dia evidenciou com essa frase que estava com a veia irônica em grande forma, pois dando dois passos posicionou sua esguia humanidade adornada de ombreiras douradas, talabarte de couro, chinelo de dedos, bermudas e o boné da repugnante poção diante dos três atônitos conspiradores.

— Pelo que ouvi não necessito preocupar-me com o traidor, pois ele voltará. Mas vocês violaram a hospitalidade de El Generalíssimo e isso é o crime mais hediondo que pode ser cometido. O Cardeal terá oportunidade de usar seu livro de receitas.

Fez um gesto e saíram da sombra os três guardas. Fomos empurrados para o Salão Nobre.

El Generalíssimo repousava na rede. Havia apenas um lampião aceso num canto e a grande sombra redonda desenhava-se na parede, imóvel. El Generalíssimo mascava suas folhas olhando o teto, o leque sobre a barriga.

— Aqui estão os criminosos, Excelência.

El Generalíssimo demorou a responder numa voz arrastada.

— Os direitos humanos continuam suspensos. Que o Cardeal se encarregue do interrogatório.

— Esta noite mesmo, Excelência? É bom lembrar que amanhã chegam nossos aliados.

O Cardeal entrou no raio de luz do lampião. Trazia um grande livro de capa vermelha contra o peito.

— É melhor esperar que nossos aliados partam, Excelência. Terei tempo de pesquisar melhor algumas receitas deste Livro Sagrado.

Largou o imenso livro sobre a mesa. Pude ler o título da obra. Intitulava-se *Normas da Santa Inquisição.*

— Levem-nos e vigiem-nos.

Tive as mãos amarradas às costas e fui violentamente empurrado para meu quarto. Fiquei com a cara no chão, com vergonha de me lembrar da minha aventura. Estava com vontade de pôr a culpa de todas as desgraças que acontecem no mundo nas mulheres, mas sabia que isso só aumentaria minha frustração. Quando tentei incorporar-me e ficar numa posição mais honrada, vi a perna do piloto pendendo da rede.

Fraternidad enroscava-se nela, suavemente. O piloto olhou para todos os lados, assustado, sem saber por que despertara de repente. Você, ainda sob a tensão dos últimos acontecimentos, observava o imenso animal subindo em direção à cabeça do piloto.

— Papai!

Fraternidad sobe na perna dele, sem fazer pressão nem vacilar, confiante. A cabeça é esguia e larga, a língua pequena e pontuda, os olhos circulares e friamente sem expressão. O piloto duvidou um momento entre ter medo e aceitar o estranho companheiro.

— Cuidado — você conseguiu balbuciar — a cobra!

Um esticão, o recolher da perna, como se um escorpião a tivesse picado, e o grito. E então Fraternidad passou da languidez amorosa para a velocidade do caçador saltando sobre a presa.

Subiu no ar escurecido, alta, curva, e durante segundos que pareceram pingos de água crescendo na ponta de uma torneira, imobilizou-se, agora ameaçadora.

Era terrível: do chão, banhado no suor do seu terror, você a viu como um animal de outra época, um dragão aquático, verde-escuro e liso, quase roçando o teto de palha, curvado sobre a rede, começando a tornar-se fosfóreo, inchando de excitação ou maldade ou apenas susto. E você viu o branco horror do piloto, sua contração, a dentadura postiça que vomitou, o exato instante em que passou para a idade adulta e o espasmo que o acometeu quando viu a grande cobra imóvel no ar morno, fitando-o com seus dois olhos perfeitamente circulares. Descobriu que não podia escapar. Descobriu que se urinava e as vísceras afrouxavam. Uivou. Você começou a agitar-se, a rolar, a dar com as pernas, a bater com a cabeça no piso. O piloto uivava. Fraternidad lançou com um som mole novo abraço e envolveu o tórax do piloto com um terceiro anel, grosso como pneu de caminhão. A cabeça de Fraternidad ergueu-se ameaçadora sobre a cabeça do piloto. O piloto livrou um braço, o braço esticou como catapultado e a grande mão peluda agarrou a jibóia um palmo abaixo da cabeça. O piloto era forte: a mão grudou-se como tenaz à pele escamosa, o esforço o fazia mudar de cor, os olhos pareciam prestes a explodir. Caíram da rede com um som fofo, embolados, sobre as suas pernas, e Fraternidad aliviou a pressão e o piloto livrou o outro braço e desenroscou-se numa agitação histérica, chocou contra a parede e a peça toda estremeceu. Agora, quem tinha uma perna presa pelo abraço apertado de Fraternidad era você. E tinha, também, as mãos amarradas às costas, por resistentes cipós do mato. Compreendeu que não podia fazer absolutamente nada para salvar a vida, a não ser fechar os olhos e ficar completamente imóvel e esperar que tudo não passasse de um gracejo gerado pelo exótico sentido de humor do descomunal ofídio. O corpo vertebrado de Fraternidad apertou a sua perna até pensar que ela seria triturada e viu o animal erguer-se bem alto e preparar o bote. Estava outra vez fosforescente ou talvez fosse o luar entrando pelas frestas da parede. Os insetos de longas asas circulavam alucinados. Fraternidade deu o bote — na direção do piloto — e enlaçou o pelas pernas. O homenzarrão caiu com estrépito, uivando outra vez, gritando papai, papai, como uma criança, tentando morder a cabeça do bicho que deu mais uma volta, afrouxou e então apertou com firmeza fazendo algo estalar dentro do piloto. Agora, afrouxou novamente, desenroscou-se da sua perna e tornou a dar um longo, silencioso abraço, lentamente descendo em curva, envolvente e vivo, pulsando duma energia ávida. O piloto começou a ser estrangulado. A cobra fez mais uma pressão e outro estalo seco fez ferida no seu cérebro. Você encolheu a cabeça, rastejou como uma lagartixa pelo chão, enroscou-se contra a parede, escondeu a cabeça no peito. Fraternidad agora envolvia com certa pressa nos movimentos as pernas do piloto, fazendo-o dar voltas sobre voltas, já com o rosto completamente roxo e os olhos esbugalhados. Fraternidad foi afrouxando o aperto, a cor roxa foi desaparecendo do rosto do piloto, soltou um braço, soltou o outro, você abriu um olho e não acredita mas parece que viu um brilho de satisfação no olhar do monstro fosfóreo que farfalhava suavemente na habitação, desenroscando-se do corpo do piloto que estendeu os braços livres e agarrou com as duas mãos peludas dois palmos abaixo da cabeça sorridente do animal. Fraternidad abriu a boca e todo seu longo e pesado corpo se contraiu como acumulando forças. As mãos do piloto a levantavam vagamente verde e vagamente luminosa no lusco-fusco riscado de grandes insetos e sua boca foi crescendo. Você a viu crescer. Ela abriu com um ranger de molas e foi abrindo ainda mais do que você acreditava e a língua pontuda e negra passeou nas orelhas do piloto e então as rangentes mandíbulas se fecharam e engoliram a cabeça arrepiada. Parecia que o monstro devorava a si mesmo. O silêncio absoluto envolveu o quarto e você escutou o fremer das asas dos insetos e o cicio das folhas no matagal distante. O monstro era um corpo circular, grosso e fosforescente, imobilizado na penumbra do quarto. O piloto era aquelas pernas dentro duma calça Lee, paralisados pelas várias voltas que o monstro dera nelas e o tórax estalante onde o coração pulsava apertado e os pulmões não bombeavam ar. Fraternidad não havia utilizado os dentes. Apertava a cabeça do piloto com os músculos que circundavam sua boca. O piloto começou a retirar as mãos peludas de redor do corpo de Fraternidade e debateu-as no ar, lentas, patéticas e sem uso. E Fraternidad inteira estremeceu percorrida por um calafrio e houve uma vertiginosa sucessão de contrações e cada contração correspondeu a um estalo nas pernas do piloto que contorceu-se de repente num furor apoplético, tornou a grudar as mãos peludas no corpo da jibóia e começou a forcejar como alguém que tem um capuz apertado enfiado na cabeça. E você, banhado no suor do seu terror, viu, comovido, horrorizado, afogado pelo soluço trancado na garganta, o corpo todo dormente pela pressão dos cipós nos pulsos, num deslumbramento viu o piloto arrancar de sua cabeça a cabeça da jibóia como um ser nascendo num parto fantástico. O piloto engoliu ar e uivou com toda a força dos seus pulmões achatados num grito cavernoso e flamejante e continuou gritando ou talvez já não fosse o grito o que continuava a ressoar em seus ouvidos mas seu próprio grito de terror porque a cabeça do piloto caíra mole para um lado embora continuasse a emitir o resto do grito. Você fechou os olhos. Deixou a cabeça bater no piso, exausta de horror. Descobriu o silêncio da peça. Há o fremir das asas dos grandes insetos e há o mato imóvel, prateado pela lua, e ciciando intrigas de coruja para coruja e de galho para galho. Há, ainda, o rufar do coração e o indiferente mosquito que busca insistente um alvo para sua ávida agulha. Imaginou o animal (a cobra) tornando-se mais brilhante, quase azul, e imaginou que ele sobe novamente no ar parado. Uma gota de suor desliza rapidamente pela testa, sabe quando ela pinga no chão fresco. O piloto está calado. Tudo respira ofegante. Uma vez por ano há um crepúsculo em Porto Alegre que é o mais belo de todos os crepúsculos já havidos no planeta e concebeu para si a graciosa lenda de que o dia que visse esse crepúsculo sentado num banco da praça Argentina e tivesse a coragem de escolher esse crepúsculo como o mais belo crepúsculo jamais havido seria honrado com uma graça e se tornaria poderoso. Já escolheu esse crepúsculo e talvez tenha havido um equívoco na forma como recebeu o poder pois, se é que o possui, ainda não descobriu a maneira de utilizá-lo. Você sentiu a picada do mosquito sugando o lóbulo de sua orelha direita. Sentiu uma gana desesperada de espantá-lo, de acertar-lhe um tapa, de coçar o lugar que latejava como um nervo. (Porto Alegre completamente vazia numa quinta-feira chuvosa às cinco horas da tarde. Nenhuma pessoa, nenhum carro, nenhum ruído a não ser o da chuva e dos meus passos. Todos desapareceram. Subo a gola do meu impermeável. Cuspo o cigarro. Olho ao redor imaginando o crepúsculo que se esvai no meu coração.) Você abre os olhos, sim. Fraternidad está dando mais uma volta no tórax do piloto e agora o comprime. Você fecha os olhos simultaneamente com o estalo das costelas. A jibóia abre a grande boca com o ranger de molas e fecha-a suavemente sobre o rosto destroçado do piloto, sem fazer nenhum movimento brusco, mas com certo cuidado e atenção. Fraternidad deu ainda mais duas ou três voltas no corpo do piloto e de repente contraiu-se com imperceptível espasmo, triturando como numa mó os ossos das pernas do piloto. Ficou longamente imóvel. A aura fosforescente foi se tornando mais fraca, o tom azulado foi cedendo a uma alvura menor e mais fria, e o silêncio foi restabelecendo uma ordem nova e sossegada no âmbito ainda trêmulo da habitação. Havia longuíssimos hiatos de silêncios, cortados pelo discreto estalar de ossos quando a jibóia acomodava seus anéis através de leves estremeções que se propagavam como em onda. Você compreendeu que era hora de dar boa-noite e adormecer. Deu boa-noite e ficou pensando se adormecer era uma forma sensata de terminar seu primeiro dia no Ninho (provisório) do Condor, enquanto olhava os estranhos e enigmáticos desenhos que a lua traçava na parede de bambu e enquanto a dimensão do seu ódio pelo minúsculo vampiro que dava voltas em torno de sua orelha crescia enquanto um lagarto verde estirava a rápida língua em direção aos insetos enquanto apanhava-os e enquanto os engolia com um ar regalado.

Capítulo 14

O corpo doía como se tivesse assistido a uma sessão completa de propaganda eleitoral na televisão. Os braços estavam completamente dormentes.

Abriu os olhos.

Nada de extraordinário acontecera.

Continuava no chão, amarrado, e no seu corpo brincavam pedaços da luz do sol que entravam na peça pelas frestas da parede. Fraternidad dormia. Demonstrava uma plácida satisfação de bicho bem alimentado. Tinha boas razões: o corpo do piloto estava entalado em sua boca. Metade do tórax e as pernas estavam de fora. O resto desaparecera dentro da bocarra, e estava sendo deglutido com parcimônia. Você desviou o rosto, fechou os olhos e pensou como seria bom levantar-se, ir ao banheiro, urinar, escovar os dentes, beber um café quente.

Fechou os olhos.

Sempre há a possibilidade de ainda despertar em seu quarto. Mas em seu quarto há uma cruz de cabeça para baixo, desenhada na parede com sangue.

Sangue de quem?

O melhor é ficar por aqui mesmo, de olhos bem fechados, sem mover nada, sabendo que a ereção faz um volume em sua calça e lhe proporciona um prazer contemplativo, se for sábio o suficiente para ficar de olhos fechados, sonhando com o vácuo luminoso que irradia dos seios morenos da Princesa.

O que será dela? E de Golda?

Escutou o gemido. Saía de sua própria boca. O corpo da Princesa tinha um brilho singular, que talvez fosse o óleo misterioso que ela passava durante horas, massageando sem pressa, como sonhou nessa noite enquanto o mosquito se embebedava de seu sangue.

O ruído o fez abrir os olhos. Dois guardas, metidos em chinelas de dedos. O Oficial de Dia espetou-o com a ponta do sabre.

— Acorda, imbecil.

Tudo seguia uma ordem natural, porém equivocada. Não há necessidade de acontecer assim, começo meio fim, tudo poderia dar um salto, estar na praça da Alfândega vendo os cartazes do Cine Imperial. A ponta do sabre agora doeu. Moveu-se, de olhos fechados. Eu não sou cachorro, não. Sentiu o impacto do pontapé nas costelas.

— Levanta, desgraçado sem-vergonha! Levanta.

Você levantou, apoiando as costas na parede. Você era da mesma altura do Oficial de Dia.

Um dos guardas apontou com o dedo.

— Viu o que a jibóia fez?

O Oficial de Dia olhou para o ofídio com certa apreensão.

— Fraternidad está em maus lençóis. Indisciplina. Sua Excelência não vai gostar. O espião devia ser julgado.

— Acho que ela vê muito filme do Rambo.

O Oficial de Dia ficou olhando para você sem entendê-lo, e então desferiu rápida joelhada em seu baixo ventre, fazendo-o dobrar-se com um grito. O Oficial de Dia sorriu.

— Agora tu vai vê filme.

Você ficou dobrado, agarrado a seu universo precário como se as paredes todas ardessem em chamas frias e a dor se alimentasse delas.

— Anda, espião.

Procurou dar alguns passos, foi cegado pela luz do corredor e pelo ruído do macaquinho de óculos, solto, que corria como doido e subia e descia agarrando-se às armações de madeira do teto.

À entrada do Salão Nobre havia um grupo de quatro homens brancos, de óculos escuros e roupas de couro. Olhavam na sua direção. Eram assustadores.

— Este é o tal detetive — disse o Oficial de Dia. Os homens estavam acintosamente armados. Sacudiram as cabeças. Não o conheciam.

— Mas se você quiser podemos nos divertir com ele.

— Não, pode deixar que eu mesmo me divirto.

— O piloto não poderá comparecer ao interrogatório — disse o Oficial de Dia.

— E por que isso? — o Cardeal Acevedo ergueu as sobrancelhas, severamente.

— Fraternidad — disse o Oficial de Dia.

— Sua Excelência não vai gostar... — o Cardeal ficou pensativo.

— Preciso rezar pela alma desse infeliz.

— Vamos entrar — disse o Oficial de Dia, convidando os quatro homens com um gesto.

El Generalíssimo continuava estendido na rede em sua posição favorita, o leque repousando sobre o volume da barriga. Uma mosca dava volta em torno do seu nariz. A mão rechonchuda antecipava o momento do golpe. A mosca voou para longe. El Generalíssimo descontraiu-se e afundou mais na rede.

— Nossos aliados, Excelência — disse o Oficial de Dia.

El Generalíssimo mostrava agora o rosto infantil, onde se espalhava algo matreiro e brincalhão e, ao mesmo tempo, ansioso.

— Muito bem, Ceará, seu cangaceiro aposentado, que novidades me traz?

Adiantou-se um matuto bronzeado, de óculos ray-ban e camisa colorida com motivos tropicais.

— Topamos com uma patrulha do Ibama e tivemos problemas, Excelência.

— O que houve com a patrulha?

— Não se preocupe, ela não vai dar mais trabalho a ninguém a não ser ao Diabo.

— Como está o senhor Maioranos?

Você sentiu um frio na barriga.

— Está muito bem, foi para Puerto Suarez a negócios, mas deve voltar para a fazenda nos próximos dias.

— Ótimo, eu também tive um pequeno contratempo, um espião. E a Princesa tentou armar um complô para acabar comigo. Um atentado. Não deu certo. O senhor e seus homens serão testemunhas de minha justiça, tudo dentro dos Direitos Humanos.

— Eu sou amigo de Cisco Maioranos — gemi. — Eu trabalho para ele como os senhores.

Os homens me olharam com estranheza.

— É verdade, os senhores podem confirmar isso. Estou a serviço dele!

O homem olhou com atenção para você, e abriu a boca para dizer algo mas nem você nem ninguém nunca jamais saberá o que ele pretendia dizer, pois uma longa flecha entrou pela boca entreaberta e saiu pela nuca, já com a ponta vermelha de sangue. Hoje, despojado de rancores, posso dizer que a maneira como o contrabandista rodopiou no salão foi até meio artística, embora os gestos que ele fizesse para arrancar a flecha não fossem exatamente harmoniosos. Um indivíduo nu, de longos cabelos negros e colares feitos de cabeças encolhidas, irrompeu no Salão Nobre com uma faca de mato na mão e enterrou-a no abdômen de um dos guardas, o qual desabou gritando.

— Golpe! Golpe! — berrou o Oficial de Dia, desembainhando o sabre.

Mais três selvagens invadiram o recinto, gritando frases numa língua estranha. Recuei para perto da parede e pude apreciar a batalha que começava. Foi corpo-a-corpo e de arma branca.

O Oficial de Dia e o selvagem chocava as lâminas no ar. Avançavam e recuavam pelo recinto, transpirantes. O macaquinho de óculos surgiu na janela e começou a bombardear o recinto com bosta. El Generalíssimo ergueu uma pistola de bucaneiro:

— Suspendam os Direitos Humanos! Não admito subversão!

Um dos selvagens esbarrou de costas na amurada, rompeu-a e desabou com estrondo na água. Os jacarés precipitaram-se sobre ele.

El Generalíssimo apontou a arma para mim:

— Você é o culpado disto tudo!

Encolhi-me, completamente indefeso. Nesse momento o Oficial de Dia deu um golpe brusco sobre o selvagem que comandava o ataque, este abaixou-se com agilidade e o fio da arma cortou a grossa corda do cipó trançado que sustentava um dos lados da rede de El Generalíssimo. Os cento e oitenta e oito quilos de Sua Excelência, conforme o diploma na parede, desabaram. O chão de madeira, por curto espaço de tempo, sustentou o peso. E em seguida, acompanhados pelo espantoso grito do general, abriu-se e engoliu o enorme fardo.

Esperei o choque com a água, o respingar das gotas que fatalmente viriam, mas não houve nem choque nem respingar.

El Generalíssimo balançava, a centímetros da boca dos ingleses, como um bebê pré-histórico embrulhado para o transporte no bico de uma cegonha descomunal.

— Salvem-me! Tirem-me daqui, bando de idiotas!

A queda do líder arrefeceu o ânimo dos defensores do Ninho (provisório) do Condor. O Oficial de Dia comandou a retirada, saltando da amurada para as canoas e tratando de afastar-se. Foi seguido por dois dos contrabandistas aliados. Mais um guarda do Ninho foi ceifado por flechas sibilantes e caiu com estrondo em meio às bocas ferozes dos ingleses que se amontoavam disputando o festim.

Encolhi-me mais à parede. O selvagem-chefe postou-se na minha frente, com o facão de mato manchado de sangue.

— O céu foi tomado dc assalto — disse.

Me obrigou a dar uma volta com dois pontapés e cortou as cordas que me amarravam. Bem devagar, comecei a massagear os membros. O selvagem apanhou os óculos ray-ban do contrabandista morto e colocou-o. Tinha um sorriso incômodo e não deixei de perceber.

— Está livre, branco. Onde está a Princesa?

— Num desses quartos.

— Vamos procurar

— Quem é você?

O selvagem colocou-se ao lado do buraco onde El Generalíssimo afundara e contemplou-o agarrado à rede, horrorizado, olhando os jacarés e a água sanguinolenta. Encostou o fio do facão ao cipó que suspendia El Generalíssimo.

— Eu sou o irmão. E você?

— Cid Espigão, às suas ordens.

— Não quero ninguém sob minhas ordens.

Ficou olhando com o sorriso incômodo para El Generalíssimo.

— A Princesa vai decidir o teu destino, porco.

Fez uma leve pressão com o fio do facão no cipó e deu uma risada curta. Caminhou para a varanda com passos majestosos.

— Encontrou seu próprio Poço dos Ingleses.

— Quantos vocês são? — perguntei.

— Quatro. Mas já perdemos dois. Precisamos ter pressa, eles têm armas de fogo e nós não.

Arrombaram uma porta. A Princesa e Golda estavam lado a lado, sentadas no chão e amarradas pelos pulsos.

— Eu disse que nunca mais queria vê-lo — disse a Princesa.

— Não dá tempo para velhas discussões, minha irmã. Hoje o povo organizado mostrou sua força e derrubou a tirania.

— Não me venha com esse discurso babaca. Quem o mandou aqui?

— Fomos avisados pelo imbecil que vocês libertaram. Fiquei chocado, irmã. Confia mais num débil mental do que em seu próprio povo.

— Você só veio porque sentiu que eu me livraria.

— Eu vim porque as condições históricas estavam dadas.

As duas foram rapidamente libertadas.

— Preciso levar Rupert — disse Golda.

— Ele está morto — disse eu.

— Ele vale um milhão de dólares, detetive. Vivo ou morto.

A Caçadora de Nazistas deu-me as costas e entrou no quarto onde jazia o corpo do ex-secretário do doutor Mengele. Voltou com ele no ombro. Carregava-o com facilidade e como se não pesasse muito.

Quando tiver tempo, pensei, conversarei melhor com ela sobre o interesse de Cisco Maioranos em velhos nazistas. Pelo que começava a entender, o senhor Maioranos tinha infinidades de interesses, entre os quais a caça clandestina.

— Vamos descer, a canoa nos espera — disse o selvagem.

— O que aconteceu com o grande porco?

— Não importa — disse o irmão —, não temos tempo.

— Quero a cabeça dele.

— Parece que os anos no convento das carmelitas não foram suficientes para civilizar a irmãzinha.

— Nossos costumes são melhores do que os deles.

— Não é hora de discutir — eu disse.

— Tem razão — disse o irmão. — Vamos!

Jogaram a escada de cordas e começaram a descer. A Princesa relutou mas o irmão tomou-a energicamente do braço e conduziu-a para o alçapão. Fiquei no alto, cuidando a retaguarda. Vi que os contrabandistas e alguns guardas de El Generalíssimo voltavam comandados pelo Oficial de Dia, empurrando uma canoa com uma vara. A grande porteira que fechava a muralha de bambu tinha sido derrubada pelos invasores do Ninho.

Golda desceu com o cadáver de Rupert nos ombros. Um milhão de dólares, Santo Deus! A Princesa entrou na canoa e ergueu o olhar — ali pendia El Generalíssimo, agarrado à rede, balançando suavemente, a menos de um palmo das bocas dentadas dos seus inimigos.

— Quero um arco-e-flecha.

Todos a olharam com certa surpresa.

— Deixe de bobagem, menina... — comecei a dizer.

— Vamos sair daqui e é já — disse o irmão.

— Você me deve obediência — disse a Princesa sem alterar a voz. — O arco-e-flecha.

— Eles estão voltando — gemi.

— Eu não obedeço a ninguém, a não ser a vontade do povo — disse o irmão.

— Eu desconfiava — disse a Princesa, e voltou-se para os outros selvagens, estendendo a mão. — O arco-e-flecha.

Os dois se entreolharam, confusos. Um deles, com gesto envergonhado, estendeu-lhe suas armas. A Princesa apanhou-o e deu um discreto olhar de triunfo para seu irmão.

— As massas ainda não estão preparadas — murmurou este para mim.

A canoa com os partidários de El Generalíssimo parou a vários metros de nós quando a Princesa, em pé, bem equilibrada, colocou a flecha na corda e retesou o arco.

El Generalíssimo a viu. Estava de cabeça para baixo, num equilíbrio precário. Agitou-se e o quepe caiu direto na boca de um jacaré.

— Não faça isso, Princesa, pelo amor de Deus!

— Não vou atirar na tua barriga, porco. Vou só cortar essa corda pra ver a festa!

— Não, não, não!

Na outra canoa, o Oficial de Dia e seus asseclas esperavam atentos. A Princesa fechou o olho direito, o imenso alvo começou a agitar-se desesperado.

— Será um belo espetáculo — disse o irmão —, mas você perderá a cabeça que tanto quer.

A Princesa ficou pensativa, o arco em riste. Baixou-o, vagarosa.

— Porco, fica para outra vez. Eu tenho planos melhores. Mas pode esperar que eu vou vir buscar a tua cabeça.

Virou rapidamente o arco e disparou-o. A flecha atravessou o talabarte de couro do Oficial de Dia que caiu de costas na água. O Cardeal curvou-se e fez um rápido sinal da cruz.

— Ego te absolvo — murmurou.

— Agora vamos — disse a Princesa com calma.

Enquanto os jacarés avançavam sobre o corpo do Oficial de Dia, a canoa foi energicamente impulsionada pelos selvagens e transpôs a paliçada, acompanhada pelo olhar impotente dos súditos de El Generalíssimo. Sem comando, não sabiam o que fazer.

— Em breve virão em nossa perseguição — disse o irmão.

— Ótimo — disse a Princesa —, assim não precisaremos ir atrás deles.

O irmão da Princesa tornou a mostrar o sorriso que me incomodava.

— Você está muito confiante, irmãzinha.

Sentei-me no chão da canoa, de repente sentindo frio e sono e fome. A canoa avançava.

— Vocês são irmãos?

Ele concordou com a cabeça.

— Mas ela é civilizada, coisa que eu não sou.

Baixou os óculos escuros para o nariz a fim de melhor apreciar a provocação. Ela continuou serena, olhando para a paliçada que começava a ficar longe. Saímos da clareira e penetramos no entreverado de troncos e de folhas.

— Ele diz isso porque quer ficar no meu lugar.

— Em nossa tribo, quem chefia são as mulheres — disse o irmão. — Eu sou o mais velho, mas ela será sagrada Imperatriz. Mas o destino do poder é um dia terminar. Vem aí um novo poder.

— Pode esperar sentado, meu irmão — disse a Princesa.

Capítulo 15

Meia hora depois navegávamos sob a sombra de grandes árvores que formavam um túnel vegetal.

— Por que veio salvar-nos? — perguntou a Princesa. — Seria mais cômodo para você e seu bandinho de dissidentes eu continuar na prisão.

— Você pensava que eu tinha um acordo com El Generalíssimo, não é? Eu só tenho acordo com as massas.

A Princesa deu uma risada curta.

— Não sabia que você era padeiro.

— Pode rir, mas eu não conseguiria nada se não ficasse essa temporada toda dedicado unicamente à agitação e propaganda. Mas precisávamos de um contato interno no inimigo. O Capitão Marvel nos deu as informações. Além do mais, precisávamos agir rápidos, porque você estava em perigo.

— Fez muito bem — eu disse —, seríamos executados para alegrar um bando de contrabandistas. Ele costuma negociar peles?

— Vive disso. Vários membros de nosso povo caçam para ele, sob ameaças. Em troca, ele dava radinhos de pilha, óculos escuros como este que eu estou usando e Coca-Cola em lata.

— Por que vocês demoraram tanto a tomar medidas contra ele?

— Por que o teu povo não toma? — devolveu a pergunta o irmão da Princesa. — Como vocês, nós sempre fomos uma nação ocupada. Descoberta e colonizada por portugueses, sofremos desde cedo o peso da opressão, suportando a escravidão, à qual se vieram juntar os negros trazidos da África. Depois veio o domínio inglês aberto com a vinda de Dom João VI e, por fim, o norte-americano, já no século atual. Nesses quatro séculos, vocês, brasileiros, e nós, o povo inominável, vivemos ao descompasso dos outros povos, graças a uma dominação colonial retrógrada. A mentalidade escravagista continua dominando o país até hoje, aqui no Pantanal ou na rua Augusta. O Estado é um tacão autocrático, liberticida e a serviço de minorias perversas, ligadas a interesses estranhos às nossas aspirações.

De boca aberta, quase aplaudi o discurso, mas estava interessado em fatos mais prosaicos.

— Para quem ele vendia as peles?

— Sei lá. Há muitos compradores. Nova York, Londres, Paris, onde mais? Pagam um nada pelas peles e vendem por fortunas.

— Matam muitos jacarés?

— Estão acabando com eles! Falei com um ecologista do Parque Nacional do Pantanal e ele nos informou que a destruição dos jacarés seria perigoso para a nossa própria sobrevivência.

— Como?

— Os jacarés comem as piranhas. Faltando jacaré, aumenta o número de piranhas. E é o que está acontecendo. Já começou o desequilíbrio da natureza aqui no Pantanal. Do desequilíbrio para uma tragédia maior como a extinção de espécies, o tempo é de apenas algumas décadas. Nós moramos aqui e não queremos que isso mude. O Pantanal era um paraíso. Os brancos o estão destruindo.

— Compreendo.

— E não é só a caça criminosa e a destruição sem controle — prosseguiu o irmão mais velho, que gostava de ouvir a própria voz — as águas do Pantanal também baixaram. Chove menos. Um dia isto vai secar e virar um deserto.

Olhei-o com incredulidade.

— O ecologista me explicou tudo. Os fazendeiros estão queimando as matas nas cabeceiras dos rios e derrubando florestas, principalmente na cabeceira dos rios do Planalto Central, uma quantidade de rios que deságuam no rio Paraguai e Paraná. Isso alterou o regime das chuvas. O matinho miúdo já mudou de jeito. Era diferente antes. Meu povo precisa ser alertado para defender sua terra.

Um dos guerreiros da tribo fez um sinal enérgico. Ouvira algo.

— Seguem-nos — disse a Princesa.

— E num barco a motor — disse o irmão.

— São os contrabandistas.

— Vamos fazer uma emboscada para eles — disse o irmão.

— Isso não é correto — disse Golda. Todos a olhamos surpreendidos.

— Por que não? — perguntou Cid.

— Precisamos primeiro nos salvar. Por que arriscar nossas vidas à toa?

— Porque estamos em guerra — disse a Princesa —, ele nos aprisiona, nos escraviza. Por isso.

— Escutei o discurso do seu irmão. Nunca ouvi tanta bobagem junta. Vocês acreditam em tudo o que lhes dizem?

— El Generalíssimo tem negócios com o senhor Maioranos, a senhora também. Será que a senhora não descobriu de repente que seu lado é o de El Generalíssimo e não o nosso?

Golda sorriu para mim.

— Não entendo o que você está querendo dizer.

— Qual é o interesse do senhor Maioranos em velhos nazistas?

— Vou mostrar-lhe, senhor Espigão.

Golda abriu a carteira e apanhou uma Brownning 12mm. Apontou-a para a cabeça da Princesa.

— Tirei isto do contrabandista morto. E tenham certeza que verifiquei para ver se estava carregada. Ela dispara doze vezes. Essa conversa sobre o poder é muito instrutiva, mas o poder é simples. É isto.

Pasmo nas expressões de todos. Sacudiu a arma com convicção, em seguida ergueu-a acima da cabeça e deu dois disparos.

Houve uma revoada de pássaros. No imediato silêncio ouviram o ronco do motor que se aproximava.

— Vou conferenciar com El Generalíssimo — disse Golda. — Tenho certeza de que nos entenderemos.

O barco surgiu no meio das árvores. El Generalíssimo vinha na frente, debaixo de um guarda-sol em pedaços. O Cardeal, de joelhos e braços abertos, cantava em latim uma melodia arrastada.

As canoas pararam à distância de quinze metros uma da outra. El Generalíssimo fez um gesto e o Cardeal calou-se. Golda gritou:

— Estou do lado de Sua Excelência. Eles acabam de se entregar para mim.

El Generalíssimo abanou-se nervosamente com o leque.

— Que a rendição seja incondicional. É a única maneira de eu ser tolerante.

— A rendição é incondicional, Excelência.

Além de El Generalíssimo e do Cardeal Acevedo, estavam na canoa dois contrabandistas armados de metralhadoras e um dos guardas.

— Joguem as armas na água — disse El Generalíssimo.

Ninguém se mexeu. Golda ergueu a Brownning.

— Obedeçam.

Relutante, o irmão da Princesa e os dois guerreiros jogaram facões e lanças na água.

— Arco-e-flecha também — comandou Golda.

A Princesa jogou o arco, depois as flechas, uma a uma. A canoa com motor de popa aproximou-se impulsionada por uma vara. Estavam frente a frente, a uma distância de três metros.

— Eu sou tolerante — disse El Generalíssimo —, mas o veneno marxista contagiou esse seu irmão e isso é acima da minha capacidade de perdoar.

Olhou para Golda.

— A senhora não jogou fora sua arma.

— Usei-a para obrigá-los a se renderem, Excelência. Estamos do mesmo lado.

El Generalíssimo mostrou um sorriso ambíguo.

— E por que essa súbita adesão, Madame?

— Porque só quando houve a invasão desses selvagens eu fui saber que o senhor é aliado e amigo de Dom Cisco Maioranos.

— A senhora o conhece?

— Estou a serviço dele.

Estabeleceu-se um parêntese de silêncio no bosque (a borboleta amarela passou batendo as asas entre as duas embarcações) e antes que qualquer outro som ocupasse o parêntese formado, a voz fanhosa e fininha desceu cabriolando das altas folhagens:

— Shazam!

Com suas ceroulas amarelas, o relâmpago vermelho meio descosturado no peito, a capa azul em tiras, equilibrava-se no alto dum galho, rodeado de símios curiosos, o Capitão Marvel!

Ergueu a cabeça para o céu e exclamou:

— Bum!

E em seguida:

— Crasshhh...

El Generalíssimo pousou a mão no cabo da espada.

— Sargento! Pare de fazer macaquices e desça daí! Será novamente julgado, agora por deserção!

— Eu não sou sargento, Su Excelência, soy capitán.

— Eu o rebaixei a sargento, imbecil!

— A Princesa é a única autoridade no Pântano.

O Cardeal inclinou-se para El Generalíssimo com o hálito cheirando a uísque de contrabandista.

— Ele ainda não sabe que a tentativa de golpe foi abortada. Sugiro qu...

Não terminou a frase. O Capitão Marvel voava na direção deles.

Senti um deslumbrante segundo de emoção: o Capitão Marvel voava! Ele vinha varando o espaço numa distância de mais de quinze metros entre o galho onde estivera e a canoa, e gritando algo semelhante ao que Johnny Weissmuller gritava nos filmes de Tarzan dos anos 1930, e com os dois pés atingiu em cheio a descomunal barriga de El Generalíssimo.

A canoa virou.

Estendi a mão e apanhei a Brownning da estupefacta Golda.

A água em redor da canoa virada transformou-se num fervedouro. Como uma mancha de óleo uma mancha de sangue começou a se espalhar.

O Capitão Marvel voava de volta ao galho, com certa dificuldade. Vi que ele se utilizara de um cipó muito fino para realizar a façanha. A gritaria dos que tombavam na água justificava-se — ela fervilhava de piranhas. O irmão apanhou um facão do fundo do barco e encostou-o ao pescoço de Golda. Olhou para a Princesa.

— Quero a cadela viva. Ela e o morto dela são boas moedas para negociar com Maioranos. E salvem o porco!

Com dificuldade içaram o enorme general que ficou tombado no fundo da canoa, pingando água e resmungando. Tinha as pernas e os braços feridos pelos dentes dos terríveis peixes.

— Procurem o Cardeal — ordenou a Princesa.

No tumulto de corpos sendo devorados destacava-se o manto vermelho do Cardeal. Foi içado pelos braços. Sua cabeça movia-se de um lado para outro. Os pés foram completamente devorados pelos peixes. Só restavam os ossos.

Tratei de puxá-lo mais para dentro, mas a mãozinha da Princesa tocou no meu ombro.

— Deste eu quero só a cabeça.

O irmão da Princesa dobrou o pescoço do Cardeal contra a borda da canoa, apanhou o facão que escondera debaixo do banco e crac! decepou de um golpe a cabeça que rolou para o fundo do barco.

O corpo submergiu rapidamente num borborinho de dentes e sangue. As belas mãos morenas da Princesa ergueram a cabeça sanguinolenta. Caminhou até a proa da embarcação e colocou-a numa saliência, como um troféu. Depois, tomou a espada da cintura de El Generalíssimo e, apoiada nela, em pé, ordenou seguirem em frente.

Me deu de repente vontade de chorar.

Capítulo 16

A recepção à Princesa foi cordial e sem espalhafato.

A aldeia era toda erguida sobre palafitas. Oito construções de madeira ao redor de uma maior: o palácio da Princesa. Fui alimentado, curado, recebi um poncho para vestir e dormir. E dormi. Tam. Abri os olhos. Certo mal-estar generalizado. Tam. Ergui-me sentindo dores, a boca seca. Tam! Parece um tambor... Aproximei-me da janela. O sol atrás da mata, enorme e vermelho. Tam!

Dois indígenas batiam alternadamente em tambores de couro, num ritmo monótono e fúnebre. A aldeia toda estava reunida, não mais de cinqüenta pessoas. El Generalíssimo, completamente nu e manietado por grossos cipós, avançava na passarela de bambu, arrastando as pesadas patas e cercado pela alvoroçada multidão de crianças, que amontoavam-se para poder tocá-lo. Cada passo que ele dava era uma batida no tambor. El Generalíssimo caminhava para a morte. Numa tribuna, a Princesa e o irmão aguardavam a chegada do tirano deposto. A tribuna estava no início de um trapiche, que avançava pela água do Pântano.

O irmão mais velho aproximou-se.

— Ela quer que você assista à execução.

Bebi até o fim uma moringa com suco de maracujá. Passei as duas mãos nos cabelos e saí. Encontrei-me diante do condenado. El Generalíssimo juntou as mãos.

— Comissário, interceda por mim!

Senti um princípio de repugnância. O pôr-do-sol era desolador. Os tambores, macabros. Esquivei-me de El Generalíssimo com um gesto de defesa e subi na tribuna. Era um bom local para apreciar o espetáculo.

— Primeiro os compromissos — sussurrou a Princesa sem olhar para mim —, depois a festa.

A orquídea exalava odor de desejo.

— Esta noite eu lhe prometo a noite mais inesquecível de sua vida.

Uma frase dessas ouve-se poucas vezes na vida ou talvez nunca — e ainda me restava suficiente bom senso para saber disso, mas El Generalíssimo estava diante da tribuna de bambu, perplexo na sua desolação. A Princesa fez um gesto. As crianças, com alegre algazarra, começaram a untar o enorme corpo do condenado com um óleo amarelo. Os tambores não alteravam o ritmo compassado. O sol desaparecia num esplendor escarlate.

El Generalíssimo olhou-me com intensidade atrás dos óculos escuros.

— Você é branco como eu e é civilizado. Interceda por mim, comissário!

— O que vão fazer? Por que passam isso nele?

— Esse óleo atrai as piranhas, comissário.

A Princesa ergueu o braço.

— Que a justiça seja feita. Levem-no.

El Generalíssimo estremeceu com desespero, mas as cordas eram fortes. A criançada fugiu assustada. El Generalíssimo resistiu aos empurrões dos guardas.

— Ah, comissário, o senhor deve estar pensando, agora vou me livrar dele! Afinal, não passa de um louco cruel. Pouco me importa o que esses selvagens façam com ele, embora ele seja um cristão e um cavalheiro. O senhor, não me engana, comissário Espigón, o senhor tem vergonha de advogar minha vida, embora minha morte vá contra a sua consciência, porque o senhor já me julgou no seu código burguês e canalha.

Ele foi arrastado lentamente pelo trapiche, num passo pesado e grotesco. Todos os habitantes da aldeia estavam calados e imóveis. A selva estava calada e imóvel e resplendente de um fulgor de fogo.

El Generalíssimo foi mergulhado na água barrenta. Foi amarrado com firmeza. De fora ficou apenas a cabeça com a cabeleira desgrenhada, o bigode negro e os óculos escuros.

— O senhor deve estar se perguntando que direito eu tinha de ser tão autoritário e cruel — disse El Generalíssimo —, e a resposta de sua consciência apodrecida é agora eu estar pagando pelo que fiz. O senhor é pequeno.

Houve uma agitação na água, El Generalíssimo sorriu com perversidade.

— Calma, elas ainda não chegaram.

Fechou os olhos; sua voz, estranhamente, tornou-se um fio adocicado.

— Eu nasci para ser Imperador, comissário Espigón. Passei minha vida neste pântano imundo mas meu destino era ser Imperador. Você sabe o que é isso? Não cumprir o seu destino? Eu sou um Imperador e só eu o sei! Você pensa que eu estou louco mas isso não muda o que eu sou! Eu sou um Imperador!

O rosto de El Generalíssimo convulsionou-se de dor: fora atacado. Emitiu um urro vindo das vísceras e provocou uma revoada assustada de pássaros. A água tingiu-se de vermelho.

A voz de El Generalíssimo era um mugido:

— Somos todos cruéis! Mas eu fui o único que honrei o direito à crueldade porque só um imperador pode ser cruel sem ser mesquinho!

O resto de suas palavras, se é que disse outras, foram incompreensíveis e transformaram-se em gargalhadas tresloucadas que varriam as copas das árvores como um tufão e confundiam-se ao fervilhar da água avermelhada ante o olhar impassível, frio e soberano da Imperatriz dos Pântanos.

Formávamos um grande círculo, sentados no chão, sobre o tapete de fibras vegetais. Sentei ao lado do irmão da Princesa e de um velho de longos cabelos brancos e um colar onde contei quinze cabeças humanas.

Na frente dos convivas estavam depositados cestos com frutas e taças de argila. Ao lado das taças, esguias jarras cheias de um líquido esverdeado fumegante. O salão era circundado por vastas janelas de onde se via a floresta. Pela porta principal entrou uma procissão de meninas de 6 a 7 anos, carregando cestos cheios de orquídeas.

Entraram com solenidade e graça, jogando as flores ao chão, formando um tapete macio. Atrás das meninas, dois harpistas, carregando seus instrumentos. Entoavam uma espécie de ladainha, imediatamente seguida pelos presentes. Os dois músicos postaram-se num canto e começaram a dedilhar seus instrumentos.

Com a música, entraram no salão doze meninas adolescentes, com orquídeas nos cabelos e os seios nus. Formavam uma espécie de cortejo para a Princesa, que vinha atrás delas com seu porte de pantera entristecida; mas estava mudada. O semblante mostrava-se agora sereno, os olhos haviam escondido a violenta luz que prometia crueldades e vinganças e parecia dotada de uma força íntima, como se dúvidas e anseios estivessem enterrados para sempre. Avançava em passos processionais. Parou no centro do círculo. Os músicos calaram os instrumentos.

— Nunca, em nenhum momento, nem mesmo nos instantes mais terríveis do meu cativeiro, eu deixei de me sentir como vossa Princesa. Em nenhum momento, a certeza de estar aqui convosco foi abalada!

Murmúrios de aprovação espalharam-se pelo círculo.

— Agora, vamos comer e beber em paz. As más lembranças fiquem para longe.

A pele parecia ungida de algum óleo vegetal e os seios estavam pintados de verde: os bicos dos seios tinham um tom de cor mais forte. A orquídea em seu cabelo era de outra espécie agora: branca.

Sentou, pernas cruzadas, ao meu lado. Nunca esperei tal graça na minha vida, e pois ergui minha taça. Ela fumegava levemente.

— Pelo cumprimento de sua promessa.

— Eu sempre cumpro o que prometo.

Levei a taça aos lábios. A bebida queimava o palato.

— Esta é a bebida da moda?

— Digamos que é a bebida da temporada.

— Que temporada?

— Da fecundação.

Olhei a bebida com cautela.

— Ela é feita de ervas aromáticas, mas seu maior condimento são tubérculos de orquídeas.

— Orquídeas?

— A orquídea é um afrodisíaco. Meu povo tem conhecimento da ciência das plantas.

Olhei ao redor. Todos bebiam pequenos goles, concentrados na degustação, na música em surdina e no suspiro das folhas.

A Princesa tomou sua taça com ambas as mãos e levou-a aos lábios. Depois de beber, estes ficaram manchados de uma suave cor verde. A meu redor as formas começavam a tornar-se gasosas. A música parecia penetrar-me os poros, como uma neblina perfumada, e me injetava uma força alegre, que me eriçava os nervos e me impunha uma vontade irresistível de rir. Ri:

— Quero fazer um brinde aos...

Calei-me. A sala estava vazia. A Princesa era uma sombra calada. A música perseverava no ar, como um espírito.

— Onde foram todos?

— Foram fazer o que têm vontade de fazer.

Agora nos olhávamos francamente nos olhos. Achei-a semelhante a um ídolo perdido no tempo na cor mate da pele, na irradiação luminosa dos poros e no modo como deixou os lábios entreabertos. Os seios pintados de verde pela primeira vez pareceram ao alcance de minhas mãos. Estendi-as para comprovar se isso era verdade e sim, constatei que eles estavam quentes e duros e me transmitiram esse calor que subiu pelo meu corpo todo como febre.

Os lábios da Princesa eram a mais doce fruta do Pantanal.

A música era uma chama verde.

A orquídea exalava o perfume que me enlouquecia docemente. Livrei-me do poncho e senti a própria nudez como uma virtude. A Princesa tinha as mãos untadas de óleo perfumado, também verde, e começou docemente a espalhá-lo no meu corpo. Agarrei a mão da Princesa e lambi os dedos dela.

A música tomava forma: era uma grande nave impalpável e nos transportava para um limbo silencioso, formado pela chama verde e fria da música. Deixei-me arrastar, reconhecendo a sabedoria das mãos da Princesa untando-me do óleo sexual, e minha mão buscou também o vaso ao lado da Princesa, mergulhei-a no óleo e iniciei uma suave massagem enquanto a nave errava por planícies verdes, deteve-se numa cachoeira espumante onde nos banhamos e rolamos numa grama fresca e nos tornamos um só corpo sacolejante e ansioso enquanto ouvia ecos distantes, gargalhadas dispersas, uma voz que me dizia palavras num idioma desconhecido.

Abri os olhos: o sol me cegou mas não tinha importância.

Soube que estava completamente só, no meio do Pantanal.

Capítulo 17

Vestia meu terno cinza, limpo e bem passado.

Moscas zumbiam ao redor de minha cabeça. A floresta aquática ressumava de sons distantes e desconhecidos. Onde eu estava a vegetação não era densa. A luz filtrava-se nas ramas. Garças, rente à água, buscavam alimento. Um peixe saltou, brilhante e alegre. Macacos, em alvoroço infantil, perseguiam-se nos galhos mais altos. Uma paz de princípio do mundo apascentava a floresta.

Me apoiei na borda da canoa. Sentia-me leve e repousado, como se tivessem tirado um enorme espinho de minhas costas. Havia um cântaro com água fresca no fundo da canoa. E uma cesta com alimentos: frutas e peixe frito. Fácil: fora abandonado. Desgraça pouca é bobagem.

Quando parecia que a sorte mudara, quando até estava estreando um magnífico poncho, leve e colorido, quando a poção afrodisíaca me incendiara o sangue e me jogara nos braços da Princesa, eis que desperto e estou abandonado em uma canoa em pleno pantanal matogrossense.

Bebi, sem pressa e sem pensar mais nada. É preciso ter calma. Por enquanto parece um domingo de tarde. Talvez seja um domingo de tarde. Bom para lembrar os abraços delirantes, a música que era uma nave e que nos transportou para regiões impossíveis, a grama perfumada — tudo que a Princesa tocava ficava perfumado. Cheirei minhas mãos: nenhum cheiro.

Apanhei uma banana e comecei a descascá-la. Que boa essa sensação de descanso! Ouvi um ruído atrás de mim. Um búfalo, escuro e forte, saiu detrás de um tufo de mato. Começou a caminhar em minha direção. Vacas, zebus e principalmente búfalos eram bichos estranhos e perigosos para meu gosto. Atrás dele havia alguém. Era o Capitão Marvel.

— Bom dia, comissário, dormiu bem?

— Muito bem. E você, de onde vem?

— Fui olhar umas armadilhas. Deixei-o só por um instante.

— Então você estava comigo?

— Lógico. Acha que a Princesa iria abandoná-lo no Pantanal?

— Bem... quando acordei e me vi sozinho neste lugar...

— Você dormia, não quis acordá-lo. Dormiu dois dias sem parar.

— Posso saber por que estou nesta canoa e neste lugar?

O Capitão Marvel acariciou o focinho do búfalo.

— A Princesa.

— Foi ela quem mandou?

O Capitão Marvel confirmou com a cabeça. Quase perdi a calma por um momento.

— Mas, por quê? Eu fiz alguma coisa que a ofendeu? Na verdade pensei que... bem, deixa pra lá.

— Você não a ofendeu, comissário. Ela tem uma lembrança agradável de você, estou certo disso. É que os nossos costumes a obrigaram a mandá-lo embora.

— Quais costumes?

— Os costumes rituais da fecundação. Ela nunca mais pode ver o homem que a desvirginiza. É o costume. Por isso sempre os ritos da fecundação se dão com um estrangeiro.

Sacudi a cabeça, feliz, triste, confuso.

— Assim que fui mandado embora.

O Capitão Marvel entrou na canoa e sentou-se.

— Não fique magoado. Ou isso é orgulho? Ela não tinha escolha. Também foi mandada para longe da aldeia a mulher que o acompanhava.

— Golda?

— Ela e o morto dela. Já cheirava mal. Foi bom para nosso povo. O Velho Sábio disse que havia algo maligno com aquele morto. Alguma coisa muito ruim.

— E quanto a mim?

— O Velho Sábio disse que eu deveria levá-lo ao seu destino. É um encontro a que ninguém pode faltar.

Comecei a rir, mas parei, preocupado.

— E qual é o meu destino?

— Está dentro de você, comissário.

Puxa. Que caso mais difícil. Parece que todas as pessoas envolvidas têm certa veia filosófica. O Capitão Marvel levantou-se e passou a mão no pescoço do búfalo.

— Quem sabe o Isaías possa ajudá-lo nisso. Monte nele e siga sempre em direção ao pôr-do-sol. Em três horas chegará num vilarejo. Monte sem medo, o Isaías já foi um santo. Depois, solte-o, simplesmente.

Tentei montar. Não havia rédeas nem estribos nem nada. Apesar de gaúcho da fronteira, a única vez que montei num cavalo foi aos 6 anos de idade, num parque de diversões.

Olhei a água rasa com apreensão.

— Aqui não há piranha — disse o Capitão. — Adeus, comissário!

Deu um impulso com a vara e a canoa afastou-se. Convenci-me de que estava só no lombo do bicho e gritei:

— Capitão!

Ele parou. Colocou uma mão no lugar onde antes tinha uma orelha.

— Foi um grande vôo! Gostei de ver.

O Capitão Marvel sorriu com modéstia, mostrando as gengivas nuas, e tornou a impulsionar a canoa, desaparecendo entre as árvores.

Agora sim, estava só no lombo desse animal. Como fazê-lo mover-se? Não tem um botão, uma manivela. Toquei nele com os calcanhares e o grande búfalo começou a andar.

Três horas para um vilarejo, dissera o Capitão Marvel. Tratei de encontrar uma posição cômoda, mas era difícil. Escorregava.

Descobri o cachimbo no bolso do paletó, coloquei-o no canto da boca e tratei de apreciar a paisagem. Não sei quanto tempo viajei na mais absoluta paz, quando senti aquela sensação.

Não sabia defini-la, mas já a sentira uma vez.

Quando? Claro, não poderia esquecer.

No subterrâneo da Borges, quando era arrastado pela correnteza. Era isso: sentia-me atraído por uma força viva e inteligente, sabia que era atraído e sabia que não tinha forças para resistir à atração.

Cheguei num vilarejo na margem do pântano. Lavadeiras, crianças, poucas canoas. Desmontei do búfalo e vi-o dar a volta e afastar-se mansamente. Isaías: já foi santo. Esse pessoal tem cada uma. Estiquei os punhos da camisa, ajeitei a gola, coloquei o cachimbo no canto da boca e entrei decidido na rua principal.

A rua principal era evidentemente de terra vermelha e sem calçada. As casas eram de bambu e folhas de palmeiras. Aproximei-me de uma criança sentada num portal para perguntar onde estava, quando uma mulher, possivelmente a mãe da criança, agarrou-a com um gesto hostil, olhou-me com ódio, não podia ser outra coisa aquele olhar, e entrou batendo a porta frágil. Fiquei com a impressão que já vira essa cena antes, muito provavelmente nos filmes da Hammer. Olhei em volta, expondo meu sorriso mais amigo, esse que se usa para entrar nos bares do Bomfim quando se está cheio de amor para dar. Ninguém. Todo mundo tinha dado no pé.

Sim, senhor. Isso é coisa que se faça? Caminhei até a margem, para perto das lavadeiras. Eram quatro, batiam as roupas em pedaços de madeira. Quando cheguei perto, fui visto.

Uma delas fez o sinal-da-cruz rapidamente, apanhou as roupas e saiu correndo, seguida pelas outras.

"Um momento, senhoras!

Inútil. Elas desapareceram nas casas. Agora todas estavam com as portas bem trancadas. Eu, de minha parte, continuava mantendo o sorriso e o cachimbo no canto da boca, mas começava a me inquietar. Aquela sensação do subterrâneo da Borges, claro. Absurdo.

É uma impressão idiota, coisa dos nervos esgotados. De qualquer modo, a rua está deserta, as casas estão fechadas e estou debaixo de um sol de meio-dia tórrido e pegajoso. Estou olhando em busca de uma sombra quando vejo os cães.

Detesto cães mas qualquer um detestaria estar numa rua deserta em pleno meio-dia e ver aproximarem-se em velocidade quatro enormes dobermanns. Olhei para todos os lados. Onde me meter? Nenhuma árvore, nenhuma porta. Um dobermann pode estraçalhar um homem, quatro o reduzem a farelo. Pensei em correr e jogar-me no pântano, mas não teria tempo. Seria alcançado antes de dar dez passos. Os cães farejam o medo. O melhor é ficar imóvel, e indiferente, e suando frio e mantendo o sorriso que já dói. As coisas são raras: durante a viagem no lombo do búfalo não pensara em nada. Agora, em fração de segundos vinha a lembrança da Princesa nua em meus braços, o turbilhão clorofilado em que submergira.

Os dobermanns chegaram, arfantes, ansiosos, orelhas pontudas, grandes bocas carnívoras, os pequenos olhos idiotas e insensíveis. Cercaram-me. Nenhum pensamento agora. Principalmente nenhum movimento agora. O sorriso congela em meu rosto.

Os quatro animais sentam sobre as patas traseiras. Estão a um palmo de distância. Farejam-me, aquietam-se, ficam olhando-me fixamente. Estou de braços cruzados, com um pingo de suor deslizando na testa, uma coceira começando nas costas e não posso mover um dedo. Bem, é de crer que essas bestas tenham um proprietário.

Ouvi um assobio. Um dobermann levantou-se e saiu em disparada. Os outros ficaram na mesma posição, olhando-me, como se não tivessem ouvindo o assobio.

No fim da rua surgiu um cavaleiro, completamente de negro. Chapéu negro, roupa negra, botas negras, um lenço negro no pescoço. O cavalo era negro e os arreios eram negros. Na rua vermelha onde reverberava o sol amarelo, era uma figura assustadora. Quase cheguei a mover um braço para levar a mão ao bolso e apanhar o lenço para limpar o suor da testa, mas a secura na boca me dissuadiu. Melhor esperar. O cavaleiro aproximou-se lentamente. Não aparentava pressa. Na verdade, parecia comprazer-se em prolongar sua chegada.

O cavalo, garboso, tinha as pernas finas e os cascos afiados. Movia o pescoço com elegância e impaciência. O cão deu uma volta ao redor deles e voltou para seu lugar entre os outros, montando guarda.

O cavaleiro parou a uns dez metros, olhou ao redor, com satisfação, apreciando as portas fechadas. Retirou os óculos escuros, limpou os olhos, tornou a colocá-los. Era uma mulher.

Aproximou-se mais, com um leve toque das esporas.

— Isto é uma propriedade particular.

— Desculpe, eu não sabia nem poderia saber. Estou perdido e...

— Ponha as armas no chão.

— Não estou armado, minha senhora.

Era muito branca e de uma beleza fria.

— Esses dobermanns exterminam um búfalo em três minutos.

— Não duvido, mas não sou caçador. Sofri um acidente com um táxi-aéreo faz dois ou três dias, não sei mais. Tenho meus documentos em ordem. A senhora pode comprovar.

— Muito bem, senhor Espigão, chegou ao seu destino. Sou a irmã de Júnior, Ximena.

Pela primeira vez depois de muito tempo, senti a epiderme racional do universo. Tive vontade de apoiar a cabeça no pescoço brilhante do cavalo.

— Então, o senhor é um detetive particular.

Frisou a palavra detetive com um acento especial, acho que percebi um misto de ironia e desprezo.

— Seu irmão achou necessário, senhorita.

— Não duvido. Ele tem um preparador físico particular, um dentista particular, um analista particular. Ele faz análise há nove anos e ainda não resolveu seus problemas. Talvez um detetive resolva. Ele lhe contou que faz análise?

— Não.

— Pois é. E tem visões. E mania de perseguição. Ele lhe contou isso? Aposto que não. Contratou-o porque estava sendo perseguido, não é isso?

— Exatamente, senhorita.

Ela deu uma risada.

— Esse meu irmão! Tem uma imaginação que deslumbra.

— Não é imaginação dele, senhorita. Há evidências concretas de que está sendo perseguido por alguém.

Ela agora sorriu, olhou para mim como quem olha um espertalhão ou um tolo, depende do estado de espírito de quem recebe esse tipo de olhar.

— Vou mandar uma condução para buscá-lo.

Esporeou o cavalo e saiu em disparada, seguida pelos quatro cães e me deixando mergulhado numa nuvem de poeira vermelha. Busquei a sombra de uma árvore a sentei-me apoiado contra o tronco. O vilarejo começou a dar sinais de vida. As mulheres saíam dos casebres, com suas trouxas de roupas na cabeça, e caminhavam em direção ao rio, passando por mim como se não me vissem.

Pesava sobre essas pessoas uma espécie de opressão invisível mas poderosa, que os deixava com aspecto de zumbis. Os passos eram catatônicos, lentos, sem energia. As crianças me olhavam de longe com temor. Fechei os olhos e procurei adormecer.

Deve ter passado uma boa meia hora antes de o jipe chegar, pois acordei com um susto e percebendo o corpo mais fortalecido. O chofer era um japonês silencioso, de óculos escuros. Sentei ao lado dele. Era difícil apreciar a paisagem. Os solavancos eram contínuos: a estrada, precária, parecia o leito seco de um rio. Eu olhava disfarçadamente para o japonês, mas este parecia mudo e absolutamente indiferente à minha presença. Lembrei a sensação da manhã, aquele disfarçado arrepio no corpo quando parecia que algo (ou alguém) me atraía com um poder sobrenatural. Olhando esse japonês silencioso, agarrando-me ao banco para não saltar fora do jipe, essa sensação volta, sorrateira, agarra-se a meus poros como uma ventosa, sussurra-me um segredo que não posso e não quero decifrar.

Atravessamos uma planície deserta. O horizonte é uma linha trêmula, e é lá, em linha reta, seguindo a direção da estrada, que aparece o vulto da casa. É um vulto escuro, cercado de árvores e de outras construções tornadas abstratas pela distância.

Quando estamos mais próximos vejo o enorme portão e os guardas armados. Contei oito, somente ao redor do portão e nas duas guaritas de concreto de onde partia a cerca de arame farpado. Não entendia a razão de tantos guardas. Talvez as coisas por aqui não sejam tão tranqüilas assim.

O portão foi aberto. Vi olhares curiosos sobre mim, mas nenhuma demonstração de boas-vindas ou algo parecido. Entramos no grande pátio, onde havia uma movimentação pacífica de trabalho organizado. Carretas puxadas por búfalos, patos e galinhas em bandos cacarejantes, alguns cães com ar de tédio e gente transportando fardos ou dando ordens. Havia também bandos de crianças que corriam em brincadeiras infantis, mulheres tirando água de um poço, um caminhão sendo carregado em caixas de madeira.

O jipe parou diante da casa. Saltei e encontrei-me diante de uma escadaria larga, com degraus espaçosos, e toda de pedra. Levava a uma varanda de grandes colunas e a uma porta de madeira, pesada, trabalhada com esmero. Na porta esperava-me um homem miúdo, com aspecto indiático, envergando uma roupa de mordomo com espessa dignidade.

— A senhorita mandou que o levasse ao quarto de hóspedes, senhor.

Segui-o: fui assombrando-me com o tamanho dos quartos e das salas, da lareira e dos móveis, dos quadros nas paredes e das cortinas nas janelas. Era uma casa feita por alguém com mania de grandeza, mas era fresca, limpa, quase sem solenidade.

O homem que me conduzia parou diante de uma porta.

— Aqui é seu quarto, senhor.

O homem abriu a porta e entrei. Como as outras peças da casa, o quarto era imenso. Havia uma grande cama, e janelas com grades.

— No guarda-roupa o senhor encontrará roupas que poderá vestir — disse o homem —, e naquela mesa há um lanche e bebidas. A senhorita o espera às sete horas na biblioteca. São apenas três horas, o senhor poderá tomar um banho e descansar até lá.

Afastou-se e fechei a porta. Caminhei até o banheiro. Havia uma banheira de mármore. Abri a torneira e deixei a água escorrer. Morna. Já era tempo, pensei. Chegou a hora de mudar de estilo.

Capítulo 18

A biblioteca era masculina. Não só pela mobília áspera e pesada ou pelos quadros épicos de homens fardados contra crepúsculos sangrentos ou pela fereza quase agressiva das pedras que formavam a lareira. Era que, nela, pairava, em tudo, o aroma de charuto e conhaque, os fantasmas de negócios feitos em voz baixa e os desconsolados espectros de histórias de caçadas e pescarias.

Você farejou a masculinidade da biblioteca principalmente porque a grande sala coberta de livros acentuava a feminilidade de Ximena.

Ela estava sentada numa poltrona, pernas cruzadas, vestido branco, amplo e leve, esparramado ao redor dela como uma corola, e sorrindo. A Amazona de Negro tinha se esfumado.

— Sente-se, senhor Espigão. Descansou?

— Me sinto outro.

— Ótimo. O senhor bebe? Uísque? Cerveja?

— Uísque, obrigado.

A coisa começava a melhorar. Você afundou na poltrona que suspirou suavemente, como um gordo apaixonado. O mordomo com cara de índio dirigiu-se a uma das estantes, afastou alguns livros e apareceu uma portinhola. Abriu-a: lá dentro estava o bar. Começou a preparar as bebidas.

— O senhor passou maus momentos com o acidente, não é mesmo, senhor Espigão?

— Sem dúvida. Fica-se inteiramente impotente. A propósito, quero agradecer sua ajuda. E estas roupas.

— Não tem que agradecer nada. Mas, o que aconteceu depois que caíram?

— Bem, fomos salvos pelo pessoal de um louco chamado El Generalíssimo, e depois envolvidos numa rebelião que acabou de nos tirar de lá. Tudo isso em dois dias. Ainda estou tonto com tudo.

— É natural. E o que aconteceu com El Generalíssimo?

— Ele morreu, caiu na água. E foi devorado pelas piranhas.

— El Generalíssimo está morto?

Ximena tinha uma expressão de absoluto pasmo.

— Tem certeza disso?

— Eu assisti o desastre. Ele caiu na água no meio de uma escaramuça.

Ela reteve o ar pasmo como uma atriz sob os spots e então sacudiu a cabeça numa gargalhada. Os cabelos esparramaram-se pelos ombros, negros, brilhantes, sedosos como um céu noturno. Depois apanhou com graça o copo que o mordomo estendia na bandeja.

— Proponho um brinde.

A gargalhada ressoava dentro de você.

— À boa digestão das piranhas!

Os olhos dela faiscaram. Eram dois diamantes verdes, duros e luminosos.

— O que está havendo com meu irmãozinho?

Você acomodou-se melhor na poltrona, cruzou uma perna.

— Permita que eu fume?

— Permito todos os vícios.

Você apanhou os cigarros que recebera junto com a roupa e acendeu um. Você vestia um terno de linho cor areia e camisa branca e gravata vermelha. Roupas de Júnior, provavelmente.

— Seu irmão, senhorita, está em perigo de morte e não é nenhuma invenção da parte dele.

Você depositou com cuidado o fósforo no cinzeiro enquanto observava o sorriso ir congelando no rosto dela.

— O senhor tem certeza?

— Ele sofreu dois atentados. E nos conhecemos quando foi seqüestrado. Eu também fui junto, por puro acaso. Ou má sorte, no meu caso...

— Não posso acreditar.

— Eu sei que tudo é muito fantástico. E eu não lhe contei nem a metade. Porque há demasiadas pistas e demasiadas contradições. As ameaças de morte e seqüestro são feitas por um estranho grupo de mulheres. Segundo a opinião de um especialista, adoram o Diabo. A parede do meu escritório apareceu com um grande cruz invertida. E pintada com sangue.

— Pintada com sangue?

Você confirmou com solenidade.

— Com sangue. A senhorita está bem?

— Sim, continue.

— Essas pessoas telefonam e dizem que são irmãs de Júnior. Falam num certo Terry Lennox. Não sabemos quem é nem se existe. Estamos investigando.

Ela parecia chocada com alguma coisa ou subitamente aborrecida ou talvez estivesse apenas pensando profundamente. Olhou para você com os dois olhos perturbadores.

— É difícil acreditar.

— Eu compreendo, mas é importante reconhecer a realidade desses fatos e tratar de procurar uma explicação para eles. O seu irmão depende disso.

Ela pareceu irritar-se.

— O meu irmão já nos causa demasiado problemas.

— Isso tudo significa alguma coisa para a senhorita?

Ela ficou de olhos baixos, e quando os ergueu para você pareciam lançar chispas.

— O único significado que isso tudo tem é de que meu irmão está cada vez mais louco e mais idiota e cercado por um bando de patifes!

A bela Ximena proferiu a última palavra — "patifes" — como se a cuspisse. Permaneci silencioso, olhando sem expressão a ponta do cigarro e a tênue linha de fumo que subia para o teto.

— É seu direito pensar o que quiser sobre seu irmão e sobre os amigos ou profissionais que o servem. Mas não é justo negar-se a encarar a realidade do que está acontecendo.

— Até agora só escutei lorotas!

— Fatos, senhorita. E muito fáceis de comprovar. Basta irmos a Porto Alegre. Além do mais, o que lhe contei é, na verdade, apenas uma parte da história.

— Como assim?

— Houve outro atentado. Um terceiro.

Ela ergueu os olhos, intrigada.

— Outro?

— Este foi diferente.

— Não compreendo.

— Não tem ligação com os outros. Seu irmão foi atacado por um indivíduo em seu quarto, no hotel Plaza. Na minha presença e na de outra pessoa, um tio meu. Seu irmão escapou por pura sorte. Meu tio foi gravemente ferido. Gravemente.

— Essas coisas acontecem. Há tanto assalto nas cidades grandes.

— Não era um assalto comum. Não era um assaltante comum.

Você bebe um gole do uísque e resolve ser frio, objetivo e impiedosamente profissional. Não se abalaria com nada nem se comoveria.

— Essas histórias são típicas do meu irmão. Típicas.

— Posso afirmar que os atentados aconteceram, as ameaças de morte realmente foram feitas e o perigo que seu irmão corre neste momento é real.

Você sacudiu a cinza do cigarro, levou-o aos lábios.

— Vim até aqui com um objetivo simples. Levantar dados que ajudem na investigação. Quando voltar a Porto Alegre vamos juntos para Los Angeles.

— Parece que se esqueceu do senhor. Ele já viajou. Já está em Los Angeles.

Olhou para você com certo ar de vitória mesquinha.

— Enquanto Júnior não me dispensar ainda é meu cliente. Em Los Angeles estão, esperamos que estejam, a solução de alguns pontos confusos dessa história. Conhece alguém chamado Randy Starr?

— Se conhecesse alguém com um nome tão ridículo seria um criado ou chofer.

Levantou-se e caminhou até a enorme janela. Brincou com as flores no vaso, olhou para fora. Você continuou fumando, movendo o copo e observando as pedras de gelo chocarem umas nas outras. Transcorreram trinta segundos inúteis, que amontoaram-se na sala como convidados desajeitados.

— Júnior pediu para eu providenciar tudo para sua viagem.

— Pensei que ele me houvesse esquecido.

— Eu estava com raiva.

— Esse Terry Lennox...

— Não sei quem é.

— No telefone, as vozes disseram algo curioso a respeito dele.

Ela ficou esperando, perseverando em manter a indiferença.

— Disseram que ele era o pai de Júnior.

Ela se aproximou de você. Apanhou seu copo. Perdia a energia agressiva que dava um pouco de cor a seu rosto pálido.

— Dizem coisas demais sobre meu pai. Já estou acostumada.

— Eu entendo que esse é um assunto delicado, mas acho que a senhorita não entendeu. Os telefonemas falam em outra pessoa, nesse tal Lennox. Dizem que ele é o pai de Júnior. Não sei com que propósito, não sei com que fim, mas é o que dizem. A senhorita sabe algo a respeito?

— Já disse tudo que sei. Isso é ridículo.

— Eu também acho.

Ficaram olhando cada um seu copo e as pedras de gelo que lentamente se desfaziam. Você escutou a biblioteca. Ela ressumava a presença de alguém poderoso, de alguém invisível e marcante. Ela percebeu e olhou ao redor.

— Nesta biblioteca aconteceram os diálogos mais ignóbeis que uma menina de 9 anos poderia ouvir.

— Que diálogos?

— Diálogos. Ele sentava naquela poltrona e ficava ouvindo as explicações dos cientistas.

— Que cientistas?

— Cientistas. Alemães. Austríacos. Sei lá. Eram velhos. Muito velhos. Pareciam que iam se desfazer em cima do sofá. Todos murmurando maldades.

Ela bebeu um gole no momento em que você perguntou:

— Onde está seu pai, senhorita Ximena, onde está Dom Cisco Maioranos?

Ela sentou na poltrona como se perdesse as forças

— Não quero saber. Ele me aterroriza.

Comecei a desconfiar que estava tratando com uma família, no mínimo, excêntrica.

— Ora, vamos — disse com o tom de voz dos dubladores de televisão quando querem parecer paternais —, você não acredita no que está dizendo.

Com agilidade inesperada ela caiu de joelhos na minha frente. Apanhei suas mãos, estendidas para mim. Um de nós dois está louco.

— Você precisa me ajudar.

— Eu estou fazendo o possível.

Ela olhou ao redor como se temesse que alguém escutasse, colocou o indicador nos lábios vermelhos e aproximou o rosto implorante.

— O mal está nesta casa. Meu pai quer me matar.

As mãos dela buscaram a minha nuca e aproximaram seu rosto. A vi muito próxima, fremente, com olheiras debaixo do fogo verde dos olhos, e vi os lábios que se entreabriam úmidos.

— Jura que vai me salvar.

Talvez não quisesse beijá-la, mas beijei-a vendo a luz do dia esmaecer na vidraça. Talvez não quisesse beijá-la porque a respiração dela estava um pouco acelerada, mas não soube mais o que queria quando nossos lábios se encontraram, e buscaram acomodar-se, e se entreabriram, e as línguas se tocaram, e se reconheceram e comecei a escorregar do sofá para o tapete sentindo o frescor e a dureza da pele de Ximena. Minha mão direita sentiu que apanhava um seio do tamanho de uma maçã de São Joaquim.

O mordomo com cara de índio, silencioso como uma serpente, inclinava-se para nós com sua espessa e incômoda dignidade.

— Vim ver se a senhorita deseja alguma coisa.

Ela levantou-se sacudindo a cabeleira negra. Pensei que iria presenciar uma explosão de impropérios, mas Ximena arrumou o vestido com dois tirões, e disse numa voz perfeitamente normal:

— Mande servir o jantar.

O mordomo afastou-se, miúdo e escuro. Na porta, deteve-se um momento.

— Talvez seja de bom tom esperarmos alguns minutos, minha senhora. O patrão está chegando.

Fechou a porta sem o menor ruído. Passei uma aliviada mão pelos cabelos, ordenando-os. Ela sorriu.

— O monstro está chegando.

Fiquei em pé, dissimulando a ereção.

— Não fica bem falar dessa maneira de seu pai.

— Ora, ele é um monstro mesmo. Mesmo. No duro. Na real. Não é força de expressão. Mas isso não importa. Eu só tenho medo dele quando ele está longe. Quando ele está longe eu não sei o que ele pode estar tramando. Quando está em casa, é diferente. Em casa ele é quase uma pessoa como as outras.

Ouvimos latidos.

— Sim, ele está chegando.

— Onde ele estava?

— Tratando dos negócios dele. Ou sei lá de quê. Pouco me importa, o que importa é que ele voltou. Agora vou poder dormir em paz.

Ela aproximava-se outra vez da janela, desvencilhando-se daquele ser frenético que fora durante alguns minutos. Os cães latiam cada vez mais forte.

— Esses cães me assustaram um bocado, hoje.

A biblioteca começava a ficar escura. Ximena voltou o rosto para mim. Era uma figura esguia e deslumbrante em seu vestido branco, recortada contra a vidraça onde se debruçava a noite.

— Eles são assustadores, mas são belos, o senhor não acha?

Primeiro, não encontrava o menor vestígio de beleza nesses animais horrendos, e depois achava incômodo ser beijado daquela maneira e instantes depois ser tratado de senhor, como se nada houvesse acontecido.

— Eles me perturbam. Não sei o que achar deles. Esses animais já acabaram com a vida dos próprios donos, muitas e muitas vezes.

— É um risco como qualquer outro, senhor Espigão. Vamos lá fora esperar meu pai.

Segui-a através das salas mobiliadas com muito dinheiro, procurando reter na memória cada porta e cada janela. Começava a desconfiar que o Ninho (provisório) do Condor era um lugar menos complicado do que esta mansão perdida na imensidão das planícies matogrossenses.

Chegamos na varanda. Vimos as luzes de um carro, ao longe. Vinha lentamente, cercado por dezenas de homens a cavalo, armados de rifles. Vários deles erguiam tochas que iluminavam a noite.

Capítulo 19

As crianças e as mulheres se atropelavam, os cães latiam, peões acorriam dando gritos e exclamações. Você viu de longe o grande Mercedes cinza, cercado pelos cavaleiros e pela nuvem de pó dourada pela luz dos archotes, como uma tela onde o pintor misturasse carros de luxo e jagunços primitivos. Havia uma brisa que se sentia na pele e você pensou que essa brisa estava de cumplicidade com os cabelos de Ximena, pois os agitava com tanta cautela que parecia uma carícia. A filha de Dom Cisco Maioranos retorcia as mãos.

A comitiva chegou. O solene veículo prateado cercado de cavaleiros, os archotes acima das cabeças e a tênue poeira vermelha e dourada envolvia a pequena multidão que se apertava para não ser pisada pelas patas dos cavalos. Se alguma vez você sonhou estar nas escadarias de um palácio esperando a chegada de algum rei ou imperador, agora conhecia essa sensação. Do carro que se imobilizou, diante do súbito e respeitoso silêncio, estava prestes a desembarcar um potentado. Claro que foi impressão, mas você percebeu que até a brisa encolheu-se quando a porta traseira do Mercedes se abriu. Primeiro, surgiu um sapato marrom e uma arcaica polaina branca. Em seguida a calça cinza, de listas escuras, e depois o resto do corpo do homem.

Dom Cisco Maioranos era um homem alto e possuía uma magnífica cabeleira prateada, além de um bigode aristocrático, retorcido nas pontas.

Vários meninos e meninas de rostos escuros aproximaram-se e lhe beijaram a mão. Ele dava tapinhas nas cabecinhas negras.

Ximena desceu as escadas. Dom Cisco Maioranos ergueu os olhos para a ver sua filha descer.

Você olhou para os olhos de Cisco Maioranos, ocultos atrás das lentes negras, e adivinhou que eles acompanhavam cada menear do corpo da filha. Ela desceu com uma volúpia subreptícia. O homem grisalho esperou com o sorriso imutável que ela se erguesse na ponta dos pés e depositasse um beijo frio em sua face.

Foi nesse momento que ele o viu.

Sem desmanchar o sorriso, seu rosto se endureceu como tocado por um sopro gelado e você teve certeza de que por um momento os olhos misteriosos atrás das lentes escuras o fitaram, e nessa fração de segundos fizeram o julgamento. Porque imediatamente Dom Cisco Maioranos devolveu o beijo recebido na face e ainda estreitou a filha com um abraço amigável.

Ele já estava no primeiro degrau — a mão direita sobre o ombro de Ximena — quando um peão com um grande chapéu de couro chegou apressado e sussurrou-lhe algo ao ouvido. Ele pareceu não dar importância, mas o peão insistiu. Ele fez algumas perguntas, olhou com apreensão para Ximena, que pareceu concordar com algo.

Outro homem aproximou-se a um aceno de Dom Cisco Maioranos. Falaram fazendo muitos gestos, mas em tom baixo.

Você não ouviu uma só palavra. Aproximou-se outro homem, vestindo impecável terno e gravata. Trazia algo que parecia o estojo de um violino.

Confabularam ainda um minuto e seguiram em bando ao redor da casa. Você buscou Ximena e não a encontrou. As mulheres recolheram as crianças rapidamente. Alguém correu. As pessoas, na pressa de se afastarem, tropeçavam umas nas outras.

Você resolveu descer e acompanhar o bando. Suave pressão em seu braço.

— Aceita um uísque, senhor?

Era o mordomo.

— Não, obrigado.

A suave pressão em seu braço transformou-se num aperto.

— Será melhor que aceite, caballero.

O pátio estava vazio. Apenas o Mercedes e mais dois carros permaneciam em frente às escadarias. Você concordou com a cabeça.Voltou à biblioteca. O mordomo encheu seu copo.

Ouviu um uivo fino e prolongado, como o de um lobo encurralado. Buscou o olhar do mordomo, mas ele se afastara e ficara junto à porta, imóvel e solene em sua máscara índia. Percebeu que os cães latiam sem parar e há muito tempo.

Cruzou uma perna. Acendeu um dos cigarros. Era um cigarro marrom, suave e perfumado como pele de bebê.

Ouviu os três tiros numa sucessão ritmada. Levantou-se, alarmado e voltou os olhos para o mordomo, que olhava o teto.

O tempo que a porta levou para abrir-se foi o tempo em que fumou o cigarro marrom, amassou-o no cinzeiro e ficou vendo-o soltar seus últimos fumos como um corpo contorcendo-se em agonia. A última tira de fumo evolou-se e você compreendeu que o cigarro estava morto.

Dom Cisco Maioranos passou pela porta, caminhou até você e tirou os óculos. Você viu os olhos mais azuis que jamais vira em sua vida.

Apertei a mão estendida de Dom Cisco Maioranos.

Olhei firme o rosto do homem parado na minha frente, um palmo mais alto do que eu. Oitenta anos, dissera Júnior. Aparentava em torno de 70, mas luzia vigor de homem maduro e saudável. O rosto era queimado de sol ou raios infravermelhos. Vestia um terno cinza com listras escuras, colete e gravata. O contraste do rosto queimado com o azul vivo dos olhos impunha certa nobreza selvagem, que só o tempo dá aos homens.

Pensei em que ele se parecia com Júnior.

— Soube que teve dificuldades no vôo para cá, senhor Espigão.

— O avião caiu no Pantanal, estivemos perdidos alguns dias.

Ximena entrou na sala pela mesma porta em que entrara Cisco Maioranos. Ficou distante, encostada à parede, olhando para nós dois.

— O senhor então trouxe a notícia de que El Generalíssimo terminou seus dias comido pelas piranhas... Acho que ele preferiria ser devorado pelos ingleses.

Talvez fosse uma demonstração do humor de Dom Cisco, e por um momento temi ouvir o riso desagradável que ouvira de Ximena. O patriarca limitou-se a sorrir.

— Você vê, meu amigo, as piranhas, vorazes, famintas, agressivas, são uma espécie de rebeldes do Pantanal. Anarquistas, vamos dizer assim. Ao contrário dos jacarés, fleumáticos, taciturnos. El Generalíssimo não foi morto por nobres inimigos mas por proletários famintos. Na versão cocainômana-sociológica do velho general não deixa de ser uma fatalidade histórica. Ele deve ter apreciado.

— El Generalíssimo tinha uma maneira invulgar de ver as coisas — eu disse, cautelosamente.

— É verdade — continuou Dom Cisco —, de alguma maneira eu até sinto sua morte, mas não posso deixar de admitir que a humanidade não perdeu nada.

Fez um gesto.

— Sente-se. Apanhe seu copo. Eu deixei de beber há muito tempo. Hoje em dia, só água mineral e suco de frutas. Não que isso tenha melhorado minha vida, mas ajudou que eu me levantasse cedo e cuidasse melhor dos negócios. Fui cínico na minha mocidade.

Sentou-se em frente a mim. Quando ele cruzou as pernas, vi a mancha de sangue na sola do seu sapato, como se tivesse pisado numa grande poça no chão.

— Você é agrônomo ou algo parecido, não é isso? Pelo menos foi o que o meu filho mandou dizer.

— Sim, é isso.

— E veio ao Pantanal tratar de medições de terra?

— Exato. Mas na verdade, vim mais para reconhecer o terreno. As medições mesmo serão no futuro, não agora.

— Esplêndido. Bem, senhor Espigão, para ficar mais confortável para ambos, vamos deixar de lado esta comédia barata e falar diretamente. O senhor é um detetive particular de quinta categoria a serviço do idiota do meu filho. Correto?

As palavras tinham o dom de serem proferidas como quem raciocina em voz alta, isentas de agressividade. Abri a boca, apenas levado pela necessidade de um gesto, porque não sabia o que dizer. Sem mudar o tom de voz, erguendo brevemente a mão, Cisco Maioranos continuou:

— Nada de desculpas. Sou um homem de poucas qualidades, mas sei respeitar a lealdade. De alguma maneira acho que o senhor é benéfico ao idiota do meu filho. Se contratar um detetive o ajuda em seus delírios, eu não vou me opor. Aquele rapaz passou maus momentos. Até que ponto é culpa minha, meu orgulho me impede de saber. Mas acho que ele pode ter alguns brinquedos que não sejam demasiado dispendiosos.

Sorriu para mim. Larguei o copo na mesinha sentindo crescer uma raiva amarga.

— Senhor Maioranos, sua filha também me deu a entender que Júnior sofre de alguns problemas mentais. Muito bem, o senhor parece que confirma isso. Então é um fato. Não discuto. Mas, os motivos que me ligaram ao rapaz em Porto Alegre, tudo que passou depois, nos dias seguintes, são também fatos. Eu sou testemunha.

Cisco Maioranos não parou de me fitar um só instante com seus olhos definitivamente azuis. Deixei a raiva aflorar à minha voz.

— Ele está em perigo.

Cisco Maioranos acendeu um charuto com habilidade e elegância. Soprou a fumaça para o ar e olhou divertido para mim através dela.

— Meu caro, você precisa acreditar nisso, é seu trabalho. Eu respeito. Mas eu já estou calejado com essas histórias. Perdi muito tempo seguindo as fantasias de Júnior. Mas confesso que me parece uma boa terapêutica ele ter quem o ouça... sem ser esses analistas charlatões.

Ficamos alguns momentos olhando-nos nos olhos. Cisco Maioranos ficou em pé. Eu também me levantei.

— Como foi a caçada, senhor Maioranos?

Olhou-me com cautela e sorriu.

— Bem, vamos dizer que foi um êxito. Com licença.

Capítulo 20

Fui cedo para a cama.

Dom Cisco Maioranos declarou-se um ancião infinitamente cansado e anunciou que faria uma refeição ligeira em seus aposentos. Ximena alegou dor de cabeça. Jantei sozinho na mesa descomunal, sentindo outra vez a impressão infantil de estar num castelo construído para gigantes.

Havia uma sala com televisão, fui tentado a perguntar que dia era — segunda, quinta, domingo? — e sentar-me em frente ao aparelho e deixar-me envolver por suas luzes narcotizantes. A timidez impediu-me de pedir licença para ligá-lo.

Fiquei olhando pela janela o pátio cor de prata.

Havia uma lua enorme, perfeitamente circular, elevando-se atrás da mata, branca e hostil.

Escutei um uivo. Lobo ou algo parecido.

A casa deserta e silenciosa me atemorizou. Subi as escadas começando a descobrir o cansaço aflorando aos músculos.

Dormiria na cama enorme. Lençóis de seda, travesseiros de plumas. Dormiria e sonharia, por falta de coisa melhor, com Porto

Alegre num dia de sol. Uma tarde de sábado dominaria a cidade. Crianças estariam empinando papagaios. Passei a mão na testa. Suor. É claro. Devo estar com febre. Somente uma mente febril pode conceber Porto Alegre como um refúgio lírico.

Entrei no quarto. O luar invadia tudo. A grande sombra na parede, que me assustou, era minha sombra. Em quem teriam dado os três tiros? O sangue no sapato de Dom Cisco Maioranos seria de quem?

Fechei as cortinas mas o quarto continuava com essa luz sem paz, e quando caminhei até o banheiro a enorme sombra na parede caminhou comigo. Escovei os dentes, lavei o rosto, vesti o pijama.

Acho que adormeci imediatamente porque sonhei que beijava Xinema. Ela estava de joelhos na minha frente, e eu me curvava e percebia sua respiração. A respiração tornava-se mais forte, mais ansiosa, e eu tentava retirar a cabeça; mas ela me agarrava pela nuca e me puxava. A respiração bafejava meu rosto. Havia um pequeno gemido ou algo mais. Uma espécie de gemido. Abri os olhos.

O teto. Foi um sonho. Porra. Uma bosta dum sonho.

Fiquei estendido na cama, olhando as paredes tomadas pelo luar. O teto era cheio de sombras. O silêncio, absoluto.

Foi então que ouvi a respiração.

Nitidamente, ouvi uma respiração dentro do quarto e não era a minha respiração.

Alguém estava respirando ali dentro, outra pessoa, próxima a mim. Sentei-me, olhei ao redor. Os vultos do grande guarda-roupa, das cadeiras, da mesinha, dos quadros, do janelão com as cortinas alvas, levemente esvoaçantes.

A janela fora aberta por alguém: levei a mão em direção à mesinha-de-cabeceira, para acender a luz, quando o instinto reteve meu gesto.

Tentei ver melhor no quarto semi-escuro.

Junto ao guarda-roupa havia um vulto.

— Ximena?

O vulto não se moveu nem emitiu nenhum som. Apenas a respiração agora tornava-se mais rápida e mais audível. Havia, também, agora, um cheiro de outra presença, um cheiro forte, adocicado.

— É Ximena?

Depois pensaria que tinha boas razões além da presunção para achar que era ela, mas sem dúvida jamais adivinharia a espécie de criatura que era, se não a visse mover-se em direção à janela e fosse apanhada em cheio pelo luar. Era um lobo — e era um homem. A cabeça era de lobo, mas estava ereto sobre duas pernas e deslizou em silêncio, apenas cortado pela respiração mais agitada, em direção à grande janela. Enredou-se um instante nas cortinas mas logo transpôs o peitoril e desapareceu.

Meus dedos agarraram-se com horror aos lençóis.

A noite continuava imutável, absoluta e silenciosa. Mal ouvia os pequenos insetos e animais noturnos. Estirei-me na cama, perplexo, banhado em suor, e segurando um gemido. Estava acordado. Sabia que estava acordado quando vi a coisa deslizar até a janela.

Não era um pesadelo. Não era uma fantasia. Ouvira sua respiração. Vira-o mover-se com gestos que só um lobo pode fazer, e seu cheiro de animal de rapina persistia no âmbito do quarto, aferrado à luz hostil que a lua cheia derramava.

Muito lentamente, coloquei os pés para fora da cama. Sentia-me fraco, doente e principalmente solitário. Precisava de amigos, do tio Chinão, de Giovanni, de alguma mulher suave que não impusesse nada nem fizesse perguntas. Sou um desvalido: qualquer coisa é melhor que a indiferença da noite, dos móveis do quarto, da cortina que dança uma lenta pavana. Arrasto-me até a janela. O estômago dói. Eu vira as garras da coisa.

Na janela sinto um súbito pânico: ele, o homem-lobo, pode estar ali, à espreita. Cauteloso, espio. O grande pátio da casa de Cisco Maioranos está vazio. A lua está alta no céu. E a mobilidade de tudo parece zombar dos meus temores.

Volto-me para o quarto e fico longamente olhando minha sombra na parede clara.

Você está debaixo do chuveiro. A água morna é uma benção para seus nervos. Despertou com um casal de periquitos na janela. Abriu-a e viu a manhã de sol, as crianças perseguindo-se alegremente, mulheres com trouxas de roupas e até algumas galinhas que escaparam do galinheiro. Nenhum cão feroz, nenhum capanga de chapelão.

Uma manhã ensolarada, adornada por uma colorida arara, que lança seu grito rangente num galho próximo.

Você foi para baixo do chuveiro e deixou a água cair demoradamente sobre seu corpo. Era normal que despertasse com um profundo mal-estar, com dores no corpo e a cabeça explodindo. O visitante noturno não o deixara com chance para sentir-se de outro modo. Debaixo do chuveiro tudo se normalizava.

O que fizera depois que o visitante partira — seja lá ele quem ou o quê fosse — era, agora raciocinava, o indicado no momento. Não se pusera a gritar, a dar alarme, a berrar por socorro. Trancara a janela, amontoara duas cadeiras na sua frente e pusera a mesa encostada à porta. Enchera tanto a cadeira como a mesa de pequenos objetos. Se alguém tentasse entrar no quarto, pela porta ou janela, não importava, faria um barulhão. Procedera bem. Sabia que não podia pedir ajuda a ninguém naquela casa.

Sonhos eróticos você não tivera nenhum. Acordou um pouco antes do amanhecer ouvindo uma respiração ofegante junto à sua garganta, mas não era nada. Você pensou em seu cliente. Se ele era membro dessa família tinha bons motivos para estar com os parafusos frouxos.

Quando descia as escadas, penteado, perfumado, sentiu-se momentaneamente liberto das angústias e pesadelos noturnos. O relógio na parede marcava oito horas em ponto.

O mordomo o esperava ao pé da escada.

— Dormiu bem, senhor?

A pergunta não parecia ser irônica.

— Dormi perfeitamente bem, obrigado.

Enquanto duas mulheres lhe serviam o café, perguntou:

— Onde está Dom Maioranos?

— O senhor foi para o campo. Voltará para o almoço — respondeu o mordomo.

— E a senhora Ximena?

— A senhorita ainda não levantou.

Afastou-se, com uma economia de gestos que lhe causava inveja. O detetive não esquecia a pressão dos dedos dele em seu braço. O detetive não esquecia um só detalhe de tudo que lhe acontecia desde que chegara na estância de Dom Cisco, e não acreditava que estava ali, ileso, tomando um abundante café matinal.

Depois sentou-se na varanda e ficou contemplando o movimento no pátio. Nada mais trivial e pacífico.

Uma hora depois Ximena apareceu.

— Estive pensando.

— Isso deve fazer parte do seu trabalho.

— Estive pensando que, se Júnior sofre realmente de delírio persecutório, bem poderia ter contratado aquelas pessoas para o seqüestrarem e fazerem as chamadas pelo telefone.

Ela sentou-se numa poltrona de vime ao lado dele. Parecia cordial, mais jovem e sem medo de nada.

— O que a senhorita acha?

— Sei lá.

— Mas, a senhorita não acha que ele poderia fazer alguma coisa desse tipo?

— Bem, ele o contratou, não contratou?

Você mostrou um sorriso amarelo e apanhou o primeiro cigarro do dia.

— Continuando: esse tipo de doença cresce com o tempo, desenvolve. Ele pode ter ido aumentando as fantasias até o estágio atual. Ou seja: paga pessoas para persegui-lo, para ameaçá-lo. É o modo dele ser notado, de chamar a atenção sobre sua pessoa. E para tudo tornar-se mais real, envolve pessoas desprevenidas na encenação.

— Como o senhor?

— Como eu, por exemplo. Como nós todos.

— Com Júnior, tudo é possível.

— Ele também tem medo do pai?

Ximena ficou olhando para o pátio com um sorriso congelado no rosto. Passou uma carreta puxada por búfalos. Ela estendeu o braço, examinou demoradamente as unhas pintadas. Voltou o rosto com o sorriso imóvel.

— Por que não pergunta para ele?

Ergueu-se e saiu num passo tranqüilo, entrando na casa.

Dom Cisco Maioranos era quase um ponto na distância. Aproximava-se montado num cavalo e alguém cavalgava com ele. Já tinham passado o portão e cavalgavam num trote sem pressa pela alameda de terra, flanqueada de ciprestes. O segundo cavaleiro só tornou-se familiar quando já estava a menos de cinqüenta metros. Usava um chapéu esquisito, envolto numa gaze lilás, e parecia dominar muito bem o inquieto garanhão que montava.

Dom Cisco trajava roupa de montaria completa e um chapéu inglês, de aba curta. Dirigiam-se em minha direção. Comecei a inquietar-me na cadeira. O acompanhante de Dom Cisco pareceu reconhecer-me e alarmou-se. Também o reconheci e ergui-me na cadeira, esperando encrenca.

Golda esporeou o cavalo e deu um curto galope. Virou-se para o patriarca.

— Esse homem é perigoso! Ele é um risco para a segurança!

Apanhou um revólver e apontou-o para minha cabeça. Pela expressão de lobo que ela mostrou, tive certeza de que apertaria o gatilho. Dom Cisco Maioranos fez um gesto para Golda e ela guardou a arma.

— Nunca mais faça isso em minha presença, madame, a não ser que lhe seja explicitamente solicitado.

Golda olhava para mim sem piscar.

— Ele é perigoso.

Esporeou o cavalo e saiu num galope raivoso em direção às cocheiras. Um peão aproximou-se e agarrou as rédeas do baio de Dom Cisco. Calmamente, ele desmontou.

Ergueu os olhos para mim.

— Como passou a noite?

— Muito bem, obrigado.

— Não teve insônia?

Dom Cisco Maioranos começou a subir os degraus em direção a mim.

— Insônia? Não senhor, dormi muito bem.

Dom Maioranos aproximou-se sorrindo.

— Excelente. Então, o que o senhor fazia na janela do seu quarto, aí pelas duas da madrugada?

Estava muito próximo e agora eu sabia que o sorriso de Ximena era uma reprodução opaca do sorriso dele.

— Pelas duas da madrugada? É verdade... acho que levantei para beber água e dei uma espiada na janela. Estava um luar muito bonito.

— Lua cheia.

— Isso, lua cheia.

— O pessoal aqui é muito supersticioso. Tem medo de lua cheia. Dizem que na lua cheia acontecem coisas estranhas...

Comecei a encolher-me na cadeira.

— Não sou supersticioso. Sou da cidade, lá não tem dessas coisas.

Dom Cisco Maioranos mostrava os dentes.

— Que bom. Eu gosto de gente inteligente. Aqui, meus colaboradores são todos ignorantes. Acreditam em tudo. Uns idiotas.

Concordei com a cabeça. O homem estava muito próximo. Vi o desenho perfeito dos fios brancos do bigode dele. Penso que reconheci certo cheiro acre-doce.

— O mundo é dividido entre dois bandos: os que são idiotas e os que não são idiotas.

— Sim, senhor.

O homem aproximou-se mais.

— Em que bando o senhor está?

No momento, eu estava perplexo e atemorizado.

— O senhor está no bando dos idiotas ou dos que não são idiotas?

— Bem... eu faço força para não ser idiota.

O homem apanhou um charuto e lentamente amolgou-o na palma da mão, sem desviar os olhos do meu rosto. Eu me sentia completamente idiota.

— Os idiotas povoam o mundo. Eles me deixam doente, os idiotas. Meu filho, é lógico, é um idiota. Eu estou cercado de idiotas. Madame Golda achou-o perigoso. Sabe o que isso significa?

Neguei com a cabeça. Cisco Maioranos acendeu o charuto. O cheiro era forte, adocicado.

— Significa que você é perigoso, meu jovem. Madame Golda é caçadora. Sabe o que diz.

Sorria através da fumaça. Ergueu um pé e apoiou-o na poltrona de vime. A cara do homem era um mapa velho cheio de rugas, que suportou todas as tempestades.

— Resta saber, perigoso para quem. Pode ser perigoso para seus adversários. Eu não sou seu adversário, portanto não é perigoso para mim. Pode ser perigoso para você mesmo, mas só se é perigoso para si mesmo se se é idiota, coisa que você nega ser. Portanto, você é perigoso teoricamente, não é mesmo? É uma forma de perigo neutralizado. Certo? Como um dobermann bem treinado.

— Dom Maioranos, não passo de um profissional servindo seu filho. Só quero protegê-lo. E contra o senhor é lógico que não tenho nada. Não sei de onde Madame Golda tirou essa idéia...

— Ela me contou tudo o que aconteceu no pântano. Ela não sabia que o senhor estava aqui. Ela me ajuda em alguns hobbies que tenho. O senhor já os conhece, ela falou a respeito. É um divertimento como outro qualquer e eu tenho minhas razões. O senhor sabe o que é um milhão de dólares?

Fiquei silencioso.

— Para mim, um milhão de dólares não é nada — disse, sem nenhuma empáfia, Dom Cisco Maioranos —, mas com a metade disso eu posso dar a volta ao mundo e descobrir qualquer um a quem eu me proponha achar. Você, que não é idiota, sabe que se eu quiser posso transformá-lo em farelo com um estalar de dedos, aqui, em Porto Alegre, naquele cubículo sujo onde você mora, ou em qualquer lugar do mundo onde puder se esconder. Mas eu também faço força para não ser um idiota e não vou me inimizar com um homem perigoso. Além disso, você é empregado da família. Nós reconhecemos a lealdade, embora seja uma virtude para idiotas e cães. O senhor será leal com meu filho?

Toda a longa frase fora proferida com calma num tom íntimo, quase paternal. Eu me sentia esmagado na poltrona de vime.

— Não pretendo meter-me em nada que não me diga respeito. Eu sou profissional.

— Ótimo. Tenho certeza que você não é um idiota. Os idiotas me deixam com urticária e você não me produziu alergia nenhuma, até agora. Comporte-se bem e terá uma longa e confortável vida. Meu filho é fácil de tratar. Seja paciente com ele.

Ouvimos o ruído de um avião. O aparelho descrevia uma curva no céu azul.

— Está adiantado — disse Cisco Maioranos —, mas não importa. Você partirá nele.

Voltei para o quarto para juntar minhas coisas, quando me dei conta de que não tinha nada para juntar. Me olhava ao espelho quando bateram na porta. Fui abrir.

— A senhorita manda-lhe isto.

O mordomo me estendeu pequena mala escura. Esperei que ele se retirasse, fechei a porta e então abri a maleta. Uma grande quantidade de dólares — contei até oito mil e parei — e um envelope.

A folha de papel cor-de-rosa dentro do envelope tinha apenas esta palavra escrita: adeus.

Dobrei a folha cuidadosamente e guardei-a no bolso interno do paletó. Puxei as pontas das mangas da camisa, ajeitei a gravata, apanhei a pequena mala escura e me dirigi para a porta.

Capítulo 21

— Tu sabes, ele estava lá na chácara, junto com teu tio, o senhor Chinão. Os dois de papo pro ar, mateando e contando causo. Aí resolveram olhar televisão.

— E que tem isso?

— Televisão só dá desastre de avião, jaguar. Ficaram sabendo da queda do Pantanal. Seu Chinão ficou desolado.

— E o Júnior?

— O rapaz teve uma atitude muito estranha. Assumiu a coisa como culpa dele. Ficou desesperado.

— Talvez ele tenha motivos para isso.

Giovani olhou-o sem entender.

— E depois? — insisti. — Onde estão?

— Estados Unidos.

Fiquei mudo.

— Sim. Ele levou o senhor Chinão como guarda-costas. Sem uma mão! Mas o velhote foi contente.

Acho que apertei o copo demais na minha mão.

— Ele disse que foi encontrar a Greta Garbo.

— Encontrar quem?

— A Greta Garbo. Ele é louco por alemoa.

— A Greta Garbo, pelo que eu sei, não é alemã, é sueca.

— Isso não interessa. O que importa se é um pouquinho mais pra cá ou mais pra lá?

— Importa que meu tio é um índio pêlo duro lá de Touro Passo. O que você acha que ele vai fazer nos Estados Unidos? É uma loucura.

— O senhor Chinão é um homem do campo mas é uma pessoa muito sensível. Ele me contou que foi ao cinema só uma vez na vida, lá por Alegrete. Viu *A dama das Camélias*, com Greta Garbo. Como ele mesmo disse, o índio velho saiu baleado do cinema.

— Apaixonado pela Greta Garbo?

— Não vejo mal nenhum nisso.

— Giovani, pelo que eu saiba, a Greta Garbo não mora nos Estados Unidos há uns trinta anos. Acho até que já morreu.

— O senhor Chinão não sabe disso?

— Claro que não sabe!

— Cid, o senhor Chinão pode ser um homem do campo um pouco rude, mas tem sensibilidade. Um dia eu fui visitar eles lá na chácara, e entre trago e chimarrão, ele declamou uns versos que me arrepiaram os pêlos do braço.

— Tio Chinão declamando poesia?

— Do Paixão Cortes.

— Dá outro trago.

Giovani serviu também um para si. Bebi de um gole só e dei um tapinha no braço de Giovani.

— Tchau!

— Ei, tu também vai pra América?

— Vou tratar disso. Tenho que achar meu cliente e meu tio.

— Certo, certo.

Caminhei pela chuva fria os cem metros que me separavam do edifício nº 100 da rua da Praia.

Subi a escada de madeira rangente.

O gato, meu inimigo, habitante do patamar do segundo andar, me ignorou. Eu também fingi que não o vi. Cheguei ao quarto andar e avancei pelo corredor. As portas estavam todas fechadas. A modista tinha a porta aberta. Era a única. Espiei. Ela não estava.

Avancei até o fim do corredor. Colei o ouvido na porta de Hecatombe. Nada. A porta estava trancada. Estranho. Hecatombe não fechava a porta nem quando se entregava à meditação e à ioga.

Entrei no meu apartamento. A cruz invertida, pintada com sangue, continuava na parede. Precisava apagar aquela palhaçada.

Bateram na porta, levemente. Abro e dou de cara com Hecatombe. Ele estava com seu aspecto normal; aquele inconfundível ar pasmo de quem está completamente drogado. Sorria fixamente.

— Oi, magro, já de volta. A Seita ainda não te apanhou, hein, magro?

— Que é isso, Hecatombe? Não brinca com essas coisas!

— Não é brincadeira, magro. Estão acontecendo coisas terríveis.

— Entra, Heca, entra.

O ar dentro do apartamento estava encerrado há vários dias e flutuava, morno, cheirando vagamente a baratas e mofo. Abri a janela dos fundos. Dava para um pátio cinza, onde a chuva fria caía silenciosa. Dava também para uma infinidade de janelas, todas iguais, onde nas tardes de ócio eu me comprazia em admirar pequenos dramas que lá se desenrolavam, como se tivesse à minha disposição centenas de aparelhos televisores, em cores e ao vivo. Olhei sem esperança e maquinalmente. A chuva não me dizia nada. Nada. Uma mulher vestia-se. Era feia e com jeito infeliz. Fechei uma das folhas da janela e voltei minha atenção para o Último Hippie.

— Fala, magro.

Hecatombe tornou a sorrir, ou melhor, tornou a franzir a extremidade de seus lábios, provocando pequena contração no esgar permanente que se assemelhava a um sorriso.

— Elas estiveram aqui, magro.

Tive um pequeno sobressalto.

— Elas quem, Hecatombe?

Encolheu os ombros.

— Magro, tu sabe como eu sou.... é melhor nem dizer.

— Quando elas vieram?

Hecatombe coçou a cabeça, distraído.

— Magro, tu sabe, esse negócio de tempo na minha cabeça é a maior confusão. É uma transa que não tá na minha, magro.

— Mais ou menos. Diz mais ou menos quando elas estiveram aqui.

Hecatombe suspirou, angustiado.

— Aconteceram coisas terríveis, irmãozinho. Terríveis. Elas vieram, magro. Deixa ver... Quando é mesmo que tu tomou o chá de sumiço, magro?

— Uma semana atrás, por aí.

— Falou, magro. Elas vieram depois. Claro.

— Quantas?

Hecatombe levantou dois dedos, como se temesse dizer a quantidade.

— O corredor aqui ficou no maior baixo astral, magro. Só ficou.

Meu vizinho parecia que ia adormecer a qualquer momento, no meio de uma frase.

— Magro, vou fazer um café. Tu me acompanha?

— Só magro, só.

Iniciei o ritual de fazer o café na minha máquina italiana. Era um exercício breve de paciência, bom para os nervos.

— Que coisas terríveis, Hecatombe?

— Transas, magro, transas.

— Transas... disseram alguma coisa, fizeram perguntas?

— Pior.

— Pior? Como pior? Fala, cara!

Hecatombe passou a mão na testa. Relutava.

— Magro, se eu fosse tu, eu me mandava.

— Por que, Hecatombe?

— Elas têm poder, magro.

— E eu lá sou homem de fugir de mulher, Hecatombe?

— Não brinca, magro, não brinca com essas coisas. É transa séria mesmo. Elas têm poder, magro. Só têm. O corredor, o corredor, o corredor todo está sob o poder delas.

O cheiro do café começou a expulsar os odores do ar encerrado. A porta que dava para o corredor — e que estava aberta — bateu com força. Fui espiar.

— Ué, que foi?

— A porta fechou, magro.

Hecatombe tinha os olhos baixos. Examinei-o com estranheza. Estendi o braço até a porta e girei a maçaneta. Mas não consegui abrir a porta.

— Foram elas que fecharam a porta, magro.

— Elas quem?

Havia uma ponta de alarme na minha voz. Hecatombe mostrou um arzinho inocente.

— Elas.

— Isso é ridículo.

Agarrei a maçaneta e dei umas sacudidas irritadas.

— Emperrou. Era só que faltava.

— Foram elas.

Olhei para Hecatombe com súbito pressentimento. Ultimamente tinha visto coisas demais. Estava cansado. Era medo essa falta de forças que começava a sentir nas pernas?

— Qual é, magro?

E então a cafeteira deslizou pela mesa.

Nós a vimos mover-se, como se uma invisível mão a empurrasse vagarosa para a borda da mesa.

A cafeteira caiu.

O café derramado fazia uma mancha escura no assoalho. Aproximei-me de Hecatombe, instintivamente, mas o aspecto de meu vizinho sofria sutil modificação. Os olhos sonolentos continuavam sonolentos, mas neles havia aquela dureza que descobrira atrás dos olhos de Dom Cisco Maioranos e que tanto me intrigou.

— Elas têm poder, magro.

Senti que a fraqueza nas minhas pernas alcançava o estômago e se transformava em náusea.

— Que palhaçada é essa comigo. Hecatombe?

A folha aberta da janela fechou com estrondo. O quarto mergulhou na penumbra. E então eu vi a gaveta da escrivaninha começar a sair sozinha do lugar. Hecatombe me olhava com o sorriso torto no canto da boca e o gelo dos olhos transformando-se numa espécie de fulgor.

— Elas têm poder.

Havia um acento orgulhoso no tom da sua voz.

A gaveta caiu. Espalhou papéis, carimbos e recibos pelo chão. Apertei o próprio corpo para livrar-me do pavor que me petrificava.

— Me ajuda, magro! — implorei. — Faz alguma coisa, tu conhece essas transas! Me dá uma mão, tu é meu amigo!

— Agora não sou mais, magro.

— Não é mais?

Por um instante consegui olhar para Hecatombe acima do medo irracional que começava a tomar conta totalmente de mim. Era a primeira vez que contemplava um traidor. Hecatombe, olhos baixos, confirmou com triste orgulho.

— Não posso mais ser teu amigo, magro.

— Como não pode, seu filho duma mãe? Como não pode?

— Elas têm poderes, magro.

Corri até a porta, tomado duma força que apenas o pavor mais legítimo pode dar. Agarrei-me a ela e lutei para abri-la.

Inútil. Alguma força poderosa, alguma força muitas vezes superior à minha, alguma força desconhecida e, no entanto real, mantinha a porta fechada. Hecatombe deu um passo. Voltei-me, rápido.

— Fica aí mesmo.

— Que é isso, magro?

— Não te aproxima, tô avisando!

— Tô te estranhando, magro. Qual é?

— Hecatombe, abre essa porta.

— Magro, se eu pudesse...

— O que está acontecendo, Hecatombe?

Ele encolheu os ombros, como gostava de fazer.

— Magro, elas estiveram aí, falaram com o pessoal. Sacumé... tudo gente pobre, tudo gente triste. Elas não prometeram nada, magro, não são da política. O Príncipe não promete nada.

— Príncipe?

Hecatombe confirmou com a cabeça.

Olhava-o, cada vez mais perplexo.

— Ele não promete nada, magro.

— Abre essa porta, pelo amor de Deus.

— Se eu pudesse, magro.

Corri até a gaveta onde tinha um velho Colt desativado. Nessa situação, valia ouro. Enfiei a mão na gaveta, apanhei a arma e a gaveta fechou-se. Pá! Eu estava com a mão presa na gaveta como na boca de um pitbull. Pulei, esperneei, dei tirões desesperados mas a gaveta apertava minha mão cada vez com mais força.

Hecatombe olhava, imóvel. Nossos olhos se encontraram, Hecatombe desviou-os. Ergui o pé, o apoiei na borda da mesa e empurrei com força. A mesa virou com as pernas para cima, eu caí por cima dela, a gaveta escapou e livrou minha mão que empunhava o velho Colt.

Minha mão tremia. Todo eu tremia, se é que entendem. Examinei a arma para ver se estava carregada. Estava. Apontei para Hecatombe. Hecatombe tinha os olhos aumentados.

— Numa boa, magro, numa boa. Quem diria, tu, meu amigo.

— Epa! Tu disseste que não era mais meu amigo. Agora ou abre a porta ou te rebento os miolos.

— Me rebenta os miolos?

— Rebento.

— Tri, magro, tri. Vou ver se posso. Soltaste a franga, hein, magrinho?

Parecia se divertir.

— Abre.

— Tu só não entende o que está acontecendo, cara. Só não entende. Só.

— Abre!

Hecatombe aproximou-se da porta. Colocou a mão sem convicção nenhuma na maçaneta.

— Magro...

— Abre!

— Eu não disse que não sou mais teu amigo.

— Disse sim.

— Eu disse que não posso mais ser, é diferente.

— Pra mim é a mesma coisa. Abre.

— Eu posso ser teu amigo em outro contexto, magro. Em outro contexto. As coisas todas agora mudaram, magro. Numa boa. Isso é o principal. Numa naice, sacou. Tri, magrinho. Suave. Manteiga. Sacou? Tri, cara, tri.

— Abre, Hecatombe.

Hecatombe forçou a porta, deu uma volta na maçaneta, deu outra, eu esperava o momento de jogar-me porta fora e voar para longe dali. Hecatombe deu mais dois ou três puxões e a porta manteve-se firmemente fechada. Voltou-se para mim abrindo os braços.

— Viu? Não dá, magro. Ele não quer.

— Faz mais força.

Hecatombe sorriu.

— Qualé, magro, que ignorância. De onde eu vou tirar mais força? Essa porta só abre se ele quiser abrir.

— Pois pede pra ele abrir.

— Magro... — Hecatombe falava como a uma criança — não abusa da boa vontade dele.

— Abre, porra!

Ouviram um estalido. A mesa caída começava a erguer-se vagarosamente, deixando gavetas e papéis no chão. Hecatombe e eu escancaramos as bocas de pasmo.

Mãos invisíveis erguiam a mesa sem pressa. Deslumbrados pelo fenômeno, não nos movíamos. A mesa ficou em posição normal, e ainda deu duas pequenas resvaladas até ficar no seu lugar exato.

Eu estava a ponto de perder toda dignidade.

— Abre a porta, abre a porta, abre a portal, abre a porta!

Hecatombe recuou com a mão no peito.

— Calma, magro, isso foi um aviso.

— Abre a porta!

— O Príncipe é gente boa, magro.

— Vou contar até três.

— Tu vai te dar mal, magro.

— Um.

Hecatombe suspirou. Me olhava com ar desolado.

— Eu não posso fazer nada, cara.

— Dois.

— Calma, Cid, eu tô do teu lado, cara.

O Colt tremia na minha mão direita. Hecatombe levantou os dois braços como costumam fazer os clientes dos bancos em Porto Alegre. Tinha o rosto tomado por palidez de mártir.

— Três. Agora azar.

E comecei a puxar o gatilho, quando a porta abriu-se silenciosamente. Parado diante da porta estava o filatelista do 412.

— Bom dia, seu Cid. Eu ouvi barulho e vim dar uma olhadinha. Tudo bem?

— Tudo bem, seu Mercúrio, eu já tô indo, mesmo.

— Ainda é cedo, seu Cid.

Seu Mercúrio sempre fora um velhinho legal. Só tratava de seus selos, e de sua loja de selos.

— Cedo? Cedo pra quê, seu Mercúrio?

— Ué, pra ir embora, seu Cid. Vamos dar uma proseada antes. O senhor esteve fora tanto tempo.

Recuei até chocar com as costas na parede.

Seu Mercúrio era dos mais amáveis moradores do andar. Gostava de trazer, para mostrar-me em primeira mão, algum exemplar raro que tinha a fortuna de cair em suas mãos. Eu não entendia nada de selos, mas olhava com fingida admiração os pedacinhos de papel colorido. O velhote transbordava de felicidade por poder compartilhar seus tesouros com alguém. Tinha uma barbicha alva e pontuda, e farta cabeleira. Os óculos eram redondos e miúdos. Mas seu rosto habitualmente risonho estava deformado por algum motivo que não compreendi.

— Eu vou indo, seu Mercúrio.

— Faça o favor, seu Cid, largue esse revólver.

— Não se meta nisto, seu Mercúrio.

Estranhamente, eu permanecia encostado à parede, o revólver na mão, as pernas enfraquecidas. Hecatombe ficou na porta do apartamento e o velhote na sua frente, talvez barrando-me a passagem.

Num passo deformado pela ciática, avançava pelo corredor a viúva do 417. Avançava lentamente, arrastando a perna dolorida, mostrando o sorriso torturado no rosto destruído pelas rugas. Os velhos sempre me assustaram.

— Bom dia, seu Cid.

— Bom dia, dona Amália.

— Bom dia, seu Mercúrio.

— Bom dia, dona Amália.

— Por favor, seu Cid, largue esse revólver.

— Faça o favor de não se meter nisto, dona Amália.

— O senhor está nervoso, seu Cid. Me dê aqui que eu seguro ele para o senhor.

Os olhos de dona Amália brilhavam.

— Vai, magro, vai nessa. Tri, magrinho. Tudo gente boa. Dá o revólver, magro. Numa boa, vai nessa.

A arma resvalava na minha mão suada. Os dois velhos e Hecatombe — agora eu tinha certeza — barravam-me a passagem. Hecatombe de repente me pareceu um morcego pendurado na porta.

— Vai nessa, magro — sussurrou persuasivamente —, relaxa, só queremos o teu bem, cara.

Um frio destruidor subiu-me pela coluna. Meu suor era cada vez mais gelado. Meu estômago embrulhava-se.

— Dá o revólver, irmãozinho, numa boa.

O filatelista sorria. A viúva costureira sorria. Sombras dançavam no fim do corredor. Não é imagem literária não: duas sombras começaram a dançar um elegante minueto nas paredes amareladas. Ergui o revólver, empurrei Hecatombe que guinchou como um morcego, dei dois passos para o lado sentindo a energia voltar às pernas.

— Contra a parede, os três!

Empurrei-os com raiva.

— Quem olhar para trás vai levar bala!

Comecei a afastar-me rente à parede oposta, onde as sombras dançavam.

— Espere aí, seu Cid, eu tenho um segredinho pra lhe contar — disse dona Amália —, um segredinho que o senhor vai gostar muito.

Seu Mercúrio prorrompeu num riso debochado.

— O senhor conheceu seu pai, seu Cid? — perguntou a velha.

Seu Mercúrio começou a gargalhar de modo convulso, todo ele se sacudia como um saco de geléia.

— Vai te mijar, velho depravado! — gritou dona Amália.

Seu Mercúrio redobrou as gargalhadas. Cheguei perto de onde as sombras dançavam um lento minueto.

Uma porta de um apartamento abriu e bateu com força. Depois outra, depois outra e depois outra. Todas as portas do corredor foram abrindo e fechando com estrondo, acompanhados pelas gargalhadas de seu Mercúrio e pelas admoestações de dona Amália que lhe pedia para comportar-se.

— Cid!

Não era um voz conhecida, não.

Era um voz dengosa, nem macho nem fêmea, que o apanhou de surpresa e o desarmou. Transportou-o a quintais de infância, a cheiro de cozinha com fogão de lenha, a invernos marcados pela geada e a rostos infantis desmanchados pelo tempo e pela deformação da memória. Tornou a sentir pena de si mesmo e constatou sua debilidade, sua precária defesa contra os mistérios que o cercavam e nesse momento a voz tornou a chamá-lo.

— Cid!

A voz vinha da porta aberta, a última do corredor, a do apartamento desabitado. Uma mão pousou em seu ombro.

— Vai lá, magro — disse suavemente Hecatombe —, vai lá.

Encarei com horror o rosto próximo do Último Hippie. Livrei-me da mão dele com um safanão. Ergui o velho Colt. Comecei a correr em direção à escada.

As risadas dos velhos aumentavam. Batiam nas paredes, escorregavam, estalavam como chicotes, misturavam-se a gemidos e cochichos e súbitos relinchos. Havia um cavalo invisível no corredor. Suas patas reboavam no piso que estremecia.

A velha gritou:

— Não quer conhecer teu pai, seu Cid Espigão?

Desci as escadas perseguido por uma risada pegajosa. Estaquei, arrepiado, no patamar do terceiro andar. O gato estava ali. Não precisava falar para saber que me esperava. O gato, meu velho inimigo, com os olhos amarelos e mortiços, estava sentado nas patas traseiras, lambendo uma pata.

Começou a aumentar de tamanho. O gato era um gato único: habitava o segundo patamar da escada do nº 100 da rua da Praia desde muito antes de eu alugar o apartamento. A primeira vez que nos encontramos na calçada, o gato deu-me soberano olhar de desprezo. Eu vinha de uma temporada de azar. A carteira estava vazia. Os sapatos, furados. A camisa puída no colarinho. Precisava de um bom banho e de sono. De qualquer consolo, por fugaz e precário. Mas havia um gato no meio do caminho. Solitário, arrogante, de opacos olhos amarelos, aristocrático, porte de príncipe. O gato tinha alguma coisa de príncipe degradado a viver na pobreza do patamar do segundo andar. Enxotei-o. O gato eriçou os pêlos negros, os olhos tornaram-se brilhantes, mostrou os finos dentes afiados. Desde então ficamos inimigos. Agora, neste transe, neste furor de medo, neste vão de cólera e loucura onde me debato, o gato está cortando meu caminho, está aumentando de tamanho, está tornando-se no Príncipe. (O medo avançou contra Cid Espigão como um grande caminhão carregado de bujões de gás. O medo encurralou-o contra a parede como se fosse um boxeador cego contra as cordas do ringue no último round. O medo era uma mão insensível apertando lentamente seu coração. O detetive gritou. O gato já tinha o tamanho de uma pantera. E mostrava os músculos, a força, a agilidade, a cor lustrosa, os olhos cruéis. O detetive percebeu que babava. Que o corredor se inundava de música e gemidos e corais e relinchos e de patas de cavalos. Que um mendigo andrajoso, de olhos brancos, estendia-lhe a mão suplicante e murmurava *no tendrá fin...*

Que começou a gritar e a pantera era outra vez um gato. Que arremeteu pela escada aos trambolhões. Que caiu no patamar do segundo andar, sentindo um cheiro mortal de podridão. Que levantou-se apertando o revólver contra o peito. Que resvalou rente à parede dobrado dentro do seu terror. Que chegou ao térreo arrastando-se, arrastando-se alcançou a rua onde caía implacável a chuva fria, e de joelhos, curvado para o chão molhado, banhado em suor e humilhado pelo medo, sem guardar o Colt, a boca pegajosa de espuma, balbuciante, trêmulo, encostou-se à parede e foi observado pelas passantes assombrados que se detinham um segundo e seguiam apressados fugindo da chuva e do louco caído na calçada.) O primeiro momento de calma serviu para guardar o Colt no bolso. O segundo, para erguer-me. Para ficar encostado à parede, de olhos vazios, escutando o rufar do coração, deixando o terror amainar, resignar-me como uma borboleta cansada de bater as asas contra uma vidraça. Só quando estive seguro de que as pernas agüentariam, comecei a caminhar, debaixo da chuva fria. Felizmente ninguém foi o suficiente piedoso para aproximar-se e oferecer solidariedade. Avancei rente à parede, protegido pela sombra e pelo anonimato, em direção ao centro. Poderia ir ao bar do Giovani e descansar no quartinho dos fundos, como já fizera tantas vezes antes. Mas seria preciso explicar meu aspecto de fugitivo de algum mal espantoso e não estava com forças para mais essa façanha. Caminhei em direção à praça da Alfândega, respirando devagar, acumulando ar nos pulmões, consciente da necessidade de bombear muito sangue ao coração, de sentar num banco, engraxar os sapatos. Olhei os cartazes do Cacique, um filme com Os Trapalhões, outro de ficção científica, olhei as manchetes do *Diário do Sul*, tratam os professores desse jeito e querem que este país seja grande. Demorei-me em frente ao prédio da Caldas Júnior, fazendo pequeno balancete do meu terror, resolvi que era prematuro qualquer julgamento, atravessei a rua e caminhei até a praça debaixo da chuva fria, da chuva fria. É apenas a praça central de uma cidade latino-americana num inverno escuro: engraxates famintos e prostitutas paupérrimas perambulam nas alamedas com cansaço e ódio; rufiães ainda mais pobres sentam nos bancos, olham as unhas sujas, bocejam. Há pássaros. Sons de buzinas. Algum riso. Uma perfuradora numa construção. Guarda-chuvas negros, brancos, amarelos, vermelhos. Homens de capa e pasta e terno e gravata. Um gaúcho moderninho, de bombachas com franjinhas e brinco. Estafetas, jornalistas, secretárias, desempregados. A chuva cai nos tabuleiros vazios onde os velhos jogam damas. (O gato está em seu pequeno reino lambendo uma pata.) Escolho um banco molhado e começo a pensar nesse gato. Sei que ele está lambendo uma pata. Esse gato é o Príncipe. Olha longamente suas unhas como os rufiães, como viu Ximena fazer, e penso na mulher mais bela do mundo. Fecho os olhos: em algum lugar, ela, fechada em seu mistério. Abro os olhos: chove na tarde fria de Porto Alegre, ressoa a voz de Vitor Ramil em algum lugar. O pregador mulato espumava pelo canto da boca e avisava a plenos pulmões que o Diabo andava à solta em Porto Alegre. Então tá, mas tá mesmo. Algumas pessoas riam, outras sacudiam as cabeças com pena ou reprovação, mas todas passavam apressadas, fugindo da chuva fria.

Capítulo 22

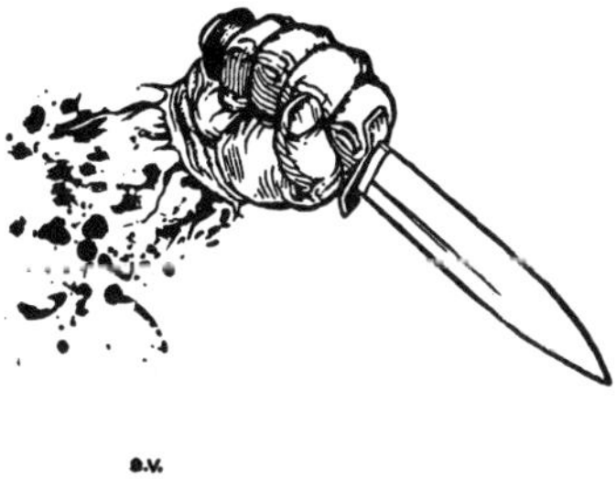

Levantei-me e caminhei pela rua da Praia. Fui tentado a distrair-me jogando fliperama. O ruído desconexo das maquinetas me desagradou, segui em frente pensando que urgia fazer qualquer coisa concreta e decisiva.

Voltar ao apartamento era uma. Mas, como?

O gato vigiava no patamar.

Hecatombe estava dominado pela Seita. O corredor outrora pacífico tinha sonoridade de floresta em pânico. Uma garra afiada saiu do meio da multidão e cravou-se em meu braço.

— Cid, malandro, como vai essa força?

Custei a reconhecer Fininho. Estava mais magro do que já era normalmente e tinha os cabelos completamente grisalhos. Fininho olhou-me com surpresa.

— Ué malandro, que aconteceu?

— Por que, Fino?

— Não tem espelho em casa? Tu tá com cara de quem viu aparição, malandro. E da braba.

Percebi que poderia começar a sentir pena de mim mesmo novamente e reagi.

— Vamos tomar um cafezinho sob teu financiamento.

Fininho ficou satisfeito com a incumbência. Alguém estava em uma pior do que ele. Em seus áureos tempos fora ponta-esquerda dos aspirantes do Inter. Uma vez jogou um segundo tempo inteiro nos profissionais, contra o São José. Foi em 1968, época de vacas magras no arraial colorado. Fininho tinha 18 anos e era um negrinho só pele e osso — a camisa pesou. Tocou na bola cinco vezes, uma delas fatal. O jogo estava em 1x1 e aproximava-se do fim. O corner fora cobrado com perfeição: entrevero na pequena área. Fininho vislumbrou a bola rolando com dificuldade para dentro do gol do São José e jogou-se com todas as forças, com todos os sonhos, todas as esperanças reunidas para empurrá-la definitivamente e ouvir o Passo da Areia rugir num grito de gol. Mas Fininho estava destinado a ser bicheiro. Seu afã de glória necessitava mais organização e serenidade. Bateu na bola de mau jeito e desviou-a da trajetória, impelindo-a pela linha de fundo. O pequeno estádio estremeceu num urro de frustração. Fininho só conseguiu sair do vestiário noite alta, disfarçado de guarda-noturno.

No dia seguinte conseguiu o emprego de bicheiro.

— Conta as mágoas, jaguar, vamos. O que aconteceu?

Ergui a taça de cafezinho e contemplei a avenida Borges de Medeiros debaixo da chuva fria.

— O Diabo está solto, Fininho...

— Não só tá solto, jaguar, mas mandando prender, como dizem os castelhano.

Sorri de modo enigmático, uma das poucas coisas que restavam do meu antigo charme. Inútil dar qualquer explicação. Pior: inútil pedir qualquer explicação.

— Fininho, tu ainda freqüenta o Pai Guarani?

Fininho ficou sério.

— Claro, jaguar, todas as quintas. Por quê? Tá precisando dum passe?

— Talvez esteja.

— Posso te levar lá na quinta.

— Quinta é muito tarde.

Fininho coçou a cabeça.

— Hoje tá difícil. E amanhã?

— Eu viajo amanhã. Se pudesse viajava hoje mesmo.

Fininho examinou meu rosto.

— Confusão braba, jaguar?

— Brabíssima.

Fininho concordou com a cabeça, gravemente solidário. Bebeu o resto do café e bateu no meu braço.

— Os amigos estão para dar uma mão.

— Preciso dum lugar para passar a noite.

— Meu tugúrio está às ordens.

Avaliei sem desejo as pernas da moça que servia o cafezinho. O Matheus era um dos últimos lugares em Porto Alegre onde o café era servido por mulheres. Sexo era uma das últimas preocupações que me acudiam nas últimas horas.

— Vou andando — disse. — Passo pelo teu quarto lá pelas dez da noite. E obrigado, cara.

— Que é isso, jaguar? Amigo é pra essas coisas.

Afastei-me dois passos e a mão magra de Fininho tornou a tocar meu braço.

— Tá precisando dum empréstimo pra reforçar o orçamento, jaguar?

— Não, não, pode deixar. Tudo bem.

Comecei a caminhar rápido debaixo da chuva fria. Na Salgado Filho, ainda envolto numa neblina de pensamentos confusos, curtindo a ressaca do medo, olhei de relance minha figura no espelho de uma vitrine.

Sabia que não tinha forças para aproximar-me do nº 100 da rua da Praia. Não poderia sequer aproximar-se do bar do Giovani. Para enfrentar os poderes da Seita não podia contar somente com minhas própria forças. Necessitava de um aliado — e necessariamente de um aliado poderoso.

Cheguei na agência de viagens completamente ensopado. Fiquei um pouco desconfortável na poltrona que afundou sob meu peso. Disse meu nome e que deveria haver uma passagem para Los Angeles à minha disposição. A funcionária foi verificar.

Sentia-me observado. Busquei ao redor mas não descobri ninguém que estivesse me vigiando. A funcionária voltou. Senti leve alvoroço. Ela trazia uma passagem na mão. Aquele pequeno caderno de papel brilhante significava um vôo sobre o oceano, a aterrissagem numa terra distante, o início — quem sabe — da última parte do trabalho de desvendar os mistérios que me afligem.

Assinei os papéis que ela me estendeu e nesse momento olhei para a porta. Uma mulher loura me olhava fixamente. Guardei a passagem no bolso e saí de cabeça baixa. A Salgado Filho era um burburinho de pessoas apressadas debaixo da chuva fria. Perdi de vista a cabeleira loura. Busquei com aflição por todos os lados. Descobri uma loura examinando revistas numa banca em frente ao Cine São João. Caminhei energicamente em direção a ela.

— Com licença, minha senhora.

Uma desconhecida encarou-me com irritação.

— Desculpe, foi um engano.

Desculpem-me, leitores. Desculpem-me todos. Afastei-me em direção à Borges debaixo da chuva fria. Veio uma vontade disfarçada de ler o jornal na cama, ver um filme antigo com Gary Cooper nobremente exterminando selvagens. Vontade de que estivesse chovendo muito forte, com fúria e estertor, para ajudar o peito a ficar mais leve, encostado no balcão do Giovani, saboreando um café recém-tirado e avaliando a qualidade das mulheres que passavam pelo requebro dos quadris. É um bom método. Mas eu estou com medo. A cidade de Porto Alegre está contaminada: doença maligna a corrói.

— Preciso dormir.

Assustei-me. Era eu mesmo quem falava. Agora dera para falar sozinho no meio da rua! A coisa está mal parada. Contei em plena calçada o dinheiro que tinha no bolso.

Uma pequena fortuna.

Nunca tivera grana parecida. Caminhei pela Dr. Flores e depois subi a lomba cansativa da General Vitorino. Hotel Santa Catarina.

Tomei um quarto no terceiro andar. À noite procuraria Fininho. Caí na cama e dormi pesadamente.

Despertei de madrugada.

A cidade adormecida repetia ecos moribundos, cintilava reflexos de luzes estranhas, era cortada por passos solitários nas calçadas úmidas. Vesti-me e desci as escadas. Dei ao porteiro o número do telefone de Júnior em Los Angeles, pedi para fazer a ligação e deixar recado com o número e hora do vôo. Não estava com ânimo de ouvir a voz dúbia do meu cliente reverberando como um inseto cansado através de fios subterrâneos e cabos submarinos.

Dei uma gorjeta bem nutrida ao porteiro, arranquei-lhe a promessa de telefonar e voltei para o quarto. Levei mais de hora para adormecer, olhando o teto, ouvindo a noite sobre a cidade.

Acordei com o fragor do tráfego subindo a lomba da General Vitorino. Sentei na cama afastando pedaços de sono como teias de aranha. Tomei uma ducha fria.

Desci ao restaurante e tomei um café bem forte, com calculado prazer. Pensei se Fininho me teria esperado. Verifiquei na portaria: meu recado tinha sido enviado. Ótimo.

Saí para a rua com o passo mais firme e começando a retomar o gosto pela aventura. Comprei uma mala, roupas e sapatos. Num sebo da Riachuelo comprei um dicionário de bolso, Inglês-Português.

Senti que estava pronto. Onze horas da manhã. O vôo decolaria às três da tarde. O passaporte com o visto estava no bolso. Voltei ao hotel, deixei as compras em cima da cama. Precisava pensar o menos possível. Saí a buscar Fininho em seu ponto na praça da Alfândega. Não o encontrei. Caminhei até o bar do Giovani.

— Um liso.

O italiano olhou-me desconfiado. Serviu o liso.

— Bota outro.

O italiano botou outro.

— Esse é pra ti.

Giovani olhou para o relógio na parede: meio-dia. Apanhou o copo e esvaziou-o de um trago. Fiz o mesmo.

As horas não passam.

Esperamos que a bebida alterasse a temperatura de nossos corpos, depois esperamos acostumar-nos com a nova temperatura. Giovani apanhou a garrafa e serviu dois copos.

— Você está se tornando seu melhor freguês.

— Isso é plágio — disse Giovani.

— Impossível, acabo de inventar a frase.

— Outro plágio.

Tornamos a esvaziar os copos. Saí do bar dando um aceno. Apanhei um táxi e voltei ao hotel. Arrumei a mala, desci, paguei a conta e na rua ataquei outro táxi.

— Aeroporto.

Atravessei as formalidades sem presságios nem sustos. Minha poltrona era junto à janela e preparei-me para a viagem com rigor científico: depois da refeição e do café, enfiei na boca três cápsulas alaranjadas não sei bem de quê. Dormi em meio a um bate-boca entre Jack Nicholson e Faye Dunaway. Fui despertado pelo cotovelo pouco cortês do vizinho.

— Estamos chegando.

Muito bem: isso aí embaixo é o país mais rico da terra. Meu coração se encheu de sombras. Um aeroporto estrangeiro, uma língua desconhecida, uma gente hostil. Lembrei o velho Colt que deixei na gaveta da cômoda do hotel. Desci a escada incômoda, atravessei corredores, esteiras mecânicas, li cartazes incompreensíveis, atrapalhei-me numa roleta, imaginei ser olhado com desprezo por um pequinês dentro da bolsa de uma velhota de óculos escuros. Cucaracha es lo que soy.

Estendi o passaporte para o guarda de dois metros de altura e mandíbula quadrada.

No outro lado de uma parede de vidro, inconfundível, o grande chapéu de aba larga e barbicacho, poncho de franjas, o bigodão grisalho e erguendo o polegar grosso, meu velho tio Chinão.

Seu vozeirão atravessou a parede de vidro.

— Parente, tu tá mais atrasado do que risada de surdo!

Capítulo 23

Randy Starr tinha bem mais de 80 anos e era um mau exemplo de como chegar à velhice. Todo o lado direito do seu corpo era praticamente paralisado, desde o alto da cabeça, passando pelo rosto, tórax e a perna inteira. Sua paralisia era tão certeiramente definida que até a boca dividia-se numa metade paralisada e noutra que se movia, com dificuldade, como um verme moribundo. Estava embrulhado num robe cor-de-rosa. Especulei sobre a possibilidade do robe ser produto do gosto de Starr ou apenas vingança do seu criado. De qualquer modo, era bem provável que o velho não se preocupasse mais com a cor das roupas que vestia. Estava sentado numa cadeira de balanço junto ao janelão que dava para um jardim-de-inverno, no segundo andar da mansão. Para chegar a ele, foi preciso esperar longos minutos diante do portão de ferro lavrado e dos olhares superiores e avaliativos dos guardas dentro da guarita. Depois de atravessar uma alameda de brita grisalha, acossada pela arrogância das ondas macias da relva verde, caminhei ao lado de uma decrépita piscina vazia, cheia de folhas outonais e jornais velhos.

Toda a casa lembrava velhice. A casa era dessas mansões onde costumavam morar astros de Hollywood: imaculadamente branca, ornada de solenes colunas, de janelões venezianos, de escadarias atapetadas, de pisos como espelhos. Mas tudo isso era velho, frágil e ligeiramente irreal.

Além dos dois guardas mal-encarados no portão da entrada, trabalhavam na casa a governanta e o rapagão simpático, de terno e gravata elegantes, que apresentou-se como secretário do senhor Starr.

— Ele concordou em recebê-los e eu concordei com ele porque o médico recomendou um pouco de distração. Mas ele não pode cansar-se. Quando eu fizer sinal de que a entrevista está encerrada é porque está encerrada.

Eu não entendi nada, mas Júnior concordou com cabeça. O rapagão conduziu-nos pela escada atapetada de vermelho. No segundo andar abriu uma porta.

Randy Starr, sentado na cadeira de balanço embrulhado no robe cor-de-rosa, definido pela luz que ultrapassava com dificuldade os vidros foscos do janelão, parecia um modelo de gesso. Usava óculos escuros. A mão boa, enrugada e ossuda, segurava a bengala prateada. Um criado retirou-se, carregando uma bandeja com um bule e xícara.

— Mr. Starr — disse o secretário —, os visitantes.

Durante um instante Randy Starr permaneceu na sua atmosfera particular, distante dos outros por perfumes e luzes e sons que só a ele pertenciam; displicentemente, então, ergueu um dedo e fez gesto curto.

O secretário indicou com a cabeça para mim, para Júnior e tio Chinão, e os três nos postamos na frente do velho.

Agora que estávamos tão próximos dele, podíamos ver como era desagradável encará-lo.

Randy Starr armava um sorriso que podia ser de boas-vindas ou de mofa, mas que abandonava sua intenção na metade dos lábios que se esforçavam em mover-se e produziam uma sensação inquietante de esforço inútil.

— Por que querem saber sobre Terry Lennox?

A voz saía como seu corpo, funcionando pela metade. Os sons se partiam, desdobrados em palavras não terminadas, como se o velho mordesse a língua a cada som pronunciado. Júnior, mesmo assim, entendeu a frase e traduziu-a num rápido sussurro para mim.

— Trata-se de um motivo sentimental — disse Júnior, conforme o combinado na travessia. — Somos representantes de pessoas que têm motivos para acharem que são descendentes dele, e nos contrataram para a investigação.

O velho examinou-nos com seu único olho atrás das lentes escuras.

— Um trio interessante. Mexicanos?

— Brasileiros.

— Esses supostos parentes de Terry buscam uma herança, claro... ou algo assim?

— Não, nada disso. É puramente sentimental o interesse.

— Ainda bem — disse o velho — porque Terry Lennox morreu sem um tostão. Morreu na completa miséria.

— Morreu?

O velho ficou num silêncio opressivo, cansado. O robe estava entreaberto no peito, deixando aparecer a pele branca e machucada, espetada pelos ossos.

— Suicidou-se.

Entendi essa palavra. Troquei um olhar com Júnior. Tio Chinão impacientou-se e trocou de pé. O velho percebeu e falou ao secretário sem olhar para ele.

— Cadeira para as visitas.

Cadeiras foram arrastadas, os três nos sentamos com a atenção redobrada.

— Por que suicidou-se, o senhor sabe?

— É uma história muito velha. Não vale a pena pensar nela. Dizem que ele tinha matado a mulher. Fugiu para o México. O México é um bom lugar para uma pessoa fugir, mas alguma coisa deu errado. Meteu uma bala na cabeça.

Mal se ouvia o que ele falava. Curvou a cabeça e todos ficamos olhando o velho, a cabeça pendida do velho, e imaginando os pensamentos que se geravam nela.

— Como era Terry Lennox? — perguntou Júnior com voz cautelosa.

O velho ergueu a cabeça com dificuldade. Sua voz desmantelada resmungou:

— Era um herói.

A sala parecia tocada pela pátina do tempo. Starr recorda o passado com um trejeito dolorido. O passado, em geral, dói.

— Herói? Herói em que sentido, mister Starr?

— No único sentido que a palavra comporta. Vocês não são desta terra... O Brasil, como é ele? Há guerras por lá?

— Não — disse Júnior.

— Bobagem, claro que há. Sempre há guerras por toda parte, basta saber olhar. Os homens adoram guerras. É a coisa que mais eles adoram. Guerras. Uma vez estive numa guerra que não era preciso saber olhar para entender que estávamos em guerra. Eu e um amigo, era um canalha mas era um amigo — ficamos numa trincheira junto com Terry. Sabem o que é uma trincheira? Pois estávamos numa trincheira, com água até os joelhos. Há três dias estávamos na maldita trincheira com água até os joelhos e os alemães bombardeando sem parar. Já estávamos acostumados com as bombas, já podíamos falar e assobiar normalmente que ouvíamos sem problema, já não sentíamos mais fome nem sede nem pensávamos mais em mulheres. Não dormíamos, não sentíamos frio nem calor. Estávamos transformados em carniça, o estado ideal do soldado, o sonho de todo general. Morreríamos sem reagir ou sentir ou mesmo sem ter medo, o que é a forma mais abjeta de morrer. A morte de um homem tem que ser uma perda, algo que termina, tem que ser uma tremenda sacanagem, o homem tem que querer viver, tem que lutar contra a maldita morte. E nós estávamos entregues. Nós morreríamos sem protestar. Sem erguer um dedo para evitá-la. Nós, eu e meu amigo canalha. Terry não. Terry queria viver. E só fomos saber disso quando a granada caiu dentro da trincheira. Caiu em cima dum caixote de munição, olhei para ela como qualquer coisa normal, como algo inevitável, eu já estava morto no momento em que olhava a granada sobre o caixote de munição. Foi quando Terry atravessou a trincheira de lado a lado, numa velocidade e numa vontade de viver que até hoje tenho aqui, guardada bem viva dentro do peito. Agarrou a granada e jogou-a de volta para os alemães. A granada explodiu no ar, acima de nossas cabeças, cinco segundos depois de sair da mão de Terry. Não é nada, pensam vocês, um fato banal. Deve ter acontecido mil vezes num campo de batalha. Não é assim. Éramos carniça. Já estávamos mortos. Terry não salvou apenas a vida, a dele e a nossa, com aquele gesto. Salvou o futuro, salvou a vontade. Porque a granada caiu ali como uma benção, como se fosse esperada, como alívio para nossas penas. Tudo que aconteceu conosco depois foi graças àquele instante. Um herói não é o mais valente ou o mais nobre. É aquele que, depois de três dias numa trincheira cheia de água, sem comer nem dormir, ainda tem forças para apanhar uma granada dos alemães e mandá-la de volta.

Calou-se, cansado. O secretário começou a fazer o gesto de que a reunião terminaria. Júnior foi mais rápido:

— O que aconteceu depois?

— Os alemães o pegaram.

— Caiu prisioneiro?

O velho confirmou com a cabeça.

— O Terry sempre teve azar na vida. Numa missão estúpida, uma patrulha sem importância, foi cercado e obrigado a render-se. Com Terry aconteceu de tudo. Em vez de ser mandado para um campo de concentração, como qualquer outro prisioneiro, foi mandado para um campo especial.

— Especial? Como?

— Desses com laboratórios e experiências em seres humanos.

Júnior olhou para Cid intrigado.

— Que tipo de experiência, Mr. Starr?

— Sei lá. Transferência de cérebros, de órgãos, não sei de quê. Acho que eles buscavam uma maneira de aperfeiçoar a raça. Deus, vocês sabem, fez muita coisa errada. Aqueles alemães achavam que podiam consertar esses erros. Terry caiu nas mãos deles.

A sala ficou em silêncio. O próprio secretário perdera a impaciência e parecia curioso a respeito do destino de Terry Lennox.

— E então, Mr. Starr?

— Então a guerra acabou, ou disseram que acabou. Enfim, assinaram um papel e Terry foi libertado. Passou uma temporada num hospital e depois foi tratar da vida.

— O senhor nunca mais o viu?

A mão do velho remexeu-se na bengala.

— Vi, vi, sim. Andava numa crise. Hoje em dia talvez chamassem de crise de identidade. Bebia muito, não parava em empregos. Mas era um rapaz brilhante. Tinha estudado na Inglaterra, numa universidade. Não era como eu nem como meu amigo canalha. Éramos jogadores. Tínhamos cassinos, negócios desse tipo, cavalos. Terry não sabia o que queria. Bebia demais. Brigou com a mulher; separou-se dela.

— Quem era ela?

— Uma milionária. A terceira fortuna deste país. Uma rameira. Foi a desgraça de Terry. Ele não tinha sorte mesmo. Um dia voltou para ela. Meses depois esmagou a cabeça dela com uma estatueta de ferro. Deixou-a como uma calda.

Suas palavras pareciam pequenos símios trepados nas prateleiras, olhando o silêncio de uma longínqua noite americana em que uma loura, rica e fútil, foi encontrada entre as almofadas de seda de sua cama, com a cabeça esmagada por golpes alucinados. A mão do velho crispou-se em torno do cabo da bengala. Era uma mão escura, feia, seca e sem carinho.

O detetive Cid Espigão deu-se conta de que o passado voltava àquela sala. Era um crime de paixão, cometido por alguém a quem jamais encontraria, contra alguém provavelmente infeliz, de quem apenas saberia o nome e mais nada. Estava no verão de um país distante e lá fora começava a anoitecer. Não entendia o idioma nem os costumes, começava a sentir o cansaço da viagem e os efeitos do fuso horário.

— E depois? — a voz de Júnior era quase suplicante.

O velho demorou a responder.

— Depois... fugiu para o México. Naquela época era fácil. Não tinha esse muro nem essas encrencas todas. Atravessou a fronteira e hospedou-se num hotelzinho numa cidade qualquer. Não me lembro o nome. De madrugada meteu uma bala na cabeça.

Voltou o silêncio.

— Isso é tudo.

Talvez na juventude fosse lustroso, engomado e falastrão, rodeado de louras oxigenadas e pistoleiros truculentos, prepotente e feliz em seu obscuro reino.

— Existe atestado de óbito?

O velho ergueu o olho bom para Júnior.

— Como vou saber? Fui até lá. Nem cidade era. Um povoadinho na fronteira. Ruas de terra. Uma pobreza. Eu o vi morto, num caixão cheio de gelo...

O secretário fez sinal de que a visita estava terminada.

— Onde foi enterrado? — insistiu Júnior.

— O corpo foi trazido a Los Angeles e incinerado.

— O senhor Starr necessita descansar agora, senhores. Agradecemos a visita, mas é hora de repouso. Prescrição médica.

Cid Espigão cochichou rapidamente com Júnior.

— Uma última pergunta. Ele tinha filhos?

O velho Starr pareceu sorrir de modo amargo, mas era difícil ter certeza.

— Não, não tinha filhos.

— E a família da mulher, como se chamava?

O secretário avançou, disposto a terminar, mas o velho fez brilhar de modo mais intenso seu olho lacrimoso e cruel; o secretário calou-se.

— Potter. Esse era o nome da família. Milionários, a terceira fortuna do país. Os Potters, rapinantes bem-sucedidos. Ganharam o direito de ter representantes no Congresso e usar perfume francês, mas não eram em nada diferentes do que eu era, com a diferença da roupa e do jeito de falar.

Agora o velho parecia um modelo em gesso; o passado o aprisionara. Nesse momento ele poderia estar metido numa trincheira cheia de água, poderia estar contratando coristas para o próximo espetáculo do cassino, poderia estar vendo um amigo morto num caixão barato e cheio de gelo, num quarto de hotel de um povoado poeirento na fronteira mexicana...

Saíram um tanto abrumados, procurando esquecer a figura curvada do velho. Atravessaram os jardins ignorando a luz crepuscular e os pinheiros farfalhantes.

Capítulo 24

Uma mortalha frágil cobria a estrada: o entardecer. O detetive Cid Espigão tapou um bocejo com a mão. Seria necessário remexer num lixo guardado há tanto tempo?

— Fiquei abobado, tchê.

Voltei-me para tio Chinão.

— Com quê, tio?

— Com o luxo. Nunca vi coisa igual. Nem o chineiro da mulata Matilde, lugar fino barbaridade, adonde só entrava graúdo e estancieiro de guaiaca forrada, era assim. Hombre de bom gosto esse seu Starr.

Entramos no carro. Júnior ligou o motor, calado. Escurecia rapidamente. Deslizamos pela rodovia, já de luzes acesas.

— Continuamos na mesma — disse. — Não vi nada de interesse na história de Mr. Starr. Que importa se o tal Terry era herói ou se matou a mulher ou se bebia? Não nos serve de nada.

Continuamos a viagem atormentados pela imagem de Randy Starr embrulhado no robe cor-de-rosa, vivo pela metade, cercado de guardas e quadros falsos. (No cérebro de Cid Espigão havia dois fios soltos prestes a se tocarem.)

— Você sabia do interesse do teu pai por velhos nazistas?

— Velhos nazistas?

— Criminosos de guerra. Oficiais das SS, colaboradores dos burocratas dos campos de extermínio. Você sabia?

— Meu pai nunca se interessou por isso.

— Velhos nazistas — insistiu Cid — e gente que os odeia. Judeus que estiveram presos, militantes dos grupos de caça aos nazistas.

Júnior sacudiu a cabeça.

— Meu pai só se interessava em negócios, nunca se meteu em política.

— Negócio é política, cara. Esse Terry foi prisioneiro em um campo de experiências. Isso muda uma pessoa. Um cara que cai num lugar desses deve guardar um ódio mortal para o resto da vida. Uma pessoa com um ódio dessa qualidade deve ter utilidade para alguém.

Júnior olhou-me com assombro, fiz um gesto de desculpas.

— Estou só pensando em voz alta.

A palavra ódio acompanhou o resto da viagem noturna como um clandestino.

Chegaram ao hotel noite alta. O imenso hall vazio era inóspito.

— Hay visitas — disse o ascensorista colombiano.

Os três se entreolharam.

— Não avisaram nada na portaria — disse o detetive.

O ascensorista piscou o olho.

— Elas não queriam ser vistas.

— Elas quem?

— Las muchachas — e deu um beijo estalado na ponta dos dedos. — Rubias. Parece que fugiram das páginas da *Playboy*.

— Onde elas estão?

— Estavam no corredor. Acho que esperavam por alguém.

— E como sabem que eram visitas para nós?

— Uma delas colocou um bilhete por baixo da porta. As duas se vestiam igualzinho, de negro. Fantásticas! — E deu outro beijo estalado.

O coração de Cid Espigão não descompassou assim ao ouvir os urros de agonia de El Generalíssimo, talvez porque no corredor houvesse um silêncio feito dos passos delas.

O corredor era um funil acarpetado onde elas pisaram, levadas sabe-se lá por que causa estranha e divergente. Agora é Cid Espigão que tem medo. A chave na mão de Júnior parecia escorregadia.

Havia uma linha de suor na sua testa. A porta abriu. O bilhete estava lá dentro. Mas não estava no chão. Nem sobre uma mesinha. Estava aberto. E estava nas mãos enormes de Chung Ching Chim.

O assassino oriental estava confortavelmente instalado no sofá de couro de porco e sorria para eles seu mais pacífico sorriso. Júnior empunhou a Beretta. Tio Chinão a adaga. O sorriso se Chung Ching Chim se ampliou.

— Muito plazel em encontlal novamente blavos senholes.

— Se der um passo está morto — disse o Junior.

Chung Ching Chim levantou-se do sofá como um grande tigre manso e inclinou a cabeça numa saudação.

— Chung Ching Chim não quel dal nem um passo nem quel estal molto.

— Tu tá me devendo uma mão, japonês duma figa — rugiu tio Chinão dando um passo ameaçador.

— Calma, tio, vamos falar com o homem.

O oriental olhou pesaroso para o velho gaúcho.

— Batalha custal muito para vetelano. Chung Ching Chim não é japonês e não é chinês. Chung Ching Chim é nascido em Filipinas, filho de imiglante da Malásia com bela jovem local. Estudou em Hong Kong, onde aplendeu idioma poltuguês e altes bélicas com Chiang Sujiro, o Único.

O gigante baixou os olhos modestamente.

— Chung Ching Chim discípulo pledileto.

— O que você quer aqui?

Só então Cid Espigão deu-se conta de que Júnior tremia e gaguejava. Sua voz apertava-se de pânico.

— Estou farto dessa história! — lágrimas saltavam de seus olhos.

— Você vai explicar tudo direitinho! Estou ficando louco! Não agüento mais! Quem são vocês e o que querem comigo?

Chung Ching Chim aperfeiçoou a expressão penalizada.

— Jovem e honorável cavaleiro está com nelvos em estado lamentável. Pelfeitamente compleensível. Pelfeitamente.

— Quem é você? O que você quer?

O gigante abriu os braços com fingido assombro.

— Chung Ching Chim, modesto assassino profissional.

— O que quer?

O imenso oriental suspirou.

— Histólia complicada. Chung Ching Chim ganhal muitos valiosos dólales para envial jovem Maiolanos pala Nilvana, onde estalia mais confoltável do que neste mundo inglato. Mas Chung Ching Chim falhou.

O oriental olhou para Tio Chinão e fez respeitosa reverência.

— Vetelano muito hábil com alma de tles bolinhas. Muito hábil. Enganou assassino plofissional.

Chinão trocou o pé, e deu um rosnado vaidoso.

— Três bolinhas! Boleadeira, amarelo burro!

— Não impolta o nome. Muito eficaz instlumento. Muito eficaz.

— Quem paga você? — perguntou Cid quase com cordialidade.

Chung Ching Chim baixou os olhos.

— Não podel dizel.

— O que você quer de nós?

O gigante olhou com intensidade perturbadora para Cisco Maioranos Júnior, e ante a surpresa dos três foi enrubescendo como um adolescente apaixonado. Desceu a grande cabeça e ficou olhando o tapete.

— Chung Ching Chim caiu em desgraça — murmurou de modo quase inaudível. — Chung Ching Chim está aqui em desplezível missão de tlaição.

— Missão de traição?

Arregalei os olhos.

— Quê quer dizer com isso?

Chung Ching Chim baixou a cabeça ainda mais.

— Cailá soble mim a maldição de dois mil anos de blavos melcenálios que ganhalam sua vidas matando por valiosos lendimentos. Lompi com uma tladição milenal. Caí na piol desglaça que um homem de minha plofissão pode cail.

— Não estou entendo.

— Mudei de lado. Como o mais reles dos canalhas, como o mais vil dos bulgueses, tlaí, abandonei, deixei silenciosamente aqueles que confialam em mim, aqueles que me pegalan de seus bolsos pleciosos dólales para despachar noble jovem Maioranos.

— Você traiu os que o pagavam para matar-me? Quem eram eles? Por que o pagavam?

— Polque me pagavam, isso eu não sei. Assassino plofissional competente não faz pelguntas.

O gigante oriental baixou os olhos e ficou silencioso.

— Quem o pagou para matar meu cliente? Por que diz que mudou de lado?

Chung Ching Chim sacudiu a cabeça com o ar ainda mais penalizado: parecia sofrer profundamente.

— Duas pelguntas telíveis.

— Responda a primeira: quem o pagou?

— Chung Ching Chim não é mais plofissional de confianca. Chung Ching Chim vai gualdal as almas e vivel no campo, numa bela fazenda no Hawai, fluto de muito trabalho e muita economia. Chung Ching Chim homem sólido: não bebe, não fuma, não joga. Ama natuleza. Grande fazenda fica a beila de lago seleno. Altas montanhas. Al pulo.

— Quem?

— Impossível lesposta. Chung Ching Chim comete tlaição, lecebe valiosos dólares e não cumple contlato, mas não comete mais glave de todas ignomínias.

— Se é que você os traiu, por que os traiu?

— Pelgunta telível.

Olha para Júnior que desvia o olhar.

— Chung Ching Chim plofissional competente. Mais de cem contlatos cumplidos. Muito eficiente. Mas, desglaçadamente, colação de Chung Ching Chim não é colação de Leão. Colação de Chung Ching Chim é colação de...

— Coração? — interrompe Chinão.

— Colação. Não é de leão. Destino quis colação de Chung Ching Chim pequenininho, deste tamainho assim, conchinha do mal, colação de colça.

— Colça? — estranhou Chinão. — O que diabo é isso?

— Corça — disse Cid. — Uma espécie de veado, acho.

— Ah, tanto floreio pra isso. Bem que eu desconfiava.

— Agora Chung Ching Chim vai partir.

Todos o olharam surpresos. Chinão tornou-se ameaçador.

— Por aqui tu não passa, japonês!

— Chung Ching Chim agola aliado. Semple pol pelto. Vigiando. Nenhum mal vai acontecel pela noble senhol Maiolanos.

— Temos muito que conversar — disse Cid.

— Essa história está mal contada — rosnou Chinão.

— Deixem o homem ir.

Júnior mostrava sua habitual imagem de homem irresoluto, mas agora exagerava. Guardou a Beretta no bolso.

— Não há motivo para criarmos um impasse sem saída agora. Se ele está conosco, está conosco e pronto. Neste caso tudo acontece assim.

— Não há motivos para confiar nele — disse Cid.

— Ele entrou neste quarto sem sabermos, poderia nos atacar de surpresa. Acho que o homem é sincero. E de que adianta detê-lo? De que o acusaríamos para a polícia de Los Angeles? Invasão de domicílio?

— Noble senhol Maiolanos dotado de inteligência supeliol. Meus cumplimentos.

Inclinou-se e começou a caminhar vagarosamente na direção da porta. Júnior afastou-se para o gigante passar.

— Um momento! — a voz de tio Chinão estremeceu os cristais e provocou um movimento rápido do oriental, que se voltou no seu espaçoso movimento de tigre gordo.

— Entrega esse bilhetinho que tu tá levando, japonês! A mim tu não me engana!

Chung Ching Chim olhou para o papel que tinha na mão como se fosse uma brasa incandescente.

— Mil peldões. — Abriu-se num imenso sorriso de desculpas.

— Distlação, imensa distlação.

Estendeu o papel para Júnior, deu dois passos até a porta, abriu-a e saiu. Fechou-a sem ruído. Por um momento todos ficaram recolhidos a seus pensamentos, e então Júnior leu o papel.

Leu em voz alta e sem ênfase, mas à medida que lia cada um deles ia desfazendo o íntimo sorriso que formaram quando o oriental partiu.

— Terry Lennox está vivo. Se quiserem a prova venham esta noite ao Gipsi's, na avenida Talca.

Capítulo 25

Conseguiram vaga no estacionamento depois de rodarem várias vezes em torno do quarteirão. A avenida Talca ficava num dos bairros periféricos de Los Angeles, próximo às praias. Rodar dentro de um carro na madrugada de uma cidade estranha é um prazer deliciosamente corrupto. Aí estão casas onde dormem seres afundados em sonhos dos quais jamais compartilhará, embora não sejam fundamentalmente diferentes dos seus próprios precários desejos. Uma cidade estranha à noite é neutra. Sugere uma ordem universal mais livre e fraterna, mas também mais misteriosa e selvagem. Estar no estrangeiro é estar liberto de uma série infinita de pequenas mazelas prosaicas. Desceram do carro e sentiram no rosto a brisa de verão da noite marítima. Cid, Júnior e tio Chinão olharam com respeito o enorme luminoso que acendia e apagava suas inumeráveis lâmpadas coloridas que diziam "Gipsi's" como se fosse uma exclamação.

Gipsi Roso Lee fora uma grande dama e seus cultores eram a fauna pós-moderna de punks e dissidentes de toda qualidade que se amontoavam na entrada. O Gipsi's era uma espécie de bar ou clube noturno, comum nessa área litorânea da cidade. Ultrapassaram a porta almofadada e foram envolvidos violentamente na teia urdida pela música alucinada dos Sex Pistols. Os caras estavam realmente alucinados.

Menos mal que era a gravação pirata de um ensaio para um concerto em São Francisco vários anos atrás, um pouco antes deles demolirem a suíte do hotel onde estavam e Sid Vicious afundar de vez na heroína e na automutilação.

— Tem certeza de que é este o bar? — berrei.

Júnior ergueu o polegar. Não havia engano. O difícil seria encontrar alguém, fosse quem fosse, ali dentro. Luzes giravam no teto, corpos o roçavam, risos e estranhos gritos misturavam-se à descarga aterradora das guitarras. A maioria dos freqüentadores embalava-se ao som diabólico da música, esquecidos do resto.

Chegaram ao balcão do bar com muito esforço. O garçom tinha metade do rosto pintado de branco, a outra metade de amarelo; metade dos cabelos fora cortado rente, a outra metade estava eriçada e pintada de verde.

Aos gritos Júnior encomendou uísque para os três. Apoiaram-se com os cotovelos no balcão, de costas para o bar e olhando a apertada pista de dança onde se contorcia a fauna noturna.

Tio Chinão arregalava os olhos.

— Bolicho desta qualidade eu nunca freqüentei — disse para Cid, berrando em seu ouvido.

O detetive olhava com extrema atenção as pessoas que dançavam. Ela bem poderia estar ali naquele tumulto, atrás de uma daquelas máscaras brancas ou verdes ou amarelas ou vermelhas. Começou a sentir uma pressão no peito.

Colocou a mão ali, como quem aquieta um animal, mas a pressão se espalhava e se transformava em dor. Achou que era melhor ser honesto e achou que isso tinha apenas um nome, e bem banal: medo. Tinha medo daquela mulher e seu poder sobre ele.

— Esperem por mim aqui — disse para Júnior e Chinão — vou dar uma volta lá fora.

Saiu sem esperar resposta, carregando uma esperança que não reconhecia. O turbilhão de sons dos Sex Pistols sumiu quando fechou atrás de si a porta do Gipsi's. Perambulou um pouco entre a multidão de punks e traficantes que o avaliavam com rapidez, e caminhou em direção ao estacionamento, como levado por uma mão invisível. O luminoso acendia e apagava, provocando, com persistência, uma melancolia desajeitada, infiltrada de lembranças vagas e desejos obscuros. Era como se tentasse persuadir a Cid Espigão de alguma felicidade ambígua.

Ficou alerta: já tivera essa sensação não muito tempo antes, numa cidade longínqua em frente ao rio.

Passos aproximam-se dele. Cid Espigão ouve esses passos. O medo não é um medo físico. Não teme perder um braço como Chinão nem teme receber ameaças veladas como Júnior. Mas tem medo.

Passos aproximam-se dele. A luz da noite é feita da luz do luminoso, da luz da cidade distante, da luz dos carros que passam na autopista, da luz das estrelas no céu claro, da luz guardada dentro do oceano Pacífico e que reverbera na praia próxima.

Ela apareceu no meio dessa luz, empunhando o cigarro e perguntando na mesma voz doce como uma velhinha tricotando numa cadeira de balanço.

— Você tem fogo?

Está na página 164 da edição da Seix Barral de *El astillero* que siempre es difícil hablar del amor y es imposible explicarlo. Meti a mão no bolso, apanhei o isqueiro e acendi o cigarro para a mulher mais bela do mundo.

Ouvi um som de sax.

O músico estava sentado no chão, de costas para o muro do estacionamento, soprando o instrumento como encantado. Soprava com intensidade *cool*, e o som que ele produzia era uma chama fria e imóvel. Essa chama foi a luz final que iluminou o romance do detetive particular Cid Espigão e uniu-se a ele quando passou de mãos dadas com a mulher em direção à praia. A luz imediatamente anterior foi fugaz e serviu apenas para acender o cigarro dela e mostrar o rosto misterioso e a peruca prateada.

Ela soprou uma nuvem de fumo e disse com um sorriso de desdém:

— Eu sabia que você não faltaria.

O amor dói. Este detetive curvou-se com um gemido. Estava pálido. O sorriso de desdém dela permaneceu ainda, mas já estava derrotado. Este detetive ergueu vagarosamente os olhos e pousou-os no rosto dela. Esteve olhando-os até o sorriso desmanchar completamente e ver como a boca era melancólica e esquiva, e pela segunda vez imaginou a pequena língua ávida, úmida e vermelha. Continuou olhando o rosto, até entender cada sombra de onde provinha, e cada nuance de luz como se formava. Beijaram-se com delicadeza, com vagar, reconhecendo-se, mas imediatamente abandonaram-se ao animal que traziam aprisionado: beijaram-se com paixão e febre e delírio e iniciaram uma dança lenta e circular enquanto os corpos se uniam estreitamente. Depois caminharam devagar, deixando o estacionamento, arrastando os pés por preguiça e vaidade, tontos e sem pensamentos até darem-se as mãos. Foi quando o som do sax desenrolou-se no ar, como uma flama vermelha, mas fria e sussurrante que os envolveu em seu abraço. Caminharam pisando a areia fofa e quando o detetive sentiu o bafo salgado do mar no rosto pensou que não sentia mais medo.

Não era hora de explicar esse fenômeno, mas de senti-lo com humildade. Foram atraídos pelas luzes do parque de diversões.

No caminho, sem trocarem uma palavra, firmaram um pacto silencioso: o parque seria um território neutro — a terra de ninguém onde nada mais existia a não ser os corpos e sua textura.

Compraram os ingressos na bilheteria, atendidos por um anão que escondia o rosto atrás da máscara de um diabo risonho e paternal. A música do sax ficou longe: os alto-falantes do parque divulgavam a mil canções de Simon e Garfunkel. Compraram pipocas. Riram quando derrubaram metade do conteúdo esbarrando nas pessoas que se acotovelavam para entrar no Túnel do Amor. Sentaram no pequeno barquinho incômodo mas trataram de aconchegar-se como todos os demais namorados que entraram no comboio. Tornaram a beijar-se tão logo foram apanhados pelo escuro fechado da primeira curva do túnel. Deslizaram aos solavancos e risos, acostumando-se àquela felicidade sem explicações, procurando encontrar, no calor que exalava de cada um, a força propiciatória do prazer na trégua sem data que declararam. Era um Túnel do Amor banal, com fantasmas dando gargalhadas tétricas que os fez rir e abraçar com mais força, e que desaguava em remansos com ambientes perfumados de incenso e adoçado de música de violinos, encimado por um céu constelado de pequeninas estrelas de neon. Aquele corpo daquela mulher cujo nome não sabia era um corpo feito para o seu. O detetive tentou não pensar nisso enquanto a beijava, enquanto bebia daquela boca cego e surdo, enquanto se permitia o prazer de ir descobrindo o tamanho dos seios em sua mão e como era delgado o pescoço e a firmeza dos lábios e a dureza das coxas.

A viagem chegou ao fim e foi preciso o condutor tocar no ombro do detetive para eles afrouxarem o abraço.

Caminharam pelo parque, iluminados pelas luzes de várias cores e pelos sons dos alto-falantes. Fizeram pontaria em ursos de alumínio com rifles de ar comprimido, olharam-se em espelhos onde apareciam com o dobro da altura ou largos de até dois metros, ou com cabeças monstruosas e braços descomunais. Fugiram de repente dali, com certo afã, ainda rindo mas já sem se olharem, atingidos pela baba do mundo real além do parque, e que penetrava por uma fissura que eles permitiram num momento de vacilação da vontade.

— Vamos beber — disse com energia.

Ela pareceu adorar a idéia. Havia uma esplanada perto do mar e custaram a encontrar uma mesa. Ele pediu uísque e ela, um suco de laranja. Deram-se as mãos e ficaram olhando-se sem uma palavra, tão distantes e com tanto pela frente que a mera possibilidade daquele amor os aterrorizava. Ele examinou a mão que tinha entre as suas. Era uma mão feminina como tantas outras que segurou, mas a leveza, a temperatura, e o tato eram apenas dela. O medo podia voltar a qualquer momento.

Ela disse e o que disse podia ser uma pergunta, uma censura ou apenas uma queixa, mas fosse o que fosse era repassado de terna angústia:

— O que vai ser de nós?

Cid Espigão sentiu-se grande.

Ou seja, eu me senti grande. É verdade que há um caso para investigar e esse caso mistura-se a acontecimentos insólitos, como seres de identidade duvidosa; o lobisomem na fazenda de Dom Cisco Maioranos. De todos os mistérios, porém, o mais fechado e fascinante é o da beleza. Essa mão na minha mão é a mesma que empunhava uma pequena arma letal numa madrugada de Porto Alegre, e que me empurrou para os porões ignorados da cidade. Agora é uma mão amada. Nada pode explicar isso, a não ser a existência mesma daquela mão, sua carne, seus ossos e nervos, a cartilagem, as unhas duras, além da propriedade de organizarem o prazer ou a dor. Aquela mão, aquele corpo, são o mistério, bem como o rosto que sofre e se alegra sem mudar de expressão.

— Não vamos pensar no que vai ser de nós antes de passearmos de roda-gigante.

Ela gostou, ambos descobrimos que o encanto era frágil e necessitava uma vontade organizada e atenta para protegê-lo. Bebemos lentamente. O ruído que vinha do mar chegava como uma música azulada, fosfórea e flutuante.

Nos beijamos por sobre a mesa; ela mordeu-me de leve até a dor aflorar vagarosa, quase carícia.

Ela riu, acariciou meus lábios com a ponta do dedo e murmurou:

— Vamos.

Tirou a peruca e deixou-a sobre a mesa. Sem a peruca prateada ela tornou-se mais frágil e mais misteriosa, mas também mais distante. Era o lado verdadeiro ou que poderia ser o lado verdadeiro dela — que se revelava, e era um lado extremo, desafiador, acima das leis e convenções a que estava acostumado, e que considerava plenas e aceitas por todos.

Irmã Zero vestia uma malha negra colada ao corpo. Ela abriu o zíper, sem afetação nem cálculo, abriu-o num gesto espontâneo de quem sente calor; e depois desvestiu a parte que lhe cobria o busto, enrolando-o suavemente até deixá-lo amarrado na cintura, como uma faixa. Levantou-se.

Estava nua da cintura para cima. Ninguém olhou ou percebeu imediatamente: era uma noite de verão na Califórnia, quase de madrugada, o parque de diversões se esvaziava e os freqüentadores daquele horário estavam acostumados com a excentricidade da freguesia. Caminharam de mãos dadas, gozando o doce prestígio de desafiar o destino, incomodados pela proximidade da manhã, escondida atrás do azul cada vez mais claro do céu.

Ele comprou um sorvete de morango e uma rosa de uma menina mexicana. Subiram na roda-gigante. Ela colocou a rosa vermelha na orelha do detetive. Ambos lambiam o sorvete vermelho ao mesmo tempo e davam risadas que pouco a pouco lhes parecia estranha e sem propósito.

A roda começou a girar.

Foram subindo vagarosos, embalados pelos ranger das engrenagens e pela música dura e fria do mar. Foram ficando altos, foram distanciando-se do ar do parque e do seu mundo caótico repleto de insinuações mesquinhas do cotidiano, e foram elevando-se acima do fragor e dos dedos suplicantes de um mundo cada vez mais inexplicável e idiota, cada vez mais sem solução e cruel, cada vez menor e mais abafado. Estavam nas alturas: a única música era a brisa salgada.

Desvestir a malha negra era fácil e ele entregou-se a essa tarefa com uma paixão comedida, mais atento na execução correta do fato que na conotação de prazer que ele lhe proporcionava, e a descoberta do jovem corpo elástico e branco foi sendo feita sem sobressalto, como quem se reserva o direito de achar um tesouro baseado na mais rigorosa projeção geométrica, sem possibilidade de equívocos.

Passar a palma da mão nas coxas tersas, evocar o veludo da penugem dourada que a cobria como a grama num verão povoado de pássaros, encostar o rosto entre os seios mornos e sentir a boca dela fechando-se em seu pescoço foi apenas o início porque a paixão logo crepitou em grandes chamas. O cavalo do desejo baixou em suas cabeças. Deixem soar os clarins! Abram-se as nuvens. Recue o mar. O detetive particular Cid Espigão arranca suas roupas e descobre a verdade evocada por um poeta cristão, habitante de sua cidade:

— A carne não é triste, ó não, Senhora!

Se a carne não é triste, então abram-se as comportas da alegria e contemplemos em sua essência definitiva a verdade simples: somos pequenos animais inferiores aturdidos de mistério. Como uma cavalgada no sertão, como uma reunião secreta, como carregando no bolso a mensagem perigosa, como qualquer desafio humano e verdadeiro, olhado com ironia por quem nunca os desafiou, o amor também exige coragem.

— Em vossa arquitetura, com as espáduas que trazeis molhadas, ergam-se as colunas das pernas.

Armindo Trevisan tem razões para acreditar em Deus. Extenuado e feliz, o detetive ficou contemplando o céu já quase azul.

Amanhecia.

Tinham se amado no alto da roda-gigante, apertados na barquinha, as pernas delas apoiadas em seu ombro. Amaram-se depois, vestidos, em pé contra o muro do estacionamento, ouvindo o som do sax atravessá-los de nostalgia. Amaram-se na areia que se tornava rosa, quando no horizonte do mar apontou a primeira fímbria da manhã, dourada e vitoriosa.

Ela ergueu-se silenciosa e agora triste.

— Fale com um homem chamado Philip Marlowe.

Ele ouviu o nome feri-lo como uma arma pontiaguda. Era como arrancá-lo desse novo mundo repousante e confortável e arremessá-lo outra vez nesse quebra-cabeça sem fim ou propósito aparente. Abraçou-se a ela, suplicante, mas compreendeu que era inútil. O rosto dela já não tinha a alegria do prazer. Conservava a tenaz beleza, mas a tristeza tomava posse como a luz da manhã escorregando lentamente pelo seu corpo.

Beijaram-se, em pé, a água salgada do mar chegando em brancos cachos de espumas até seus sapatos, e beijaram-se à luz do dia como para cumprir os ritos finais do adeus, porque Cid Espigão sabia que dava adeus e por isso sentia que começava a morrer um pouco.

— Agora eu preciso ir — ela disse.

— Fica mais um pouco.

— Eu já comecei a trair — ela disse.

Beijaram-se com ardor, com fúria, e o detetive sentiu que ela o mordia: os pequenos dentes brancos cravavam-se na carne sensível de seus lábios e os apertavam num exercício de punição. Sentiu-se penetrar e sentiu o sangue encher sua boca. Largaram-se ao mesmo tempo, e olharam-se nos olhos, pasmos e deslumbrados, enquanto uma revoada de gaivotas barulhentas os envolvia.

Ela começou a afastar-se de costas, em passos lentos, tropeçando na areia. Depois, deu-lhe as costas e continuou caminhando num passo cansado até atingir a calçada e afastar-se cada vez mais, entre as palmeiras e os carros que começavam pouco a pouco a encher a autopista.

O detetive acariciou a boca. Doía. O gosto do sangue era amargo. Examinou a ponta dos dedos e viu as manchas vermelhas.

Abaixou-se e lavou lentamente as mãos na água do mar. A luz da manhã era cada vez mais clara, expulsando com uma violência silenciosa o azul que persistia em ficar no muro do estacionamento, na curva da roda-gigante, na grande entrada do parque onde se sentava a vender bilhetes o anão com máscara de diabo. Olhou o mar. Brilhava e balançava, como sempre: nele os homens jogarão suas redes que voltarão molhadas, pingando água, carregadas de seres vivos e brilhantes. Ergue-se e começa a caminhar pela areia, lento e sem rumo, buscando sem convicção um cigarro no bolso. Achou um, pendurou-o na boca, parou um instante para acendê-lo.

Lambendo o lábio partido que começava a inchar, sem explicar o tênue prazer que me provocava a descoberta de que estava a tomar-me de uma esperança tola e de que o gosto do sangue na boca me impelia a essa perplexa ternura, cheguei na calçada e comecei a caminhar na direção em que ela partira, mãos nos bolsos da calça, ignorando as palmeiras levemente ondulantes, aspirando o cigarro, sentindo os grãos de areia dentro do sapato como insignificantes testemunhos de minha paixão, como despojos a arrastar pelo tempo, arrastando os passos, bem devagarinho.

Philip Marlowe chama-se o cara.

Capítulo 26

O endereço era Nevada Street, nº 12.

Não foi difícil consegui-lo, apesar de não o encontrar no guia telefônico. A secretária do hotel telefonou para a polícia, que após algumas perguntas consultou o computador e deu o endereço. Mais difícil foi convencer tio Chinão a esperar no hotel.

— Retaguarda é importante — dissera o detetive. — Se nos acontecer alguma coisa quem vai tomar providências, tio? Retaguarda é o que há de mais importante numa guerra.

Retaguarda é uma palavra sonora e convenceu o velho gaúcho. Ele ficou resmungando a contragosto.

— Vou ficar mateando — disse.

Tinham-no deixado há vinte minutos. Agora rodavam pela rua Nevada procurando o nº 12. Era no fim da manhã, e caía uma chuva de verão, inesperada. Júnior estava mal-humorado. Ficou profundamente irritado com Cid por ter deixado escapar a mulher careca. Não dormira toda a noite, esperando o detetive. Ambos tinham olheiras profundas e ar de desânimo.

Conversaram longamente no café-da-manhã. Pela primeira vez Cid contou em detalhes sua estada na fazenda do pai de Júnior. Falaram do lobisomem com sorrisos constrangidos, como adultos obrigados a tratarem de temas tabus diante de crianças.

— Isso não é coisa do meu pai — disse Júnior convicto — deve ter algo com a Seita. Elas é que se metem com bruxarias.

— Eu sei, eu sei. Deixa pra lá. Ficar pensando nisto não vai resolver o caso. Eu tenho um método.

— Que método?

— O da galinha. De grão em grão. Precisamos juntar o maior número de informações possíveis para tentar entender o conjunto. Vamos falar com esse tal Marlowe e ver no que vai dar.

— O nº 12 é por aqui.

O nº 12 era a casa da esquina, grande, no fundo de um jardim cercado de cipreste sobre os quais a chuva caía. Era uma casa de dois andares e um sótão com janelas. A cerca era de grades de ferro e no alto do portão havia uma placa sóbria: Abrigo da Velhice. Para Cid o que estava escrito na placa poderia ser em grego. Desceram do carro e atravessaram o jardim correndo. A chuva continuava forte.

Júnior tocou a campainha. A mulher com roupa de enfermeira tinha o ar desconfiado.

— Sim?

— Bom dia. Desejamos falar com o senhor Marlowe. Philip Marlowe. — A mulher pareceu surpreendida.

— São parentes?

— Não senhora.

— Não são parentes?

Ela ficou de repente na defensiva.

— E quem são, então? São da polícia? Ele não sai do quarto há mais de uma semana. Não deve ter feito nada para...

— Não somos da polícia. Queremos apenas falar com ele.

— Não são parentes, não são da polícia.

Ela disse as palavras com uma espécie de incredulidade irônica.

— Vou ver se ele quer recebê-los. Entrem.

Passaram ao hall, que servia também de sala de espera. Era decorado com mão pesada: sofás e poltronas sem conforto e quadros anêmicos com paisagens rurais. Um velho passou lentamente, olhando os visitantes com curiosidade.

— Hoje eles estão todos nos quartos. Quando chove eles ficam muito ranzinzas. A quem devo anunciar?

— Cisco Maioranos Júnior.

A mulher fez um leve muchocho despectivo ao ouvir o nome. Cucarachas, sentiram nitidamente que ela pensava. Deu-lhes as costas e saiu pisando duro. Voltou alguns minutos depois, um tanto surpreendida.

— Venham comigo, ele vai recebê-los. É raro. Ele nunca recebe ninguém. Parece que não gosta de gente.

Seguiram-na pelo corredor. Passaram por quartos com as portas abertas e viram velhos em camas, em cadeiras de rodas, sentados diante de janelas com cobertores sobre as pernas, dormitando apoiados em bengalas.

No fim do corredor havia um jardim-de-inverno com grandes vidraças por onde a chuva escorria. De costas para eles, sentado numa cadeira, um velho olhava a chuva. Não voltou-se quando eles entraram.

Cid e Júnior deram a volta e postaram-se na frente dele.

— Quem de vocês é Cisco Maioranos Júnior?

— Eu — disse Júnior.

O velho vestia um robe puído e chinelas de couro. Parecia resfriado. Os olhos tinham um brilho de lágrimas ou de bêbado.

O cabelo branco e ralo estava sujo. Caspa nos ombros. Lançou um olhar avalizador, de mofa, vagaroso.

— O senhor é Philip Marlowe?

— Chamem-me como quiserem. Sou um velho sem vaidades.

— Senhor Marlow...

— Marlowe. Com "e" no fim. Aquela bruxa fez muitas perguntas para vocês?

— Não muitas, senhor Marlowe.

— Ela me odeia. Não dêem bola para o que ela diz. É tudo mentira. Você é filho de Maioranos?

— Sim, senhor.

— Então ele está vivo?

— Sim, senhor.

O velho deu um risinho nostálgico.

— O senhor o conheceu?

— Uma vez estive com ele. De passagem. Mas, o que vocês querem comigo?

— Queremos saber quem é Terry Lennox.

O velho ergueu o olhar, como apanhado de surpresa, mas pouco a pouco mudando de expressão até que começou a rir num acesso desagradável de tosse e lágrimas. Não mostrava hostilidade, mas tinha qualquer coisa de amargo em suas maneiras, no olhar atrevido, no ríctus despectivo da boca. Pouco a pouco foi se acalmando.

— Quem são vocês, afinal?

— Eu, o senhor já sabe. Meu amigo aqui chama-se Cid Espigão. É detetive particular.

— Detetive particular?

O velho parecia chocado. Olhou diretamente os olhos de Cid.

— Você é detetive particular?

Cid trocou um olhar embaraçado com Júnior, que fez-lhe sinal de que entendera a pergunta.

— Sim, senhor, sou detetive particular. Estou a serviço do senhor Júnior. — O velho parecia achar o fato tremendamente engraçado.

— Pensei que era um vendedor de tapetes. Quando você entrou eu pensei, aí vem esse imbecil tratar de empurrar-me um tapete. Para que iria eu querer um tapete, diga-me? Eu não preciso de tapetes.

— Está claro que não — concordou Júnior. — O velho olhou para os lados, armou uma expressão cúmplice e sussurrou com horrível sorriso:

— Odeio tapetes. Eu preciso é dum bom trago.

Júnior e o detetive se entreolharam.

— Algum de vocês aí tem alguma coisa boa para convidar um pobre velho?

Ambos negaram com a cabeça ao mesmo tempo.

— Não, senhor.

— Se vocês querem conversar comigo, seja lá sobre que assunto for, só com um bom trago pra molhar minha garganta. Eu tenho um problema muito especial com minhas cordas vocais. Secas, elas não conseguem emitir o menor som.

O velhote pareceu esquecer-se deles e começou a cantarolar um blues, imitando a voz de Ray Charles. Júnior impacientou-se.

— Gostaria muito de ajudar o senhor. Seria um imenso prazer oferecer-lhe um trago, mas...

— Nada de mas. Providencie, tenha iniciativa.

Júnior ficou um tanto atônito. Cid tocou no seu braço.

— Vou procurar um bar ou uma casa de bebidas. Comprarei uma bebida para o senhor Marlow.

— Marlowe, com “e”. Eu só bebo uísque.

— Muito bem. Deve haver um lugar perto para comprar.

— E há. Um supermercado a três quadras daqui, à esquerda de quem sai.

O detetive fez o gesto de quem se retirava mas a mão rugosa do velho apanhou-o pelo pulso, agilmente.

— Você fica. Vai o outro.

Os dois encolheram os ombros: não entendiam.

— Eu falo espanhol — disse o velho — quero praticar. Você é mexicano, não é, detetive?

— Brasileiro. Mexicano é ele.

— Melhor. Falaremos em espanhol. Sempre quis saber coisas sobre o Brasil. Tem muito índio por lá?

— Não tem mais — disse Cid —, poucos, agora.

— Exatamente como aqui.

E olhando para Júnior.

— Está esperando o quê? Vá antes que a velha bruxa venha meter o nariz aqui. E não deixe ela ver você entrar com a garrafa. Use a inteligência. Vamos, ande! Não posso esperar o dia inteiro.

— Sim, senhor, sim, senhor.

Viram-no dobrar a esquina do corredor. Escutaram algumas tosses roucas. Marlowe mostrou seu esgar de mofa.

— Esse aí não agüenta até o fim do verão.

Levantou um olhar curioso para o detetive.

— Senta aí nesse banco. Você me deixa nervoso aí parado.

Cid Espigão sentou-se com certa má vontade.

— Aproxime-se mais. Não vou mordê-lo.

A mão do velho caiu sobre seu pulso e prendeu-o fortemente. O velho inclinou-se para a frente, os olhos brilhando.

— Agora diga: que palhaçada é essa?

O espanhol do velho era horroroso. Cid custou a entender.

— Palhaçada?

— Palhaçada. Que história é essa de perguntar quem é Terry Lennox? Por que querem saber isso?

— Há algum mal em perguntar?

O velho recuou e soltou a mão de Cid com um sorriso debochado nos lábios.

— Não, não há. E eu vou responder já e assim me livro de vocês. Terry Lennox era um pobre canalha que um dia sonhou em ser um grande senhor e quando compreendeu a própria pequenez fugiu para o México e meteu uma bala na cabeça, ponto final. Isso qualquer pessoa sabe, não é segredo.

— Isso nós também sabemos. Sabemos também que ele matou a mulher. Esmagou a cabeça dela.

O velho ficou silencioso. Desviou os olhos para a vidraça molhada.

— Se é isso que vocês sabem, bom proveito.

— Outros dizem que ele era um herói.

— Há heróis demais no mundo e quase todos são canalhas.

— E outros ainda dizem que ele não está morto.

O velho começou a sorrir, como se compreendesse só agora a graça que a frase tinha. Olhou Cid Espigão com seus olhos lacrimosos, enfiou a mão no bolso e apanhou um cachimbo.

— Essa é uma história muito velha e muito suja, não vejo em que interessa a um subdesenvolvido como você. É melhor esquecer tudo.

— Eu por mim esquecia, meu cliente também. Mas é que não nos dão chance.

— Como assim?

— Telefonemas.

— Da parte de quem?

— Minha história talvez seja mais complicada do que a sua senhor Marlow. É melhor que...

— Marlowe. E não me diga o que é melhor para mim.

— Desculpe, mas seria muito útil se o senhor nos pudesse dizer quem é afinal Terry Lennox.

— Eu já disse. Morreu em 1951. Suicídio.

— Isso todos sabemos. Mas outras pessoas dizem que ele não morreu. No caso, não suicidou-se.

Philip Marlowe alisou o cachimbo. Estava vazio.

— Diga-me — disse Marlowe —. Você conheceu o pai desse rapaz, esse tal Maioranos?

— Conheci ligeiramente.

— Diga-me como ele é, se for capaz. E onde vive.

— Bem, é um homem duns 80 anos, talvez. Mora numa fazenda no Mato Grosso, mas tem propriedades em várias partes. Tem cassinos espalhados por aí, creio que no México. Cavalos de corrida, petróleo, creio que está metido em contrabando.

— Prosperou — murmurou Marlowe.

— Como?

— Nada. Mato Grosso é no Brasil, certo?

— Sim.

— Como ele é fisicamente?

— É alto. Elegante. Tem o cabelo grisalho. Olhos azuis. É um homem muito charmoso. Dominador. É uma espécie de patriarca na região. A fazenda é como um domínio onde ele é o rei. Além de Júnior tem uma filha. É viúvo.

— O que o rapaz, o seu cliente, pensa dele?

— O que pensa do pai, do senhor Maioranos? Bom... Acho que tem respeito por ele, é lógico. E um pouquinho de receio. Mais receio que respeito, talvez. O senhor Maioranos é um homem muito dominador.

— Estão fazendo chantagem com o rapaz?

— Algo parecido. Querem aterrorizá-lo. Já conseguiram e não o culpo. Tem passado maus momentos.

— Quem?

— Pessoas que dizem que são irmãs dele. Mulheres. E afirmam que Terry Lennox é o pai.

Marlowe suspirou.

— Nesse caso — continuou Cid — Maioranos não seria o pai verdadeiro. Seria um padrasto. O homem encarregado de cuidar-lhe os filhos quando morreu.

— Terry Lennox morreu sem ter filhos.

— Se é que morreu.

— Foi incinerado na câmara mortuária do município há mais de trinta anos. Vocês estão mexendo com coisas de que não restam mais nem as cinzas.

— Mas há outra possibilidade, senhor Marlow... Marlowe.

— Sim? E qual?

— Terry Lennox e Cisco Maioranos são a mesma pessoa.

O velho alisou demoradamente o cachimbo no robe puído.

— Interessante. De onde você tirou isso?

— Bem; é apenas uma teoria.

Cid Espigão encolheu os ombros um tanto desanimado.

— É preciso pôr a imaginação a funcionar um pouco. Mas não me parece tão disparatado assim.

— Por que não?

— Há muitos indícios.

— Indícios?

— Muito fio solto. Essas pessoas que nos telefonam estão ansiosas para que saibamos quem é afinal Terry Lennox. E querem que descubramos por nossos próprios meios. Deve haver uma razão para isso. Elas nos jogaram nessa investigação. Seria fácil dizer tudo que sabem. Mas não. Largam dados pela metade, fazem sugestões. O senhor, por exemplo.

— Eu?

— O senhor. Conheceu Terry Lennox e também Cisco Maioranos. Pode me dizer em que circunstâncias?

O velho olhou para o teto, depois para a vidraça onde a água escorria.

— Faz tanto tempo... Conheci Terry por acaso. Era um bêbado, mas um bêbado brilhante. Um bêbado cordial, vamos dizer assim. A primeira vez que eu o vi ele estava completamente bêbado, saindo de uma boate, sem conseguir entrar no carro. Tive pena e dei-lhe uma mão.

— A primeira vez que vi Júnior ele estava completamente bêbado, saindo de uma boate, sem conseguir entrar no carro. Também tive pena dele.

Philip Marlowe olhou para o detetive com assombro.

— Os bons samaritanos se ferram, cucaracha.

Ficaram em silêncio, escutando a chuva. Depois, ouviram acima dos ruídos da chuva, as tosses que vinham dos quartos, os pés arrastados no corredor, uma longínqua discussão de vozes ciciadas.

— Olha aqui, mexicano, vou te dar um conselho, e de graça: cai fora.

— Cair fora? Por que, senhor Marlowe?

— Um dia eu fui como você. Jovem, sem um centavo, com a pretensão de querer mudar o mundo. Casei com uma milionária, andei pela Europa. Enfrentei promotores, delegados, prefeitos corruptos. Tudo que ganhei foram surras em becos escuros. Tenho o nariz quebrado. Tenho vários ossos quebrados. Vivo da caridade de uma instituição cristã. Não tenho onde cair morto.

Você tem uma cara de idiota como eu tinha, você está no mesmo caminho, meu chapa.

Cid Espigão ficou mostrando um sorriso incrédulo e amargo.

— Não é um belo quadro esse que o senhor está pintando.

— E pode piorar. Você tem dinheiro no banco? Tem alguma propriedade? Duvido. Você não tem onde cair morto, meu chapa. Não, não, não. Olhe bem para mim. Você vai terminar assim como eu. Ou muito pior: com uma bala nos miolos, esquecido num beco qualquer, ou pescado de algum rio poluído, com uma pedra amarrada nos pés. Seja esperto e ouça meu conselho. Caia fora.

— Você não caiu fora.

— Não, não caí. E veja onde terminei. Neste lugar infecto, fedendo a caridade cristã. Preferia ter levado uma bala dundum na barriga. Esperar a morte aqui nesta espelunca é uma humilhação diária. Não me deixam nem tomar um trago de vez em quando. Essas beatas são contra bebida, cigarro, fornicação. Por isso são tão raivosas. Por isso me perseguem tanto. Eu sou um pobre velho, entendeu?

— Vou pensar no seu conselho, senhor Marlowe. Em todo o caso, eu tenho um cliente e é minha obrigação...

— Besteira! Você não tem nenhuma obrigação com ninguém! Deixe de ser estúpido! No segundo que não precisarem de você, no instante mesmo que conseguirem um acordo qualquer, o cliente lhe dá um pontapé na bunda.

— Não tenho ilusões a respeito disso.

— Então dê o fora enquanto é tempo.

— O senhor sabe muito sobre o caso.

— Não sei nada. É uma história muito velha. Mas para que você saiba onde anda metido, tanto Lennox quanto Maioranos tinham ligações com a Máfia da Califórnia e do México. Essa gente não é propriamente fina. E têm poder. Se eles querem transformá-lo num cavalo eles o transformam num cavalo. Afaste-se deles.

— Lennox foi um herói de guerra?

Marlowe passou a mão na cabeça com desgosto.

— Terry Lennox foi um pobre coitado.

— Mas caiu prisioneiro dos alemães, certo?

— Eles já elegeram um governador neste estado, garoto, e já elegeram o presidente deste país duas vezes. Podem comprar todos os juízes, daqui até o Arizona. Juízes são baratos.

— Maioranos é um caçador de nazistas.

O velho fixou os olhos na vidraça onde a água escorria.

— Você é um chato, rapaz.

— Haverá uma ligação entre o fato de Lennox ter sido prisioneiro, ter servido de cobaia para experiências, e o fato de Cisco Maioranos, próspero fazendeiro numa região do mundo reconhecida como refúgio de oficiais nazistas, dedicar-se ao esporte de caçar nazistas?

— Não existem mais nazistas.

— Maioranos financia grupos de caçadores de nazistas.

O velho sacudiu a cabeça como se sentisse pesar ou dor.

— Isso eu comprovei pessoalmente.

— Você viu Maioranos quando?

— Há poucos dias.

Marlowe fechou os olhos. Sua respiração tornava-se difícil. Instintivamente, abriu a gola de camisa em busca de ar. Cid chegou a fazer um gesto para ajudá-lo, mas conteve-se.

— E esse idiota que não chega com as bebidas.

Suas palavras mesclaram-se com o som de vozes que vinha do corredor. A voz do Júnior explicava qualquer coisa sem convicção; a voz da mulher vestida de enfermeira, que lhes abrira a porta, elevava-se veementemente como um promotor pedindo a cadeira elétrica para um criminoso. Marlowe soltou uma praga.

— O idiota! Foi descoberto!

Levantou-se com dificuldade. Cid estendeu o braço para ajudá-lo mas recebeu um safanão. Dirigiram-se para o hall de entrada, através do longo corredor atapetado. Os outros moradores da instituição saíam à porta dos quartos para saber a causa da alteração. No hall, deitando água ao tapete de linóleo, Júnior parecia um pinto molhado.

— Que está acontecendo? — perguntou Marlowe.

A mulher voltou-se para ele com os olhos fuzilando.

— O senhor deve saber muito bem o que está acontecendo!

— Como vou saber se não me dizem o que é? A senhora sabe perfeitamente bem que esse negócio de ler pensamentos ou voar em cabo de vassoura não é minha especialidade.

A mulher ficou vermelha de indignação.

— O senhor me respeite!

— Não disse nada demais. Se a senhora tirou alguma conclusão é por conta de sua imaginação.

— O senhor sabe que é terminantemente proibida a entrada de bebidas alcoólicas neste estabelecimento.

— Um momento, um momento — e Marlowe levantou um dedo, sério.

— É proibido, todos sabemos, não se fala noutra coisa dentro deste — como é mesmo? — estabelecimento. Mas não é proibido no Natal.

— E daí? Faltam pelo menos cinco meses para o Natal!

— Aqui neste país pecador!

E Marlowe abriu os braços como quem acaba de dizer a mais completa e óbvia verdade.

— No país do meu amigo é diferente. No país dele o Natal já está em plena celebração. São um povo tremendamente religioso.

A mulher ficou numa súbita indecisão.

— Que país é esse?

E vendo que Marlowe sacudia-se de riso:

— Vocês: fora!

Apontou o dedo para a porta da rua.

— Fora antes que eu chame a polícia!

Capítulo 27

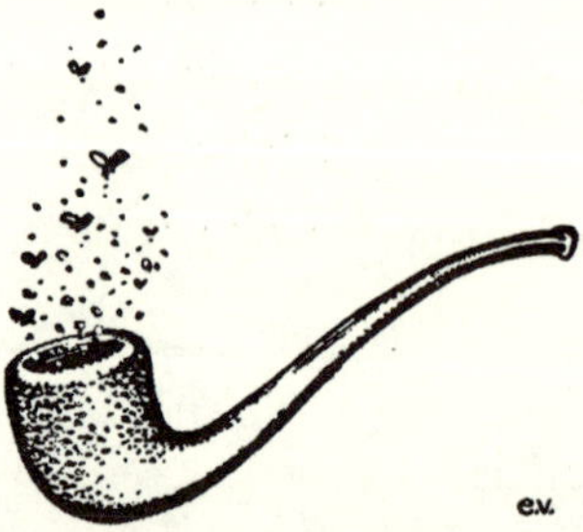

A Biblioteca Municipal era um prédio antigo, escuro, com fumos vitorianos, cercado de árvores em um parque de grama tratada com carinho, no início da avenida George Washington. Depois de um mínimo de formalidades, estavam instalados numa sala com grandes mesas.

Cid folheava os exemplares do *Los Angeles Times* do ano de 1950, e Júnior o *Los Angeles News* da mesma época.

— Veja. Este é ele.

Terry Lennox estava diante dos seus olhos. A fotografia estava desbotada. O rosto que contemplavam era ainda jovem, decidido, e o olhar que mostrava era varonil e esperançoso. Parecia olhar para longe, para algo que tinha valor e pelo qual valia a pena lutar. O cabelo de Terry Lennox deveria ter sido louro ou muito claro, e os olhos, verdes ou azuis. Não sorria; parecia pensar em algo grave, o que imprimia a suas feições uma impressão de delicadeza vagamente intelectual.

— Aqui diz — disse Júnior — que foi encontrado morto no quarto de um hotel em Otatoclán, cidade de tradição como refúgio de caçadores e pescadores. Que era viúvo recente de Sylvia Potter Lennox. O revólver estava em sua mão. O texto sugere que ele tenha se matado por pesar. Não fala em assassinato dela nem de ninguém. E tem aqui, veja, uma linha curiosa: diz que a prisão, há poucos dias antes, em Los Angeles, do detetive particular Philip Marlowe, talvez tenha algo a ver com o suicídio de Lennox.

— Isso é tudo?

— Por enquanto.

Era estranho passar os olhos pela seção policial de jornais de trinta anos atrás, de uma cidade distante, de um país distante, e ver rostos, nomes, corpos que se envolveram em paixões, em violências, que sucumbiram à cobiça e viveram sonhos desesperados e transformaram-se em fugazes notícias de jornais e agora não eram nada, nem cinza. Apenas fotografias opacas passando pelas retinas fatigadas de Cid e de Júnior.

Não encontraram mais nada nos jornais. Nem uma única linha nas seções de polícia ou geral; Júnior teve a idéia de vasculhar a seção de sociedade e então tornaram a ver Terry Lennox, agora de corpo inteiro, elegante no dia do seu casamento com uma loura muito jovem de olhos alegres; viram-no também no convés de um iate, de blazer azul-marinho e calça branca; encontraram-no abraçado com a loura nos Champs Elisées, o Arco do Triunfo atrás deles.

Pareciam felizes, pareciam nadar em dinheiro, pareciam acima do bem e do mal e das tolas preocupações dos comuns dos mortais que precisam levantar cedo e correr para o trabalho. Viram a ruidosa separação e o palácio de oitenta dependências que ganharam para comemorar a reconciliação.

— Vamos tirar xerox da notícia da morte e levar para o velho. Ele sabe mais do que me disse.

Saíram do grande salão de leitura ainda sob a febre das fotografias amareladas.

Começava a entardecer.

Desceram as escadarias da Biblioteca contemplando sem compreenderem o encanto da luz grisalha nas árvores úmidas. Automóveis cruzavam a avenida em alta velocidade, já de faróis acesos.

Cid tocou o braço de Júnior.

— Fique calmo. Não olhe agora, mas lá do outro lado está o Fu Manchu.

Entre as árvores, pomposo, irremediavelmente teatral, Chung Ching Chim espreitava.

O detetive e seu cliente vacilaram um momento, sem saber que atitude tomar. Estavam mais acostumados com a figura atarracada, enorme, sólida, aparentemente lerda do mercenário. Já não tinham tanto pavor, embora os resultados da sua primeira experiência com ele ainda estivessem bem vivos. Tio Chinão não os deixava esquecer.

— Vamos fingir que não o vemos — disse Júnior.

Apressou o passo e entrou no carro, seguido de Cid. Em pouco, estavam em meio ao tráfego silencioso e fluente.

— Acho que o despistamos.

— De que adianta? Ele conhece nosso hotel.

— Quando vamos ver esse tal Marlowe, novamente?

— Hoje à noite.

— Hoje à noite? Mas aquilo é um asilo. Estará fechado.

— Não para mim.

Júnior olhou para o detetive sem entender. Cid Espigão começava retomar a velha confiança necessária ao exercício de sua profissão.

— Não entendo — o detetive sorriu.

— Vou sozinho. O velho Marlowe sabe tudo a respeito desse assunto. Ele tem algum motivo qualquer para não querer falar. Se eu descobrir o motivo talvez ele fale.

— Mas, por que à noite?

Cid tocou com o dedo indicador na testa.

— Psicologia. E uma garrafa de uísque.

— Rua Nevada, *plis*.

Recostou-se no banco, deu um discreto arroto, verificou que o chofer continuou profissionalmente impassível e dedicou-se às delícias de rodar de carro por ruas desconhecidas. Começou a reconhecer o bairro. Logo estava na rua Nevada, e sabia porque, apesar da hora, reconheceu as árvores: conservavam o mesmo aspecto melancólico dos momentos da chuva. Tocou no ombro do chofer e mostrou que queria descer.

Caminharia o resto do trajeto. Faltavam apenas três ou quatro quadras e sentia necessidade de mover as pernas e respirar ar puro. A avenida Talca dava a impressão de fabricar ar puro. Talvez fossem as árvores, apesar da melancolia de ciprestes. Havia uma espécie de agitação em frente ao casarão.

Viu dois carros da polícia. Apressou o passo. Vários carros estacionados, muita gente conversando e gesticulando, expressões de curiosidade mórbida. Perguntou o que houve.

— Murder — disse o estranho.

Murder! Ficou com a palavra dando voltas na cabeça, até que seu significado brilhou como um tiro à queima-roupa.

Sentiu um violento arrepio no corpo: murder! Assassinato.

Uma velha com um chapéu extravagante desceu as escadas apoiando-se num bastão. Ela tocou no braço de Cid Espigão e deu-lhe um olhar de repulsa ou medo. O detetive sentiu uma sensação rara. Talvez fosse o policial que continuava observando-o

Decidiu entrar no asilo. Ninguém impediu. A confusão ainda era total. Um sentido negativo e nefasto insistia em revolver-se em sua intuição e soprar-lhe a idéia de que o morto fora o ex-detetive particular Philip Marlowe.

As coisas começavam a ficar mal paradas. Avançou pelo corredor esperando ver manchas de sangue, cadeiras viradas, sinais de violência e horror. Tudo que podia ver era pressa, confusão e perplexidade nos rostos. Ouviu o silvo de uma sirene vindo da rua.

Uma porta aberta: o quarto cheio de gente, as conversas em voz baixa, as velhas chorando e rezando, outros dois dando risadinhas sarcásticas e acima deles, pairando invisível, como saída da boca aberta do cadáver, sobre a cama, a presença da morte. Era uma presença com cheiro de remédios, roupa gasta, velhice.

O morto tinha os olhos arregalados.

A surpresa fora grande. Mas não era Philip Marlowe.

Fui procurá-lo no quarto.

Vazio. Procurei no jardim-de-inverno. A luz, vestindo sua túnica transparente, estava de braços abertos diante das grandes vidraças. A cadeira estava vazia. O cinzeiro com tocos de cigarro. Toquei as cinzas com o dedo indicador.

Como não o havia reconhecido?

Dei meia volta e atravessei o corredor. O quarto do morto agora estava quase festivo. Precisava ser rápido. Tinha a convicção de que o velho Marlowe estava dando o fora disfarçado de mulher.

— O que você está fazendo aqui?

A enfermeira, mãos nas cadeiras, truculenta, barrava-me a passagem.

— Philip Marlowe — balbuciei — my friend.

Senti um medo desesperado. O policial que estava na calçada avançava pelo corredor e olhava intrigado. A enfermeira percebeu a agitação crescer no quarto do morto, sentiu que seria envolvida numa discussão secundária e perderia o melhor da festa.

— Não sei onde está. E não é hora de visitas.

Afastou-se, rápida, nervosa, gozando antecipadamente a cerimônia da morte. Fui saindo de fininho. Desci os três degraus, atravessei o jardim, saí pelo portão sem ser incomodado.

Nesse momento encostaram no meio-fio mais duas viaturas policiais. Havia uma grande quantidade de gente aglomerada na calçada. Os policiais ainda não tomavam conta da situação.

O crime fora cometido há poucos minutos, sem dúvida. Afastei-me, procurando sentir-me seguro. E agora? Seguir para a direita ou para a esquerda? O velhote não deveria estar longe. Cheguei na esquina. Esperei, olhando o sinal verde do semáforo, quando o vi, ou melhor, vi a dama idosa com o chapéu extravagante.

Era um chapéu pequeno, de veludo verde, com uma espécie de pássaro empalhado preso por um alfinete. A cauda do pássaro era longa e curvilínea e caía pelas costas cobertas por um casacão de pele do veterano detetive.

— Bom dia, senhor Marlowe, ou devo dizer, senhora Marlowe?

O velho não se dignou em dirigir-me o olhar. Continuou no seu passo trôpego, apoiado no bastão, olhando para a frente, arquejando com fúria.

— Dando um passeio, senhor Marlowe?

— Cai fora, mexicano, você me trouxe azar.

— Sou brasileiro. Brazil, you know? América Latina. Muita gente confunde com Bolívia, capital Buenos Aires.

— Vocês, subdesenvolvidos, são todos iguais.

— É verdade. Mas não me leve a mal, por que está vestido assim tão elegante?

— Cai fora.

— Mataram seu vizinho.

— Ele já estava meio morto mesmo. Foi só meio assassinato.

— Para a polícia é assassinato inteiro.

— Você me trouxe azar. Cai fora.

Parou, olhou para os lados, patético com aquele chapéu e os óculos de aros de tartaruga.

— Aquelas balas eram para mim.

De repente senti pena do velho. Pensei em dizer qualquer coisa que não fosse irônico ou que não pudesse feri-lo, mas não achei nada.

— Cinco tiros, um atrás do outro — Marlowe, num tom obcecado. — Com silenciador. Coisa de profissional.

Os olhos brilharam e mostrou o riso sarcástico.

— O tipo chegou como quem não quer nada na sala de espera. Perguntou se sabia onde encontrar o velho Marlowe. Eu pensei que fosse um chato da assistência social, alguém da polícia (a semana passada quebrei umas garrafas num bar). Por via das dúvidas apontei o quarto do velho Craven. Antes que pudesse chegar na porta para escutar e me divertir, ouvi os tiros. Cinco, com silenciador. Quase ninguém ouviu. O homem saiu rápido, mas calmo. Até agradeceu quando passou por mim.

— Então não me enganei...

— Não se enganou em quê? — A voz de Marlowe tornou-se ameaçadora.

— Quando cheguei no asilo e vi a aglomeração pensei num atentado. Intuição.

— Um atentado contra mim? Foi isso que pensou? — Marlowe apertou o braço de Cid com ansiedade: — Por quê? Por que contra mim? Foi isso que pensou?

— Não sei, mister Marlowe. Sinceramente Foi só intuição. Palpite.

Ficaram encarando-se, entre ameaçadores e desconfiados.

— Cinco balas, mexicano. Cinco.

Suspirei.

— Sou brasileiro, mister.

— Não importa, são todos iguais. Cinco balas, cara.

— São todas iguais.

Marlowe custou a sorrir.

— Você é metido a espertinho, cucaracha. Você está sabendo muita coisa para um subdesenvolvido.

— Pode ser, pode não ser.

— Você não pode vir no meu país me ameaçar.

— Não estou ameaçando ninguém.

— Você sabe quem mandou plantar as sementinhas no lombo do pobre velho Marlowe.

— Tenho um palpite.

Philip Marlowe de repente pareceu tornar-se um homem infinitamente velho e cansado.

— Eu sempre fui um detetive de segunda classe, mas não me lembro de ter baixado tanto assim.

Fez um gesto de desânimo, mostrando o chapéu e o casaco de pele.

— Você tem dinheiro?

— Suficiente para nós dois.

— Ótimo. Você me pagará um trago num bar com ar-condicionado. Trocaremos idéias, mexicano. Duas cabeças pensam melhor do que uma. De qualquer maneira você está metido em confusão, e neste país o pior que pode acontecer a um ser humano é ser mexicano e meter-se em confusão.

Puxei do bolso a pequena garrafa de uísque. Marlowe a arrebatou de minhas mãos com truculência, tirou a tampa e despejou o conteúdo em sua garganta, fazendo muito barulho. Depois deu um profundíssimo suspiro, tapou a garrafa e guardou-a no bolso do seu paletó.

— Vamos a um bar, senhor Marlowe.

— Certo, mexicano, mas longe deste bairro. Vamos tomar um táxi.

Caminharam até a esquina seguinte e pararam o primeiro táxi que passou. Viajaram sem trocar palavra. Marlowe conhecia bem a cidade, ou pelos menos os bares da cidade. Com poucas palavras orientou o chofer. Pararam num bar chamado Cole's, pintado de vermelho e atendido por mulheres com decotes provocantes.

Marlowe imediatamente avançou em direção à porta que dizia "homens". Cid Espigão buscou uma mesa num canto e sentou-se imaginando se algum dos freqüentadores vira aquela senhora idosa entrar no sanitário errado. O bar era pouco iluminado e os fregueses somente dois pares de namorados, entretidos em seu mundo lógico e meridiano. Ao redor deles o mundo era um cenário absurdo e ameaçador. As garçonetes era eficientes como robôs, lisas e frias.

Cid Espigão se sentiu estrangeiro, perdido em um mundo irremediável, a mão da garçonete largando o menu sobre a mesa era uma mão que fez um som seco de metal ao bater na madeira.

Os olhos dela eram parados. O detetive Cid Espigão contemplou com vergonha seu próprio desejo crescendo no corpo como uma planta carnívora ao se imaginar enrolando as pernas nas pernas dela, frias como metal.

Da porta do banheiro dos homens saiu um homem velho e derrotado, de olhar acovardado pelos anos, vestindo um terno largo demais, gasto demais, e caminhou na direção do detetive com passo cansado demais. Trazia no braço, dobrado, o casaco de pele. Sentou-se em frente a Cid Espigão.

— Você ficava melhor com aquele chapéu.

— Obrigado, mexicano. Por isso você me pagará não um, mas dois uísques para começar.

— Será um prazer. Alguma marca especial?

— Pobre não escolhe. Peça você.

Fiz sinal para o garçom.

— Proponho um acordo.

— Fala.

— Atiraram em você com silenciador.

Marlowe ergueu a mão aberta.

— Cinco vezes, cara.

— Atiraram em mim também. Me jogaram numa cela com ratos. Milhares de ratos. E escapei de jacarés.

— Normal em seu país.

— Esses eram treinados.

— Treinados?

— Pela CIA.

Marlowe ergueu uma sobrancelha.

— Então a coisa foi feia.

Bota feia nisso.

— E o acordo?

— Não me interrompa que eu explico. Corremos perigo de vida neste caso. Nós dois. Cada um de nós sabe a metade do que aconteceu. Vamos juntar nossas forças e resolver a parada unidos.

— Parece democrático, mexicano. Mas, embora aposentado, eu não trabalho de graça.

— É justo. Dividirei com você meus honorários, se o caso foi resolvido com sua participação.

— E uma comissão fixa de cinco dólares por dia caso nada se resolva.

— Feito.

— Eu sou o detetive mais barato do planeta.

— Idem. Agora, ouça: nossa prioridade é...

Marlowe empinou o copo e só o baixou quando o sentiu vazio. Estendeu-o para Cid.

— Prioridade: encher meu copo novamente. Segunda prioridade: ouvir a versão completa do que você tem para contar. Terceira: eu darei a versão completa do que sei. Quarta: um trago mais de saideira e aí sim vamos tratar de localizar esses dois indivíduos. Que lhe parece?

— Um bom programa.

Fez sinal para a garçonete, mostrou os copos.

— Sabe, acho que formaremos uma bela dupla.

Logo arrependeu-se de dizer isso e acrescentou:

— Eu sempre trabalhei sozinho.

— Eu também. Mas você não me engana, eu sei por que está tão interessado na companhia de um pobre velho.

— E posso saber por quê?

— Porque é um mexicano ignorante que mal sabe falar o próprio idioma. Porque precisa de alguém para guiá-lo por esta cidade que não conhece. Porque se ficar sozinho em poucos minutos será preso por vagabundagem ou qualquer coisa parecida e pelo jeito não tem sequer um hotel onde morar. Estou certo ou estou errado?

O detetive Cid Espigão brincou sem pressa com o cachimbo, antes de servir-se do tabaco de Marlowe e examinar o rosto marcado de profundas rugas.

— Acho que está certo. Mas eu também sei porque você topou trabalhar comigo, um estrangeiro miserável e subdesenvolvido. Quer ouvir?

— Quero. Por quê?

Cid Espigão pareceu hesitar enquanto lutava por acender o cachimbo. Falou no meio de uma nuvem de fumaça, no momento em que os dois copos eram novamente enchidos pela mão fria e lisa.

— Porque está vivendo num asilo público que fede a caridade cristã e que o coloca diariamente de frente com o fracasso que foi sua vida. Porque você não pode sequer voltar para o asilo porque um sujeito com uma arma com silenciador anda atrás de você e porque o subdesenvolvido aqui tem grana, money, mucho money, que dá para pagar um quarto de hotel e comprar quantas garrafas de uísque você quiser.

— Acho que formaremos uma bela dupla, mexicano; brindemos a isso.

Capítulo 28

Conseguiram um quarto na zona leste da cidade, onde havia uma infinidade de hotéis baratos freqüentado por vagabundos e prostitutas, que um dia vieram para Hollywood sonhando em virar estrelas. Ali, desde que o hóspede pagasse adiantado, o proprietário não fazia perguntas nem pedia para assinar o livro de registro. Cid e Marlowe subiram ao quarto para simular algo que nem eles sabiam o que era. Abriram a porta a tempo de ver uma barata deslizar pela parede de papel decorada com girassóis amarelos.

Marlowe abriu a janela e contemplou a cidade começando a escurecer.

— Por que ele desejaria matar-me?

Estava banhada pela luz amedrontada, e escutava-se um rumor distante, vozes desconexas, pios de pássaros. Quantas paixões, quantos sentimentos exaltados, quantos crimes e turbulências conviviam nela. Aí morara toda a vida: nessa cidade resignada debaixo do céu escuro, como se o tempo não houvesse apagado os vestígios mais fugidios do passado, como se todos já não tivessem morrido, como se ele jamais tivera um dia 28 anos, um terno novo, camisa limpa, dinheiro no bolso e tabaco de qualidade.

Agora, observa as mãos apoiadas no peitoril da janela. São mãos enrugadas, manchadas de sardas, unhas maltradadas, dedos amarelados de fumo. Philip Marlowe teve um sobressalto — não era hora de tornar-se melancólico. Voltou-se com súbita raiva para o interior do quarto, para o estúpido estrangeiro que o olhava de mãos no bolso.

— Então? — disse Cid Espigão.

O velho encolheu os ombros.

— Um poeta chinês disse certa vez que...

Deteve-se, mordeu os lábios já com uma expressão divertida, como estivesse contando uma piada.

— Não me lembro mais. Acho que ele disse que nada no mundo tem importância. Tudo passa, mexicano.

— O tempo também. Vamos telefonar para o hotel. Preciso falar com Júnior e meu tio.

— Calma.

— Preciso falar com eles. Eu estou preocupado e eles devem estar preocupados.

— Se isso o tranqüiliza, e para o bem da investigação, esse é o próximo passo. O primeiro é planejar uma visita.

— Randy Starr.

Marlowe olhou-o com admiração.

— Muy bién, chiquito! Sabe, eu sempre quis conhecer aquele velho safado. Ele foi famoso no meu tempo.

— Pensei que você o conhecesse.

— Falei com ele uma vez por telefone. Me disse alguns insultos idiotas. Já é tempo de que nos conheçamos pessoalmente.

— Precisamos alugar um carro.

— Muito bem. Mas não vamos notificar Mr. Starr de nossa visita, naturalmente. É mais saboroso fazermos uma surpresa. Você está armado?

— Pé na tábua, mexicano.

Por que a pressa?

— Quero chegar a tempo de tomar um trago no cassino do Starr.

— Ele ficará honrado.

— Eu considerei isso — murmurou Marlowe —, eu considerei isso.

— Ele não vai nos receber

— Não, não vai

— Você esteve na casa. Como ela é?

— Fica no fundo de um jardim. Dois andares. É um jardim imenso, quase um parque, com muitas árvores. No portão tem uma casa de guarda com equipamento eletrônico, me parece. Não vi cães nem guardas. Só um criado e o secretário de Starr.

— Faz sentido. Ele não tem inimigos, está retirado dos negócios, vive de rendas. Mr. Starr é um homem sem remorsos. O crime compensa, mexicano.

Entraram em Las Vegas e foram ofuscados pelo brilho e pelas cores dos milhares de anúncios luminosos do sonho: de todos os sonhos. Estacionaram frente a um cassino, em cujo pátio havia uma fonte luminosa cujas cores e desenhos imitavam a bandeira americana.

— Vamos ao trago.

Havia uma multidão, gente caminhando em todas as direções, as cabeças latejando dólares, dólares, dólares. Marlowe misturou-se a ela. Seguiu-o cassino adentro e só pararam diante do balcão do bar. Sentiu também a necessidade urgente de beber, de ficar com a cabeça atenta e a coragem desperta: começava a ter medo e o turbilhão de sons de máquinas e orquestras e copos e vozes não contribuíam em nada para amenizar o medo.

Beberam meia garrafa de uísque olhando a multidão feérica de cowboys e turistas e jogadores e desocupados com um olhar faminto, como se essa multidão indiferente pudesse erguer uma mão e dizer bem alto: parem! Não levem as coisas tão a sério, rapazes.

As pernas das coristas eram pura geometria.

— Vamos — disse Marlowe.

Talvez estivesse mais bêbado do que pensava, pois atravessou as salas enormes e barulhentas e povoadas sem dar-se conta, surpreendendo-se ao ligar a chave do carro e deslizar para fora do estacionamento.

— Como vamos fazer?

— Ora, como dois cavalheiros, evidentemente. Bateremos na porta, daremos bom-dia e nos anunciaremos como dois antigos camaradas, que passaram para dar um abraço.

— Eu não vou passar por antigo camarada.

— Eu sou o antigo camarada e você é o meu assistente.

A casa de Randy Starr ficava no bairro ao lado, branca e escondida entre as árvores, e Cid Espigão sentiu um frio repentino ao vê-la e raciocinou, por cima da bruma do álcool, que estava mesmo fazendo um frio fora de estação, já tinha até ouvido no rádio.

Ficamos os dois no grande portão de grades de ferro, olhando o jardim de Randy Starr, que atestava de forma material sua condição de homem rico. Todos os canteiros eram circundados por alamedas de brita cinzenta, elaborando desenhos caprichosos como arabescos.

Marlowe empurrou o portão e ele abriu com um rangido.

— Deveria ter um guarda aqui. É estranho que não haja ninguém.

Começaram a avançar, conscientes de que avançavam curvados, deslizando entre troncos de casca grossa e tocado pela luz arisca que dançava nas suas costas, depois de descerem com dificuldade entre a rama intrincada dos ciprestes. As árvores cabeceavam docemente, como velhos sonolentos. Os holofotes espalhados no jardim lembravam a luz que convergia para as pernas prateadas das coristas no palco do cassino.

O detetive mediu a distância que o separava da casa. Uns trinta metros. Que força estranha é essa que o empurra para lugares nunca previstos no mais tolo dos seus pesadelos?

Da árvore onde estava até a casa havia um gramado perfeito, sem vegetação, vazio como uma praça, e decorado apenas com um Cupido, estendendo o pé gordinho para trás e fazendo o gesto de arremessar a flecha do amor.

Avançamos abaixado, sentindo a respiração aumentar e o coração responder com um compasso um tanto desorganizado, que o deixou alerta e pensativo. As pernas das coristas subiam e desciam ao mesmo tempo, simétricas, dentro de sua cabeça. Dentro de sua cabeça: isso não é coisa que se faça, invadir a propriedade alheia.

Seus pés pisavam o chão de brita. Tocou na parede da casa e viu que ela era de pedra: cinza, dura, fria, poderosa, uma massa colossal de pedra sobre pedra para abrigar um homem com a vida cortada pela metade.

Randy Starr não apenas infringira todas as leis mas principalmente trabalhara duro para erigir aquela morada silenciosa e inóspita como um túmulo.

Ficou na ponta dos pés e espiou pela janela de onde rolava sólida a luz amarela.

Ronald Reagan empunhava um Colt 45 enquanto o índio erguia as duas mãos com expressão viciosamente astuta. Atrás de Reagan apareceu outro índio com uma machadinha, mas o cowboy virou-se e atirou. O índio largou a machadinha e caiu com um grito, mas o outro precipitou-se para Reagan com uma faca na mão e foi abatido com mais dois tiros. O cowboy soprou a fumaça que saía do cano da arma e sorriu melancolicamente. Uma jovem bonita apareceu mostrando todos os dentes brilhantes como pérolas e empunhando uma escova de dentes.

Era o intervalo comercial, mas Randy Starr não o via, pois mesmo durante o filme parecia adormecido.

Cid Espigão começou a pensar como entrar na casa, quando os rosnados que ouviu o fizeram amaldiçoar a longínqua tarde de inverno na cidade da fronteira em que caiu nas suas mãos pela primeira vez um livro com histórias de detetives.

Em seus dias de esplendor Marlowe teria uma resposta mordaz — ferina — que desestabilizaria o moral do oponente, embora muitas vezes lhe custasse um bom par de trompadas. Suas respostas e ditos eram famosos e temidos. Trinta anos atrás não tinha medo de quase nada. (Tinha medo das mulheres, mas isso jamais confessou. Só foi admitir para si mesmo quando não valia mais a pena.) Aprendera a ser cauteloso. Sua louvada agilidade verbal perdera em parte o colorido e tostara-se de uma poeira de amargura, a qual sabia exatamente o que significava, mas fingia — ainda e até o fim — que era seu velho e inconfundível estilo.

Ao mesmo tempo que eu, ele virou-se e viu um ser enorme, vestido com uma bata dourada, tendo numa mão uma cimitarra brilhante e na outra, erguendo-o pela cabeça ensangüentada, um dobermann negro.

— Já o revistou?

— Já. Pode intelogá-lo se quisel.

Houve um silêncio penoso.

— Eu conheço esse senhor — eu disse.

Marlowe olhava estupefacto para o gigante segurando a fera morta.

— Conhece? E o que é ele?

— Mil peldões. Chung Ching Chim, assassino plofissional competente e cluel, às suas oldens.

Colocou a mão com a espada no peito.

— Onde está Starr?

— Em seu palácio vazio.

— Chega de retórica, ó Chon Chon.

— Então vou responder. Estava sentado no carro, pensando nas contradições da existência e na vantagem ou não de ter uma alma feminina.

— Uma arma feminina? Uma Beretta? — falei, tentando ajudar no diálogo.

— Uma alma feminina.

— Melhor estrangulá-lo. Diga: quem é você?

— OK, você venceu.

— O que você faz aqui?

— O que fazemos aqui, senhor?

— Bem...

Meti minha colher. O gigante me apavorava.

— Estamos aqui pelo caso Terry Lennox, o senhor sabe, já lhe falamos sobre ele.

— Sei.

— Estivemos metidos em complicações. Queremos ver se descobrimos o segredo de Terry Lennox.

— Não é mais necessário.

— Como assim?

Chung apontou com o dedo amarelado para o interior do jardim de Starr.

— Lá dentlo.

— Sim, lá dentro — contestou Marlowe com certa rudeza: — Vamos entrar e ver o que está acontecendo.

O oriental sorriu imperceptivelmente e fez uma vênia.

— Lá dentlo muito peligoso. Cães felozes, tleinados pala matal, soltos dulante a noite.

— Então estamos em perigo.

— Talvez.

As palavras de Marlowe foram ditas sem emoção como um monólogo recitado por um ator bêbado.

— Atitude de inocência — sentenciou Chung Ching Chim — um plofissional competente não cole liscos desnecessálios.

— É o preço da idade, Buda. E você, tem alguma idéia genial para não correr "liscos" desnecessários?

Os olhos espichados de Chung Ching Chim brilharam rapidamente.

— Vetelano tem língua afiada. Depois vamos complendel se tem cabeça também afiada. Me acompanhem.

Entramos pela grande porta no hall vazio. O pé direito era enorme, como uma abóboda, e no alto dela estava pendurado um enorme candelabro. Exatamente embaixo dele, no piso de granito em peças preto-e-branco, havia um morto.

Paramos com o coração na mão. Era o mordomo.

Marlowe apontou com o dedo. Outro corpo, na porta que ligava à biblioteca. O secretário. Os dois tinham sido executados com tiros na nuca, feitos com silenciador.

Chung Ching Chim, com sua poderosa figura, pachorrentamente seguiu em frente.

— Plimeilo obstáculo supelado com pelfeição.

Empunhou uma Magnum.

Eu tinha certeza de que veria uma Magnum antes da meia-noite.

A sala seguinte era uma espécie de escritório, onde, em seus bons tempos, havia reuniões para tratar dos negócios, beber um uísque, alisar a perna de uma corista do Terrapin Club, decidir eliminações de rivais, de compras e vendas ou simplesmente para deslumbrar seus pares com o único e maravilhoso exemplar do vaso da Segunda Dinastia de Ba Jan I, o Jovem.

Atravessaram-na com poucos e cautelosos passos. Abriram a porta seguinte (a porta rangeu, para sua surpresa) e encontraram-se num corredor submerso numa luz sussurrante. Custou a compreender. As paredes eram aquários. Foi como pisar num território imaginário, num sonho infantil agitado após a visita a um parque de diversões, aceitar de olhos abertos aquela luz inquieta. Acho que todos sentimos a mesma sensação: não éramos nós que observávamos os numerosos e imensos peixes que habitavam os aquários, mas os peixes que nos observavam, cientes e calados e meditativos.

O corredor era asfixiante.

Apressaram o passo até a próxima porta, também fechada. Pelo que podiam entender da casa, a porta ligaria com a sala onde viram Randy Starr olhando televisão.

Chung girou a maçaneta. A luz do aparelho de televisão chegou até eles.

— Ponham as carroças em círculo, ponham as carroças em círculo! — gritava Reagan, vestindo um uniforme da cavalaria dos Estados Unidos.

Chung adiantou-se no seu passo de grande tigre manso e acabou com a gritaria apertando um botão do aparelho. A sala ficou iluminada apenas pelo abajur cor de laranja num canto.

Todo meu corpo estava contraído de tensão. Fazia o possível para não pensar nas conseqüências de estar ali, fazendo aquele ato ilegal num país estrangeiro. Vi Chung aproximar-se de Randy Starr, vi-o abaixar-se para examiná-lo melhor. O velho não fez um gesto.

Chung empurrou com suavidade a cadeira de balanço e ela moveu-se. O corpo do velho caiu para a frente. O cabo do punhal enterrado em suas costas cintilou com o movimento, ao deslocar-se em relação à luz do abajur.

Capítulo 29

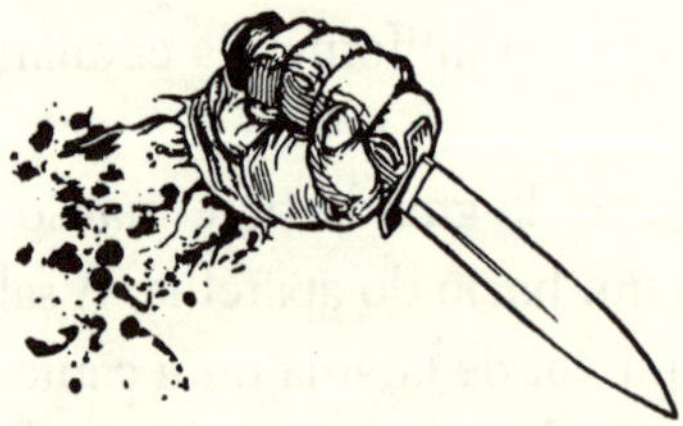

Estava morto há bastante tempo e parecia perfeitamente resignado com o fato. É possível que seu sofrimento tenha sido pequeno e não maior do que o necessário. Não saberia decifrar a expressão derradeira das feições de Randy Starr. Sentira terror? Surpresa? Ou apenas o morno interesse pelo filme de Reagan na televisão?

O punhal fora enterrado de cima para baixo, fundo, até o cabo, e logo abaixo do pescoço. O cabo era elegante, de discreto bom gosto, e a pequena cintilação que às vezes brotava na minúscula pedra incrustada em seu final parecia modesta homenagem às inclinações estéticas de Randy Starr.

O velho facínora morrera envolto no robe cor-de-rosa de seda chinesa. Nenhuma gota de sangue maculava a superfície. Parecia apenas adormecido, e este pensamento ocorreu a Cid Espigão como uma provável metáfora que agradaria a Randy.

Marlowe aproximou-se de Starr fascinado, sentado naquela cadeira cheia de sombras, ainda com um quase invisível balançar. O cabo do punhal cintilou.

— Pobre velho bastardo...

Examinou-o de perto, revisou as rugas, os cabelos, a expressão indecifrável como um totem da ilha da Páscoa.

— Está estragado.

Os outros não entenderam o murmúrio de Marlowe.

— Era mais moço do que eu — explicou como falando consigo mesmo — olhem como está, essas rugas... E a magreza! Não me admira que tenha se aposentado.

Tocou com a ponta dos dedos a gola do robe cor-de-rosa, alisou-o.

— Gostava de coisas caras. Falava grosso. Puro blefe. Uma vez ameaçou acabar comigo. Mas eu também falava grosso. Puro blefe, também, claro. Nunca tive sequer onde cair morto. Mas este pobre bastardo nadava em dinheiro. Não sei pra quê. Nunca soube o que fazer dele. Os filhos deram em coisa ruim, me disseram. Ele os deserdou. Agora que esticou vai acontecer muita coisa engraçada.

Deu uns passos, confuso, assustado, olhando para os lados, como se a morte estivesse por perto e o ameaçasse.

— Deve haver alguma coisa para se beber por aqui...

— Não podemos ficar aqui o resto da noite — eu disse —. A casa está aparentemente vazia. Temos que buscar...

— Calma — interrompeu Marlowe — eu só quero um trago e acho que mereço um. Desde que vocês me procuraram, já aconteceu muita coisa estranha. Tentaram me matar. Mataram um pobre velho estúpido, pensando que era eu. Agora, mataram outro. Desta vez, parece que acertaram. Por quê? Estou com a impressão que o massa-bruta oriental sabe muito bem quem fez estas mortes.

— Lisonjeado com sua impressão, colega, mas prudência manda guerreiro calar seus feitos.

— Correto. Um trago, mexicano, não vai nos impedir de investigar as razões dessa matança. Ao contrário, um bom trago até nos facilita o raciocínio. Um bom trago azeita as engrenagens do cérebro, entendeu?

Júnior abriu as portas de um armário, apanhou uma garrafa e mostrou-a para Marlowe.

— Ballantines. Muito bem. Vamos erguer um brinde a esse velho canalha — disse Marlowe com solenidade burlesca.

Chung apanhou copos e distribuiu-os. Cid negou-se a segurar o seu. Marlowe foi implacável.

— O colega subdesenvolvido não bebe em serviço?

Marlowe ergueu seu copo, buscando a cumplicidade de Chung, sorrindo tolerante.

— A um canalha que se foi e a um outro ainda maior; que está bem vivo!

— E quem é esse?

— Terry Lennox — disse Marlowe.

Bebeu rapidamente do seu copo, o mesmo fazendo Chung.

— Olhando este cadáver — disse Marlowe — um sujeito na minha idade tem o direito de beber um trago e tornar-se místico por alguns instantes.

— Passos — disse Chung Ching Chim. — Ouço passos.

— São os mortos se mandando — disse Marlowe.

Começou a rir de um modo estranho. A mãozona de Chung caiu em seu ombro.

— Vamos.

Todos ficaram em silêncio, de repente imóveis, alertas e tendo pensamentos lúgubres. Não escutaram mais o menor ruído, mas sentiram a presença de alguém se aproximando lentamente pelo corredor dos peixes.

— Quer dizer que vamos ter um duelinho, hein, essa é boa! Bonito! E romântico, como nos velhos tempos. O último duelo que eu vi foi há uns sete anos, véspera de Natal. Nessa época eu morava num hotelzinho na zona leste. Aquele ano foi particularmente frio. Coisa rara: havia respingos de neve caindo sobre a cidade. Os vagabundos acendiam fogueiras nos terrenos baldios. Eu tinha comprado uma garrafa de conhaque e tinha bolado um programa sensacional: passar a noite me emborrachando e depois dormir até o Ano-Novo.

Tornou a tomar um gole e passou a garrafa para Chung.

— Mal tinha tomado o primeiro trago quando bateram na porta. Fui abrir de mau-humor. El Negro estava ali, escorrendo água. Era um jamaicano e tocava pistom numa banda de quinta categoria. Não tinha essas frescuras de rastafári pacifista. Ele era barra-pesada. Veio pedir para que eu fosse seu padrinho num duelo a faca com McNavalha, o irlandês que vivia de pequenos furtos. Todos tinham um pacto com o irlandês: ele deixava em paz os vizinhos e nós o deixávamos em paz. Mas o piston de El Negro sumiu e ele acusou McNavalha. Este ofendeu-se e desafiou El Negro. Coisas da honra... Escolheram navalhas. Dei um trago do conhaque para o jamaicano. E outro. E depois outros. Saímos do quarto fazendo ziguezague e sem sentir frio nenhum. A garrafa de conhaque estava quase no fim e então apanhei uma de álcool puro, porque o frio aumentava. El Negro ficou num café e fui procurar Mc. Era um sujeito de cabelo vermelho, cheio de sardas, e já estava meio borracho. Pediu que eu fosse seu padrinho, mas disse que já era do crioulo. Não gostou, mas aceitou meu conhaque. Tentei conversar e chegar a um acordo de cavalheiros. O fato era que o pistom tinha sido encontrado, El Negro cometera um engano, o duelo era inútil. Mas não para McNavalha. Ele fechou-se no seu orgulho. Jamais roubara de seus vizinhos e amigos. Sua honra fora enxovalhada. Só o sangue poderia resgatá-la. Dei-lhe um trago, depois saí em busca de um padrinho para ele. O que se chama Espírito de Natal atravancava as ruas. Pinheiros enfeitados, lojas apinhadas de gente, músicos do Exército da Salvação, Papais Noéis com barbas brancas. Tudo menor, claro, tudo com menos cor, porque o bairro era pobre, e de rufiães e prostitutas e velhos solitários como eu ou músicos fracassados como El Negro. Não encontramos nenhum padrinho para McNavalha. Ninguém queria ser padrinho dum tipo como ele, além do mais estava muito frio. Chamamos El Negro e decidimos que eu seria o padrinho dos dois. Precisávamos beber mais e nenhum de nós tinha um mísero centavo. El Negro tocaria numa festa à meia-noite e arrumaria uns cobres, se sobrevivesse ao duelo. Sendo assim, puxei a garrafa de álcool e fomos bebericando pela rua, escutando músicas, risos, sinos. Ponderei que era uma heresia um duelo numa noite de Natal, mesmo sendo três ateus, três paus-d'água como nós. Mas eles estavam decididos. Tinham sido amigos, tinham se emborrachado juntos, compartilhado a mesma mulher, quem sabe. Queriam sangue. Berrei que eram uns sanguinários, que o tempo das sacrifícios passara. Se é um sacrifício que vocês querem, aqui tem um! Passávamos por um beco: saquei o revólver a atirei num gato numa lata de lixo. Caiu duro. Fomos vê-lo. O corpo ainda estava quente e arrepiado. Me olharam como se eu fosse um criminoso. Eu era um criminoso. Disse pra eles: o sacrifício está feito. Caminhamos até a praia levando o gato morto. Caía aquela nevezinha branca.

— Não neva em Los Angeles, Mr. Marlowe.

— O que você sabe de Los Angeles, cucaracha? Bebíamos da garrafa de álcool. Cavamos um buraco com nossas mãos e depositamos o gato lá dentro, envolto em jornais. O mar estava ali perto, gelado e escuro. El Negro jogou a navalha dentro da cova. McNavalha fez o mesmo. Eu joguei lá meu velho Colt. Cobrimos a cova do gato. Nos sentamos ao redor dela. El Negro começou a cantar um reggae triste, uma coisa negra, amarga. A garrafa de álcool passava de mão em mão. Ficamos ali até endurecer, até a garrafa nos queimar na mão, até a luz da manhã aparecer vacilante e revelar nossos rostos de sentinelas do gato e de nós mesmos.

A história de Marlowe não comoveu Chung. Apenas resmungou, entredentes:

— Muito honlado em atendel desafio, blavo vetelano.

Capítulo 30

Estávamos sentados no enorme carrão de Chung, parado ao lado da estrada e falávamos como conspiradores, escondendo a fagulha do cigarro e bebendo no bico da garrafa. Nosso carro também estava no acostamento, ao lado do de Chung.

— Estamos metidos numa investigação que também é um caso pessoal. Todos fomos ameaçados de uma maneira ou outra. O senhor mesmo, Mr. Marlowe, escapou porque foi confundido com seu vizinho, apenas por isso. Sua vida não é algo pessoal? Eu também estive em perigo. Escapei por um fio. Fui ameaçado até pelo Diabo, se é que me acreditam. Todos nós estamos envolvidos por motivos pessoais.

— Todos? — duvidou Marlowe. — O John Wayne aí, que eu saiba, é mercenário. Qual é o motivo pessoal dele?

Todos olharam para Chung Ching Chim. Ele ficou mudo, olhando para a estrada escura. Cid Espigão encolheu os ombros.

— Suponho que é um caso de consciência. No começo desta confusão ele estava no lado do inimigo. Depois, ficou do nosso lado. Em boa hora, diga-se.

Marlowe deu um pulo.

— Um momento, isso eu não sabia. Estava do outro lado como?

— Bem... sei lá. Foi contratado para nos atacar. Para matar Júnior, mais especificamente.

Marlowe parecia estupefacto.

— Isso é inacreditável! Vocês são um bando de loucos. Diga-me, Lin Yutang: o que aconteceu com você?

Chung Ching Chim voltou com ameaçadora lentidão seu sorriso mais tolerante para o velho detetive.

— Mais pludente pala vetelano cuidal de sua vida, a qual já não selá muito longa de qualquel modo.

— Deixe de palhaçada! Você os atacou? Como foi isso?

— No nosso primeiro entrevero ele cortou fora a mão direita de meu tio. No segundo, ele correu. Agora está desafiado para um mano a mano. Espero que desta vez não corra da raia.

— Quem o pagava? — perguntou Marlowe.

O oriental sorriu, imperturbável. Marlowe agarrou o braço de Cid.

— E você diz que é detetive, mexicano. Interrogou-o? Sabe a quem ele servia?

— Se você tiver algum meio de fazê-lo falar, Mr. Marlowe, eu lhe agradeço imensamente.

— Vamos lá, Doutor No, diga: quem o pagava? Por que mudou de lado?

Chung Ching Chim parou de sorrir e olhou para Marlowe um olhar de partir espelhos. Contra vontade, Marlowe percebeu que o brutamontes estava realmente perturbado.

— Você quer mesmo saber, velhote?

Marlowe engoliu em seco: a garrafa de uísque estava finalmente vazia.

— Quero — Chung Ching Chim sorriu, agora quase com doçura, e seus olhos apertaram-se ainda mais.

— Pol amol.

Voltou-se de repente, assustando a todos, estendeu a grande mão de aço e agarrou o velho detetive pelo colarinho, erguendo-o até a cabeça dele tocar no teto. Chung Ching Chim parecia transtornado. Todos seus truques de assassino frio estavam despedaçados.

— Por amor! — gritou como enlouquecido, tão alto que ensurdeceu Chinão do ouvido direito. — Por amor, entendeu? Sabe lá o que é isso? Por amor, por amor; por amor!

As poderosas mãos do assassino oriental continuavam amassando as lapelas de Philip Marlowe. O ex-detetive particular cutucou com a ponta do indicador as manoplas aferradas a ele.

— É meu único terno. E já está bem velhinho. Agradeceria se o poupasse.

Lentamente, as enormes garras se abriram e soltaram o velho. O assassino oriental, em gestos demorados, foi relaxando seu corpanzil no assento do carro. Não olhava para ninguém. Quando falou foi como se não falasse para ninguém.

— O amor é uma lança envenenada.

Marlowe olhou para o teto e bocejou ruidosamente.

— Chung era como um guerreiro de armadura nova, sem falhas, onde as lanças batem e quebram. Eu atravessava os campos de batalha da vida de cabeça erguida, olhando os adversários de frente, rindo na hora da luta, sem medo de nada, porque eu, Chung Ching Chim, tinha a proteção dos deuses militares e das artes marciais. As mais lindas, as mais sensuais, as mais tentadoras ninfas de carne passaram pelo leito de guerreiro de Chung Ching Chim e Chung Ching Chim viveu horas, dias e noites de delírio, desceu ao fundo da taça do prazer, provou todos os sabores que a epiderme produz, bebeu o vinho quente da luxúria e adormeceu mil vezes entre as coxas molhadas da sedução. Mas despertava limpo, intocado como um delfim. Porque eu era como um guerreiro de armadura nova...

O silêncio dentro do carro era ainda um ovo, só que aumentando de tamanho. Marlowe afrouxou a gravata.

— O amor é uma lança envenenada. No meio da grande batalha, o guerreiro de armadura nova nada teme. Golpes rolam de todos os lados, espadas flamejam e cintilam, machetes rodam, lanças estalam, fulgura a flama e o sangue e o aço. O grande guerreiro de armadura intata nada teme. Então, inimigo malicioso usa arma vil. Envenena a ponta da lança. E o bravo guerreiro, vestido de armadura nova, é atingido pela lança envenenada. A lança quebra, o guerreiro ignora-a, continua a grande batalha, vence-a e parte. Mas, aí! A lança estava envenenada. A lança não penetrou a magnífica armadura. Apenas a roçou, deixou uma marca quase invisível, como deixa o amor passageiro em noites de paixão passageira. Mas a lança estava envenenada. O pequeno arranhão, a ferida desprezível, pouco a pouco foi arruinando, virando chaga, pus, contaminando o corpo inteiro, transformando a vida do grande guerreiro num pesadelo, um circo intolerável, um chafurdar no pântano, um espinho cravado no coração. O grande guerreiro perdeu para sempre a paz. Sua vida tornou-se a do pobre leproso das ilhas, que olha o mar todas as tardes. Chung Ching Chim é homem modesto e sabe que a virtude essencial é a modéstia. Mas sabe também que é um grande guerreiro. Vida humana vale tanto quanto um talo de bambu em suas mãos. Já quebrou tanto pescoço que perdeu o número e deixou sólida sua conta nos bancos da Suíça. Por ser um grande guerreiro, a vida que Chug Ching Chim está levando não é digna de sua força, de seus efeitos, de sua capacidade, de sua profissão, de seu dinheiro e de suas propriedades. Por isso Chung Ching Chim vai mudar definitivamente sua vida. O amor é veneno quando age na sombra; no sangue, nos nervos, sub-repticiamente. Se o amor vive à luz do dia se transforma em remédio, em vinho, dá força aos músculos, e a vida do guerreiro se transforma numa luz suave e doce como o olhar de um colibri.

O oriental ergueu a cabeça e encarou Marlowe, que escutava o discurso olhando para frente, mudo e completamente pálido. Chung Ching Chim bateu com a mão poderosa no peito e deu um urro que ensurdeceu definitivamente Marlowe:

— O amor é uma lança envenenada!

Marlowe teve um acesso de tosse. Cid Espigão sentiu algo deslizar na sua testa: era uma gota de suor mas não tinha importância. No momento em que Marlowe enfiou o indicador no ouvido e furungou violentamente, foi vendo a mão do oriental sumir no interior do casaco e voltar de lá empunhando um envelope.

— Um recado de senhor Júnior para você.

Li:

— *Não se preocupe. Estou bem. Esqueça tudo e volte para casa. Muito obrigado pela sua amizade. Francisco Maioranos Júnior.*

— Onde ele está? — perguntei.

— Lugar secreto.

— Você o seqüestrou.

— Não.

Marlowe saiu resmungando. Logo saí também. O carro de Chung arrancou e nós dois ficamos no meio da rodovia, vendo as luzes desaparecerem na primeira curva.

Capítulo 31

— Já viu um exército desfilando? — perguntou Marlowe. — Olhe bem. Pense. Imagine aquelas divisões especiais dos exércitos nazistas, por exemplo, os SS. Aquela pompa, aquele ritmo, aquela majestade, movendo-se em passo de ganso, levantando todos, ao mesmo tempo, as pernas, como as coristas nos teatros. E o olhar! Todos com os olhos fixos, como robôs, bem barbeados, branquíssimos, dedos esticados. Dá uma impressão de força, sim, mas também dá a sensação de que macho de verdade não se dá o desplante de fazer essa encenação toda. Eu imagino quem bolou essa coreografia, quem bolou esses uniformes... Só falta mesmo eles se maquilarem e botarem cílios postiços, se é que não botam. E lá vão, lado a lado, levantando as perninhas, um-dois-um-dois, sabendo que as mamães e os vizinhos e os amigos estão na multidão olhando e aplaudindo.

— Pra isso tudo há um leque de outras explicações, meu caro — disse Cid Espigão bebendo um golc dc uísque.

— Meu caro — devolveu Marlowe no mesmo tom —, para tudo há um leque de explicações. Eu escolho essa para o teatro que os milicos nos impingem a cada data patriótica. Para não falar na grana que nos levam para não fazer nada, a não ser aproximar cada vez mais o Dia do Juízo.

Mexeu com o dedo o gelo dentro do seu copo e bocejou acintosamente.

— Me diga uma coisa — continuou Marlowe — essas bombas que eles arrastam nos desfiles, em carrinhos, essas bombas compridas, modernas...

— Os mísseis. Você quer dizer os mísseis.

— Não importa, tudo é bomba. Você já notou como elas são cuidadas, veneradas, como vão em lugares de honra? Já olhou bem para elas? São símbolos fálicos.

— Barbaridade!

Marlowe assumiu um ar modesto.

— Basta olhar. Cada um tire a conclusão que quiser.

— Cinco assassinatos — disse.

Marlowe franziu as grossas sobrancelhas.

— O quê?

— Cinco assassinatos em dois dias.

Ficaram olhando os copos, um tanto ressentidos.

— Rotina — rosnou Marlowe.

Riram sacudindo os ombros, sentindo-se borrachos e desamparados.

— Por que você não me ajuda? Por que não conta tudo o que sabe sobre Terry Lennox?

— Eu já o ajudei. Já disse para esquecer tudo e comprar uma passagem de volta para a sua terra.

— Eu agradeço, mas prefiro outros conselhos.

— Uma coisa eu garanto: foi o melhor conselho que você já recebeu na sua vida. Olha, rapaz... — e Cid Espigão viu o ex-detetive particular Philip Marlowe sem sua costumeira máscara de sarcasmo — se você for mexer nesse caso aqui nesta terra, está perdido. Primeiro, você mal fala inglês; segundo, tem visto de turista e está trabalhando. Isso dá cadeia. E terceiro: o dinheiro vai acabar, seu cliente foi seqüestrado por um tarado e você não tem onde conseguir mais money. Na América tudo é money, otário. Quanto: eles são poderosos e você não passa dum latino-americano. Você não conta, entende? Quando você sumir vai fazer menos barulho do que uma sombra dobrando a esquina.

— Quem é Terry Lennox?

Marlowe bateu longamente com o cigarro na unha do polegar.

— É uma história pessoal, como a do matador oriental.

Acendeu o cigarro.

— Quando eu era um imbecil como você, recolhi um bêbado da sarjeta. Chamava-se Terry Lennox e era marido de uma milionária. Ficamos amigos. Acho que ficamos amigos. Bebíamos juntos. Uma madrugada bateu na minha porta um tanto dramaticamente: tinha uma arma na mão. Disse que tinha matado a mulher. Ajudei-o a fugir para o México. Isso me envolveu em complicações mas safei-me como pude. Dias depois recebi uma carta dele despedindo-se. Correu a notícia de que se suicidara. O próprio fiscal do distrito viu seu corpo no caixão. Foi incinerado em Los Angeles.

Sacudiu a cinza do cigarro e bebeu um gole. Agora tinha o rosto levemente crispado.

— Uma série de circunstâncias me levaram a uma investigação onde acabei descobrindo o que realmente tinha acontecido na mansão dos Potters, a família da mulher de Lennox. É uma história tristemente misógina, de loucura, de derrotas pessoais, de amores de perdição.

Marlowe olhou Cid firme nos olhos.

— Terry não matou a mulher. Quem matou foi a vizinha, antigo amor de Terry. Era casada com um escritor famoso. Para protegê-la, Terry praticamente assumiu a culpa do assassinato, fugindo. Lealdades... Só que a mulher era louca. Assassinou também o marido escritor e não cometeu mais assassinatos porque eu descobri tudo. A lealdade de Terry, ou a sua covardia, acabaram causando essa tragédia. Mas ele não se suicidou. Fez uma operação plástica no México e adotou uma nova identidade. Terry Lennox é Dom Cisco Maioranos, pai do seu cliente seqüestrado pelo oriental tarado.

A fumaça do cigarro de Marlowe subia vertical, raspando seu nariz, e meio metro acima começava a desmanchar-se, espalhando-se preguiçosamente em várias direções. Entretanto, isso é um detalhe aleatório do bar onde se refugiaram.

— Quer dizer que Terry Lennox é Cisco Maioranos? — repetiu Cid como para cristalizar essa verdade, ouvindo-a com o som de sua própria voz.

— Claro como a água — respondeu Marlowe com um suspiro.

— Você tem certeza? Como ficou sabendo?

— Um dia ele apareceu no meu escritório. Ele, que eu digo, é Cisco Maioranos. Um mexicano alto, bem vestido, elegante, com jeito de quem está forrado de grana. Ninguém iria dizer que há alguns anos atrás ele era Terry Lennox. Nem eu, nos primeiros momentos.

Agora olhou a fumaça, distraiu-se seguindo sua evolução.

— Ele fumava charutos caros. Terry gostava de coisas caras.

— Como você soube que era ele?

— Conversamos. Foi uma conversa estranha. A operação que fizeram nele foi uma obra de arte. Mudaram até as cordas vocais. Os mexicanos sabem coisas incríveis em medicina. Não é por nada que têm uma cultura alguns milhares de anos mais antiga do que a nossa. Aquele homem na minha frente, fumando charutos especiais, elegante e descontraído, moreno, de cabelos negros e óculos escuros, tinha uma personalidade inconfundível. Se você faz questão, posso dizer que tinha uma alma. Isso, eles não podiam modificar. Nem ele. Ademais, carregava uma culpa. Isso também não se muda com uma operação.

— Culpa?

Marlowe impacientou-se.

— Havia uma assassina, uma paranóica, uma pobre doente mental que já tinha cometido vários crimes e seguramente cometeria outros. Terry a deixou solta. Preferiu fugir assumindo a culpa. Um ato heróico. Mas a mulher matou mais um e mataria outros se eu não me metesse. Ele voltou muito tarde.

— Por que não veio antes?

Marlowe encolheu os ombros.

— Eu fiz essa pergunta pra ele.

Apanhou o copo, bebeu um gole lento, cheio de recordações amargas.

— Disse banalidades. Essas operações tomam tempo, precisava arrumar os papéis, compromissos, sei lá... Acho que não viria de jeito nenhum, possivelmente. Acho que veio só para saber até onde eu conhecia a trama toda.

— Ameaçou-o?

Marlowe levantou um olhar surpreso.

— Quem? Terry? Ele era meu amigo.

— Mas deixou-o pendurado.

— Certo, mas qual o amigo que já não fez isso alguma vez? Ele não era um rapaz de má índole, se você me entende. Era apenas fraco. Sonhava em viver num paraíso forrado de dinheiro, como a maioria das pessoas. Casou com uma milionária e entrou nesse paraíso. Foi então que descobriu que as coisas não eram bem assim como as idealizava. Esse paraíso necessitava de lixeiros, porteiros, garçons, gente que trabalha para os escolhidos. Ele descobriu que era um dos que trabalhava, não um dos escolhidos. Sua tarefa era dura. Ser o marido compreensivo dc uma ninfomaníaca.

— Você o viu depois disso?

— Nunca mais. Me livrei deles todos. Só não me livrei dos ratos. Ainda não se inventou uma maneira da gente se livrar dos ratos. Eu disse que essa história era tristemente misógina...

— Nunca mais teve uma indicação do que poderia ter acontecido com ele?

Marlowe negou com a cabeça, vagaroso.

— Terry Lennox, ou Cisco Maioranos, saiu do meu escritório e nunca mais o vi. Na verdade, tratei de esquecer-me dele. Quase consegui, não fosse por...

Calou-se, como arrependido.

— Se não fosse por quê?

— Se não fosse eu casar-me com a irmã de sua mulher assassinada.

— Você casou-se com uma milionária?

Cid estava sinceramente surpreso. Marlowe confirmou com um sorriso sem graça.

— Com uma Potter. A filha mais velha era uma bela mulher. E boa, em todos os sentidos. Tinha classe, tinha caráter.

Olha para Cid Espigão e sabe que ele não está entendendo.

— Dinheiro demais, sub. Dinheiro demais corrompe. Linda era uma mulher fantástica, mas já estava contaminada por toneladas de dinheiro. O dinheiro em proporções normais e distribuídos entre todos é útil. Demais é destrutivo, como tudo, o amor inclusive. Estou ficando bêbado. Fomos infelizes durante seis meses e saltei fora. Também nunca mais a vi. Era a única pessoa que valia a pena naquele mundo de Rolls Royces e iates e palacetes com mordomos havaianos.

— Quer dizer que você foi milionário durante seis meses.

— Passamos a lua-de-mel em Paris, boliviano. No outono. Champanhe, Champs-Elysées cheio de folhas secas nas calçadas, criados, carro de aluguel, bebedeiras até a madrugada. Ao contrário de Terry, eu tinha consciência do que era: um pobre-diabo com um escritório cheio de baratas. Não sei o que ela viu em mim. Não deu certo... Sabe, na época, eu era meio parecido com o Cary Grant. Acredite ou não, eu já vesti roupas limpas e tive todos os dentes da boca.

Lá fora, com absoluta certeza, devia rondar atrás dos ciprestes uma luz nevoenta, confusa, enganosa ou pelo menos dúbia. Essa luz sairia detrás dos pesados blocos de nuvens que esconderam as estrelas durante toda noite, detrás das copas murmurantes das árvores ao longo da estrada, detrás dos edifícios negros que dentilhavam o horizonte. A madrugada chegava ao bar.

Marlowe, aos olhos de Cid, tornava-se cada vez mais velho. Embrulhado no gabardine, cigarro apagado no canto da boca, copo de uísque vazio na mão, era um pequeno mundo desolado, marcado de rugas e sombras debaixo dos olhos. (Um dia se parecera com Cary Grant.)

Cid levantou-se com dificuldade. Sentia o estômago contrair-se. Caminhou até o banheiro. Tropeçava em almofadas de seda, em revistas, no tapete. O banheiro estava frio. Olhou demoradamente seu rosto no espelho. Olhar demoradamente o rosto no espelho é um lugar-comum: todos o fazemos. Com desgosto, com vaidade, com medo, com surpresa, com esperança ou com qualquer outra intenção. Dá vontade e um dia olhamos demoradamente o rosto no espelho. Acontece, nos livros, nos filmes, nos romances, nas narrativas de viagens e nos folhetins. Independente de bom ou mau gosto, chega o dia de interrogar o espelho. O bravo detetive particular Cid Espigão não sabia que iria olhar demoradamente o rosto no espelho. Cambaleou até o banheiro por uma prosaica mas urgente — angustiosamente adiada durante a conversa com Marlowe — necessidade de urinar. Mas olhou para o espelho. É um gesto instintivo e seu grau de compulsão obedece ao grau de narcisismo de cada um. Cid Espigão olhou rapidamente para o espelho. Sim, esse rosto é o seu rosto. O rosto de um homem envelhecendo sem saber. Cada ruga dessas foi uma pequena frustração. Essas manchas que se acumulam lentamente sob os olhos foram minúsculas, imperceptíveis humilhações do cotidiano. Começam a aparecer os cabelos brancos... São poucos fios, mas já dá para perceber. Ergue automaticamente a mão até a face. Dá-se conta de que está escutando uma melodia dos Beatles. Os Beatles também já passaram. A melodia vem de caixas de som ocultas no banheiro. As guitarras são tristes. A veemente alegria que um dia elas geraram também se foi. Está num banheiro frio, em um país frio, olhando um rosto envelhecendo no espelho. A mão está junto ao rosto. Não acaricia nem apalpa. É uma mão erguida num gesto perplexo, quase de defesa. Uma mão imóvel junto ao rosto. Abre a torneira, abaixa-se, deixa a água lavar a fadiga e o sono e o enjôo e a vontade vaga, inconclusa, que o ronda. Um desejo: descobri-lo, rápido! No seu pensamento dispara um cavalo. É um cavalo branco, belo como o cavalo de Durango Kid. Foi-se. Por que recebeu essa visita tão fugaz? De onde veio esse cavalo faiscando suas patas de ouro? Onde estava guardado — em que parte de sua memória — o nervo, o fulgor, o suor das ancas e o espadanar orgulhoso das crinas? Tornou a mergulhar a cabeça na pia. Vai, cavalo. Me deixa. Uma sala de cinema: todos os cavalos brancos que levantaram poeira, que arrancaram faísca das pedras, que escalaram serras verdes, que atravessaram desertos amarelos, que afundaram suas patas afiadas na neve. Quantas salas de cinema? Quantos cavalos brancos? O detetive não sabe. O detetive não quer saber. O detetive está sentindo que uma ressaca grande como o Beira-Rio vai desabar sobre sua cabeça e sepultá-lo entre poltronas vazias de uma sala de cinema, enquanto na tela manadas de cavalos brancos enlouquecidos correm em todas as direções.

Arrasta-se de volta ao bar. Desaba ao lado de Marlowe. O garçom dorme sobre o balcão. Marlowe e Chinão dormem sobre a mesa. Um gato escorre langoroso debaixo de uma cadeira. A gorda loura, rímel escorrendo nas bochechas, fala dormindo e diz oui, mon cheri.

Sacode Marlowe.

— Vamos embora desta espelunca.

Não sabe como, mas chegam à calçada. Marlowe urina fragorosamente contra a parede, fazendo caretas doloridas. É uma rua suja de um bairro pobre. Não se lembra como foram parar aí.

— Precisamos dum táxi — murmura para si mesmo.

A luz já toma conta de tudo. Caminham cambaleando, sem saber para onde.

— Podem nos assaltar.

— Quem vai querer nos assaltar?

— Eu preciso viajar — disse —, preciso voltar ao hotel, preciso dum táxi.

Apressou o passo, começando a distanciar-se dos outros dois.

— Espera aí, parente! Vai tirar o pai da forca?

— Vou fazer uma viagem, tio. Vamos para o hotel. Preciso dum táxi!

— Mas tu vai viajar pra donde, índio velho?

Um táxi passava e comecei a dar pulos e gritos.

— Táxi, táxi, táxi!

O táxi parou e deu uma ré.

— Mas pra donde tu vai, vivente?

Cid Espigão saboreou a palavra.

— México. Mas antes vou mandar o senhor para casa.

— Por que tu vai pra esse tal de México, tchê?

— Assunto sério, tio. Trabalho.

— Eu vou contigo.

— Impossível, tio.

— Impossível, impossível... Deixa de bobagem, guri. Tu não pode andar por aí sozinho feito guacho. Tem um tio pra quê? Vai procurar o rapazinho?

— Rapazinho?

— O que foi roubado pelo Chumchum?

— Não sei, tio.

— Não sabe? Mas por que o México?

— Acho que lá é a chave do mistério.

— Ele foi roubado pelo Chumchum aqui.

— O senhor Marlowe tem razão. A polícia daqui trata o assunto melhor do que eu. O próprio FBI vai investigar. Seqüestro é com eles. Sobre isso estou tranqüilo. Já demos todas as declarações que tínhamos que dar. Ele será encontrado.

— Virgem?

— Tio! Não é assunto nosso.

— Meu assunto é descobrir tudo sobre Terry Lennox. Júnior me paga para isso. Enquanto o FBI localiza Júnior e Chumchum eu cuido do caso que me compete. O caso Lennox.

— Mas não é meio feio abandonar o rapaz aí...

— Tio! O que eu posso fazer não tem nem graça comparado com o que o FBI pode. Seria pouco profissional de minha parte ficar aqui perdendo tempo... por sentimentalismo.

— Lá está o aeroporto — disse Marlowe.

O táxi subiu uma elevação. Marlowe ia no banco da frente, ao lado do chofer. Cid e Chimão no banco de trás. O taxi desceu a elevação e penetrou num túnel de luzes amarelas. Cid recordou-se do túnel da Conceição. Minutos depois estavam no setor internacional do aeroporto. Cid tratou de despachar a bagagem e apresentar a documentação de seu tio. O avião sairia em uma hora. Tinham tempo de beber um cafezinho.

Quando anunciaram seu vôo o velho gaúcho suspirou ressentido. Deu um abraço em Cid sem dizer nada.

Trocou um aperto de mão demorado com Marlowe.

— Tu precisa dar uma volteada lá pelos meus pagos pra ver se pega uma cor nesse pelego que já tá carunchando.

— Turismo é pra rico — disse Marlowe.

Ficaram olhando-o afastar-se, até que não o viram mais na multidão de viajantes. Saíram do edifício. Ficaram esperando numa fila para táxis. Marlowe parecia impaciente. Os aviões que pousavam ou levantavam vôo faziam ruídos estremecedores.

— Nao é da minha conta — disse Philip Marlowe — mas, se eu fosse você também tomava um avião pra tua terra.

— Não se preocupe — e Cid Espigão meteu a mão no bolso e mostrou-lhe uma passagem. — Eu deixo seu país ainda hoje.

— O México não será um bom lugar para você.

— Que nada, eu acho que vou encontrar minha sorte no México. É um palpite.

— Deus te ouça, cucaracha. O México já desgraçou muita gente boa.

Capítulo 32

Já tinha visto a paisagem muitas vezes em filmes americanos. Quase sempre era uma paisagem adornada de homens a cavalo, barbudos e suados, com cartucheiras atravessadas no peito e erguendo carabinas bem alto enquanto bradavam "Viva la Revolución!" La Revolución Mexicana é amplamente mitificada no cinema dos assim chamados vizinhos do Norte, talvez (seguramente) porque não deu em nada. Os vizinhos do Norte adoram realizar películas de ação, com guitarras na banda sonora repinicando "La Cucaracha", enquanto os revolucionários, em imundas roupas brancas e com enormes chapéus de palha, se emborracham, cantam e dançam ao redor de fogueiras em acampamentos desguarnecidos ou com sentinelas fazendo rodar a garrafa de tequila soltando risadas obscenas esganiçadas e se dando palmadas nas costas. O México do cinema dos vizinhos do Norte era um México em festa e horror permanente, com um povo feio, sujo, mal-educado, cruel, analfabeto, traiçoeiro, servil, indisciplinado e perdedor.

Talvez seja um modo correto de ver as coisas. Talvez do outro lado do Rio Grande as coisas sejam assim mesmo.

Não tenho nada com isso.

Mas, sempre que me instalava numa poltrona na sala escura, e sempre que na tela começavam a mover-se as figuras feitas de luz, sentia incômodo mal-estar quando o herói de cabelo louro e camisa limpa, de fala macia e sorriso difícil, de beber moderado e passo elegante, começava a aniquilar como moscas o exército suado e sujo e barbudo e esfarrapado. Com essa lavagem cerebral, os garotinhos partiam para o Vietnã pensando que ia ser assim de fácil. Eu vira isso tantas vezes que perdi a consciência do seu significado e guardei apenas a impressão de que as pessoas brancas — e de olhos azuis — tinham o direito de aniquilar aquela raça pululante e grotesca de bêbados. Os motivos que os impulsavam a cometer essas ações (como nos filmes de guerra contra os índios e hoje contra os árabes) eram estranhamente nebulosos, mas — sempre — ficava no ar a sugestão de que era por uma causa nobre e justa. Os motivos que moviam os barbudos e sujos mexicanos a unirem-se em armas era pura e absoluta maldade. Quando tinha algum mexicano bom — e, às vezes, tinha — era um jovem pleno de grandes olhos admirativos para o herói branco.

Geralmente acabava sacrificando-se por ele no final.

Eu amava esses filmes.

Pela janela desfilava o México. A qualquer momento poderia surgir uma horda de cavaleiros envoltos em poeira, aos brados de "Viva Villa!", e cercariam o ônibus. Um céu de John Ford cobria a terra.

Bocejei. Oito horas de viagem já. A coluna dói. ("O México já desgraçou muita gente boa...") Marlowe fizera questão de me acompanhar até a rodoviária.

Sentamos no bar, olhando o movimento das pessoas sem o sentimento do adeus, distraídas e sonolentos.

— Vou lhe deixar um adiantamento. Eu recebi um. Assim que receber meus honorários, mandarei sua parte.

Marlowe fizera um gesto, um tapa no ar.

— Esqueça. Eu não preciso de dinheiro. Um morto não precisa de dinheiro. Ademais, eu beberia tudo em cinco dias.

— Mandarei para que beba tudo em cinco dias.

— Por que o México? Você não vai achar nada lá.

— Intuição.

— Intuição já mandou para o inferno mais de um batalhão inteiro de detetives bem-intencionados.

— Não tenho boas intenções. Só preciso saber tudo sobre Terry Lennox.

— Você já sabe. Eu lhe contei.

— Eu preciso saber sobre sua segunda existência. Eu preciso saber sobre um cavalheiro chamado Cisco Maioranos.

— É a mesma coisa.

— Não. Terry realizou um sonho humano. Teve a segunda chance. Ele fracassou como Terry Lennox. Eu quero é saber como foi sua vida na pele de Cisco Maioranos.

— Não deve ter sido diferente.

— Eu acho que sim.

— Por quê?

— Porque ele pode recomeçar do zero numa idade adulta, podendo avaliar os erros que cometeu, podendo edificar uma existência sem os erros do passado. Sabe o que é isso, ser dado por morto? Morto, para os chatos, para os sanguessugas, os cobradores, os falsos amigos, as complicações. Recomeçar com a cumplicidade de duas ou três pessoas de confiança, ter uma nova cara, uma nova identidade, um novo país. Quantas pessoas neste exato momento querem isso? Terry conseguiu.

— Da maneira que você fala dá para se entusiasmar com a idéia. Mas, acho... olha, latino, ninguém fica mais sábio com a idade ou com a experiência. Isso é uma grande empulhação. O ditado de que o diabo sabe mais por velho do que por diabo é um despiste do próprio. Depois de certo tempo as pessoas são o que são e nada as faz mudar. Quem é desonesto será sempre desonesto.

— Isso é simplista.

— É mais realista do que esses sonhos de uma nova chance. Nova chance temos todos os dias.

A voz anunciou a partida do ônibus. Philip Marlowe acompanhou-me até a porta do veículo. Apertamos as mãos.

— Beba uma tequila com sal e limão por mim, em Acapulco.

Eram sete horas da noite, meu vizinho de poltrona era um comerciante gordo, que lia um romance policial e falava sozinho, comentando trechos do livro. Adormeci sentindo uma angústia vagarosa entorpecer-me todo. Acordei com dor na coluna e os olhos feridos pela luz do deserto.

Capítulo 33

Você esfregou os olhos mas eles tornaram-se mais congestionados. A dor era vertical, límpida como a luz, e em linha reta, objetiva, sem nuances. No alto da cabeça persistia a agitação de fervedouro, cortada apenas pelos lançaços repentinos da luz-dor. O passageiro do lado roncava de boca aberta. A barba estava crescida, o colarinho desabotoado, a gravata frouxa e um aspecto geral de desalinho e preguiça. Em suas pernas equilibrava-se o romance policial.

O calor subia da terra e aproximava-se do ônibus, autoritário, denso, conhecendo perfeitamente seus poderes e ciente de sua capacidade de domínio. O ônibus avançava pela carreteira asfaltada e o calor o seguia, paciente, como o caçador experiente segue a presa. A presa era o ônibus, e tinha suas armas: o ar-condicionado, a máquina de água gelada, as janelas panorâmicas.

O calor reinava no deserto e não dividia com ninguém seu reino. Nenhuma nuvem no céu.

— Parada de vinte minutos — avisou o chofer.

O ônibus deixou a rodovia e aproximou-se de um restaurante de beira de estrada. Estacionou levantando uma onda vermelha de poeira. Era a primeira parada em território mexicano.

Seis horas da manhã.

Os passageiros começaram a levantar-se, estralando ossos, gemendo sem disfarces. A passagem na fronteira fora à meia-noite e quase sem contratempos. Sair é mais fácil.

Os funcionários da alfândega norte-americana sequer o olharam. Lembra apenas de vozes nervosas do outro lado da cerca, o lado dos que queriam entrar. Desceu os degraus do ônibus e pisou a grossa, vermelha, solta, cansada terra mexicana. Seguiu o resto dos passageiros edifício adentro. Era um edifício rústico, estilo campestre, com pedras e madeira em profusão, e grandes espelhos. Parecia mais um grande bar americano. Estava fresco — quase frio — e rigorosamente limpo. Os passageiros, manada cega, invadiram os banheiros.

Cuidou apenas de si mesmo, num egoísmo e concentração de sonâmbulo. Lavou-se à pia demoradamente. Apalpou o pescoço com o lenço úmido.

Regressou ao salão do restaurante sentindo-se outro. Pisava firme, tinha o olhar limpo, chegou a interessar-se pela morena atrás do balcão.

Sentou numa mesa próxima dela. A morena tinha perigosa semelhança com Maria Félix na beleza dura do rosto, na dignidade asteca, derrotada mas desafiante.

Você sorriu para ela e recebeu de volta um olhar desdenhoso, de alto de trono. (Já vira esse olhar antes?) Pediu café com torradas. Seu espanhol estava fluente e isso arejou em definitivo seu humor. Não incomodou-se quando o vizinho de viagem pediu licença e sentou-se à mesa com você.

O homem estava com o aspecto melhorado. Fizera a barba e penteara os cabelos. Retomara o perfil que primeiramente o marcara, o de um pacato professor do interior, possivelmente de línguas, cujo maior pecado era ler escondido romances policiais.

— Dura a viagem, hein, amigo?

Era mexicano. Você concordou.

— Quantas horas até Acapulco?

O homem sacudiu a cabeça com desgosto.

— Demasiadas.

Não era uma resposta sensata. O garçom chegou com os pedidos. Você escolheu um suco de lima, frutas e café, que chegaram quase instantaneamente.

— Assim que o amigo vai para Acapulco?

Você passou a manteiga no pão e ergueu os olhos. Acenou que sim com a cabeça.

— Negócios? — insistiu o homem.

— Negócios.

— Não gosto de Acapulco — disse o homem —: muitos estrangeiros. Desculpe, não é nada pessoal, sou homem da província.

— Professor?

— Comerciante.

Pôs uma pedrinha de açúcar na taça de café.

— Tenho uma agência funerária.

— Ah.

Ficaram durante um bom tempo em silêncio. Seu companheiro de mesa começou a retomar os pequenos e insignificantes aspectos que o tornavam desagradável. Estalou os lábios com força.

— Maravilha! Nunca me senti tão bem depois de seis horas de estrada. Este café está absolutamente maravilhoso, não é mesmo?

— Está — você concordou sem o menor entusiasmo.

Já estava pensando em conseguir outro lugar no ônibus. Viajar ao lado de um papa-defuntos talvez não propiciasse uma conversa interessante. O homem tirou do bolso um par de charutos. Estendeu um para você.

— Obrigado, só fumo cachimbo.

— Senhor — disse-lhe o homem suavemente — aqui no México é uma ofensa muito grave recusar um trago de tequila ou um charuto de um companheiro de viagem.

Você relutou um segundo mas encontrou nos olhos do homem apenas boa vontade.

— É um charuto de primeiríssima qualidade, senhor. Feito com fumo escolhido a dedo.

Você cheirou o charuto como se entendesse de fumos escolhidos a dedo e fez uma expressão pouco convincente de que concordava. Imitou o gordo, que cortava a ponta do charuto e levou-o a boca, inclinando-se um pouco para receber o fogo que ele estendia no isqueiro dourado.

O charuto era realmente de boa qualidade.

Tinha um sabor familiar, lembrando talvez alguma gaveta perdida no tempo, mas acompanhado de uma acidez que o tornava másculo e inspirador. Fumaram com prazer. Quando entre vocês pousou uma atmosfera de entendimento, o homem perguntou:

— Está em viagem de negócios, não é?

— Mais ou menos.

— Como mais ou menos?

— Vou a Acapulco para procurar um conhecido.

— Mexicano ou...?

— Mexicano.

Você olhou para o gordo desconhecido e resolveu apostar no destino.

— O nome dele é Cisco Maioranos.

O gordo pareceu pensar um momento.

— Não me diga. Que coincidência!

— Coincidência?

— Houve um Cisco Maioranos muito famoso nesta região. Mas não deve ser o mesmo que usted busca, ele morreu há muito tempo.

— O senhor o conheceu?

— Conheci, mas não posso dizer que fui amigo dele. Era um homem muito famoso.

— Famoso?

— Era o toureiro mais promissor do país. Fez uma carreira fulgurante. Durou pouco, uns seis meses.

— O que aconteceu?

O agente funerário olhou para você com cautela.

— Será algum parente do Maioranos que o senhor vai encontrar?

— É possível. Na verdade, eu não conheço muito bem o meu... cliente. O que aconteceu com o toureiro?

— Morreu de maneira estranha.

— Crime?

O homem deu uma baforada para o ar.

— Cisco andava sempre com gente perigosa...

— Como foi sua vida? Conte-me sobre as touradas.

— Estão fazendo sinais para nós. O ônibus vai partir. Continuarei a história durante a viagem.

Dirigiram-se apressadamente para o ônibus. O gosto do charuto persistia em sua boca, o aroma ainda flutuava em seu cérebro. A temperatura fora do restaurante começava a esquentar, embora fosse cedo.

O homem, antes de entrar no ônibus, tornou-se solene, fez um gesto que abarcava a paisagem, plana, deserta e amarela:

— Ele nasceu aqui.

Você olhou para o deserto silencioso. Era um lugar inimigo. O homem tocou em seu braço.

— Vamos.

Acomodaram-se em seus lugares, recebidos pela gentileza do ar-condicionado.

— Então, este Cisco foi um toureiro famoso?

— Bem... famoso aqui nesta região. Foi a maior promessa que apareceu por aqui. Poderia ser um dos grandes, isso sim. Mas era muito afoito ou talvez muito jovem. Foi alcançado por um touro na barriga. Corno direito. Ficou meses no hospital. Salvou-se, mas ficou inutilizado para a profissão.

— Quando foi isso?

O homem fez um esforço para pensar, contorcendo os lábios.

— Acho que lá por 1950, 1951. Eu era garoto. Morava perto daqui.

— O acidente o inutilizou?

— Exatamente. E antes de iniciar de verdade a carreira, antes de ir para as grandes cidades... Naturalmente, a fama de suas qualidades já tinha corrido por toda parte, ele já tinha amigos influentes. Isso o ajudou.

— Como?

— Quando restabeleceu-se levaram-no para a capital. Os mesmos que apostavam em suas qualidades de toureiro. Curiosamente, não eram criadores tradicionais. Nessa época, começava a entrar no negócio das touradas, ou melhor, no dos toureiros, gente da capital, jogadores, donos de cassinos, gente com influência nos jornais. Poderiam fazer a carreira de um jovem com ambição e talento.

— Como Cisco.

— Claro, como Cisco. Foram corretos com o rapaz. Ele ficou inutilizado para as corridas, mas recebeu apoio. Conseguiu trabalho num cassino em Acapulco, um lugar fino, para turistas.

— O que ele fazia lá?

— Bem... de tudo um pouco. Tinha boa aparência, mas pouco estudo. Mas não era burro, isso não era. Funcionava como uma espécie de relações-públicas do cassino. Ficava por ali, entre os turistas, observando, sorrindo, ajudando em alguma coisa, impedindo de serem roubados em demasia, essas coisas... Não era o mesmo que ser toureiro. Começou a abusar da tequila.

Trocaram um olhar significativo.

— É de se entender, claro. Poderia ser uma estrela, um príncipe, amado, invejado, cheio de dinheiro, escolhendo mulheres lindas, marquesas, atrizes, milionárias, o que bem entendesse... Mas, não. Era um... como dizer? Um faz-tudo. Para quem sonhou alto, isso é humilhante. Começou a abusar da tequila.

A voz do gordo tornou-se vagamente sonhadora.

— A tequila, em quantidade imoderada, aconselha mal, principalmente se se é jovem, como Cisco era. E amargurado. Porque Cisco carregava aquela sua dor como uma cruz.

— Meteu-se em encrencas?

O homem encolheu os ombros enormes.

— É uma história complicada. Faz lembrar o livro que estou lendo. Uns dizem que morreu afogado e nunca mais encontraram o corpo. Dizem que caiu de um iate durante uma farra. Outros dizem que foi, simplesmente, fuzilado pelos patrões. E depois incinerado.

— Por que desejariam matá-lo?

O homem sorriu, ambíguo e satisfeito.

— Era um lugar perigoso. Ainda é. O Terrapin Club de Acapulco é um lugar elegante, sem dúvida. Mas é perigoso.

Você coçou a palma da mão. Terrapin Club! Que sonoridade tinham essas duas palavras! Como entravam em seus ouvidos deslizantes e curvilíneas e elétricas. Você recostou a cabeça na almofada, fechou os olhos e durante um segundo esqueceu tudo e ficou olhando no escuro do seu cérebro uma rua de Porto Alegre. Não identificou que rua era, o que era mesmo que o homem estava dizendo?

— ...perigoso. Os donos desses estabelecimentos são geralmente pessoas metidas em negócios escusos. É possível que o Cisco tenha ficado sabendo demais. O senhor sabe, nesse ramo, quem sabe demais tem que estar por cima, se não corre o risco de ser calado para sempre.

— Foi esse o caso?

O homem folheou rapidamente o romance policial.

— Como saber? Só especulando. O fato é que eles não gostam de gente que pergunta demais, que se mete em seus assuntos.

— Fazem muito bem.

— Eles têm poder.

Você abriu os olhos.

— Como?

— Eles têm poder, bicho, o braço deles é longo.

Você olhou para o homem, surpreso.

— Ei, você falou "bicho", em português.

— Eu?

O gordo olhou de modo estranho para você.

— Eu não sei uma só palavra de português.

— É curioso, sou capaz de jurar que você falou em português. Mas, o que me dizia sobre esse pessoal do Terrapin Club de Acapulco?

— Sua mão está ficando verde.

— Minha mão está ficando verde?

Ergueu a mão para perto dos olhos.

— É o reflexo do vidro.

— O que eu disse, é que eles não gostam de intrometidos.

— Ninguém gosta.

— É, mas eles dão um jeito nos intrometidos. Normalmente... assim! — E o agente funerário passou a mão na garganta — zás! — no gesto de quem a corta de orelha a orelha: — Degolación!

— Ainda fazem isso?

— Mais do que nunca. Eles têm poder, magro.

Você afastou-se dele num recuo instintivo, olhou-o com olhos alarmados. O gordo falara com a voz, a pronúncia, o sotaque de Hecatombe! Você sentiu o arrepio do medo iniciar na base de sua coluna vertebral e ir subindo lentamente, vértebra por vértebra. E, no entanto, era um cidadão quase calvo, caminhando para os 50 anos e para a total obesidade ou, quem sabe, o enfarte. Um homem gordo suando muito, falando pelo prazer de ouvir a própria voz, pensando em chegar em casa, cuidar do seu negócio, vender seus ataúdes, suas coroas de flores.

— Alguma coisa errada? — perguntou ele gentilmente em sua voz normal.

— Não, não.

— Sua mão está ficando verde.

— Minha mão não está ficando verde, é o reflexo do vidro.

— É possível, é possível. Desculpe, não quis ofendê-lo. Foi apenas uma observação. Talvez tenha se encostado em alguma coisa recém-pintada.

Você olhou com cuidado para a sua mão. Estava ficando verde. Não parece que sejam os reflexos dos vidros do ônibus. São vidros especialmente feitos para filtrar a luz do sol e têm uma cor esverdeada, mas...

Passou as unhas da mão esquerda sobre o dorso da mão direita. Suas duas mãos estavam ficando verdes. O gordo olhava para elas, e logo ergueu os olhos para você.

— Talvez alguma coisa que você comeu, cara. Eu aqui, só na comida natural, cara. Não dá pra dar bandeira não, entendeu?

— Você está falando com a voz de Hecatombe.

O gordo sorriu, um sorriso modesto, quase encabulado.

— Eles têm poder, magro.

— Quem é você? — disse com voz trêmula.

— Mi nombre es Hernando Contreras, para servirle, amigo.

— Você é da Seita?

— Secta? De que secta hablas, hermano?

Você ficou olhando-o como a um objeto inusitado, respirando com dificuldade, o coração descontrolando-se. A paisagem lá fora era cada vez mais seca.

— Sua mão — disse o gordo.

Você tornou a olhar para as mãos. Estavam ficando verdes. Muito bem. É preciso resolver isso. Percorreu o corredor em passadas largas até o toalete. Estava ocupado. Esperou ansioso, trocando o apoio das pernas, mãos nos bolsos para esconder a tonalidade de que elas começavam a tingir-se.

A porta abriu e uma gorda começou a sair.

Começou a sair: durante um relâmpago de segundo a gorda parecia que não tinha fim, parecia uma imensa matéria gelatinosa a escorrer da pequena sala e espalhar-se no corredor.

Você passou as mãos nos olhos.

A gorda saiu, sorrindo-lhe com simpatia. O perfume que permaneceu no interior do cubículo era o esperado depois de ocupado por um espécime de tamanha proporção. Você abriu a torneira e enfiou as duas mãos debaixo da água. Apanhou um sabonete e esfregou-as freneticamente. A espuma surgiu, rápida, eficaz. Ficou gozando a espuma branca nas mãos, olhando pela janela o deserto seco e amarelo, o céu sem nuvens, dum azul angustiante. Voltou a atenção às mãos: colocou-as novamente debaixo da torneira e enxaguou-as da espuma. A água limpou-as velozmente.

Mas as mãos continuavam verdes.

Há algo de podre no reino da Dinamarca, murmura com sombrio acento o príncipe. Calma: as mãos estão verdes, apenas isso. Não, não estão podres, apenas verdes. É diferente. Nada a ver. Podre é outra coisa. Suas mãos estão cheirando bem. Sabonete. Lavadinhas. Brilhando. E verdes. Só isso.

Limpa o suor da testa.

O ônibus tem ar-condicionado mas você transpira. Está pálido. O seu rosto, felizmente, não está começando a ficar verde. Está apenas pálido. É um pequeno enjôo. Não está acostumado com charutos mexicanos. Isso aí. Foi o charuto! Deixou-o enjoado e zonzo, começando a ver coisas. Nada mais. Já vai passar.

Abre a porta e sai. Todos os passageiros do ônibus, só agora notou, eram gordos e imensos. Epa. Eram gordos e imensos ou se haviam transformado em gordos e imensos? Você não reparara em tantos gordos quando tomou o ônibus. É raro. Em todo caso, só se vê gordos esparramados nas poltronas, enchendo-as, transbordando delas, as gorduras dos braços, das pernas, das barrigas, escorrendo sobre os braços das poltronas.

A atmosfera do ônibus era gorda. E pesada, lenta, minuciosa, banhada de suor como se ela também fosse cansativamente gorda. De fato, era gorda. Gordo era o ônibus, gordo era o chofer que lhe lançou um olhar interrogativo lá da frente, um grande, pesado, pesadíssimo, acusador olhar gordo. Você desejou ser gordo. Sentiu-se intruso. Constatou sua magreza. Constatou que sua magreza crescia à medida que você diminuía moralmente naquele universo de gordos suados e lentos. Avançou para seu lugar com o sorriso parado no rosto cadavérico, pedindo perdão com os olhos por ser tão miseravelmente magro. Chegou a seu lugar. Não tinha mais lugar. O vizinho crescera e ocupara os dois assentos. Vagaroso, expandindo-se como uma gelatina, silencioso, ele aumentava.

Todos dentro do ônibus aumentavam.

Você tentou achar algo engraçado dentro do seu pânico para poder externar, não lhe ocorreu nada, empurrou um pouco seu vizinho de assento achando que dava um lugarzinho para sentar. O vizinho — Hernando Contreras, papa-defunto — dirigiu-lhe um olhar agressivo.

— Qual é a tua, magro?

A voz era a voz de Hecatombe.

Você mostrou-lhe o sorriso parado e sentou-se no braço da poltrona. O ar estava cada vez mais rarefeito. Boiava nele, pesado — gordo — um cheiro de suor humano. Contreras tinha a roupa encharcada. O paletó estourava. Um botão saltou dando rodopios, você o deteve, com o pé. Começou a rir, nervosamente.

— Qual é, magro, tá rindo de quê?

— Isso aí — disse a gorda do banheiro numa voz fina — tá rindo de quê?

A mulher aumentava. Parecia um balão inflando lenta mas inflexivelmente. As tetas descomunais irrompiam do vestido. As nádegas começavam a forçar o espaldar da poltrona. Tinha a pintura do rosto desfazendo-se.

— Tá rindo de quê? — ela insistiu.

— N-não estou rindo, minha senhora.

— Não está rindo? Tá me chamando de louca?

Voltou-se para os outros, todos gordos e atentos e suados e de mau humor.

— Ele está rindo ou não está? Ele diz que não está rindo. Está ou não?

Graves, todas as cabeçorras subiram e desceram ao mesmo tempo, pingando, sim, ele está rindo. A gorda mostrou dois olhos superiores para você.

— Então? Todos viram. Está rindo ou não?

— Bem... eu ri por...

— Eu não disse?

E ela espalhou um olhar maldoso ao redor,

— Ele estava rindo, ele mesmo confessou! Chofer! Chofer!

O chofer voltou-se pesadamente.

— Ele estava rindo — disse a mulher.

— Eu sei — respondeu o chofer —, estou de olho nele há horas. Desde que entrou no ônibus estou de olho nele. Eu sabia que esse ia rir.

— O que vamos fazer com ele? — perguntou a mulher.

— Tem outra coisa! — gritou Contreras, erguendo o dedo.

Olhava a mulher como se as observações dela fossem mesquinhas ou tolas. Toda a atenção dos gordos concentrou-se nele. Contreras ergueu o queixo, superior.

— Ele está com escamas.

Houve um longo ahhhhhh de espanto dentro do ônibus. Não um ah! agudo, mas um ah baixo, denso, sufocado, um ah gordo e suado e mole como as bocas onde se formou.

— Escamas? — disse o chofer. — Isso é grave. Tem certeza?

— Vejam as mãos dele.

O ônibus parou num solavanco.

Você viu a poeira vermelha: lenta e silenciosa, do lado de fora, erguer-se e cobrir o veículo como uma nuvem. O silêncio pingava das paredes.

O chofer saiu do banco com dificuldade e começou a mover-se na sua direção. Tinha crescido muito, a cabeça com o boné de condutor encostava no teto e ele era obrigado a caminhar curvado. Deixava um rastro de pingos de suor no piso. Todos o olhavam com olhos dilatados.

— Mostra as mãos.

Você estendeu as mãos, trêmulo.

Agora houve um pesado ooooooh de espanto.

Você tremia cada vez mais. Suas mãos estavam verdes. E nelas cresciam pequenas, quase imperceptíveis, escamas. Quase imperceptíveis...

— Escamas — disse o chofer —, escamas, sem dúvida.

— Eu não disse? — disse o agente funerário.

O mais estupefacto de todos era você, evidentemente. Não entendia o fenômeno.

— Acho que estou doente — você sussurrou numa voz lastimável.

— Doente! — a gorda cuspiu a palavra com desprezo.

— Ele pensa que está doente — ironiza o chofer, imitando a sua voz arrasada.

— Ele não pode continuar no ônibus — disse a mulher, taxativa.

— Eu não fiz nada.

— Você riu — disse o agente funerário com um ar falsamente compungido.

— Eu estou de olho em você desde que pisou no ônibus — disse o chofer. — Sabia que ia rir.

— Não pode continuar no ônibus — insistiu a mulher.

— Com escamas ninguém pode continuar no ônibus — disse uma freira.

— Não é culpa minha.

— Diz que não é culpa dele — a mulher olhou para os outros buscando apoio no sarcasmo:

— Ouviram isso? Ouviram que cinismo? De quem é a culpa então? Nossa?

Você começou a olhar com horror, com impotência, com uma fúria cega e exasperante para as mãos. Estavam verdes. Verdes.

— O que está acontecendo? — gemeu.

A resposta foi uma gargalhada pastosa, uníssona. Pareciam cada vez mais gordos, mais suados, mais altos. Pareciam que iam ocupar todos os espaços respiráveis do veículo e esmagar o detetive. Cintilou em seu cérebro que o melhor mesmo era escapar desse lugar infernal. Mas, escapar para onde? Lá fora *também* era o inferno. Cinqüenta graus ao sol do deserto.

— Que baixo astral, magro. Quem diria. Essas escamas...

A voz de Hecatombe deslizava da boca de lábios pequenos do agente funerário. Era sua maneira arrastada de sorrir, o pronunciar demasiado vagaroso das sílabas.

Você foi contaminado pela lepra do medo.

Lepra!

Olhou para suas mãos verdes e para a leve crosta de perfeitas escamas que começavam a cobri-la, olhou para os rostos suados que o acossavam, para os apertados olhos luzidios que o espreitavam, para os sorrisos corroídos de sutil maldade e sentiu uma vertigem. Foi dominado por essa vertigem e pela queda de pressão, pela sensação de que seria sugado para o fundo de um poço frio e musgoso, que sapos repelentes passeariam em sua barriga, que estaria à mercê de entes subterrâneos e que se impregnaria de musgo por todo o corpo, ficaria completamente verde, apodreceria no fundo do poço para sempre.

— Joguem-no para fora! — gritou a mulher.

Ela tinha o rosto marcado pelos fios negros do rímel que escorriam pelas bochechas úmidas.

— Um momento — berrou o chofer — eu mando aqui!

Expectativa. Todos os gordos se encolheram de olho no chofer.

— Eu boto as pessoas para fora!

As mãos gordas fecharam-se em torno da sua garganta. Você sentiu os dedos resbalosos apertarem-no até não poder mais respirar, percebeu que tudo escurecia com intermitência de relâmpago e viu-se transportado pelo corredor enquanto os gordos ululavam ferozmente.

O chofer alçava-o agora pelo colarinho, na posição mais ridícula a que jamais foi obrigado antes em sua longa carreira de detetive particular.

A porta abriu-se.

Penetrou no ônibus o bafo do deserto: uma onda de calor grossa e pegajosa, que se adaptou com rapidez ao rosto dos gordos e amoldou-se a seus sorrisos e deslizou pelos rostos misturada ao suor.

— Agora, atira!

O chofer balançou-o no ar como se fosse um saco de carvão. Você flutuou brevemente no ar denso, penetrou na atmosfera morna do deserto e caiu engolindo terra quente.

Ouviu a voz apenada de Hecatombe antes da porta fechar-se.

— Tchau, magro. Vai pela sombra.

O ônibus arrancou.

Capítulo 34

Talvez não fosse uma ironia.

Ir pela sombra era o mais adequado mesmo. Mas não havia sombra. Num raio de quilômetros e quilômetros e quilômetros não havia sombra.

A poeira levantada pelo ônibus assentou. Viu-o diminuir rapidamente na distância até desaparecer. Isso é crime. Olhou com pavor ao redor. O deserto. O deserto!

O sol estava alto no céu. Passara tanto tempo? Talvez fosse perto de meio-dia. Tornou a olhar ao redor. Um vulto. Meu Deus, um vulto ao longe!

Era um cáctus, a cinqüenta metros. Arrastou-se até lá.

Era um cáctus enorme, verde, parecia ter os braços abertos e criava um fio abençoado de sombra. Deslizou para a sombra e jogou-se no chão, com febre e sono.

Adormeceu.

Ou é possível que tenha adormecido, pois quando abriu os olhos começava a escurecer. Uma estrela brilhava no céu. Não havia brisa, mas pairava no silêncio uma serenidade refrescante. Procurou sentar-se, com as costas apoiadas no cáctus.

Seus braços estavam dormentes. Tinha sede. Apoiou as mãos no chão e procurou erguer-se, mas as mãos fraquejaram. Precisava concentrar-se, reunir forças. Foi então que notou o movimento junto a seu corpo.

Era uma cobra.

Recuou. Ela perseguiu-o sem pressa, quase o tocava. Paralisou-se. Então, outra cobra, silenciosa, ergueu a cabeça a seu lado.

Estava cercado.

Havia dois pares de olhos amarelos que o encaravam imóveis. Duas bocas verdes que se escancaravam. Duas línguas vermelhas que sibilavam. Tentou mover os braços mas não pôde, porque as duas cobras que o acossavam eram seus próprios braços.

Claro, era um pesadelo e logo passaria. Bastava abrir os olhos.

Mas, já estava de olhos abertos!

Então... Não. Estava de olhos abertos no pesadelo. É natural. Nos pesadelos tudo é assustador porque se parece à realidade. Quando o pesadelo terminasse, abriria os olhos e estaria no conforto precário da poltrona do ônibus, ladeado pelo humor azedo do agente funerário, tocado pela carícia mecânica do ar-condicionado.

Quando abrisse os olhos...

Porque, agora, os tinha bem abertos, mas está claro que vive um pesadelo. Aí estão as duas serpentes. Verdes, finas, de olhos amarelos, de bocas escancaradas, de línguas sibilantes.

Aproximam-se cada vez mais, parece que querem encará-lo nos olhos. Tem movimentos suaves, fáceis, elegantes e não pesam. Apenas sente os ombros dormentes e uma pequena, insignificante dorzinha no antebraço. Elas estão tão próximas que quase o tocam com as línguas bifurcadas.

Serão venenosas?

Estranho. O primeiro horror passou. Toma seu lugar esse sentimento inusitado, misto de curiosidade e repulsa. Não sabe como são cobras venenosas. Ou sabe: têm as cabeças triangulares. Serão triangulares essas cabeças minúsculas que o cercam, que se aproximam, confiantes, e que o espreitam com uma forma vaga e paciente de reconhecimento?

Lembra que tem fome, que tudo é um pesadelo, talvez esteja de barriga para cima, roncando como um trem. Precisa acomodar-se e repousar. Chegará de madrugada a Acapulco. Se seus palpites forem certos terminará o mistério de Terry Lennox. Depois, precisará saber notícias de Júnior, seqüestrado por Chung. Tudo que necessita é dormir. Dormir profundamente, acordar repousado, fresco, com uma fome saudável e uma energia construtiva. Fecha os olhos. A escuridão é funda como o silêncio do deserto. Escuta o uivo longínquo de um coiote. Uma janela, em algum lugar, bate.

Abre os olhos.

Esse sonho está cada vez mais realista. As duas serpentes, seus dois braços, tinham se afastado, distraídos, e, ao perceberem que abrira os olhos voltaram para perto do seu rosto, rápidas, solidárias, possivelmente ternas.

Seu coração começou a bater mais forte.

Está dormindo, está dormindo: esse é o fato.

Dorme através do deserto, embalado pelo murmúrio do ônibus, o ressonar dos passageiros, o esplendor da noite lá fora. Está dormindo e sonha um sonho meio besta, apenas isso. Um sonho que nem chega a amedrontá-lo ou deixá-lo em pânico, mas que o incomoda por ser tão real em seus detalhes.

O coiote torna a uivar. A janela bate.

Você se arrasta para o lado e então vê as ruínas. Era difícil vê-las porque têm a própria cor do deserto e são muito baixas, das paredes restam menos de meio metro de altura. Você caminha até lá e sente que arrasta essas coisas consigo. Um poço! Talvez haja um poço. Como não viu essa ruína antes? Um pedaço de janela bate no pedaço de parede.

Você desaba e se encosta no pedaço de parede.

Está nessa casa em escombros, restos de um cenário de western, solitária na paisagem lunar. A noite começa com uma grande lua e o terceiro uivo do coiote.

Precisa sair desse pesadelo antes que se assuste de verdade, e fecha os olhos. É importante ficar de olhos fechados ignorando as sugestões do sonho: sussurrar do vento, sentimento de solidão, uivo de coiote, fome aumentando, janela que bate.

É importante ignorar o luar resvalando sobre janelas em ruínas. Mais importante que tudo é fixar-se numa idéia, num detalhe, numa coisa qualquer que desvie o curso do sonho e o jogue na rua da Praia numa tarde de verão, olhando pernas e seios entremostrados, comentários sobre contratos milionários de jogadores, pressão do FMI e desejo de chuva.

Gostaria de encontrar um velho amigo, de beber uma cerveja, de ouvir rádio. Sua cabeça escorre por um lençol finíssimo. Deixá-la escorregar, deixá-la banhar-se de luar, de frescor de noite solitária, de seco perfume de vastidão, deixá-la afundar suavemente no pântano do esquecimento, como um consentido recurso da piedade. E dormir. Dormir profundamente, embalado pelos rumores doces que sobem da cidade e de seus pobres habitantes: donas de casa, comerciários, engraxates, malandros, prostitutas, executivos, craques do dia, desempregados, camelôs, aposentados, todos com a cabeça ardendo em praias azuis da imaginação, entoando esse cântico de tribo derrotada mas orgulhosa. Dormir profundamente. E despertar com o sol na cara, como o foco de luz empunhado por um inspetor truculento de delegacia de subúrbio. Não está no ônibus nem está o chofer nem estão os passageiros gordos. Está no chão de terra, as costas contra a parede de uma casa em ruínas e na solidão sem misericórdia do deserto.

O sol não é um pesadelo.

Tampouco é um pesadelo esse chão onde está estirado.

Não é um pesadelo a serpente que dorme enroscada a seu lado, o esguio corpo saindo da manga do paletó. Não é também um pesadelo a outra, a do braço esquerdo.

Está viva.

Mais: está acordada, ergue a cabeça com certa inquietação, fita-o com enigmáticos olhos amarelos.

O braço direito desperta. Rasteja para junto de você. Ergue a pequena cabeça verde.

O terror é silencioso, esguio, cresce como duas plantas caseiras de seus braços. Escapa das mangas do paletó. Avança, coleante, escamoso, na direção do seu pescoço. Termina numa cabeça pequena, viva; olhos amarelos, boca escancarada, língua sibilante.

O terror é a vastidão desse deserto e a absoluta ausência de vida humana. A única companhia é o vento batendo a janela. São os dois seres em que se transformaram seus braços. Essas cabeças pequenas que se aproximam, erguidas, e que o contemplam de muito perto. As línguas tremem. Os olhos amarelos parecem pedir alguma coisa.

Você, o detetive particular Cid Espigão, tem uma contração violenta na boca do estômago. É como um soluço há muito tempo reprimido que irrompe incontrolável pelo corpo; e o corpo se crispa, convulso, sem domínio, se arca, os olhos se inundam de lágrimas e não acontece nada. Todo ele permanece inteiriçado, catatônico, vertendo lágrimas, incapaz de produzir um som. Baba escorre da boca do detetive. Quer vomitar, mas não pode. Não pode falar. Não pode gemer. Não pode — como um animal qualquer, como o mais humilde ser vivo — dar um grito onde consumir sua angústia. Está fechado como um palácio. As lágrimas escorrem mas você não chora.

A serpente da direita aproxima-se do seu rosto convulsionado. Está tão próxima que vai tocá-lo com a ponta da língua, tão próxima que começa a lamber seu rosto suavemente, como uma carícia gerada por infinita misericórdia.

A serpente da esquerda aproxima-se também, curiosa, visivelmente terna, delicada, e aninha-se no seu regaço, dengosa, como menina buscando mimos. Você inteiriça-se mais. Um nervo no ombro estala. Sua máscara de dor é um esgar grotesco, que lhe deforma as feições. Joga a cabeça para trás para escapar das carícias terríveis.

O sol dá em seus olhos marejados e cega-o por instantes. Você rola no chão. O grito não escapa. Escapa um gorgolejo soturno misturado à baba, que o lambuza.

Bate com o rosto no chão.

Está sem equilíbrio. Os braços não o obedecem: não tem mais braços. Tomaram vida própria. Você desmaia.

Capítulo 35

Quando desperta está refrescado, sereno, uma grande paz bem-vinda como um halo em sua cabeça. Abre os olhos com cautela, vagarosos. A primeira coisa que sente é uma fraqueza demolidora. E fome. Fome é real. Fome é coisa que não dá em pesadelos. Terminou, portanto. Está livre. Já era tempo.

Fica sem mover-se, ressabiado, não dá para facilitar. O corpo poreja de suor. O sol está sobre você. A boca seca pede água. O rosto toca a terra arenosa. A terra está quente.

Deveria ser a almofada do ônibus.

Não é.

Seu coração pressente a armadilha.

Não quer olhar. Sabe que está no deserto. Que não é um pesadelo. Não quer vê-las. Concentra-se na fraqueza que o oprime, aliada da fome.

A janela bate.

Escutou-a bater toda a noite, a intervalos regulares. Não a viu ainda. A fome aumenta. Trata-se, agora, de atendê-la, como em um dia qualquer. E saciar a sede. E fazer todas as necessidades do corpo. Viver, mesmo com isso. Ainda estarão aí?

Elas cochilam, enroladas.

A onda de terror já desmanchou.

Pode examiná-las, agora que dormem. Duas cobras, dois bichos escamosos, verdes, nascem de seus braços. Não adianta buscar explicações, estão aí. Não é um pesadelo. Um pesadelo não abrigaria tal sol. Nem essa sede. Nem esse sentimento curioso que o faz observá-las, por um momento liberto do asco.

Poderá comandá-las ou serão independentes?

Se provocadas, atacá-lo-ão?

Serão venenosas?

Pertencerão a alguma espécie específica? Continuarão a crescer, tomarão posse do seu corpo todo? De que se alimentarão? Com fome, como reagirão?

Você começa a erguer-se, apoiado com as costas na parede. As pernas fraquejam, mas com esforço começa a subir. Há uma névoa nauseante em seu cérebro, agora que está em pé.

Seus dois braços oscilam no ar.

Deve estar monstruoso. Não gostaria de encontra-se com um ser como agora você é. (Sente medo de si mesmo.) Das mangas do seu paletó não saem suas mãos brancas, aquelas mãos mais delicadas do que você desejava que fossem, mas eram suas mãos e eram familiares, das mangas do seu paletó saem essas coisas verdes. Com cuidado, levanta-as até a altura dos bolsos do paletó e enfia-as ali. Elas se acomodam, dóceis, preguiçosas.

É um homem encostado a uma parede, com as mãos nos bolsos do paletó e que começa a caminhar, cambaleante, em direção ao centro abrasador do deserto.

Talvez o melhor fosse você buscar a estrada e pedir carona.

Mas, quem iria parar para um ser tão monstruoso? Quem teria coragem de recolher em seu carro um homem com tal aspecto?

Se vissem em que se transformaram seus braços fugiriam tomados de compreensível pavor. Não era mais humano. Não pertencia mais a nenhuma espécie viva. Era um mutante: o início de uma nova raça. Uma raça estranha, assustadora, seguramente maldita. Os coiotes fugiriam à sua presença. Os homens o caçariam. Terminaria no fogo, como os feiticeiros de antigamente ou empalhado num museu de horrores. Seria um boneco de cera de Madame Tusseau. Os turistas posariam a seu lado para fotografias. Divertiria os pequenos burgueses em seus fins de semana, na forma de slides coloridos, projetados em paredes de apartamentos diminutos.

Elas estão quietas nos bolsos. Dormem. Você olha para o céu. O sol está alto. Já passou do meio-dia. Deve ser duas horas. Não bebe desde a noite anterior. No deserto morre-se desidratado em 24 horas. Precisa beber, urgente. Uma garrafa de cerveja, irisada, divina, transpirante.

Miragens: até a repugnante poção escura seria tomada como um néctar dos deuses. O deserto já atua em seu cérebro.

Vem vindo um caminhão.

Pela estrada, ao longe, roncando, espantosa e salvadora visão, vem vindo um enorme caminhão de carga.

Você corre para a estrada. Você quer gritar mas falta-lhe a voz. Cambaleia. O caminhão passará por você, veloz e indiferente. Precisa fazer alguma coisa. Num impulso instintivo ergue os dois braços.

Esvoaçam à luz do sol duas cobras verdes.

O caminhão desgoverna-se por um instante. Avança sobre o acostamento, volta à estrada, parece um grande animal bêbado. Recupera-se, passa por você numa velocidade crescente.

Fica em sua retina os olhos assombrados do chofer.

Você baixa a cabeça, vencido. Uma delas rasteja no asfalto, aproxima-se de seus pés, parece farejá-los. A outra eleva-se, cutucando seu joelho, sua coxa, vai subindo, apóia a cabeça na saliência do bolso.

Elas — as duas serpentes, suas filhas, seus braços — não representam mais um horror extraordinário. Deixaram de ser um conto de Poe. São apenas um estorvo em sua vida. Duas coisas desagradáveis — desagradáveis no sentido de que são chatas; não doem, não insultam, não magoam, não o ameaçam (por enquanto). Apenas estorvam sua atividade.

Tinha espinhas quando adolescente. Isso o fazia arredio e infeliz. Agora, carrega duas serpentes verdes em lugar dos braços. Outro carro aproxima-se. Também se assustará. Vem-lhe, disfarçada, sorrateira, a vontade de pregar-lhe um grande susto. De esperar que se aproxime, sorrir para ele e, de repente, vibrar seus terríveis braços no ar, gargalhar com o horror do motorista, aliviar-se da tensão que carrega.

Será Cid Espigão, o Monstro das Estradas.

Será o Terror dos Caminhos, o que espreita, o que incomoda, o que torna todos inseguros e infelizes. Estará vingado. Morrerá de fome e sede mas terá sua pequena epifânia. O carro passa. Você permaneceu com as serpentes nos bolsos. Faltou-lhe vontade. Faltou-lhe, talvez, coragem. Ou seu caráter não é propenso a vinganças inúteis. Quer viver, não guerrear os vivos.

Começa a caminhar. Sabe que não resistirá muito tempo. Sem chapéu nesse sol. Deve fazer muito mais de quarenta graus. Deserto... Arrasta os pés. Os braços pesam. É que cresceram. Estranho isso: sentir o peso dos próprios braços. Ninguém sente o peso dos braços ou das pernas ou da cabeça. É que já não são seus braços, são outra coisa. O que estará acontecendo com suas pernas? Estarão ficando verdes? Escamosas? Não pode vê-las.

Levanta os pés, espicha o pescoço, não pode usar as mãos, não tem mãos.

Caminha. Todo seu corpo está tomado pelo suor morno que lhe dá coceiras. Parece que está se desmanchando. Pedaços liquefeitos do seu corpo irão ficando pelo caminho. Derreterá como um sorvete.

Vem vindo uma carroça. Vem em sentido contrário, puxada por uma mula cabisbaixa. Vem vindo essa carroça, rangendo.

O detetive particular Cid Espigão sobressalta-se. Vai chegar o momento. Terá que comunicar-se com outras pessoas, outros iguais. Mas, será, agora, igual de alguém? Será — ainda — um ser humano?

A carroça aproxima-se. É conduzida por um camponês moreno, de bigodes caídos, ar sonolento. O normal seria aproximar-se, erguer uma mão em sinal de saudação, pedir um gole de água. Não poderá erguer a mão. Não poderá apanhar o cantil ou vasilha de barro com a bebida fresca.

Com sonora exclamação o camponês faz a mula parar. Você aproxima-se dele. Suas pernas tremem. O homem olha-o sem medo.

— Está perdido, amigo?

O homem perguntava-lhe se estava perdido.

Esse pequeno ato de solidariedade bastou para comovê-lo. Tentou falar mas não lhe saíam as palavras. O homem prontificou-se a descer da carroça e ampará-lo; você assustou-se com tal idéia. As serpentes — seus braços — dormiam plácidas nos bolsos do paletó. Se despertassem não sabia o que poderia acontecer.

— Tomou muito sol — disse o homem.

Você tratou de andar na direção dele com naturalidade.

— Perdeu-se, amigo?

— Sim, me perdi.

Você tornou-se rígido quando o homem agarrou-o pelo antebraço.

— Estou bem, posso andar sem problemas.

O homem largou-o. Parecia sensível ao seu estado de espírito. Pessoas perdidas ou em estado de insolação devem ser tratadas com especial delicadeza. Tornam-se desconfiadas, vulneráveis, propensas à depressão. O camponês devia ter visto muitas pessoas nesse estado em sua vida. Era um homem de uns 50 anos, tosco, duro, acostumado às asperezas da região.

— Um gole de água lhe fará bem, amigo.

Apanhou o cantil debaixo do banco da carroça e estendeu-o para você. (Os lábios de Cid Espigão se apertaram.) Sua boca encheu-se de saliva. Chegou a sentir o gosto vital do líquido em sua garganta. Em seus bolsos estava aquilo. Não poderia tirar as mãos do bolso. Não tinha mais mãos.

— Não quero beber.

Espanto nas feições do camponês.

— Só quero uma carona, até um lugar onde eu possa...

Possa o quê? Sentiu com ódio o suor deslizando em seu rosto, o gosto salgado nas comissuras dos lábios. Percebeu que o camponês continuava esperando que ele concluísse a frase.

— ... Até encontrar um médico.

Como não pensara em algo tão banal? Um médico! Eles poderiam, talvez, explicar o que lhe acontecera. Talvez pudessem operá-lo. Extinguir as excrescências monstruosas de que estava possuído.

O camponês sacudiu a cabeça positivamente, parecia entender que algo estranho acontecia com aquele homem perdido.

— Onde moro tem um curandeiro.

Outra vez procurou ampará-lo pelo braço, mas você livrou-se, delicada e decididamente, com um menear do ombro. Subiu na carroça, por trás, com dificuldade. O camponês olhou com certa malícia os esforços do perdido, sua desajeitada tentativa de subir na carroça e a estranha mania de não retirar para nada as mãos dos bolsos. A carroça estava repleta de sacos com produtos da magra agricultura da região. Você acomodou-se entre eles. O camponês tornou a estender o cantil — na verdade, uma bolsa de pele de gamo — em direção a você.

— Não quero beber por enquanto, obrigado.

O camponês avaliou-o com seus olhos francos e levemente irônicos. Com tal calor e de mãos nos bolsos! Largou o cantil ao seu lado.

— Fica aí. Se o amigo tiver vontade...

Demorou ainda o olhar em você: um homem em posição fetal entre os produtos de sua horta, de mãos intransigentemente fincadas nos bolsos, o ar desolado e a expressão de sede atroz. Um caso curioso, sem dúvida.

— Meu nome é Fernando.

Pelo menos isso era concreto no calor do dia.

— Eu estou muito agradecido por me recolher, amigo.

Fernando sorriu — parecia que as coisas melhoravam — e subiu para seu lugar no banco da carroça. Com um solavanco, ela começou a andar.

Você olhou para o cantil com água, tão pertinho. Água! Água fresca, clara, transparente! Ah, tesouros do mundo! O estômago de você se retorce. Você geme. A febre o cobrirá com seu cobertor pegajoso. Elas estão quietas. Elas — suas filhas, seus braços — repousam na mornidão dos bolsos.

A carroça avança. Você de olhos fechados. Será bom dormir até... Até o quê? Até onde? O desespero o faz contrair-se como se tivesse cólicas. O camponês dá uma rápida olhada. A carroça avança, passam carros por ela.

O seu braço direito começa a mover-se. O bolso se espicha, algo se agita dentro dele. Emerge uma pequena cabeça verde. Reconhece os olhos amarelos. A boca se abre, a língua vermelha sibila.

Densa agonia o faz retrair os músculos. A serpente rasteja entre os sacos, parece farejá-los, é silenciosa, limpa, delicada.

Agora, você já sabe: não tem controle sobre elas.

Tudo que desejava era que ficassem quietas em seus bolsos, pelo menos isso! O camponês vira-se para você.

— Estamos chegando. Minha aldeia é lá embaixo, no vale.

Com o corpo você cobriu a serpente da visão do homem. Fica a dúvida: ele a terá visto? Não. Se visse, seria um escândalo.

A outra começa a mexer-se. Vê-a surgir, piscando os olhos incomodados pelo sol, reconhece o terreno, aventura-se a escorregar para fora, silenciosa. Horrorizado, impotente, você as vê passearem, distraídas, entre os sacos de verdura.

Capítulo 36

A aldeia era um pequeno amontoado de casebres cor do deserto, onde se chegava descendo vertiginosa senda empedrada.

Lá embaixo o calor arrefecia e isso era natural: tudo era verde. Como num passe de mágica, o deserto ficava para trás — ou melhor — para cima. O vale era cortado por um fio d'água cantarolante, que distribuía com raro pendor democrático verde e frescor em ambas as margens. À medida que a carroça empreendia a cautelosa descida, o silêncio opressor do deserto ia sendo substituído pelos rumores da vida. Pios de pássaros, vozes distantes, uma martelada na cabeça de um prego, serrote na madeira, mugido de vaca. Sobre tudo, coordenando a orquestra, soberano e acolhedor, o canto igualitário do fio de água.

Quanto mais desciam, mais você sentia que se aproximavam de uma espécie qualquer de sonho ancestral, de desejo órfico, de nostalgia telúrica. Encolhido no fundo da carroça, sentindo no corpo as interrogações inquietantes da brisa que vinha das árvores do vale, farejando a água dormindo no bojo do cantil de couro de gamo, você observava, mordendo os lábios ressequidos, o passeio dos seus dois braços — das duas serpentes verdes — por entre os sacos de mantimentos.

Agora não havia perigo do camponês olhar: toda sua atenção se concentrava na arriscada descida. Segurava firme a rédea e orientava a mula — embora conhecedora do caminho — com cautela. Qualquer escorregão seria catastrófico. O caminho beirava um precipício de uns bons trezentos metros. O suficiente para não facilitar a queda.

Você pensava nelas. Teriam conhecimento uma da outra? Entender-se-iam? Conheciam seu destino? O que significava Cid Espigão para elas?

Você namorava o cantil. Tentou durante alguns momentos, numa atitude que reconheceu grotesca e semidesesperada, beber do seu bico. Para isso foi necessário torcer o pescoço até senti-lo estalar. O bico do cantil estava fechado por uma rolha. Tentou destampá-lo com os dentes. Sentiu-os triturarem a rolha, os farelos grudarem-se em suas gengivas, o frescor da água invadir sua boca como uma benção anunciada.

Mas não conseguiu arrancar a rolha. Seus movimentos cada vez mais nervosos acabaram chamando a atenção do camponês. Fingiu que dormia. Sua boca encheu-se de água que não mitigava a sede.

Seus braços estremeceram. Olhou-os. Estavam outra vez junto do seu rosto, suspensas no ar, com os olhos faiscando com o sol e as bocas abertas, mostrando as línguas vermelhas.

Sentiu vontade de gritar: fora! Voltem para o lugar onde estavam! Me deixem em paz! Sentiu vontade de cuspir nelas. De chorar desesperadamente como um menino muito frágil. De morrer. Com lucidez, com calma, como quem apanha uma caixa fechada cheia de aranhas negras, com essa cautela, você pensou que seria bom morrer. E pela primeira vez em sua vida pensou na morte sem a fantasia da cultura. Morrer seria bom, agora, com céu ou inferno, com purgatório ou limbo, com reencarnação ou com fim absoluto, com outra vida ou com o abraço piedoso do nada. Morrer como um adulto, com ódio ou pena ou pânico. Mas morrer.

— Estamos chegando.

Ergueu a cabeça. A descida terminara. Aproximavam-se das pequenas casas da cor do deserto.

Com pânico observou que um grupo de crianças aproximava-se correndo da carroça. Gritavam e riam.

Tratou de recolher as serpentes para os bolsos do paletó, mas elas resistiam. Estavam muito bem ali, ao ar livre, na nova temperatura, e não desejavam por nada tornar ao calor do bolso.

Os meninos estavam cada vez mais próximos. Então, talvez escutando o alarido do camponês, que também começou a gritar bem-humorado, as serpentes pareceram entrar em acordo e buscar um refúgio.

Enroscaram-se e mergulharam uma em cada bolso. Foi no momento justo. Dois garotos suados e destilando energia dependuraram-se nas grades da carroça.

Surpresa. Pequeno susto. O estranho jogado ali.

— Não o incomodem, acho que está doente.

Outros meninos dependuraram-se na carroça. Contemplavam impressionados o estranho de lamentável aspecto. A carroça chegou ao centro da vila. Não teria mais de cinqüenta casebres.

— Chegamos — avisou o homem, quando um garoto deu um grito horripilante. Uma pequena cabeça verde surgira do bolso do homem. Aproximaram-se outros aldeões, alertados com o grito. Novo grito horrorizado. Outra cabeça, no outro bolso.

— Está enfeitiçado!

O camponês que o trouxe fez o sinal-da-cruz. Você saltou da carroça, a meninada espalhou-se em todas as direções.

— Eu explico, esperem!

Alguém, um dos meninos, jogou-lhe uma pedra.

Seus dois braços ergueram-se ao sol da tarde diante da pequena multidão atônita e não eram dois braços, eram duas serpentes enfurecidas, que davam botes, que faiscavam os olhos amarelos, que escancaravam com fúria as bocas vermelhas, que sibilavam com desafio as línguas bifurcadas.

Se estivesse entre eles reagiria da mesma forma. Pensou, com um ataque de riso, que deveria realmente estar assustador. Durante um segundo — menos de um segundo — uma fração; num instante, como um piscar de olhos, você entendeu o pânico dos habitantes do lugarejo. As duas serpentes que eram seus braços estavam alçadas no ar, assanhadas, dando botes, sibilantes, encrespadas, guerreiras.

Do círculo de aldeões partiam exclamações de espanto, esconjuros e rezas. O camponês que lhe dera a carona apanhou um facão de mato. Ameaçou atacar. As serpentes recolhiam-se, esquivas aos golpes, e contra-atacavam com rapidez, cintilantes ao sol da tarde.

Você era o mensageiro do cataclisma.

— Saiam da frente, abram!

Deram passagem a um homem enorme, empunhando um machado. Você não sabe porque mas identificou-o como o ferreiro da aldeia. Tinha uma barba espessa e um avental de couro. Você recuou ante o tamanho do homem. Suas costas encontraram a carroça. Não poderia recuar mais.

O ferreiro calculou a distância para o ataque. As duas serpentes pairavam no ar, tensas, recolhidas, olhos fuzilando. Você se curvava, a ponto de desmaiar.

Eis a chance de acabar com tudo.

Um golpe daquele machado no meio da testa não poderia doer em hipótese alguma. Tudo se consumaria instantaneamente. Adeus, pesadelo.

O ferreiro desferiu a machadada.

Você desviou do golpe. Queria viver, enfim! E apesar de tudo.

As serpentes enroscaram-se uma na outra emitindo sons agudamente inesperados. O machado entrou na madeira da carroça, arrancando astilhas. As serpentes deram o troco com velocidade assustadora. Saltaram sobre o ferreiro que deixou o machado cravado sobre a carroça e caiu de costas, escapando por pouco do bote. Saiu do alcance delas rastejando, comendo pó, derrotado no primeiro assalto.

Os dois répteis continuavam a dar botes, a mostrar os dentes afiados e a língua trêmula, enquanto formava-se o círculo de assombro ao redor delas. No centro do círculo você descobria o poder bizarro que agora possuía.

Uma mulher com um longo garfo de empilhar feno o acossou com estocadas medrosas. As serpentes recuavam, flutuando no ar, raivosas, sibilando. O ferreiro limpou o pó das calças, tomou o garfo da mulher. Começou novamente a estudar uma maneira de atacar.

Toda a aldeia agora o cercava.

O ferreiro enfiou o garfo rapidamente, visando o seu peito. Você jogou-se contra a carroça, as pontas afiadas roçaram seu peito rasgando a carne, o sangue jorrou.

As duas serpentes davam saltos enlouquecidos.

Você caiu sentado. Os aldeões exclamaram ao mesmo tempo uma abafada interjeição de maravilha e júbilo.

O ferreiro ergueu bem alto o garfo enorme.

As duas serpentes estão paralisadas no ar, impotentes. Você sente o momento final e não tem mais forças para girar o corpo, para ao menos tentar fugir do golpe. Uma ponta aguda do garfo cintila e cega-o.

— Ramírez, alto!

O ferreiro ficou com os braços no ar, erguendo bem alto a arma, imobilizada no instante de dar o golpe.

Todos se voltaram para o lugar de onde vinha a voz. No entressonho do desfalecimento, você ouviu-a soar muito longe, associada a raízes e pássaros.

— Pare, hombre!

Resvalou e sentiu que estava muito próximo do chão. Ouviu murmúrios. Ouviu latidos. Ouviu (será possível?) ondas desmanchando-se sem violência numa areia macia.

— Deixem-no.

Voz de arbustos novos, de mel escorrendo, de ruído de leite em garganta de bezerro. Já sei. O ferreiro enterrou o garfo na minha barriga. Agonizo. Esses ruídos, e o silêncio dentro deles, são meus estertores.

Você viu o risco verde da serpente da direita, o pânico no seu olhinho amarelo. A outra estava quieta, fazendo um movimento imperceptível, atenta. Na sua frente, os aldeões, a uma distância temerosa.

O ferreiro estava a um lado, ameaçador, com o garfo apontado. Fernando, o bom samaritano, ainda tinha o facão erguido.

Alto, bronzeado, rosto enrugado, os longos cabelos grisalhos caídos nos ombros, apoiado num bastão, aproximava-se um homem imponente. Vestia de branco como os outros, mas usava colares no pescoço e inumeráveis pulseiras. Parecia um curandeiro. Olhava-o e você encarou esses olhos. Buscava neles uma esperança qualquer. Mas, era estranho: apesar da doçura, da evidente simpatia, da total falta de antagonismo, neles não havia esperança. Assim como não havia ameaça, também não havia promessa.

O homem deu um passo cauteloso.

— Que lhe aconteceu, amigo? Sabe explicar?

Você escutou essas palavras como a tábua de salvação que o náufrago vê boiando a seu alcance. Tomado de pesada piedade de si mesmo, ergueu o olhar para o homem. De repente a pergunta lhe pareceu idiota, esse selvagem é um tolo e sua situação uma caricatura.

Sentiu vontade de rir, com desprezo e amargura.

Mas as cobras se encolhiam no ar, ondulantes e ameaçadoras. O homem inclinou-se para ele, sempre conservando uma distância prudente.

— Pode falar, amigo?

Lágrimas brotaram nos seus olhos. Você sacudiu a cabeça de cima para baixo, confirmando, sim, podia falar, mas sem abrir a boca, como se um ser de sua natureza dúbia não tivesse o direito de expressar-se por palavras.

— Entende o que eu digo?

Você confirmou com a cabeça. O homem parecia um índio, nobre e enigmático, e deu outro passo adiante. Estava bem próximo, mas fora do alcance delas.

— Tem sede?

Você tornou a confirmar com a cabeça. O índio virou-se e fez sinal com a mão. Alcançaram-lhe uma cabaça. Apanhou-a e olhou para você, para o ser monstruoso encostado à carroça.

Você mesmo duvidou que ele tivesse coragem de aproximar-se. A pequena multidão silenciou. As duas serpentes ainda estavam assanhadas, ainda mostravam os dentes com fúria.

Seu sibilar de ódio já diminuía, mas não diminuía o estado de alerta, o brilho agressivo dos olhos.

O índio avançou um passo. O sibilar das serpentes aumentou. Involuntariamente, você temeu por ele.

— Não precisa ter medo. Não vou lhe fazer mal nenhum. Vou dar-lhe de beber.

Você queimava de vergonha. Era tratado como um animal furioso, que tem que ser acalmado. Você era isso: um animal furioso; um monstro desconhecido e assustador; uma fera nova da qual ninguém poderia imaginar as atitudes. Vergonha.

Precisava dizer alguma coisa para o índio bronzeado e cheio de rugas; mostrar, ao menos por orgulho, que ainda era um ser humano.

— Não se aproxime, senhor.

— Não vou fazer-lhe mal. Quero dar-lhe água.

— Eu não as controlo. Não sei o que poderão fazer.

— Procure relaxar. Procure ficar inteiramente tranqüilo. Procure mostrar que confia em mim, que não me teme.

Você deixou as lágrimas escorrerem pelo rosto. O velho índio representava uma possibilidade de salvação; se acontecesse alguma coisa a ele estaria definitivamente perdido.

— Tente controlar-se — tornou o homem.

Você estava a ponto de sucumbir de sede. Não fora a emoção da luta contra os camponeses e a tensão de ter duas serpentes no lugar dos braços, estaria abalado pela falta de água e pela força do sol.

— Procure concentrar-se, amigo.

A pequena multidão esperava, inquieta e silenciosa, todos com as armas ainda em riste. Você tentou imaginar um lugar pacífico; um oásis; um remanso verde; doces vaquinhas pastando. O estranho índio — ele parecia um profeta muito antigo, seguramente era o curandeiro de que Fernando lhe falara — começou a aproximar-se. As serpentes pareciam cansadas, as línguas deixaram de ser ameaçadoras. O homem chegou ao alcance delas.

Você as viu se eriçarem. O índio não se alterou; seu rosto de pedra não demonstrava o menor temor. As duas serpentes elevaram-se no ar, próximas do homem com rosto de profeta. Ele estendeu a cabaça até seus lábios ressequidos. Você bebeu, com ânsia e pavor.

— Calma, calma, sem pressa.

O líquido transmitiu-lhe uma energia suave, uma vontade de fazer-se doce e fraterno; uma ânsia de abraçar e beijar com ternura. As lágrimas continuavam escorrendo de seus olhos. O índio sustentava com firmeza a cabaça, indiferente ao rondar ameaçador das serpentes.

Percebeu a admiração nos seus olhos.

— Sou um pobre velho com mais de 100 anos. Bem mais de cem anos... Por que motivo teria medo de morrer? Se eu fosse jovem como você teria razão para isso.

— O que aconteceu comigo?

— Vamos tentar descobrir isso juntos.

— Eu estou amaldiçoado.

— Eu conheci um homem que foi perdendo pedaços dele por aí. Por um motivo ou outro, foi deixando coisas: um desejo, mesmo pequeno; humilhações, um rechaço. São pedaços da pessoa, depois fazem falta.

A voz dele acalmava meus braços.

— São como a cabeça ou os braços, ou pernas, ou o coração. Vão ficando pelo caminho. Um dia, é como se não tivesse uma parte inteira do corpo. Alguma coisa tem que substituí-la.

E, normalmente, quem a substitui são nossas partes mais secretas. As mais antigas. As que ficam soterradas.

As lágrimas escorriam pelo meu rosto.

— Esse homem que eu conheci tornou-se um coiote.

O índio esperou que eu me refizesse e novamente alcançou-me a cabaça.

— Não se preocupe, todos nós carregamos serpentes.

— O que eu tenho que fazer, caríssimo senhor?

— Uma viagem.

Capítulo 37

Lembra-se de que tinha sido conduzido para a sombra fresca de uma cabana de barro; de que se arrastara pela única ruela da aldeia seguido pela turba temerosa e maravilhada, tendo à frente de todos a figura alta e solene do ancião. Lembra-se de que as serpentes tinham se acalmado e de que a sua sede, saciada, tinha saciado, também, aparentemente, a sede delas. De que adormecera instantânea e profundamente. De que o sono era um transatlântico escuro, de luzes apagadas, imóvel no centro escuro de um oceano de vidro. De que viu partes perdidas de sua vida espalhadas pelos caminhos. Em todas elas havia uma gota de sangue cristalizada. Em cada gota de sangue, havia, encerrada como minúsculo animal prisioneiro, uma partícula de dor.

Viu uma pirâmide.

A argamassa dela fora feita com sangue de escravos, durante gerações. Estava solitária, prepotente, erguida num deserto mineral, entre nuvens escarlates.

Acordou ouvindo o ruído pacífico de uma aldeia imersa em suas ocupações cotidianas.

Num canto da sala em penumbra, o velho com mais de 100 anos de idade parecia meditar. Talvez cochilasse. Você ficou imóvel, pensando na pirâmide. Onde já a vira antes?

Percebeu um cheiro conhecido chegar até suas narinas. Olhou para o índio. Ele fumava um cachimbo de barro, de olhos fechados. A tênue fumaça que ele gerava espalhava o perfume vagamente embriagador. Você moveu-se e o seu corpo doeu. Com um sobressalto de angústia, lembrou-se delas.

Aí estavam, enroscadas, dormitando: braços. É então que lhe invade esse ódio. Não sabe contra quem, não sabe por quê. Invade-lhe um ódio primário, um ódio curto e grosso, um ódio baboso e mordedor, um ódio em beco escuro, pensando na ponta de uma clava pré-histórica. As serpentes estremecem em seu sono, como atravessadas por esse ódio. Você sacode a cabeça com desespero. Se não lutar, novamente as lágrimas escorrerão por sua face.

— Sonhou?

— Sim, um pouco.

— Lembra-se do que sonhou?

Você pensou demoradamente.

— Com muitas coisas.

— O que mais o impressionou no sonho?

— Uma pirâmide.

O velho fechou os olhos de modo suave e delicado.

— Lembra-se como era a pirâmide?

— Era... Não sei bem como explicar. Era uma pirâmide como as outras.

— Procure lembrar-se. Por exemplo: onde estava?

— Num deserto.

— Mais, procure lembrar-se mais.

Você tentou com todas suas forças voltar àquele momento do seu sonho em que apareceu a visão assustadora.

— Era uma pirâmide enorme e escura. Eu tive medo dela.

— Por quê?

— Não sei.

O velho expeliu um sopro de fumaça em direção ao seu rosto. Você remotamente reconheceu o olor áspero e reconfortante.

— Que motivos poderia você ter para sentir medo de uma construção aparecida em sonhos? Que impressão ela lhe passou, para ter medo?

Você olhou o teto de palha por onde se infiltravam raios de luz. Não sabia que horas eram. Um cão latiu lá fora. As serpentes mexeram-se.

— Mal — você disse.

O ancião continuou em silêncio.

— A impressão que me deu é de que ali era um lugar do Mal. Alguma coisa me disse, no sonho, que a pirâmide tinha sido construída com o sangue de escravos. Ela era escura, contra um céu vermelho. A impressão que me deu é de que ali habitava o Mal.

— O Mal?

Havia uma ponta de ironia na voz do velho ou seria a sua imaginação?

— O Mal... pode ser. Mal e Bem às vezes se confundem.

— Não entendo.

— Essa pirâmide que você viu, talvez seja um local onde você deva ir. Talvez lá brilhe a chama da sabedoria. Ou, quem sabe...

Você se tornou alerta. O velho sorriu.

— Não fique impressionado. Talvez seja o lugar da sua sabedoria e talvez não seja. Seja o que for, se me permite, eu tenho a vaga impressão de que você pode lidar com isso. Seja o que for, é difícil, mas você já viajou muito e já viu muita coisa para se impressionar com um sonho.

— Esse lugar existe mesmo?

— Você não o viu?

— No sonho.

— Qual a diferença?

Você ficou calado. Estava farto de filosofias e de magias e enigmas. Só queria que tudo acabasse de um jeito ou de outro. Morrer, tudo bem. Sentia-se fraco como jamais estivera. O ancião pareceu adivinhar as causas do seu silêncio.

— Meu amigo, você terá que recuperar as forças. Vai dar uma caminhada comigo. Deverá dormir, alimentar-se, pacificar o espírito. Tudo no sentido de reunir forças. Vamos dar uma caminhada. O principal será estar forte, estarmos fortes, pois o perigo do caminho será para ambos.

Assim, você soube que teria um companheiro nessa jornada.

Você foi alimentado pelas mãos do velho.

Durante um tempo que não sabe quanto foi, mas em que recuperou o domínio dos nervos e dos músculos, você foi pacientemente tratado pelo velho, sem jamais sair da cabana de palha.

Uma madrugada ele despertou-o com um toque no ombro.

— É hoje, vamos.

Quando partiu em busca da pirâmide, você já era um homem acostumado à sua rara condição. Foi adquirindo o hábito de apanhar pequenas porções de alimento com a boca, com rápidas mordidas, e a habilidade para curvar o pescoço nas direções mais difíceis.

O índio caminhava na sua frente, apoiado no bastão, calado, fumando sem parar o cachimbo de barro. Vendo-o caminhar, pisando leve a estrada seca com as sandálias de couro, não era crível que ele tivesse mais de cem anos. Mas também não era crível a transformação de seus braços. A verdade é que você tinha deixado temporariamente de racionalizar os fenômenos da existência. Esse homem caminhando na sua frente vira as tropas de Zapata descendo numa nuvem de pó as escarpas de Sierra Madre, e vira com o mesmo oblíquo olhar de indiferença um urubu arrancando o olho de um terneiro morto por um puma.

Caminharam três dias em direção ao centro do deserto.

À luz dourada do terceiro crepúsculo, o índio falou:

— Você fica aqui.

E afastou-se.

Você sentou numa pedra e ficou vendo o velho afastar-se cada vez mais, até transformar-se num ponto pequenino no horizonte do deserto.

Apareceu uma lua um pouco torta.

Depois veio a noite.

Não tem certeza se adormeceu nem sabe quanto tempo passou, mas houve um momento que sobressaltou-se com o uivo de um coiote e sentiu o peso do olhar do índio. O ancião parecia transfigurado. Talvez fosse o luar. Um facho de luz prateado escorria do olho direito. Estava de cócoras, com o cachimbo na mão, e pela primeira vez desde que o conheceu, o velho estendeu o cachimbo para você.

Instintivamente você estendeu o braço para apanhá-lo; no ar morno e prateado resvalou a coisa verde. Antes que o susto e o desespero voltassem, o velho colocou o cachimbo em seus lábios. Aspirou profundamente.

Viu sua sombra feita pela lua.

As duas serpentes moviam-se no chão, investigando os arredores. O velho tornou a estender o cachimbo.

Tornou a sentir a fumaça perfumada entrando no seu corpo, avançando, azulada, diluída, ocupando os espaços vazios, tocando nas superfícies úmidas, alisando os cortornos macios de carne.

Adonava-se do seu interior.

Sentiu que poderia ser prisioneiro dos desejos que ela porventura manifestasse. Achou que isso era uma bobagem estúpida, mas o olho do índio despejava um fio de prata transparente.

Resolveu expulsar a fumaça, sacudir-se, vomitar, meter as mãos na garganta e obrigar-se a devolver a nuvem azul que o invadira, mas ergue no ar duas serpentes verdes. Sem uma palavra o velho índio começou a afastar-se.

Você sentiu uma pontada no coração.

Taquicardia. Sentiu falta de ar. Sentiu uma dor aguda no princípio da coluna.

O índio estava cada vez mais longe, o coração mais descontrolado, a respiração mais presa. Você tentou erguer-se e partir no encalço dele, mas ficou preso no chão.

Lentamente o velho índio desaparecia no escuro, deixando no ar um frágil halo de luz prateada.

Um fino risco luminoso cortou o céu, sem fazer o menor ruído. Descreveu uma elipse perfeita e depois sumiu no horizonte.

O céu permaneceu imutável, atulhado de estrelas.

Você ficou de pé. Olhou ao redor a solidão, com uma apreensão brusca; como se adivinhasse que alguma coisa ameaçadora se aproximava. Começou a caminhar na direção onde o índio desapareceu, e mal dera o primeiro passo, sentiu bem fundo no estômago a presença daquela força hostil e poderosa, que o atraía.

Estava sendo atraído para algum lugar. Alguma coisa viva o puxava, com seu poder invisível. Seus pés tropeçavam em arbustos, escorregava em pedras redondas. Estava como envolto em lâminas flexíveis de chumbo.

A fumaça dentro do seu corpo começava a tomar vida. Já tinha personalidade, já começava a desejar coisas. Precisava reagir, lutar contra ela. Um coiote uivou, muito perto.

A fumaça transformava-se numa mão.

Em breve apertaria seu coração. Pensou na mulher mais bela do mundo porque na linha do horizonte estava, nítida, a pirâmide.

A mão dentro dele se fechava em torno do coração.

A taquicardia aumentava. Não buscava a pirâmide, talvez; talvez ela o buscasse, e há muito tempo, e com evidentes sinais. Continuou caminhando, carregando as duas serpentes, lutando com a mão que se fechava cada vez mais no coração, deixando escapar de sua boca uma canção ou pranto que o alentava e afligia.

A pirâmide era real, feita de pedra escura, e estava plantada ali no deserto, bem sólida e quase prosaica no seu mistério. Era alta, monstruosa, confundia-se com as estrelas. Foi se aproximando, entrando em seu âmbito de frio milenar. Foi se aproximando, sentindo a força que o chamava lá de dentro. Foi se aproximando com o coração cada vez menor, e estendeu a mão para tocar na pedra ancestral.

A pequena língua da serpente lambeu a superfície dura.

Você pisou num buraco.

Equilibrou-se e olhou melhor.

Não era um buraco.

Era o primeiro degrau de uma escada.

Escondida pela escuridão, ela descia para um lugar ainda mais escuro.

Começou a descer, tateante. Foi contando os degraus, um por um: vinte e sete. Parou diante de outra parede. Talvez fosse uma entrada, talvez houvesse um mecanismo capaz de removê-la do seu caminho. Ficou olhando a barreira enorme e instransponível, imaginando como fazer para entrar, sentindo o chamado silencioso daquele poder sem nome. Recuou, procurou ver melhor no escuro (a sombra da pirâmide abafava o luar), contemplou a enorme escadaria que acabara de descer.

O coração se tornava mais controlado.

Sentou num degrau e ficou de cabeça baixa, respirando devagar, lutando com a mão ao redor do coração, sabendo que ela se tornava mais e mais fraca. Então, de repente, a parede na sua frente abriu-se em duas e começou a deslizar, uma parte para cada lado, como portas corrediças, fazendo um som de pedra arrastada, de gonzos enferrujados.

Você não se mexeu. Esperou sentado, atento ao coração e ao alvoroço das serpentes, que a porta terminasse de abrir. E ela parou com um solavanco seco.

Agora estava aberta e estendia-lhe o frio convite de suas entranhas. Você ergueu-se, olhou para trás, para a alta escada que descera e penetrou na pirâmide.

Os primeiros passos o colocaram numa câmara de altas paredes lisas, escura e impessoal. O piso também era liso e brilhante como um espelho. O tempo ali não contava. Era como se jamais houvesse passado. A pedra era nova. Não havia uma só partícula de pó no chão que pisava.

Tateante, você foi avançando, sem premeditar nada, vazio de pensamentos, cuidando do coração e da mão dentro de você que se desfazia.

Pouco a pouco, de modo quase imperceptível, foi brotando uma luz de algum lugar, uma luz fraca e amarela, que apenas servia para imprimir um débil contorno nas coisas. Você viu sombras nas paredes. Eram sombras de imagens de ídolos, aos quais não cuidou de ver as formas. Avançava cada vez mais, sem saber se em linha reta ou fazendo curvas, dentro de um silêncio de pedra, e notando a degradação cada vez mais acentuada do local.

Já pisava em detritos não identificados, pensou perceber um rato disparar entre os pés de pedra de uma estátua enorme.

Parou junto à estátua.

O pé dela tinha o dobro do seu tamanho. O resto se perdia na escuridão do alto. Tropeçou. Abaixou-se: uma tampa. Uma tampa circular, metálica, com uma argola para ser erguida.

Enfiou o pé ali e com algum esforço ergueu-a. Deparou com uma escada também de metal, descendo em curva para um lugar mais negro, de onde vinha um fragor de água.

Começou a descer, cada vez mais cauteloso, respondendo ao apelo que o chamava, colocando cada passo sobre cada degrau com cuidado, reconhecendo de modo distante e dúbio essa escada, como se já tivesse descido por ela alguma vez, em outro lugar. Via cada vez menos, mas pôde ver o vulto que o esperava no fim da escada.

Parou.

As serpentes estavam em seus bolsos e se mexeram, inquietas. O vulto estava imóvel, ereto, envolto numa capa negra.

Você ficou parado, pé direito num degrau, esquerdo em outro, e ficou olhando diretamente para o vulto. Nenhum dos dois disse nada.

Você sentou num degrau. Há muito não tem nada a perder. Decidiu ficar ali sentado, olhando para o vulto enrolado na capa negra, à espera de que ele dissesse algo. Sentia isso como um direito seu. Afinal, sabia que não estava ali porque queria, mas porque fora, de certo modo, chamado.

No degrau onde sentou havia uma chapinha de metal.

Baixou a cabeça até quase encostar nela e leu: *Mathias & Cia, SP — Brazil*. Lentamente foi erguendo a cabeça, porque começou a ouvir um risinho sarcástico partir do ser imóvel ao pé da escada.

Você apoiou o queixo nos joelhos e ficou quieto, atento mais a si mesmo do que ao riso, e escutou a voz conhecida, a doce voz de velhinha tricotando:

— Desça até aqui sem medo, senhor Espigão. Eu o conduzirei a uma porta que dá para a avenida Borges.

O medo de repente aflorou em todos os seus poros, mordeu todos os seus nervos, espalhou-se pelo sangue. Você se ergueu gritando aquela canção que seus lábios formaram no deserto, e pensou em avançar contra o vulto no pé da escada, mas a serpente da direita, saindo do bolso, ficou tensa no ar, armando o bote, e num ataque rápido cravou os dentes no seu pescoço. A serpente da esquerda girava no ar, desnorteada, confusa, como se estivesse sendo abandonada pelas forças que lhe davam vida. Você foi dobrando os joelhos, foi encostando-os nos degraus de metal, foi agachando-se como se uma férrea mão lhe apertasse o pescoço, o obrigasse a vergar-se. Na névoa do seu terror viu a figura de capa negra aproximar-se: era uma mulher e não tinha nenhum cabelo no crânio liso.

Foi escorregando devagar, batendo nos degraus de metal, e sentindo os dentes curvos e afiados no pescoço.

Foi escorregando, mole e entregue, e sabendo que alguma coisa se rompia em algum lugar.

(Não me culpem por isso, disse Giovanni, apoiado no balcão, eu não a amava. O amor é uma obrigação? Oito anos sem a ver. Envelheceu. Trinta e seis anos, mas os fios de cabelos brancos... Tem gente que fica charmosa com cabelos brancos. Dá uma aura. Ela ficou apenas velha e com jeito de quem não cuida dos cabelos. Eu a vi um dia na rua da Praia: olhava as vitrines, tinha um pacote de supermercado nos braços. Vestia saia comprida, quase até o chão. Colares, braceletes. Nenhuma pintura. Giovani contou, no balcão do bar, que ela perdera dezenas de empregos devido ao modo como se vestia. O tempo dos hippies passara há muito, mas ela persistia com as roupas coloridas, as miçangas. Uma professora do 2º grau, uma professora de Ciências Biológicas, não podia andar vestida dessa maneira! Ela era durona, tinha seu caráter. Nunca baixou a cabeça. Perdia os empregos mas continuava com seus vestidos, com seus colares. Acabou numa escolinha pra lá de Viamão. Sai de casa às cinco horas para chegar no horário. Não quer abandonar Porto Alegre, o centro, os cinemas. Ama o ar puro, o campo, mas é um bicho urbano, diz, contraditória e risonha. Nunca deu certo com os homens. O caso que mais durou foi com o venezuelano que estudava Geologia. Tinha uma bolsa, chegou aqui no final de 1960, não sei se tu chegou a conhecer. Ela vinha aqui com ele, sentava naquela mesa no canto, a mesma mesa em que tu sentavas com ela antes. Me olhava nos olhos, me desafiando. Eu não tinha nada com isso. Mas ela me desafiava. Ela desafiava todo mundo. Por isso não durava nos empregos. Inteligente ela era, todos diziam. Um dia veio sozinha, começou a beber. Ela bebia muito, ultimamente. Pensei que fosse chegada num baseado, mas não. Pra tu ver como são as coisas. Negócio dela era birita. Caipirinha. Era amarrada em caipirinha. Não tinha mesmo grana para outra coisa melhor. Acho que por isso que envelheceu tanto... Bebeu até começar a enrolar as palavras. Então falou em ti. Começou falando baixinho, sem escândalo, mas eu sentia cada palavra doer. Disse os piores horrores. Que tu a maltratava. Que fazia as piores maldades com ela. Que ela era um joguete nas tuas mãos. Essas coisas de mulheres. Começou a dizer nomes feios e palavras de amor. Depois me disseram que ela escrevia versos; isso eu não sabia. O que eu sei é que ela começou a dizer bem baixinho, como se rezasse, as palavras mais doces, mais ternas, e eu as sentia, aqui detrás deste balcão, com todo o ódio e o ressentimento de que estavam recheadas. Era terrível e era fascinante. Aquela mulher tão terna. Bela ela era: moura. Alta morena andaluza, de cabelos negros e olhos desafiantes. Mãos nervosas, magras, sensuais. Falava em ti quando o venezuelano chegou. Riu na cara dele, disse coisas amargas, acusou-o de não funcionar direito na cama, bobagens que a raiva faz dizer. O homem ficou ferido. Mais porque os outros riram. O pessoal é cruel. Ninguém pode fazer nada. Ele rebentou a garrafa no rosto dela e saiu correndo. Levei horas para limpar o sangue todo. Quando saiu do hospital, ela perdeu o emprego. Não procurou mais os amigos. Foi despejada do apartamento. Dizem que fala sozinha. Agora, ninguém sabe onde mora mas foi vista um dia desses remexendo numa lata de lixo. Mas tu não precisa fazer essa cara. Tu não tem culpa de nada.)

O pescoço dói. Há uma coisa grudada nele. Você sabe. Há uma serpente, uma cobra verde, escamosa, de olhos amarelos, com os dentes cravados em seu pescoço. Ainda não morreu. Merda. Como é difícil morrer. Como demora. Como é duro o corpo. Como resiste. Está em um lugar escuro. Vem de um sonho, vem lentamente como um pássaro em câmara lenta, vem batendo as asas, vem vindo do sonho para o escuro e a serpente.

Giovani, com seu nariz vermelho, cotovelos fincados no balcão. A avenida Borges fica logo ali; no outro lado.

A mulher não está mais no pé da escada.

Você rola mais alguns degraus e chega ao chão.

A mulher está lá.

Sonhou?

Onde está?

O pescoço dói, a serpente não o larga.

Você se arrasta no chão, a avenida Borges de Medeiros está tão perto, arrasta-se levando as serpentes, arrasta-se procurando pelo índio, arrasta-se tentando livrar a serpente da direita do seu pescoço, seu rosto vai se ferindo no chão de pedra, o gordo o sacode, nega-se a atendê-lo, é um papa-defuntos com a barba por fazer com um livro nas mãos cabeludas, o ônibus freia bruscamente e Cid Espigão abre os olhos: os dentes em seu pescoço aliviaram a pressão.

— Acapulco — disse o gordo com a barba por fazer com um livro nas mãos cabeludas. — Chegamos. Usted dormió el viaje todo, compadre.

Capítulo 38

Hospedei-me num hotel que se chamava Luz Del Mar.

Depois do banho demorado, comi um prato de camarão frito em alho e bebi uma cerveja. Fui até o bar. Num cenário de palmeiras pintadas, a rumbeira rebolava as cadeiras e cantava "Babalu".

Apoiei-me no balcão e pedi uma tequila.

Sal. Limão.

Eu estava sublime. Ao som dos metais e atabaques de uma pequena orquestra de negros, bebi por Philip Marlowe, aquele racista filho-da-puta, estivesse onde estivesse. Sentia o corpo moído, segurei a tentação de perguntar ao garçom se conhecia alguém de nome Cisco Maioranos.

Fui saindo em direção ao elevador, com a orquestra fervilhando na minha cabeça e cogitando como um idiota se, realmente, a cantora estava me lançando olhares coniventes. Dormi na cama macia, entre lençóis limpos e o começo de outro pesadelo, acalentado pelas pás do ventilador branco, pendurado no teto.

Sonhei com serpentes.

Pânico: meia-noite.

Bebi um copo de água fria.

O Pacífico rugia lá fora, batendo nas pedras do costão. Apoiado à janela pensei na roda-gigante, nas coxas quentes, nos seios que cabiam na palma da minha mão. Dormi pensando no charuto que o filho-da-puta do papa-defuntos me deu.

Acordei às onze da manhã, abri as janelas de par em par e olhei o brilho verde do Pacífico. Eu amo a grandeza dessa palavra.

Me sentia só e me sentia triste.

Tomei uma ducha fria, barbeei-me com esmero, bebi um café bem forte e desci para comprar roupas. Percorri uma série de lojas em galerias coloridas, e fui escolhendo o que desejava. Joguei fora o terno escuro. Saí da loja vestindo um terno de linho branco, camisa cor-de-rosa e gravata italiana, amarela. Comprei um chapéu-panamá e dois charutos.

Sapato de duas cores: marrom e branco.

Passei na manicure do hotel e tratei das unhas.

Almocei, cumpri o ritual da sesta, tomei um trago de conhaque no bar, dei uma batida no peito e parei um táxi na calçada do hotel:

— Terrapin Club, por favor.

Subi de dois em dois os doze degraus do clube, mentalizando que tudo deveria ser profissional, exclusivamente profissional. Não se pode ir para a guerra com o moral baixo.

O Terrapin Club era uma edificação branca, em forma de ferradura, de costas para o mar. Este mar era o Pacífico e estava tão próximo, tão miraculosamente verde que parecia pintado, e me enviava jorros de otimismo. Estava cercado por uma faixa de areia branca. Nela esparramava-se a multidão de adoradores do sol.

O clube estava fechado. O porteiro explicou que só abria a partir das sete da noite.

— Eu desejo falar com Cisco Maioranos.

O porteiro me olhou de alto a baixo e de modo muito demorado.

— Ele está na garagem. Dê volta ao prédio pela esquerda.

— Gracias.

Assim que as coisas funcionam. Legal. Muy bién.

Nos fundos do prédio ficava o estacionamento. Era uma grande garagem subterrânea, onde se chegava descendo uma rampa. Ouvia o mar bater nas paredes de concreto.

Havia cinco carros. Um deles, um Porsche, estava sendo lavado por um corcunda.

— Bom dia, onde posso encontrar o senhor Cisco Maioranos?

O corcunda continuou a ensaboar o Porsche com uma esponja. Estava trepado num banquinho para poder alcançar o capô. Ensaboava com aplicação, quase com carinho, como se ensaboasse um animal. Era um homem de idade avançada.

— O que você quer com ele?

— É um assunto particular. Pode me dizer onde ele está?

O corcunda parou um momento de mover a esponja.

— Você é tira?

Neguei com a cabeça.

— Já disse que é um assunto pessoal.

— Se é tira está perdendo tempo, meu chapa, todo mundo sabe que eu não falo.

— Não é com você que eu quero falar.

O corcunda deu um risinho. Tinha os cabelos ralos e brancos e a barba por fazer.

— Você não disse que queria falar com Cisco Maioranos?

— Sim.

— Você não é mexicano. Que sotaque é esse?

— Eu sou brasileiro. Vim de muito longe para falar com o senhor Maioranos. — Acrescentei com seriedade: — Ele me conhece.

— Mentira.

— Perdón?

— Eu nunca o vi na minha vida. Nunca vi nenhum brasileiro na minha vida, a não ser alguns turistas falando aos gritos.

Comecei a ficar nervoso.

— Desculpe, quem é você?

O corcunda deu um sorriso onde mostrou os dentes estragados.

— Cisco Maioranos, para servi-lo, señor.

O corcunda tinha o olhar irônico, apreciando meu espanto.

— Sou escritor, quero fazer um livro sobre os grandes talentos que não se realizaram, por um motivo ou outro. Tenho vários casos interessantes, mas um dos melhores é o de um jovem toureiro que abandonou muito cedo a profissão porque foi colhido por um touro. Dizem que ele seria grande. Chamava-se Cisco Maioranos.

Me vinguei do homúnculo:

— Teria sido você?

O homem ensombreceu o rosto.

— Eu, toureiro?

— Você não se chama Cisco também?

— É um nome comum. Se você procurar encontrará centenas de Cisco Maioranos.

— Esse de quem eu falo, você conheceu?

O homem pareceu desistir de lavar o carro. Largou o pano molhado, estendeu a mão até a orelha e apanhou um toco de cigarro. Acendi-o para ele. Olhou-me nos olhos.

— Conheço escritores. Eles vêm aqui aos magotes. Você não é escritor.

— Pode crer que sou.

— Eles não se vestem assim. Nem se fossem brasileiros. Você é tira.

Foi minha vez de olhar duro.

— Particular, meu amigo. E tem grana na jogada.

— Não quero sua grana.

Ficamos nos olhando.

— O senhor é um homem muito mal-educado.

Baixei a cabeça.

— Está bem. Desculpe.

E voltei-me para ir embora.

— Eu o treinei.

Parei e me virei para o corcunda. Ele estava de costas para mim e tinha recomeçado a esfregar o carro.

— Ele seria grande, sim. Mas eles o mataram.

— Quem o matou?

— Eu ensinei tudo o que ele precisava saber para poder tourear. Mas quase que não foi preciso. Ele era o maior talento natural para a tourada que eu encontrei em toda minha vida. Ele tinha graça, tinha arte, tinha invenção. Era isso que eles odiavam. Que importância tem agora? Passou tanto tempo.

— É importante.

— Não para mim.

— Por que o mataram?

O corcunda Cisco Maioranos olhou nos meus olhos e depois sorriu. Olhei atônito para a amargura daquele sorriso.

— Boa pergunta. Vamos ver: ele tinha pelo menos cinco amantes, todas mulheres de figurões podres de grana. Devia dinheiro de jogo aos maiores apostadores de Acapulco, gente que não pode perdoar dívidas, senão perde o prestígio. Tinha insultado pelo menos uma dúzia de figurões de Aguascalientes que bebiam num bar da avenida Beira-Mar. Não se insulta impunemente figurões de Aguascalientes. E ele tinha jogado um copo de tequila na cara do comissário Martínez, que era um covarde, mas era um comissário do governo federal e não se joga tequila na cara de federales. Qualquer um deles poderia tê-lo matado. E ninguém depois ficaria preocupado em investigar. Era praticamente um homem condenado. Ele buscava a condenação e isso se respeita.

— Como ele morreu?

— Numa festa em um iate.

— Iate? De quem?

Cisco Maioranos escutou lentamente o ruído do mar batendo na parede.

— Ianques. Podres de ricos. Sempre faziam grandes farras nos iates. Ainda fazem. Você sabe, marijuana, bebidas, pó, brilho, mulheres... Às vezes, termina mal...

— Os donos do iate por acaso não eram sócios do Terrapin Club?

Cisco Maioranos transformara seu rosto numa máscara de indiferença.

— Ele não me apresentava seus amigos.

— Entendo.

— Não, não entende. O senhor entende que ele tinha vergonha de mim, isso qualquer idiota pode entender. Mas ele me tratava como um rei: eu me vestia de seda. Dormi com as mais belas mulheres do México, porque ele as levava para minha cama. E só comia do bom e do melhor, mesmo que para isso fosse preciso não pagar as dívidas de jogo.

— Talvez não o matassem pelas dívidas.

— Ele morreu quando aquele touro o acertou.

— Talvez não mataram os maridos cornudos nem os figurões de Aguascalientes.

Cisco Maioranos tornou-se soturno e encolhido.

— Talvez — e tirei o charuto da boca —, talvez porque, se ele aparecesse morto, ninguém — ninguém — estranharia. Muita gente ficaria contente. A polícia ficaria contente. Os amigos ficariam tristes e apenas diriam: hay que respectar, ele buscava.

— O motivo, señor.

— A identidade.

— No entiendo, señor.

— Quando ele foi encontrado, dias depois, comido pelos peixes, estava nu. Nem sinal dos documentos, certo?

— Señor, em Acapulco não se mata por documentos. Documentos compra-se em qualquer repartição, e a preços módicos.

— Não era só os documentos de Cisco que queriam. Queriam a existência dele. O que ele foi. O espaço que ele ocupou. A vida que ele viveu. Os parentes, os amigos, os inimigos. Queriam tudo, tudinho o que ele foi.

O rosto sem expressão de Cisco Maioranos estava intrigado.

— E para que, señor?

— Para transportar tudo isso a outro. Para uma nova existência a outro. Você já ouviu falar em Terry Lennox?

O corcunda negou vagaroso com a enorme cabeça.

— Terry Lennox ganhou uma nova vida.

— A vida de Cisco Maioranos?

— Sim.

— E por que fizeram isso, señor? Dinheiro?

Foi a minha vez de escutar a lambada da onda na parede.

— Não entra dinheiro nessa história.

— Não foi por dinheiro?

— Não.

— Não mataram o jovem Cisco e roubaram sua identidade para vender a outro?

— Terry Lennox não tinha meios de desencadear uma operação dessas para salvar a pele.

Soprei a fumaça do charuto para o alto.

— Foi uma cortesia de amigos.

O corcunda apertou o pano ensaboado na mão.

— E por que esse señor precisava salvar a pele?

— Era acusado de assassinato. Assassinato de uma mulher, a sua. Fugiu para cá. Foi protegido por seus amigos. Eles achavam que ele era um herói.

— Assim que mataram o jovem Cisco por um herói?

— Uma espécie de herói. Foi dos Comandos. Lennox não era um assassino, não tinha matado a mulher.

— Mas causou a morte de meu primo Cisco.

— Heróis são estranhos.

— Causou mais mortes?

Sacudi a cabeça confirmando.

— E por que, señor?

— Porque fugia.

— É um destino curioso. Onde está agora esse homem?

O velho corcunda agarrava com ânsia o trapo de ensaboar.

— Por aí... o mundo é grande.

— O señor vai procurá-lo?

Ambos prestamos atenção na onda quebrando com estrondo contra a parede. Um carro foi entrando vagaroso no estacionamento.

— Já sei o que queria. Basta escrever um relatório e meu trabalho estará terminado. Estou farto dessa história.

Cisco Maioranos começou a esfregar o capô do Porsche.

— Então me deixe trabalhar em paz, señor.

Sacudi com certa elegância a cinza da ponta do charuto. Desculpem, mas sei que foi com certa elegância, e que lancei um olhar ao redor e que senti no coração a imensa garagem vazia, batida pela monotonia de um mar invisível.

— Boa tarde, señor Maioranos.

— Buenas tardes, señor.

Capítulo 39

Os Moinhos de Ventos são os cabelos de Porto Alegre e são cabelos sedosos, bem cuidados, com certo brilho vagamente sofisticado. Mas o rosto de Porto Alegre é a avenida Ipiranga e é esse rosto espesso dos habitantes do Terceiro Mundo, onde a beleza se mescla à desnutrição e ao desespero. Quem transita pela avenida Ipiranga atravessa hospitais, quartéis, delegacias, terrenos baldios, montanhas de lixo, igrejas, jornais, mendigos debaixo de pontes, homens a cavalo, catadores de lixo, crianças vendendo jornais de madrugada, universidades e universitárias bem nutridas, caminhões cheios de soldados, montes de lixo, montanhas de lixo e mais lixo e um rio fétido, nauseabundo, ignorado por todos como uma lepra que está na casa e que ninguém vê ou pelo menos finge que não vê. A avenida Ipiranga é feia. A avenida Ipiranga é a nossa imagem. Somos sujos, pobres, relaxados, indiferentes, hipócritas e preguiçosos. O capitalismo nos torna assim. Suas garras venenosas se espalham e deixam uma sociedade doente e viciosa. Trinta milhões de menores abandonados. Daqui a alguns anos será um exército. E para quem apontará as armas? Epa! Para quem *está* apontando as armas? Na televisão o empresário de ar sério considerava que, era verdade, o salário mínimo precisava ser repensado, mas sem paixão. Sem paixão. Ou seja, estava em casa. Estava no Brasil. O táxi saiu do aeroporto em direção ao centro e você pensava vagamente em saber notícias do Inter e da inflação quando passaram pela estátua do Laçador e então lembrou-se de Chung Ching Chim.

Seu cliente estava desaparecido e nas mãos de um monstro estranhamente apaixonado. A primeira desvantagem disso é que não poderia cobrar seu salário. Mas, havia, também (recostado no banco de trás do táxi, pensava nesse sentimento como um ponto dolorido no ombro) esse sentimento de inutilidade em torno de tudo isso.

Olhou o céu de Porto Alegre.

Era perto do meio-dia, caía uma garoa fria e havia um vento forte, quase curvando as árvores. O céu era majestoso e dramático. O céu de Porto Alegre, principalmente em certos crepúsculos de muito vinho, é enfaticamente majestoso e dramático. É um céu excessivo, como coordenado por um pintor espanhol da Idade Média, católico e aterrorizado por culpas devastadoras. Era um céu devastador, um céu de culpas e expiação.

Você pensou que aproximava-se o final de alguma coisa. Pensou que tinha de parar rapidamente com o pesadelo. Ao desembarcar no aeroporto e não ver o tio Chinão esperando-o, você tocou com delicadeza no próprio estômago: ali habitava uma sensação de medo.

Esperou na fila do táxi, irritado com o frio e o vento, sentindo-se ridículo dentro do terno de linho branco. Talvez o velho estivesse ainda ressentido com o fato de não levá-lo para o México. Era uma hipótese, mas era pouco provável. O velho Chinão não era homem de ressentimentos. Talvez não tivesse recebido o telegrama, mas acha pouco provável, pois foi enviado para o bar do Giovani. Mesmo assim tanta coisa pode ter acontecido! Doença, desencontro, engarrafamento.

O trânsito de Porto Alegre é o que mais mata no Brasil. Não?! Bom, é um dos que mais mata. É um dos seus charmes. Dentro de um carro, todos, mesmo os bem vestidos, somos assassinos. A prefeitura poderia bolar uma campanha de turismo: "Viva grandes emoções, passe um fim de semana dirigindo em Porto Alegre!"

Haveria categorias turista e luxo.

Por atropelamento seria cobrada uma taxa mais elevada. Mas nenhuma sanção penal, claro. (Como é atualmente, aliás.)

Milhares de psicopatas do Brasil inteiro viriam para cá e seríamos cada vez mais felizes e ferozes.

O táxi parou em frente ao nº 100 da rua da Praia.

Você desceu, pagou a corrida, levantou a gola do gabardine sobre o traje de linho e franziu o rosto por causa da garoa. Era uma tarde fria e o céu continuava convulso e revolto como preparando uma tempestade.

Foi subindo as escadas, receoso, o ouvido pronto a qualquer ruído, mas elas se apresentavam francamente neutras, como se jamais antes estivessem intoxicadas de uma maldade repulsiva. As paredes estavam lisas, mofadas e medíocres. O encanto partira das escadas, e agora constava que partira também do corredor, que o acolheu com seus cheiros conhecidos, presidiários daquelas paredes e daquele teto.

Abriu a porta do apartamento e entrou.

Acendeu a luz e deparou com Hecatombe em pé no meio da sala, com as pernas abertas bem apoiadas no chão e os braços estendidos, apontando-lhe uma Magnum, completamente ridículo e teatral.

— Oi, magro, tudo bem?

— Tu está completamente ridículo e teatral. Era para eu estar sentindo medo, mas não estou.

— Pô, magro, que agressividade. É o meu jeito, tu sabe disso, eu nunca assustei ninguém mesmo. Tu sabe disso.

— Por que essa palhaçada? Me dá essa arma aí.

— Te lembra, magro, daquele dia em que a mesa levantou sozinha? Agora eu sei por que, magro. Tu quer saber?

Ficamos nos olhando, havia sinceridade e esperança no olhar de Hecatombe.

— Eles têm um homem que sabe invocar os poderes. Ele é duma organização que tem mais de mil anos de existência. É muita sabedoria acumulada para fazer coisas grandiosas, grandiosas.

— Quanto tu leva nessa coisa grandiosa?

— Não tô fazendo isso por grana, cara, não é por grana. Pô, meu irmão, que pensamento ruim. Tu acha que eu ia te entregar por grana, cara? Isso nunca me passou pela cabeça, irmãozinho. É outra coisa. Eu convivi com elas, conversei muito, aprendi muito, vou te dizer do fundo do coração uma verdade, cara, a gente aprende a gostar dele, a gente vê as coisas dum modo diferente, tu não sabe como eu mudei, como eu sou outro, me diz uma coisa, Cid, o que foi que eu sempre busquei, hein, o que foi? Liberdade, cara, liberdade, tu mesmo me disse isso. Sabe o que eu sou, cara, sabe o que eu descobri que sou? Um Cavaleiro Iluminado!

Assim que, antes mesmo de abrir as malas ou as janelas do apartamento, você foi transportado pelas ruas de Porto Alegre num carro dirigido pela Irmã Um, sob a vigilância simpática mas atenta de Hecatombe.

O carro deslizou até o Gasômetro, entrou numa longa avenida em curva, passou pela Ponte dos Açorianos, atravessou um viaduto e entrou na Borges. Não foi preciso falar, nem você tinha vontade. Sentia-se numa lenta ascensão, irisante e silenciosa como uma nave vinda do espaço exterior. Ia para algum lugar onde tudo poderia acontecer e ter sentido, mas ao mesmo tempo, sem lamento ou premeditação, sentia uma fina indiferença.

— Nós, os Cavaleiros Iluminados, fomos fundados no ano 772 pelo Imperador Carlos Magno. Nosso código secreto, o Vehm, foi revisado em 1404 pelo Rei Robert, que procedeu as alterações e adições necessárias para a administração da Justiça nos tribunais dos Iluminados, com o propósito de melhor combater o crime, o paganismo, a bruxaria e a heresia. Esse homem que sabe invocar os poderes esteve em muitas partes em épocas diferentes, mas seu maior triunfo foi em 1923, quando sussurrou para Hitler, veja só, para o Führer mesmo, e eu aprendi as palavras dele de cor: a libertação exige mais do que economia política: mais do que suor; para a nossa libertação, precisamos de orgulho, vontade, desafio, ódio, ódio, ódio e mais ódio.

Olhava a cidade esmagada pelo céu dilacerado, e debaixo da chuva miúda que disfarça as coisas e as ameniza, ela tinha uma misteriosa beleza, assim como tem esse céu áspero. Essa cidade era um labirinto de mil tentáculos retorcidos, e em cada um deles ressoava dor, esperança e maus salários. Ia através dela para algum ermo ou fictício cenário onde se desenharia seu destino, e você, percebendo a viagem monstruosa se acelerar, continuava como se estivesse sentado em coxins de seda contemplando na mão pálida uma rosa negra, mas atravessado por essa fina indiferença.

— Para que tanto ódio? Não pode ser um pouquinho só?

— Hitler era uma pequena peça da engrenagem. Um grão de areia no cosmos. Mas não deu certo.

Os anúncios coloridos escorregam para a rua puxados pela umidade, e esse pequeno espasmo de beleza o faz olhar para a Irmã Um e perguntar sentindo no lábio a dor da mordida:

— Onde está a tua irmãzinha?

Irmã Um estava tão formosa e idiota como na primeira vez que a vira. Fez um muchocho zangado e ficou com a carinha tão ressentida que você considerou seriamente a possibilidade dela ser realmente um ser humano. Aquele pequeno esgar de idiotia poderia expressar apenas o talento menor do engenheiro, e denotava a qualidade de clone da magnífica mulher que dirigia com assustada atenção o Escort.

— Mas agora ele tomou providências, a experiência dele é muito grande, e quando tu souber das novidades tu não vai acreditar. Nós vamos fazer História, meu irmão, eu, tu, nossos amigos, Porto Alegre. Esta cidade vai ser o centro do mundo. As coisas estão começando a acontecer. Isso me dá um orgulho, uma alegria, eu quero compartilhar contigo. Ele disse que desta vez não vai haver erro, não há hipótese de haver erro, nós estamos planejando o maior banho de sangue da História da Humanidade, e isso está acontecendo aqui, no Portinho, magro, bem na nossa cara, vai ser uma coisa absolutamente grandiosa com milhões e milhões e milhões de mortos apodrecendo nas ruas de todas as cidades da Terra e depois nós vamos construir uma Nova Ordem onde os Cavaleiros Iluminados comandarão as transformações.

Sabia que estava sob o viaduto Otávio Rocha.

Adivinhava as grandes arcadas empoeiradas, a sombra suja que morava embaixo delas e a imobilidade das duas esculturas montando guarda à inutilidade de sua imponência.

— Olha para mim, eu sou um Cavaleiro Iluminado, beija minha boca.

Me encolhi, olhando com pavor para Hecatombe. Ele examinou meu pavor com desprezo, abriu a porta do carro, caminhou até a parede, abriu a pequena porta cinza.

A pressão da pistola em minhas costas foi o aviso para que não fizesse bobagens.

Penetrei no mundo escuro dos subterrâneos de Porto Alegre, e enquanto reconhecia a umidade, os ratos fugindo e o sussurro distante da água perguntei-me se não estava retornando como alguém perdido num labirinto retorna com desespero a um lugar por onde já passou.

Caminharam sem uma palavra até a primeira escada metálica em forma de caracol. Aumentava o ruído da água. Avançaram um pouco curvados, por um local de teto baixo e do qual você não se recordava, e depois desceram uma pequena escada de pedra, com degraus escorregadios.

Os ratos tornavam-se mais numerosos.

Os encanamentos intrincados e escuros pareciam ninhos de serpentes petrificadas. Encontraram outra escada em forma de caracol, e enquanto um rato guinchou junto a seu rosto e você sentiu que começava a desmanchar sua fina indiferença, compreendeu pelo brilho tolo do olhar de Irmã Um que ela era um belo boneco de perfeita engenharia.

Acudiu-lhe uma espécie de terror quando lembrou do ato de amor na Califórnia e a paixão que sentira por aquela outra mulher e pensar, agora, neste lugar escuro e frio, que aquela mulher era um boneco o enche de terror devastador.

Não era o Diabo que você enfrentava. Era seus semelhantes.

Chegaram diante de uma pequena porta escondida na parede. Hecatombe abriu-a e você sentiu o aroma do incenso. Contemplou, com o mesmo olhar de assombro da primeira vez, o salão enorme.

Lá no fim, cercado de cortinas púrpuras, sobre quatro degraus dourados, preso ao chão por quatro enormes patas de leão com garras de águia, estava o trono dourado. Sobre ele a mulher majestosa, com o elegante vestido negro e completamente careca.

— Finalmente, amigo, nos encontramos mais uma vez. Já estava ficando ansiosa.

E fez um gesto tão pequeno e insignificante que você não percebeu, aturdido em olhar aquela mulher e seu tão irreal enigma, até o momento em que o rosto dela começou silenciosamente a partir-se em dois, pois a longa unha do seu dedo indicador descia por ele como se fosse uma faca.

— Agora vamos falar sério.

Debaixo dos pedaços de pele que caíram até o chão havia outra carne e outro rosto. A filha de Dom Cisco Maioranos sorria. Você viu-a tirar as lentes de contato. Você viu surgirem os olhos negros.

Você murmurou:

— Ximena.

Ela deixou o sorriso permanecer no rosto o tempo suficiente para você descobrir que esse sorriso não significava nada que lhe dissesse respeito. Hecatombe começou a tirar a jaqueta pintada.

— Estou em presença do meu Senhor Todo-Poderoso!

Hecatombe começou a se desvestir lentamente.

— Estou diante do altar de Satã! Estou descalço e nu, para apresentar ao Senhor dos Terrores a minha alma reconhecida pelos bens que me tem concedido!

Hecatombe ficou completamente nu. Ajoelhou-se.

— Estou de cerviz dobrada à espera de que o Senhor da Maldade lance a sua benção neste servo que procura se esforçar para realizar as vontades da Potestade das Trevas! Estou diante deste altar até que o meu senhor derrame sua benção sobre meu corpo, minha alma e minha vontade! Porque tu, Satã, és minha fortaleza! Porque tu, Lúcifer, és minha luz! Porque tu, Belial, és minha potência! Ethan!

Curvou a cabeça até encostá-la ao piso.

Ximena olhava atentamente.

Irmã Um começou a tirar também a roupa, concentrada e ágil. Em pouco estava completamente nua. Ajoelhou-se, olhos fechados, e começou a murmurar com devoção:

— Senhor das Maldades, purifica meu coração, concedendo-me a graça trazida das profundezas do Inferno! Onipotente Senhor das Calamidades, lava meus lábios, permitindo que eles possam anunciar o presente, revelar o futuro e historiar o passado! Onipotente Senhor da Impiedade, concede-me estes benefícios para que eu possa louvar-te neste mundo e trazer-te para sempre aninhado em meu coração! Onisciente Senhor dos Sofrimentos, consente que os meus olhos observem tudo e aprendam a te amar e obedecer! Ethan!

Irmã Um e Hecatombe ficaram imobilizados no chão, em pose idêntica. Você olhou para Ximena. Ela pousou a mão no cabo da espada encostada ao trono.

— Senhor dos Despojados!

Fechou a mão em torno do cabo e ergueu-se de repente, levantando a espada.

— Apresento-te esta espada e sua bainha! Ela é uma arma de longo alcance e pode ferir teus inimigos por mais longe que estiverem! Ela é uma arma que pode atacar os adversários da tua lei e destruí-los em seus covis!

Num gesto rápido, sacou a espada da bainha. O ferro polido fulgurou. Você recuou um passo. Sentiu que era agarrado por Hecatombe e Irmã Um. Não fez nenhum esforço para livrar-se. Fascinado, viu Ximena erguer bem alto a espada.

— Senhor da Ferocidade, que cada golpe desta espada no ar seja um certeiro golpe no coração de nossos inimigos! Que cada pontaço represente um ferimento mortal a nossos adversários! Abençoa, pois, esta arma, e concede-lhe todos os predicados da vitória das Potestades da Ira! Isto te pedimos em nome de ti mesmo!

Você entendeu, até porque não é tão burro quanto parece, que a espada cairia sobre sua cabeça e tudo estaria terminado. Tentou livrar-se das quatro mãos que o agarravam mas constatou que elas eram decididas.

— Isto é uma farsa — gritou —, não existe Diabo nenhum! Vocês não passam de loucos idiotas!

— Ethan — disse Ximena.

— Ethan! — gritaram Hecatombe e Irmã Um.

Você começou a espernear, dar pontapés, conseguiu soltar um braço. Enfiou-o no rosto de Hecatombe, empurrando-o. A unha de Irmã Um escorregou em seu pescoço, sentiu a mão dela firmar-se na gola do casaco. Entendeu que o queriam de joelhos. Lutou com mais forças. Não podia mais olhar para Ximena. Sentiu que a espada estava prestes a golpear.

— Ethan! — gritou Ximena, desta vez com vigor diferente.

O golpe desceu. No mesmo instante você jogou-se para trás. Hecatombe e Irmã Um repetiram mecanicamente:

— Ethan!

A espada raspou a sua cabeça. Você deu um urro, um arranco e disparou em direção à porta, escondida pela cortina de veludo.

Hecatombe jogou-se atrás de você. Sua mão alcançou-lhe o calcanhar. Você desequilibrou-se e caiu.

Viu os seios balouçantes de Irmã Um curvarem-se sobre seu corpo. Ergueu as mãos para afastar os corpos nus, que já começavam a transpirar.

Ximena aproximava-se, espada erguida.

Você ficou de pé num salto e tornou a correr. Refugiou-se atrás do trono. Pisou no rabo do gato. Eriçado, feroz, o grande gato deu um miado e saltou sobre você, que o apanhou no ar e sentiu as unhas dele entrando nas suas mãos, atirou-o longe. Era apenas um pobre gato. Hecatombe caiu sobre você e derrubou-o. Irmã Um sujeitou-o com uma gravata, os seios amassados nas suas costas.

Ximena chegou e encostou a ponta da espada na sua barriga.

— Senhor Nefasto, dá força para meu braço!

Era a bela Ximena o Anjo Exterminador.

Só o peso da espada que ela empunhava era suficiente para trespassar de lado a lado o detetive Cid Espigão. E você, detetive, compreendeu que o momento culminante de suas aventuras tinha chegado. Colado a você, os corpos resbalosos de Hecatombe e Irmã Um, sussurrando uma ladainha obscena.

— Ethan! — gritou Ximena.

— Ethan! — gritaram Hecatombe e Irmã Um.

— Alto! — gritou Chung Ching Chim.

Anjos da guarda existem. São grandes, pesados, gordos, fofos. O gigante oriental saiu detrás das cortinas púrpuras com uma Magnum na mão. Ximena ergueu os olhos e o viu e esse instante de indecisão foi suficiente para você rolar para o lado, fugindo dos abraços de Hecatombe e Irmã Um. Chung aproximou-se lentamente.

— A brincadeira terminou, madame.

Ximena tinha os olhos enegrecidos de fúria.

— Seu boneco mal-agradecido, você é meu! Você existe graças ao meu pai! Eu vou destruí-lo!

Avançou para Chung com a espada erguida. O oriental deu um tiro para o chão. Ximena parou. Hecatombe e Irmã Um ficaram ao lado de Ximena, curvados, em posição de ataque.

Você recuou lentamente, e foi erguendo-se com ar espantado. O oriental mais uma vez chegara bem na hora. Já lhe devia mais que uma vida.

— Fique atrás de mim, senhor Espigão — disse Chung.

Você obedeceu prontamente. Na grande sala perfumada de incenso, os dois grupos ficaram frente a frente, examinando-se. Ximena apoiou-se na espada.

— Você sabe sua condição, animal! De que adianta revoltar-se? Você sabe que não pode durar muito sem mim!

— Talvez eu tenha conseguido quem cuide de mim tão bem como a senhora, madame, alguém que não me exija andar por aí arrancando cabeças.

Ximena fez um gesto para Irmã Um:

— Acabe com esse boneco!

E então você, detetive Cid Espigão, assistiu algo inacreditável: a bela Irmã Um deu dois passos e tomou impulso, dando um salto. Mas o salto foi mais do que um salto, foi um vôo de quatro metros de altura, passando bem alto sobre a cabeça de Chung e caindo atrás dele. Chung voltou-se para Irmã Um, com a Magnum apontada.

— Não me obrigue a fazer isso, por favor.

Agora, pareciam cercados. Você procurou afastar-se para ter espaço, Ximena empunhou com mais firmeza a espada.

— Ethan — ela disse como numa súplica.

— Pare de brincar com o Diabo! — você gritou. — Se ele existe que apareça agora, ou então é melhor largar essa espada, menina, porque você pode se machucar.

— Ethan! — gritou Ximena.

Irmã Um deu outro salto em direção a Chung e caiu com os dois pés contra o peito dele, mas o oriental tinha apertado o gatilho e o som do tiro ensurdeceu você momentaneamente, mas não o impediu de ver a contração de Irmã Um ao receber o impacto. Ela caiu com um som seco no chão.

Chung deu mais dois tiros, um após o outro numa sucessão rápida, obrigando você a gritar com desespero:

— Chega, chega!

Ximena começou a correr em direção à porta, seguida por Hecatombe. Largou a espada no caminho.

— Deixe-os ir!

Chung não conseguiu terminar completamente a frase, porque Irmã Um erguia-se numa velocidade fora do comum e saltava sobre ele.

Agarrou o gigante pelo pescoço. Você ficou estupefato, olhando a pequena e ágil Irmã Um torcer o pescoço de Chung Ching Chim como se ela não tivesse levado dois tiros de Magnum à queima-roupa.

Rolaram no chão. Você escutou mais um disparo, viu quando Chung conseguiu safar o pescoço das pequenas mãos de Irmã Um e viu quando apanhou-a por um braço e rodou com ela em torno de sua cabeça.

Você viu Irmã Um voar pelo ar pesado do salão e chocar contra a parede. Na mão de Chung ficou o frágil braço dela.

Irmã Um caiu no chão, imóvel. Chung ficou observando-a até ela começar a se remexer, sem um só lamento. Chung jogou o braço em direção a ela. Irmã Um sentou com o ar idiota imutável, agarrou seu braço e começou a sair em direção à porta onde a esperava Ximena.

— Chega de mortes — disse Chung.

Ximena deu um passo para a frente, pálida e humilhada:

— Boneco idiota, você cometeu uma traição e desobedeceu a seu criador. Não escapará impune.

Ximena, Hecatombe e Irmã Um saíram com difícil dignidade e fecharam a porta. Você passou as duas mãos ao rosto, cansado e confuso.

— Ela devia estar morta, Chung, você deu três tiros nela com a Magnum.

— O material dela é bom. É uma liga de titânio muito rara.

Você respirou, foi sentando no chão sentindo muito cansaço, olhou para Chung.

— Você sabe muito mais do que me disse, cara.

Chung Ching Chim recarregou a arma.

— Eu vim buscá-lo porque o senhor Júnior mandou.

— Onde ele está? Como está ele?

— Está bem.

Não parecia disposto a falar muito.

— Essa garota... você arrancou o braço dela e ela...

— É uma história muito comprida, detetive, e aqui não é o melhor lugar para falarmos nisso.

— Acho que deveríamos ir atrás deles! Eles não podem ficar soltos!

— Não há prisão no mundo para dona Ximena ou para Irmã Um. Vamos sair daqui. O senhor Júnior nos espera.

Você colocou as mãos na cabeça, numa súbita lembrança.

— Tio Chinão! Tio Chinão está desaparecido. Eles seqüestraram meu tio. Vamos atrás deles!

— Eles não sabem onde seu tio está. Eu sei.

Capítulo 40

O restaurante e bar do Comprido fica no bairro BomFim, serve uma comida farta e popular e é muito provável que tenha uma das mais ecléticas freguesias do planeta. Foi numa mesa dum canto, entre bujões de gás, liquidificadores, moscas e cadeiras amontoadas, que Chung me levou para encontrar Cisco Maioranos Júnior.

A bela mulher que estava à mesa tinha um ar equívoco. A pintura era carregada, e não foi preciso ninguém dizer nenhuma palavra para eu saber que a bela mulher *era* o meu cliente mexicano.

Chung falou:

— Dolores.

Dolores ergueu o olhar e senti que meu coração disparava.

— Eu fiz uma operação, como você pode ver.

Apertei a mão estendida. Sentei na cadeira ensebada, trêmulo e sem ação. Aquela mulher de cabelos louros, vestindo uma blusa de lã e jeans, era, há menos de duas semanas, o cliente mais bem posicionado na escala social que eu jamais tivera.

— Agora seu nome é Dolores?

— Foi Chumchum que escolheu.

Afastei uma das centenas de moscas ao redor.

— É um bom nome.

— Seu tio está nas mãos do meu pai. Ele quer ter certeza de que seus segredos não serão divulgados.

— Eu não quero divulgar segredo nenhum, eu quero é meu tio de volta. E inteiro.

— Vamos tratar disso.

— Desculpem, mas eu prefiro tratar disso sozinho.

— Não vai ser uma negociação.

— Talvez ele precise negociar.

— Quer saber por que eu fiz esta operação?

Baixei os olhos.

— Você foi o principal descobridor dos segredos do meu pai. Aquele ódio dele por nazistas... Ele foi prisioneiro de guerra, você sabe. Quando a fortuna dele se solidificou, começou a contatar caçadores de nazistas. Acabou aprisionando alguns nazistas importantes na fazenda.

Comecei lentamente a me descontrair. Bebi da cerveja que o garçom trouxe.

— Naquela fazenda havia um laboratório — eu disse —, onde os cientistas capturados por Lennox continuaram suas pesquisas. O ex-prisioneiro reproduzia a ação dos carcereiros. Isso pelo menos é fácil de imaginar.

— Algum dia todos nós seremos metade homens, metade máquinas — disse Chung. — Já não fazem corações de plástico, pulmões de fibra de vidro, rins artificiais? Nada hoje pode causar estranheza.

— As garotas que acompanham Ximena... elas tinham alguma parcela de humano? Essa que você arrancou um braço e deu três tiros me pareceu...

— Ela era totalmente fabricada: um dos êxitos do laboratório de Maioranos. Eu lamentei fazer o que fiz, mas era necessário. Acho que ela poderá ser reconstituída sem muitos problemas.

— E... e a outra? A outra garota.

— Não sei.

Os dois ficaram me olhando.

— Mas, para que ser reconstituída? — exclamei sem convicção. — Isso tudo é loucura! O melhor é que ela seja destruída!

— Talvez você tenha razão — disse Chung —, talvez seja um ato de humanidade acabar com elas. Mas eu me pergunto o que é um ser humano, hoje em dia. Viver em baixo duma ponte no inverno, ser pisado por cavalos de brigadianos nas ruas? Eu vivi metade da minha vida numa jaula. Meus companheiros tinham pêlos, garras, outros tinham juba, rabo, comiam carne crua. Eu era o mais parecido com um ser humano que eles criaram.

Senti que transpirava dentro da roupa. Chung bebeu sua cerveja, com calma, uma mão pousada sobre a mão de Dolores.

— Me adestraram na arte de matar. Treinei desde minha infância nisso. Sou um perito. Convenceram-me de que eu era um mutante, um ser de laboratório. E era verdade. Eu não sou gente nem máquina nem bicho. Uma parte de mim é carne, outra é uma liga de aço especial, outra é um animal feroz. Eu escolhi não ser nada disso. Escolhi fugir para longe. Dolores vai comigo. Nós nos compreendemos. Agora somos iguais.

— Onde está meu tio?

Dolores estendeu-me uma folha de papel dobrada.

— Não vá sozinho.

— Ele não vai sozinho, eu prometo. Eu vou com você — disse Chung.

— Obrigado, mas isto é um assunto pessoal. Eu estou preparado para falar com ele.

— Talvez você não vá só falar com ele.

— Ele é negociador. Ele tem uma carta na manga, eu tenho outra.

Guardei o papel no bolso sem olhar. Fiz menção de levantar-me. Chung disse, suave como uma pétala:

— Talvez possa terminar esse copo de cerveja conosco. Ou somos tão estranhos assim para você?

Ergui o copo de cerveja e toquei levemente nos copos deles.

— Tudo de bom pra vocês.

E bebi até o fim.

Capítulo 41

Dormi a tarde toda, profundamente. Lá pelas seis sentei na cama com a cabeça leve, meio oca, e fiquei um montão de tempo olhando o chão. Fiz um café bem forte e bebi sem pressa.

Empreendi a última etapa da jornada deste caso para esse encontro no frio crepúsculo de agosto, quando o inverno começava a apresentar as fissuras pelas quais a primavera força sua passagem. Uma espessa neblina toldava o vidro do táxi. O carro rodava em direção à Zona Sul, seguindo a avenida que margeia o rio Guaíba. Ia apoiado no banco, escutando a música do rádio, pensando como Borgetinho podia extrair tão ricas variações apenas com sua gaita de seis pontos. Parece empáfia pensar esse assunto nesta circunstância, mas escutar as milongas e os xotes era uma maneira de esquecer para onde ia, era também um modo de estar ligado ao mundo real, a um rádio, uma música, um táxi, um destino.

Ia vestido de razões para encarniçar-me contra o próximo. Vale tudo: querem a fortuna alheia, a sorte alheia, a influência alheia ou até a precária paz que porventura alguém tenha conseguido.

Dom Cisco Maioranos queria o que eu sabia. Mas, o que sabia eu, realmente? Tão pouco e tão inútil. Afrouxei o nó da gravata.

No bairro Assunção percorremos ruelas labirínticas, calçadas de paralelepípedos. O carro começou a dar saltos.

— Acho que é aqui — disse o chofer.

— Aqui está bem.

Desci, paguei e caminhei até o grande portão.

Era uma dessas casas enormes com a frente para a rua e os fundos dando diretamente no rio. Era uma casa branca na escuridão, envolta na neblina e num sutil perfume de flores úmidas. Apertei demoradamente o botão da campainha. Esperei mais de três minutos até ver a porta abrir-se e o jardim ser atravessado por um vulto com uma lanterna na mão.

Quando chegou perto, vi que o vulto tinha na outra mão um revólver. Dois dobermanns o seguiam. Notei que ele estava de mau humor. Fora despertado no meio do sono. Vestia um robe amassado e lutava contra um bocejo.

— Dom Maioranos está me esperando. Meu nome é Cid Espigão.

O homem ficou espantado. Ergueu o revólver.

— Estou desarmado, vim negociar a liberdade de meu tio que vocês têm prisioneiro.

O homem passou a mão com o revólver no rosto, como se só agora estivesse acordando. Era um guarda-costas típico: largo, grosso, não muito alto mas sólido como um tronco.

— Espere aqui — ele rosnou e voltou para onde viera.

Apanhei um cigarro e me demorei acendendo. Tinha tempo para esperar. Viera desarmado e agora pensava nisso: era uma sensação saudável, nova, limpa como deveria ser uma sala de anestesia, essa sensação de ir diretamente para a toca da fera sem nenhuma arma.

O homem voltou iluminando o chão onde pisava com o foco de luz de uma lanterna. Abriu o portão de ferro. Os dobermanns não o acompanharam.

— Deixe-me revistá-lo.

Apalpou-me sem muito ânimo, deu-me um olhar de comiseração ao constatar que não carregava arma e fez um sinal com a cabeça para que me pusesse a caminhar.

Começamos a aproximar-nos da casa — do covil de Dom Cisco ou de Terry ou seja lá o que fosse — e eu atrás do homem tentando recordar a sensação de estar sendo impelido para algum lugar maléfico por uma força poderosa. Mas em vão. A casa era banal na sua frieza e não chegava a impor a presença de uma riqueza esmagadora.

O guarda-costas abriu a porta e eu entrei. A casa estava em penumbra, mas a temperatura era acolhedora. O guarda-costas não se acostumava com a situação. A cada momento parecia prestes a dar com o cabo da arma na minha nuca. Mas eu estava com o ar tão sereno, era tão solene e compenetrado no meu papel de enviado para um negócio que o homem se controlava. Talvez o patrão não apreciasse um gesto de violência.

— Espere aqui.

Ainda vacilou um momento mas afastou-se rápido. Olhei ao redor. Era um vestíbulo confortável, tediosamente decorado e com uma pequena surpresa: era uma sala classe média. De todos os crimes de Terry Lennox talvez esse fosse o mais grave. Reconheci um a um os aborrecidos totens da classe; os discos, as revistas, as reproduções nas paredes, o uísque nacional no fundo do armário. Talvez não fosse a verdadeira residência de Dom Cisco Maioranos. Talvez fosse uma casa alugada ou utilizada esporadicamente. Dei alguns passos e entrei numa sala com lareira. Sobre a lareira um quadro gauchesco. Prendas e vaqueanos em graciosas evoluções, enquanto um gaiteiro suspirava debruçado sobre a sanfona.

Ouvi ruído de porta. Passos.

Atando o cinto do robe vermelho, cabelos brancos em desalinho, Dom Cisco Maioranos avançava para mim com assombro, com uma espécie de alegria inesperada no rosto de múmia mal conservada.

— Confesso que não acreditava que viesse tão cedo.

Estendeu a mão para mim e apertou-a calorosamente. Eu tinha a impressão que o homem parecia realmente contente em ver-me.

— Onde está meu tio?

Dom Cisco Maioranos adotou um ar extraordinariamente cordial.

— Desde o primeiro momento que o vi descobri sua personalidade. Você é cristalino, meu rapaz.

— Onde está meu tio?

— Que impaciência! Como eu dizia: cristalino. Descobri em você um sentimento de lealdade exemplar. Para conversar em particular com você, nada como ter seu tio como refém. Que palavrinha! Tem seu charme, não é mesmo? Madame, pode fazer o obséquio de nos servir um dedo de conhaque?

Madame era Madame Golda, sim senhor. Ela estava sentada no braço gordo de um sofá de couro e moveu-se lenta, magra e alta até a estante onde estavam as garrafas.

— Não preciso lhe dizer que eu não viria aqui sem ter tomado antes providências para voltar são e salvo com meu tio.

— Mas é lógico, rapaz! É lógico que você vai voltar são e salvo com seu tio. É lógico que você tomou providências. Não duvido disso. E isso não diminui sua coragem. Essa sua obsessão com o tio, dependendo do ponto de vista, até é uma qualidade.

— Júnior me passou toda a informação sobre suas atividades. Já está datilografado e assinado o testemunho emitido por ele. Está seguro na caixa-forte de um advogado. Qualquer coisa que aconteça comigo ou com ele, ou se eu desaparecer por um tempo maior do que até as sete horas da manhã de hoje, o mecanismo será acionado. O advogado procurará as autoridades federais. É um homem de influências. Será ouvido.

Eu tentei disfarçar, mas a presença de Golda ali me deixou surpreendido e incômodo. Fiquei olhando-a verter a bebida em três pequenos copos sobre a cômoda.

— Sirva também nosso visitante.

Dom Cisco Maioranos vencia os sinais do sono interrompido. Tornava-se vigoroso, cordial, agressivo. Ouvi o ruído de uma descarga de banheiro vinda do interior da casa. Golda se aproximou com os copos. Apanhei o copo que me era estendido.

— Meu caro detetive, teremos uma bela conversa.

Bebeu de um só gole. Fiquei olhando para meu copo, Golda para o seu.

— Queiram seguir-me — disse Maioranos.

Parecia um rei de histórias em quadrinhos, com aquele robe vermelho até o chão, os brancos cabelos revoltos, o copo erguido cerimoniosamente. Seguiu na frente, arrastando os pés metidos em chinelas de couro.

Saímos numa porta que dava para a garagem. Na garagem havia quatro carros, todos importados. Golda adiantou-se e abriu uma porta.

— Desça, senhor detetive, vou mostrar-lhe o seu tio.

E então comecei a descer a sólida escada de madeira que levava a um lugar escuro. Cisco Maioranos veio atrás. Golda fechou a porta com cuidado e também desceu. As luzes começaram a acender automaticamente, fracas e trêmulas.

— Tenho uma novidade que vai deixar o senhor fascinado. O senhor é um homem inteligente e sei que vai apreciar.

Eu estava ainda no meio da escada quando vi a jaula. Era uma jaula grande, como essas para as feras nos circos, e havia uma coisa dentro dela. Parei, sabendo que o sangue me gelava nas veias, como é perfeitamente natural que aconteça, embora seja um detestável lugar-comum. Maioranos, satisfeito, olhava com um brilho nos olhos azuis para a minha palidez.

— Não se preocupe. Ele dorme. E dentro da jaula é inofensivo.

Ele era coberto de pêlos vermelhos, e estava amontoado num canto da jaula, ressonando. Vestia apenas umas calças largas e curtas. A enorme cabeça estava encoberta por um braço, sobre o qual se apoiava, mas dava para ver as orelhas pontudas, como a dos lobos.

— Não é magnífico?

Aproximei-me, fascinado e trêmulo.

Era real: ali estava o lobisomem que me visitara na fazenda. Ali estava, ressonando pacificamente, sem sobressaltos. Curvei-me para ver melhor. O nariz era achatado, mais próximo ao focinho dos cães do que a um nariz de homem.

— Ele nos deu trabalho, e na verdade, não é tão bem-sucedido como experiência, mas tem algumas coisas notáveis. Veja os pés dele.

Eram patas de leão: grossas, pesadas, com unhas em curva.

— A experiência não foi totalmente bem-sucedida, é verdade — continuou Maioranos —, mas ele é útil. Obedece como um cão, tem a força de um gorila e é inteiramente mudo, o que é uma vantagem. Facilita seu transporte.

Custei mas consegui abrir a boca para fazer uma pergunta. O bicho se mexia. Afastei-me da jaula, Maioranos sorriu.

— E meu tio?

— Você o verá. Mas, antes, vamos conversar. Sobre muitas coisas. Eu adivinho sua curiosidade. Você deve ter notado que as raridades me fascinam. O senhor, particularmente, me fascina, não sei se pelo que tem de idiota ou de corajoso. Vindo aqui do modo que veio, apenas justificou meu interesse.

A mão de Cisco Maioranos ergueu-se e pousou na porta da jaula, apoiada no trinco. Prendi a respiração.

— Gostou do conhaque? Quando me levanto no meio da noite a única coisa que me reconcilia com o mundo é um cálice de conhaque.

— Não é o meio da noite, Dom Maioranos, é o começo.

— O começo? Não é meia-noite ainda?

Bebeu. Sua mão, distraída, correu o trinco de metal. A porta da jaula abriu-se. Recuei, o coração batendo. Eu tinha perdido a cor e por um momento a noção do propósito que me levara até ali.

— Não precisa temer nada, senhor Espigão. Eu tenho Cézar sob meu absoluto controle. Cézar é o nome dele. Uma experiência que não deu certo, não fosse minha dedicação. Deixei os cientistas assombrados com o meu domínio sobre ele. Eu tenho prazer em retirar dos fracassos o máximo de lucro.

— Como quando fugiu para o México?

Cisco Maioranos fez que não ouviu a pergunta ou ignorou-a com tanto tato que minha lucidez acordou.

— Onde está meu tio, senhor Maioranos?

— O senhor é obsessivo.

Cisco Maioranos caminhou até uma porta e abriu-a de repente. Pude ver que ela levava para um cubículo estreito.

— Seu tio está aí: veja!

Aproximei-me, olhei e meus joelhos afrouxaram: não havia chão. A porta abria para um poço escuro. Alguém acendeu a luz. Fiz força para abafar um grito. Tio Chinão estava amarrado pelos pés e suspenso por uma corda, cabeça para baixo. No centro do poço, estava cravada uma grande estaca com a ponta aguçada, cercada de várias outras menores, mas igualmente mortais.

— Um pouco teatral, não é mesmo? Idéia de Madame Golda. Acho que os dias que ela conviveu com El Generalíssimo a afetaram. Você sabe o fim que ele teve. Não aprovo esses exageros, mas também não posso continuamente reprimir a criatividade de meu pessoal.

— Muito bem. Vamos negociar.

— Será um prazer — disse Dom Maioranos.

Golda passou por mim, roçando seus seios pontudos no meu braço, e fechou a porta cuidadosamente.

— Vamos sentar nestes degraus, senhor Espigão. Não é um exemplo de conforto mas dará à nossa conversa um tom mais íntimo. Poderemos chegar a um acordo, quem sabe, ajudados por uma boa vontade comum. Afinal, nós somos seres humanos.

Golda passou por nós, descendo a escada lentamente. Olhei para a jaula. A porta estava aberta. O monstro dormia. Maioranos bateu amavelmente no degrau de pedra.

— Não se constranja, sente-se. Cézar obedece sem pestanejar qualquer ordem minha. O senhor está seguro.

Sentei-me ao lado dele.

— Estou ouvindo.

— Ótimo.

Maioranos tirou do bolso do robe um maço de cigarros.

— Senhor Espigão, eu sou um homem de negócios. Os negócios são a base da civilização e os acordos dos negócios são um hábito democrático.

— Que acordo o senhor propõe?

— Direto ao ponto. Ótimo.

Acendeu o cigarro com o isqueiro e tragou.

— O que o senhor sabe a meu respeito?

— O bastante para mandá-lo para a cadeia por assassinato, contrabando, falsa identidade e alguns outros quesitos mais extravagantes.

— Me parece sagaz. Suponho que o senhor tenha provas.

— Primeiro o senhor seria preso por contrabando. O resto uma decorrência óbvia da investigação.

— Acredito. Um projeto bem articulado. Gostei de ouvir. Gosto de tratar com pessoas inteligentes. Você têm, naturalmente, alguma proposta para começarmos a discutir um acordo?

Busquei coragem para não me faltar voz.

— Tenho: liberdade imediata para meu tio. O resto é uma questão de cifras. Poderá ser discutido por nosso advogado.

Dom Maioranos sacudiu a cabeça gravemente. Contemplou o copo vazio, depositou-o num degrau.

— Tudo isso é muito interessante. Mas esse plano mirabolante tem um pequeno defeito.

Esperei; era a vez dele jogar.

— Que história é essa de falsa identidade?

Levantei um olhar irônico.

— Mister Lennox, nós conhecemos muito bem toda sua história.

Cisco Maioranos deixou escapar um brando suspiro. Todo seu corpo pareceu relaxar de repente, como liberto de um peso.

— Mister Lennox? Ah, então é isso!

Ergueu-se. Tinha os olhos brilhantes, refletindo súbita alegria malvada.

— Então esse é o grande trunfo de vocês.

Começou a rir. Ria para dentro, à maneira dos velhos desdentados. Era um homem vigoroso para sua idade, mas detectei algo de frágil nele, algo de vulnerável. Estava na maneira como ele ria. Era um riso perverso e ligeiramente senil.

— Eu os enganei durante todos esses anos! Eles eram espertos, sem dúvida, mas eu fui muito mais. Eu fui perfeito, pelo menos uma vez na minha vida. Nem na arena, diante dos touros, eu fui assim tão perfeito.

Capítulo 42

Cisco Maioranos colocou a mão no meu joelho, deu duas palmadinhas.

— Um belo plano, meu rapaz. Mas, infelizmente para você, não há nenhum Terry Lennox. Há apenas Cisco Maioranos, ex-toureiro. Eles me jogaram daquele iate com duas balas no corpo, pensando que eu estava liquidado. Aqueles canalhas do Menendez e do Starr. A água fria me reanimou. Esperei até eles se afastarem e depois fiquei boiando, horas e horas, no meio do oceano. Uns pescadores me recolheram.

Pára de falar, baixa a cabeça, pensa profundamente.

— Fiquei quase um ano numa aldeia de pescadores. Quando voltei a Acapulco comecei a seguir o novo Cisco Maioranos, aliás, Terry Lennox. Fizeram uma bela operação nele. Implantaram cabelo, pele, chegaram a mudar as impressões digitais. Um trabalho de meses, minucioso. Mas eu também trabalhava minuciosamente. Eu seguia cada passo do mistificador. Eu conhecia sua maneira de agir, seus costumes, seus gestos. Éramos idênticos. O cirurgião devia ser um gênio. Trabalhou no rosto dele baseado em retratos meus da época. Retratos é que não faltavam. Quando se está lá em cima, no negócio dos touros, os jornalistas correm atrás, imploram uma entrevista. Depois, a gente vira lixo.

Aproximou-se da jaula. Ficou observando o grande monstro ressonar.

— Ele, Lennox, ficava o tempo todo em Ciudad de México. Lá eu tinha menos conhecidos. Em Acapulco era popular, ele sabia que poderia cometer erros e ser descoberto. Depois de passar uns dois ou três anos, tudo bem. As pessoas mudam. Os conhecidos aceitam as transformações.

Estendeu o pé calçado com a chinela de couro e cutucou o lobisomem.

— Que sono pesado tem esse bicho.

Fiquei alerta. Maioranos pareceu desistir de despertar Cézar. Voltou-se para mim.

— Eu os enganei durante mais de meio século. Não há falsa identidade coisa nenhuma. Podem chamar os policiais que quiserem! Podem denunciar para os federais! Eu os conheço e vocês também. O único trunfo real era apontar Terry Lennox. Mas não há Terry Lennox nenhum! Há apenas Cisco Maioranos e esse sou eu! Eles pensaram que Terry tomara o meu lugar. Meu rapaz, você tem muito que aprender: eu tomei o lugar de Terry e não ele tomou o meu. O mundo é simples, mas não tanto quanto parece. Reuni dois sujeitos e esperei Lennox na saída de uma boate. Foi um trabalho limpo. O corpo foi enterrado numa tumba já anteriormente ocupada. Perfeito. Fiquei com seus documentos, aliás, meus documentos, e também com todas suas regalias.

— Parece novela da Globo.

— Você é muito jovem e não tem a menor idéia do que pode acontecer na vida de uma pessoa. Eu sabia tudo sobre ele e seus negócios. Evitei Menendez e Starr o mais que pude. Eles também não tinham muito interesse em estar junto comigo. Só falava com eles com outras pessoas por perto. Menendez morreu em seguida. Starr era muito medroso, era bom para ele estar longe de Lennox. Eu não tive grandes problemas.

Deu um pontapé mais forte no bicho adormecido. O lobisomem ergueu-se, assustado, e vi seus dentes e o modo ágil como se movia. Recuei, percebendo que meu coração se descontrolava.

— Em pé, vamos! — ordenou Maioranos.

O lobisomem encolheu-se num canto da jaula, tonto de sono. Sua cara, misto de lobo e de homem, parecia de total inocência, desprovida de ferocidade.

— Preguiçoso! — riu-se Maioranos. — Vai dormir, vai.

O animal encolheu-se no canto, fechou os olhos.

— Então, senhor Espigão, o que lhe parece?

— O que me parece? — Encarei Maioranos —: o senhor se refere a essa sua criação ou à história que me contou?

O tom de minha voz foi mais despectivo do que recomendava a prudência. Maioranos não gostou.

— É interessante saber sua opinião sobre os dois, senhor detetive.

— Bem... o senhor é um homem muito interessado em cientistas, em ciência, em coisas assim.

— Sim?

— Operações plásticas, experiências biológicas. O senhor é um entendido no assunto, pelo menos tão entendido quanto um leigo pode ser. Os cientistas que o senhor mantém, são prisioneiros ou assalariados?

Cisco Maioranos sorriu sombriamente e olhou para Golda no fim da escada.

— Continue — disse.

— Eu tenho uma pergunta, senhor Maioranos: é possível mudar a cor dos olhos de um homem?

Maioranos ficou alerta, farejava um truque.

— Não entendo.

— É simples. Agarraram Terry Lennox e mudaram-lhe os cabelos, a pele, as unhas, as impressões digitais. Só não lhe mudaram a cor dos olhos. Seus olhos são tão azuis, senhor Maioranos. Não me diga que um índio de Otatoclán tem olhos azuis.

Com seus olhos azuis Cisco Maioranos olhou demoradamente para mim.

— É esplêndido. E é lamentável.

Ergueu-se com dificuldade, como se estivesse muito cansado.

— Esperteza demais as vezes é perigosa, meu rapaz.

— Lamento se o perturbei, mister Lennox.

— Madame, aponte a arma para esse idiota!

Golda subiu os degraus, um a um, num silêncio aterrador, apontando uma arma pequena e brilhante. Passou por mim e estendeu um braço para o velho se apoiar. Fiquei sentado no degrau, olhando Lennox-Maioranos e Madame Golda subirem os degraus em direção à porta.

— Quando Cézar acorda geralmente está de mau humor. E sempre está com muita fome. Adeus, idiota!

Saíram e Golda bateu a porta com força.

O monstro na jaula mexeu-se, abriu os olhos, coçou a cabeçorra.

O pânico me invadiu de golpe e subi as escadas correndo, forcei a porta, mas foi inútil. Olhei para baixo: Cézar despertara completamente. Esteve um momento absorto, enigmático, olhando ao redor, então, ergueu os olhos e me viu. Agarrei com toda força o trinco, girei-o com desespero mas a porta não abriu. Senti medo do meu medo: o monstro parecia ainda dormindo.

Farejaria meu medo, ficaria excitado. Bati na porta, trêmulo, suplicante, com cuidado, sussurrando:

— Dom Maioranos, Dom Maioranos... Ouça!

Nenhuma resposta. Sabia que o velho maldito escutava do outro lado. Uma porta de sete centímetros de espessura — isso me separava da salvação.

— Dom Maioranos, vamos fazer um acordo!

O lobisomem me olhava agora com curiosidade. O sono começava a abandonar seus olhos miúdos e avermelhados. Começava a cintilar neles uma espécie de curiosidade primitiva. Arreganhou os dentes. Sentou-se como um macaco. As calças curtas que vestia eram ridículas, constrangedoras. Não consigo me entender: senti pena dele. O lobisomem fez pequenos gestos indecisos. Saiu da jaula.

— Senhor Maioranos...

Tinha a voz feita um fio. Sei que é ignóbil, mas percebi o tom de imploração enquanto repetia:

— Senhor Maioranos! Mister Lennox.

O lobisomem é bem maior do que eu pensava. Ergueu-se sobre as patas de leão. É um grande homem peludo, desajeitado, com um rosto disforme, onde predominam os rasgos bestiais. Arreganha os dentes. Não emite som nenhum. Maioranos dissera que ele era mudo. Seria mais confortável se rugisse, se desse brados. Assim, calado, olhando-me sem ódio nem simpatia, com curiosidade de primata, torna-se mais assustador. As mãos são humanas: pequenas, brancas — fragilmente humanas.

Avança até a escada onde estou. Parece lento. Caminha equilibrando-se sobre as duas patas, com os longos braços caídos junto ao corpo.

Talvez se falar com ele, talvez se sorrir para ele.

Deve haver um sinal que ele entenda.

Uma ordem, um gesto. Talvez não ouça. Será surdo também? Preciso manter a calma. Estou todo molhado: é suor. Aí vem ele.

É mais rápido do que parecia. O grande animal avermelhado bruscamente avançou para mim no vigésimo e último degrau da escada. Saltei para o piso, dois metros abaixo.

O animal parou no sexto degrau, olhando-me com expressão pensativa, como se estivesse a conjeturar se se tratava de uma brincadeira ou que diabo. Sua mão humana coçou embaixo do braço. Uma contração da boca revelou os dentes agudos. Deveria pesar mais de duzentos quilos.

Odiei aquela mão — branca, aparentemente frágil, inserida no conjunto brutal. Era um detalhe sórdido. A criatura deveria ter unhas imensas, mãos terríveis. Odiei-o pelo medo que sentia, pelo seu silêncio. Pela expressão petrificada de inocência. Pela falta de menor vestígio de ódio.

O salto da criatura foi tão repentino que apanhou-me desprevenido. A postura em que estava não denunciava o súbito retesamento dos músculos, a fração de tempo em que acumulou energia e liberou o salto. Grande mancha fulva voou na minha direção.

Dois braços enormes abertos para o abraço final. O peso me esmagaria contra o chão.

Escorreguei.

A massa bruta chegava.

Caí para o lado, mas o grande braço me arrastou. O paletó abriu-se em dois. Saí do abraço, vi a porta que levava para o cubículo estreito (onde estava meu tio pendurado sobre as estacas) e joguei-me de cabeça na direção dela.

Abri-a e então senti o frio do poço com as estacas afiadas. Caí, agarrei-me em alguma coisa: tio Chinão.

Abaixo de nós, o poço. O velho pendurado de cabeça para baixo e eu agarrado às pernas dele. Num relâmpago lembrei do Capitão Marvel no Poço dos Ingleses.

A criatura assomou no vão da porta. Arreganhou os dentes. Estendeu os braços. A mão pálida roçava em nós. A criatura espichava-se. Olhei as estacas, olhei o monstro. Estendi a mão. A criatura estendeu a sua.

— Vem, bichinho, vem.

Toquei com a ponta do pé na parede.

— Vem, vem.

O monstro saltou sobre nós, tomei impulso com o pé na parede, o grande corpo fulvo saltou no vazio.

Uma mão prendeu-se ao que restava do meu casaco e arrancou-o, precipitando-se no poço. Escutei um ruído estranho, de coisa furada e ossos quebrados. Olhei para baixo. Era difícil ver, mas era fácil adivinhar a imobilidade da criatura trespassada pelas dezenas de estacas.

Senti que escorregava. Firmei-me ao corpo do meu tio. A corda rangeu. Era uma corda grossa, mas não acreditava que eles tivessem cuidado de escolher uma que resistisse efetivamente ao peso de meu tio e de mais outro homem.

Comecei a balançar o corpo, procurando aproximar-me da porta e saltar para o piso antes que Maioranos chegasse. Não deveria ter pensado. Ouvi passos na escada. Comecei a tremer violentamente, molhado de suor. Comecei a deslizar pelo corpo de tio Chinão. Senti seu cheiro bruto. Vi os pés descendo a escada. As botas negras de Golda, seu taco agulha brilhante.

Golda apareceu no quadro da porta, com o olhar espantado.

— Onde está Cézar?

Iluminou com a lanterna o fundo do poço. A criatura estava lá, cravada em várias estacas.

— O chefe não vai gostar.

Golda olhou vagarosamente para mim, sem abandonar o sorriso torpe, agarrado ao corpo de Chinão, ambos balançando sobre as estacas pontiagudas.

— Está confortável aí, otário?

Golda não era uma dama. Tentei pensar o que seria capaz de comover uma mulher daquela estirpe, mas achei que era incapaz de adivinhar. Golda, se não fosse uma caçadora de nazis bem paga, seria uma torturadora de delegacia de subúrbio, uma dessas truculentas guardiães da propriedade alheia, supliciadora de pequenos contraventores ou garotos abandonados.

— O chefe não vai gostar de ter perdido Cézar. Custou muito caro. Era o único brinquedo que o distraía ultimamente. Você vai se dar mal, cara.

Afastou-se e vi suas botas negras subindo a escada. Comecei a remexer-me, sentindo que todo meu temor se desmanchava ante a necessidade de sair dali, de tirar tio Chinão dali, de escapar dessa posição ridícula e humilhante. Percebi que as botas negras de Golda estavam paradas na escada, uma em cada degrau. Ela não avançava. Depois vi que um pé descia um degrau, depois o outro, sem voltar-se, como se alguém também descesse a escada e não lhe desse tempo de desvirar-se.

Os pés que apareceram estavam enfiados em botas também negras, num modelo diferente do de Golda e, pelo tamanho, soube que eram pés femininos. Depois apareceu o resto das pernas, enfiados em jeans apertados, e antes que aparecesse o resto do corpo, sentindo espantoso baque no coração, adivinhei que a mulher mais bela do mundo descia as escadas apontando uma arma engatilhada para a caçadora preferida de Dom Cisco Maioranos.

Golda chegou no último degrau.

Estava de mãos para o alto. Irmã Zero fez sinais para que ela se colocasse de frente para a parede.

— Abre bem as pernas — ela disse —, apóia as mãos na parede, bem abertas, isso.

Chegou cautelosa, apontando a pequena arma, encostou-a nas costas de Golda. Enfiou a mão na bolsa dela, apanhou a pequena arma brilhante. Deu dois passos em direção à porta falsa, que dava para o poço.

Olhou rapidamente para mim e tio Chinão pendurados naquele horror. Então, atrás dela apareceu a cara redonda de Chung Ching Chim.

— Gostei do papel de anjo.

Ele esticou o braço e agarrei sua mão. Em pouco eu desabava, todo trêmulo, no chão firme. Chung fez um pouco mais de esforço e começou a puxar cuidadosamente meu tio Chinão. Olhei para ele em pânico.

— Agarre isso — disse Irmã Zero, estendendo para mim a arma de Golda.

Apanhei a arma no momento que nossos olhos se encontraram. Acho que cada um de nós procurou entender o que o outro pensava, mas Golda saltou sobre nós nesse momento, tentando arrebatar o revólver. Daí para a frente tudo é meio óbvio, ou eu não estaria aqui contando esses fatos. Os dois rolamos embolados, eu segurando a arma e Golda lutando para tomá-la, Irmã Zero impotente assistindo. O revólver em minhas mãos apontou para vários lados mas houve um momento em que a arma desapareceu no turbilhão de braços e pernas entrançados e explodiu abafada.

Nossos dois corpos separaram-se, desenroscando-se vagarosamente, e cada um caiu para um lado.

Agora, olhando de perto, a arma de Golda tinha o cano dourado e um silenciador que abafou o tiro. Minhas mãos seguravam a arma. As mãos de Golda seguravam seu peito, onde uma mancha de sangue começava a se espalhar.

Acho que nunca vou morrer de enfarte.

Irmã Zero estendeu o braço para mim e me ajudou a levantar.

Ela chegou bem perto de mim e senti todo meu corpo tremer com violência. Violência! Todo eu era glória, esplendor e violência! Lembrei da arma na minha mão e instintivamente apertei-a com mais força. Irmã Um afastara-se de meus olhos carregando numa mão o braço, mostrando os pequenos fios internos que lhe davam vida. Mas esta mulher Irmã Zero eu possuíra numa madrugada de verão à beira de um mar sussurrante.

Escorado ao marco da porta, sustentei tio Chinão e ajudei Chung a puxá-lo para o piso do porão. Comecei a massagear meu tio nos braços, nas faces, no peito, enquanto as lágrimas escorriam na minha cara. Não sabia porque chorava. Não sabia por que o massageava. Não sabia exatamente que propósito isso tudo tinha; sabia apenas que era algo instintivo e urgente, chorar e massagear.

O velho começou a recuperar a cor.

— Tio, tio! Está me ouvindo? Pode me ouvir?

O rosto do velho contraiu-se. Bati nas suas faces com força.

— Pára com isso, guri! Não respeita os mais velhos?

Olhei para a mulher.

— Chung cuida dele — ela disse.

Chung colocou tio Chinão no ombro.

— Vou levá-lo para o carro.

Levantei-me, meu olho no olho dela.

— Precisamos conversar.

— Precisamos sair daqui. Você não sabe do que ele é capaz.

Pronunciou a palavra *ele* num tom que me desconcertou. Não sabia nada sobre essa mulher na minha frente.

— Minha boca ainda está doendo.

— Eu tenho bons dentes.

Vestia uma blusa negra, jeans e botas negras.

— Demos um jeito nos dobermanns e no zelador. Deixe o velho monstro em paz. Precisamos sair daqui já. Ele pode ter pedido ajuda ou até chamado a polícia.

— Se ele chamar a polícia se ferra.

— Não conte com isso. Venha comigo.

— Não posso. Você me acha quando quiser.

— Pode crer, babaca.

Estávamos muito próximos agora. Senti que não perguntava seu nome com medo do ridículo.Tomei-a pela nuca e aproximei o rosto dela. Nos beijamos suavemente.

— Está bom assim? — ela perguntou.

— Talvez

Capítulo 43

Experimentei o peso da arma de Madame Golda. Era um pouco grande para minha mão, mas era leve. O silenciador estava bem instalado. Conferi as balas, parei no último degrau para controlar a respiração.

Talvez a coisa tenha fim agora.

Agora, a sensação que me reveste é de que sou o Caçador. Foi com esse novo sentimento que abri a portinhola e subi para a sala em penumbra. Escutei atentamente. Não ouvi nada. Segui pelo corredor, cheguei à sala. As luzes apagadas. Ela insistira para deixar Maioranos em paz. Não posso nem pensar nisso. Fico parado, tentando acostumar-me com o escuro. Sinto uma pequena dor no pulso. À medida que o corpo vai esfriando, sinto dores. Acho que torci o pulso ao cair embolado com Golda. Não senti nada, nem mesmo quando tirei tio Chinão do poço.

Súbito som claro, musical, invade o escuro, me dando um baita susto. É um relógio. Foi um som de badalada, redondo. Apenas um. Não sei onde está o relógio. Uma só badalada: terá marcado meia hora.

Deve ser uma e meia da madrugada de 28 de agosto de 1987.

Espio pela janela. A lua é um fiapo de unha no céu escuro. Faz frio. Sinto sono. O corpo todo anseia por repouso. Tenho vontade de acender um cigarro, mas sei que são apenas os nervos.

Preciso reagir. Avanço, pé ante pé, para isso que parece ser a sala. É tudo muito estranho. O certo é que Maioranos me julgue liquidado. Olho ao redor. A casa é grande, mas menor do que imaginara. Senti certa decepção quando vi seu interior. Os móveis me pareceram vulgares, de mau gosto. Posso apreciar-lhes o vulto, agora, no lusco-fusco.

Tenho o gosto dela nos lábios. Um gosto de boca de mulher, um gosto de carne e vida. Aquela mulher tinha uma boca que fazia parte da minha.

Mas de onde viera? O que fazia?

A seita dos adoradores do Diabo fracassara melancolicamente. Os poderes de Satã eram limitados.

Bem que ele dissera: Nós demônios somos seres frágeis, mas perseverantes.

Dom Cisco Maioranos podia mais.

Onde estará ele? Dormindo? Impossível. Não pode ter tanta certeza, assim. Deve haver qualquer fato premeditado nesse desleixo. Estará à minha espera num desvão escuro? Haverá mais capangas na casa? Estarão divertindo-se à minha custa?

— Preocupado, senhor Espigão?

Bem que adivinhara uma presença na sala. Fico paralisado. Não sei de onde veio a voz.

A arma em minha mão gira para todos os lados. Tento escutar com esforçada angústia os menores ruídos mas não ouço nada, a não ser os grilos e os sapos. Ouço um som de carro em alta velocidade varando a noite.

Ele está aí, em algum lugar.

Uma luz brilha, rapidamente, no centro da sala. Maioranos acende um dos seus charutos perfumados. Está sentado comodamente numa poltrona, com o robe vermelho, pernas cruzadas.

A luz do isqueiro apaga. Tenho o revólver apontado para ele, mas não sei o que fazer. Tudo nesse homem me fascina. Vejo a fumaça branca elevar-se acima do vulto escuro da cabeça dele.

— Surpreendente, senhor Espigão.

Sim, ele está ali.

— Agora só nós dois estamos nesta casa. Ou estou enganado?

Então talvez ele não fosse tão invulnerável como parecia.

— Meu tio está vivo.

Dei um passo, meu joelho tocou numa coisa dura. Parei.

— Bela proeza. Sente-se aqui comigo, senhor Espigão. Eu aprecio gente competente.

Uma luz amarela brotou do chão e iluminou o homem sentado na poltrona. Era a luz de um abajur, mas deixava a cabeça do homem oculta no escuro. As mãos estavam cruzadas no colo, destacando-se na seda vermelha do robe.

— O senhor me impressionou. Confesso que ganhou meu respeito. Como livrou-se do Cézar? Ele é uma parada dura.

— Seu circo de horrores terminou. Há dois cadáveres lá embaixo. Não é melhor chamarmos a polícia?

— Chamar a polícia? Acho que podemos ter outras idéias, mais inteligentes.

Maioranos apanhou uma garrafa sobre a mesinha e encheu seu copo. Encheu também mais um e empurrou-o na minha direção.

— Por exemplo?

— Por exemplo? Ora, podemos jogá-los no poço e derramar alguns sacos de cal em cima. Isso poupa muitos incômodos. Vou lhe dizer uma coisa.

Bebeu um gole, lento, com profundo suspiro.

— Eu tive a intuição de que era o senhor quem sairia lá do porão. Intuição, só isso. Estava desarmado e Cézar vale por vários. Se eu tivesse que apostar não apostaria, claro, mas tive a intuição. Isso me deixa satisfeito. Continuo com meu sexto sentido. O senhor não bebe?

Dei um passo e vi minha enorme sombra dar um passo na parede branca. Apanhei o copo, mas não bebi. Não tirava os olhos de Cisco Maioranos. Ou deveria chamá-lo de Terry Lennox? Na verdade, não tinha mais importância.

— Onde fica o telefone?

Maioranos sorriu.

— Não tenha pressa. A garrafa ainda está pela metade.

Tomei um gole de conhaque, fechei rapidamente os olhos e constatei que isso me fez bem.

— Qual é a sua renda mensal, senhor Espigão? Imagino que não seja segredo.

— Não é segredo, mas é apenas da minha conta.

— Engano. É da conta de mais gente do que o senhor imagina. Eu sei que ganha pouco. Eu sei tudo a seu respeito. Absolutamente tudo. E não é de agora. Desde que Júnior teve a idéia, não sei ainda se feliz ou infeliz, de contratá-lo. Sei que tem meses que o senhor não ganha absolutamente nada. É duro.

Estará armado? Estará com a arma ao alcance da mão? Estará tentando distrair-me?

— Não pense que estou tentando distraí-lo. Poderia ter tentado outro método. Poderia escapar no meu carro ou emboscá-lo à saída do porão. Ainda sou um bom caçador. Não fiz nada disso. Quero o senhor do meu lado. Caprichos de velho.

Deposita a cinza do cigarro no cinzeiro em frente.

— Dez mil dólares por mês — ele diz olhando para as sombras do teto. — Dez mil dólares por mês em um ano são cento e vinte mil dólares. Cento e vinte mil dólares, ao ano, considerando sua situação atual, é uma pequena fortuna. Claro que qualquer jogador de futebol ganha muito mais do que isso, mas o senhor não é jogador de futebol, não é mesmo? Alguma vez o senhor já pensou em ganhar dez mil dólares por mês, senhor Espigão?

O homem sentado na sombra não se movia. A luz aos pés dele parecia uma prolongação de seu corpo e criava um aspecto demoníaco à sua pessoa, com as mãos brancas apoiadas no regaço do robe de seda vermelha. Pensei em tio Chinão no porão e lembrei-me não sei por que de que precisava perguntar o nome da mulher mais bela do mundo para que ela se tornasse mais próxima e mais humana, mas o homem sentado com a cabeça no escuro exercia sobre mim sua fascinação poderosa.

Dom Cisco Maioranos tinha um poder terrível: dinheiro.

— Não estou brincando, senhor Espigão. Eu tenho centenas de empregados e pago a eles o que eles merecem. Sou um homem justo. Uns valem mais do que os outros, e isso todos sabemos. Madame Golda, hoje posso comprovar, infelizmente não valia o que ganhava. O que eu lhe ofereço é o dobro do que ela ganhava.

— E para que me oferece esse dinheiro, Dom Maioranos?

— Não estou lhe oferecendo dez mil dólares para me deixar ir. Não sou nenhum mendigo. O senhor não significa nenhum problema para mim, senhor Espigão. Nenhum dos poderes que o senhor conhece pode comigo. O senhor só vai me deter se me matar o senhor mesmo, coisa que nós dois sabemos que o senhor não fará. Ofereço-lhe dez mil dólares por mês para servir-me. Cento e vinte mil dólares por ano. Contando com a inevitável desvalorização do real isso pode significar bem mais, muito mais.

Para quem não ganha nem mil dólares por mês, não está de todo mau, não lhe parece?

— Para servi-lo, o senhor disse? E como?

— Secretário. Como Madame Golda. Nada complicado. Conferir quem chega. Ter a Magnum sempre à mão. Sem demérito, de vez em quando servir um cafezinho para este velho. Eu preciso de alguém assim com a sua aparência. Golda chamava muito a atenção e às vezes era demasiada truculenta.

— Eu não estou à venda, senhor Maioranos.

— Ora, que bobagem, senhor Espigão.

E o tom de voz de Cisco Maioranos tornou-se paternal e incisivo.

— Todos estamos à venda. Eu estou à venda. Isso não é imoral. É assim, simplesmente. Eu não inventei essa regra. Os desajustados são o que não entendem, os que pensam que podem viver diferente. Tudo neste mundo tem preço. Cada ser humano neste mundo tem preço. O senhor também tem um preço. Qual é o seu preço?

— Não tenho preço, senhor Maioranos.

— Não falo de filosofia, rapaz. Falo de negócios.

— Não quero saber de seus negócios.

— Não seja idiota. Você me pareceu inteligente. Não vá me decepcionar. Há idiotas demais no mundo.

— Onde é o telefone?

— Eu lhe fiz uma proposta irrecusável. Qual é seu preço? Precisamos ir a Miami ainda hoje.

— Nem todos estão à venda, senhor Maioranos.

— Idiota! O mundo é a merda que é porque tem gente idiota como você aos milhões! O que custa ser razoável? Você tem que ter um preço!

— Você invocou o Demônio. Por quê?

— É sua última oportunidade, rapaz.

— Por que você fez isso? Vingança? Quer fazer nos outros o que fizeram com você? Estão todos mortos, Dom Maioranos, todos seus antigos amigos e inimigos, todos os cientistas e os carcereiros daqueles campos de concentração.

— Falta gente razoável! Isso é o que falta. Se eu lhe ofereço dez mil dólares por mês e você ganha mil você não tem o direito de recusar. Isso é o mercado. Para ter sucesso no mundo basta entender o mercado e ser razoável. Esses escrúpulos todos não me comovem. Não comovem a ninguém. Na verdade, geram o desprezo da maioria das pessoas. Este é um mundo que tem mais de vinte toneladas de dinamite para cada habitante. E quanto tem de alimento para cada um? Diga! Milhares morrem de fome a cada minuto. Não é retórica. É fato. Não vai mudar. É muito mais fácil produzir alimento do que arma. Não requer tecnologia sofisticada, não é caro e tem comprador em toda parte. Mas, não. Preferimos produzir armas, entendeu? Preferimos pagar maus salários entendeu? Preferimos os presídios explodindo, entendeu? Preferimos matança, entendeu? E fome! E peste! E guerra! As pessoas amam a guerra. É apenas um fato. Quando eu digo idiota quero dizer idiota. Os idiotas povoam o mundo, constroem o mundo, estão em todos os edifícios, em todas as repartições. É difícil encontrar alguém que escape à idiotia geral. Isso custa. Em dinheiro. Não ser idiota tem seu preço. E é alto. Eu lhe dou oportunidade de pertencer aos poucos que podem construir um abrigo atômico e esperar o fim do mundo. São poucos. E tudo porque tive uma intuição, uma simples intuição: a de que você não é um idiota.

Calou-se, ofegante. Apanhou o copo e bebeu mais um gole. Abanou-se com a mão.

— Não estou acostumado a longos discursos, mas às vezes me exaspero.

— Na cadeia terá tempo de sobra para relaxar.

Cisco Maioranos-Terry Lennox ergueu o olhar.

— Rapaz, você acaba de matar uma bela ilusão.

Olhou a brasa do charuto, adoçou o tom da voz:

— A cadeia não foi feita pra gente como eu. Na cadeia só entra gente da classe a que você pertence, meu rapaz. Já pensou a respeito disso?

Copo na mão, pensei em depositá-lo na mesinha e caminhei até o telefone, mas percebi que homem com a cabeça no escuro se transtornava. A voz encrespava, rouca como uma lufada de vento num lago.

— Pobre idiota. Eu já fui herói de guerra e podia pegar cadeia. Já fui um tipo bem-intencionado e podia pegar cadeia. Já quis ajudar os outros e podia pegar cadeia. Hoje eu tenho grana e isso me livra de qualquer cadeia do mundo. Entendeu ou é complicado?

Recostou-se na poltrona, jogou a cabeça para trás, deu uma gargalhada áspera, estranha, escura como um mugido.

— Aí está o telefone! Vai chamar quem? Um delegado de subúrbio? Um inspetor mal cheiroso? O chefe da policia? Cem milhões de dólares é dinheiro? Dá pra comprar um inspetorzinho pé-de-chinelo? Qualquer bicheiro compra, você acha que eu não vou comprar? Aí está o telefone.

Estendeu o dedo em direção ao canto da sala, dominando a alteração da voz e recolhendo a ponta do robe que arrastava no tapete.

— Sim, senhor Espigão, eu tenho olho azul. Eu sou americano. *Norte-americano*! Minha moeda é o dólar. Eu compro quem eu quero. Qual é o seu preço?

Apanhou um lenço e limpou demoradamente o rosto.

— Que incômodo. Só idiotas atravessam meu caminho.

Tomei um gole da bebida. Era perfeitamente natural beber conhaque numa madrugada em Porto Alegre. Inclinei-me, larguei o copo na mesinha e caminhei até o telefone. Apanhei o aparelho.

Maioranos não tirava os olhos de mim.

— Vamos, chame.

Olhei para ele.

— Começo a achar que o senhor tem razão.

Tornou a passar o lenço no rosto.

— Qual é o seu preço?

— Não se trata do meu preço. Trata-se do preço da polícia. O senhor tem razão. Se eles vierem lhe buscar, isto vai dar em nada.

— Claro que vai dar em nada, meu rapaz. Somos todos nazistas, você não está entendendo? Todos nós matamos diariamente milhares de pessoas de fome com nossa alienação e indiferença. Todos os dias nós matamos um inocente útil como você, meu garoto. Eu o convido a ser um pilar de um novo mundo, sair dessa vidinha medíocre e caminhar para um destino glorioso. Vamos ao Panamá, ao Afeganistão, vamos largar bombas nas ruas de Bagdá!

Pousei o telefone, me aproximei lentamente de Dom Cisco Maioranos. O débil luar atravessava a vidraça e percebi que o homem sentado na poltrona diante de mim tinha a cabeça de um touro negro com dois cornos afiados. Ele mugiu com sua voz aterradora:

— Idiota! Você acha que vai mudar o mundo andando por aí com uma arma?

Apontei a Magnum para ele. Murmurei, com um mínimo de ódio, murmurei, por mim, por Júnior, por Hecatombe, por Chung Chim, por muitos outros otários tristes e melancólicos como nós, murmurei:

— Goodbye, mister Lennox.

Acertei o tiro bem no meio da testa. Uma bala de Magnum bem no meio da testa mata qualquer bicho, por mais estranho que seja. Terry Lennox, herói americano da Segunda Guerra Mundial, caiu para a frente, batendo com os cornos no chão. Um sangue negro começou a se espalhar no tapete. Não fiquei para ver sua lenta agonia. Saí da casa, fechei o portão e deparei com a Irmã Um apoiada no muro com displicência. De mãos dadas com a mulher mais bela do mundo, caminhei muito lentamente em direção ao centro da cidade, ignorando a lua e ignorando os táxis, pensando vagamente na possibilidade de ser assaltado, os dois arrastando os pés, bem devagarinho, bem devagarinho.

Este livro foi composto na tipologia Electra LH Regular, em corpo 11/15, e impresso em papel off-white 80g/m² no Sistema Cameron da Divisão Gráfica da Distribuidora Record.